미당 서정주 전집

16

옛이야기

* 이 도서의 국립중앙도서관 출판시도서목록(CIP)은 e-CIP홈페이지(http://www.nl.go.kr/ecip)와 국가자료공동목록시스템(http://www.nl.go.kr/kolisnet)에서 이용하실 수 있습니다. (CIP제어번호: CIP2017015038)

미당 서정주 전집

16

옛이야기

세계 민화집 1

은행나무

발간사

　미당 서정주 선생의 탄신 100주년을 맞이하여 선생의 모든 저작을 한곳에 모아 전집을 발간한다. 이는 선생께서 서쪽 나라로 떠나신 후 지난 15년 동안 내내 벼르던 일이기도 하다. 선생의 전집을 발간하여 그분의 지고한 문학세계를 온전히 보존함은 우리 시대의 의무이자 보람이며, 나아가 세상의 경사라 하겠다.

　미당 선생은 1915년 빼앗긴 나라의 백성으로 태어나셨다. 우울과 낙망의 시대를 방황과 반항으로 버티던 젊은 영혼은 운명적으로 시인이 되었다. 그리고 23살 때 쓴 「자화상」에서 "나를 키운 건 팔할이 바람이다"라고 외쳤고, 이어서 27살에 『화사집』이라는 첫 시집으로 문학적 상상력의 신대륙을 발견하여 한국문학의 역사를 바꾸었다. 그 후 선생의 시적 언어는 독수리의 날개를 달고 전통의 고원을 높게 날기도 했고, 호랑이의 발톱을 달고 세상의 파란만장과 삶의 아이러니를 움켜쥐기도 했고, 용의 여의주를 쥐고 온갖 고통과 시련을 지극한 아름다움으로 바꾸어 놓기도 했다. 선생께서는 60여 년 동안 천 편에 가까운 시를 쓰셨는데, 그 속에 담겨 있는 아름다움과 지혜는 우리 겨레의 자랑거리요, 보물이 아닐 수 없다. 선생은 겨레의 말을 가장 잘 구사한 시인이요, 겨레의 고운 마음을 가장 잘 표현한 시인이다. 우리가 선생의 시를 읽는 것은 겨레의 말과 마음을 아주 깊고 예민한 곳에서 만나는 일이 되며, 겨레의 소중한 문화재를 보존하는 일이 된다.

미당 선생께서 남기신 글은 시 아닌 것이라도 눈여겨볼 만하다. 선생의 문재文才와 문체文體는 유별나서 어떤 종류의 글이라도 범상치 않다. 평론이나 논문에는 남다른 통찰이 번뜩이고 소설이나 옛이야기에는 미당 특유의 해학과 여유 그리고 사유가 펼쳐진다. 특히 '문학적 자서전'과 같은 산문은 문체를 통해 전달되는 기미와 의미와 재미가 풍성하여 미당 문체의 진미를 맛볼 수 있다. 미당 문학 가운데에서 물론 미당 시가 으뜸이지만, 다른 글들도 소중하게 대접받아야 할 충분한 까닭이 있다. 『미당 서정주 전집』은 있는 글을 다 모은 것이기도 하지만 모두 소중해서 다 모은 것이기도 하다.

미당 선생 생전에 『서정주문학전집』이 일지사에서, 『미당 시전집』이 민음사에서 간행된 바 있다. 벌써 몇십 년 전의 일이다. 오늘의 관점에서 보면 그 책들은 수록 작품의 양이나 정본의 측면에서 아쉬움이 많다. 지난 몇 년 동안, 본 간행위원회에서는 온전한 전집을 만들기 위해서 많은 수고를 아끼지 않았다. 서고의 먼지 속에서 보낸 시간도 시간이지만 여러 판본을 두고 갑론을박한 시간도 만만치 않았다. 특히 미당 시의 정본을 확정하고자 미당 선생의 시작 노트나 육성까지 찾아서 참고하고 원로 문인들의 도움도 구하는 등 번다와 머뭇거림을 마다하지 않았다. 참으로 조심스러운 궁구를 다하였으니, 앞으로 미당 시를 인용할 때 이 전집에 의존하는 경우가 점점 많아지기를 바랄 뿐이다.

한편으로, 미당 전집의 출간은 두려운 일이다. 그것은 미당 선생의 모든 작품을 제대로 보여 준다는 형식적 의미를 지니기 때문이다. 세상에 어떤 전집이 있어 미당 선생의 모든 작품을 제대로 보여줄 수 있을 것인가? 우리에게도 그것은 현실이 못되고 희망이겠지만 그래도 우리는 그 희망에 최대한 가까이 가고자 했다. 우리가 그 희망에 얼마만큼 근접했는지는 앞으로의 세월이 증명해 줄 것이다. 다만 지금으로서는 지극한 정성과 불안한 겸손이 우리의 몫일 따름이다.

마지막으로 감히 말하건대, 우리는 미당의 전집 간행을 긍지와 사명감으로 하고자 했다. 우리는 미당을 통해서 이 세상에는 아주 특별한 것이 아주 드물게 존재함을 알게 되었다. 그리고 그 특별하고 드문 것을 우리 손으로 정리해서 한곳에 안정시키는 일에 관여하는 기쁨을 누렸다. 우리의 기쁨이 보람이 있어 세상의 기쁨이 된다면 그 기쁨은 곱이 될 것이다. 아니 그보다 미당의 문학이 이 세상에서 제 몫의 대접을 받게 된다면 우리는 사필귀정事必歸正이라는 네 글자를 진리로 받들면서 더 큰 기쁨을 누릴 것이다.

미당 선생 탄생 100주년이 되는 해의 유월에
미당 서정주 전집 간행위원회

이남호, 이경철, 윤재웅, 전옥란, 최현식

미당 서정주 전집 16 옛이야기
세계 민화집 1

차례

어리석음과 지혜

태어남과 죽음

일러두기

『미당 서정주 전집 16, 17』 '옛이야기'는 『서정주 세계 민화집』(전 5권, 민음사, 1991)과
『우리나라 신선 선녀 이야기』(전 5권, 민음사, 1993)를 저본으로 하고,
소년한국일보(1988.1.4.~1988.12.31.)를 참고하였다.

세계 민화집 1

내가 요 몇 해 동안 살아온 가장 큰 재미 중의 하나는 이 세계 나라들 구석구석의 옛이야기들을 몇 나라의 말로 읽고 지내 온 일이었습니다. 예부터 오래 전해져 오는 이야기들은 어린이들이나 젊은이들이나 늙은이들이나 언제 읽어도 재미있고, 또 그것은 그걸 만들어 낸 민족의 슬기와 정을 잘 소화해서 담고 있는 것이어서, 각기 민족의 정신의 실상을 이해해 거기 통하고자 하는 사람들에게는 무슨 이론보다도 가장 빠른 지름길이 된다고 나는 알고 이것들을 음미해 왔기 때문입니다.

그래 나는 이 재미와 이익을 나만 혼자 누리는 건 미안해서, 이것들을 우리글로 옮겨 그중 몇몇 이야기들은 소년한국일보에 연재해 오기도 했는데, 거기에 더 많이 세계 각국의 옛이야기들을 써 보태서 이번에 다섯 권의 책이 되어 빛을 보게 되었으니, 민음사에 감사하며 스스로 축하해야 할 일로 압니다.

이 책들을 쓴 내 글은 번역이 아니라, 내가 좋다고 생각한 이야기들의 줄거리들을 소재로 하면서, 그 글의 표현만은 내 독자적인 표현 노력을 통한 것이라는 걸 아울러 여기 말씀해 두어야겠습니다.

이 책들은 우리 십대의 맑고 발랄한 느낌과 지혜의 친구가 되기 위해 마음을 써서 써 모은 것이지만, 더 나이가 많은 이들에게도 마음 터놓는 벗이 되기를 희망합니다.

1991년 5월 1일

서울 관악산 봉산산방에서

거짓과 참다움

쑥국새 이야기
한국

이것은 우리나라 쑥국새 이야기입니다.

쑥국새라는 새는 우리 표준어로 뻐꾸기라고 하는 바로 그 새인데요. 이 이야기가 생긴 우리나라 남쪽에서 쑥국새라고 하고, 또 이 새가 이 세상에 처음으로 생겨난 것이 쑥으로 끓인 쑥국과 깊은 관계가 있다고 해서 이야기의 제목을 쑥국새라고 한 것입니다.

이 이야기가 생겨난 것은 옛날도 아주 먼 옛날, 그러니까 하늘의 신선이나 선녀들이 사람의 세상에 내려와서 사람들과 사귀고도 지냈던 까마득한 옛날입니다.

우리나라 남도의 깊은 산골에 살면서 날마다 산에 가 땔나무를 해다가 팔아 목숨을 이어 가는 나무꾼 총각이 하나 있었는데, 어느 날도 그는 해 질 녘 가깝도록 열심히 땔나무를 베어 지게에 그득히 실어 놓고 나서, 산골 속의 맑은 호숫가에 앉아 잠시 쉬고 있었습니다.

그런데 이때에 하늘에서 여러 명의 아름다운 선녀들이 살결이 비치는 하늘의 옷들을 입고 팔랑팔랑 내려왔습니다. 선녀들은 나무꾼 총각이 쉬고 있는 호숫가의 저만큼에 내려서는, 그 언저리의 나뭇가지들에 날개 같은 옷들을 벗어 걸쳐 놓고 호수로 뛰어들어, 햇빛이 따라 웃을 만큼 기쁜 웃음소리들을 터뜨리며 즐겁게 목욕을 하고 있었습니다.

어떻게나 아름답고도 그리운 광경이던지, 나무꾼 총각은 그걸 보고 있는 동안에 이것이 꿈인지 생시인지를 분간하지 못할 정도로 그저 그저 황홀하기만 해 있었죠.

그런데 이렇게 넋을 잃고 황홀해지다가 보면 가끔은 잘못된 생각도 함께 일어날 수 있는 것이라, 불현듯이 그의 마음속에서는 '저 중에 어떤 선녀의 옷만 훔쳐서 감추어 두면 발가벗고 하늘로는 날아갈 수 없을 것이니, 그 선녀를 달래어서 내 아내로 만들어 보자' 하는 생각이 저도 몰래 일어났습니다.

그래 이 나무꾼 총각은 재빨리 그의 생각을 실천으로 옮겨, 여러 선녀들이 벗어 놓은 옷들 가운데서 손에 먼저 잡히는 대로 한 선녀의 옷을 훔쳐서는 누구의 눈에도 뜨이지 않을 곳에 감추어 두고, 시치미를 떼고 선녀들의 움직임을 살피고 있었습니다.

그러자 오래잖아 선녀들은 목욕을 마치고 호숫가로 나와 옷들을 찾아 입었는데 그중에 한 선녀만이 옷이 안 보여 발을 동동거리는 사이, 나머지 선녀들은 모두 하늘을 향해 날기 시작하는 것이었습니다.

'옷이 날개'라는 말이 있는데, 그 말은 이 선녀들을 두고 생겨난 말인 듯 옷을 잃은 선녀만은 날개 잃은 새처럼 날지를 못하고 혼자만 뒤떨어져 남아서 흑흑 느끼어 울고만 있는 것이었습니다.

그래 '죄를 잘 저지르는 놈은 말주변도 좋다'는 말도 있듯이, 어차피 죄를 저질러 놓은 이 나무꾼 총각 녀석은 염치불구하고, 옷을 잃고 울고 있는 선녀 곁으로 바짝 가까이 다가갔습니다. 그리고

"해도 이미 저무는데, 오늘 밤은 우리 집에 가서 하룻밤 쉬면서 대책을 생각하시는 게 어떨깝쇼?"

하고 의견을 내어, 할 수 없이 된 그 선녀의 승낙을 얻어 냈습니다.

그리하여 선녀는 나무꾼 총각이 마을에 가서 구해 온 치마와 저고리를 몸에 걸치고는 총각이 이끄는 대로 그의 집으로 따라가지 않을 수 없었습니다.

그래 그날 밤에 총각은

"이렇게 된 것도 다 인연인 것을 어떻게 합니까? 사람의 세상도 살아 보면 살 만한 맛도 있는 것이니, 하늘로 다시 돌아갈 생각 말고, 나하고 함께 아들딸 낳아 기르며 좋게 살아 봅시다."

하고 꾀기 시작하였습니다. 그 이튿날도 그리고 또 이튿날도 그러면서, 여러 날이 지나는 동안에 선녀가 그냥 잠잠해져 있게 만들어 놓았습니다. 또 선녀가 하늘로 가려고 해도 날개 노릇을 하는 옷을 총각이 감추어 두었으니 할 수 없는 일이었지요.

총각은 처음에 숲속 호숫가의 어디에 감추어 두었던 선녀의 옷을 찾다가 이번에는 그의 집의 비밀 장소에 깊이 숨겨 두었습니다.

이렇게 되어 세월이 흘러가는 동안에 이 두 남녀 사이에서는 아들딸도 태어나고, 부부의 사랑도 생기고 하여 마침내 선녀도 한 평범한 아내로서 살림살이에 정성을 다하게 되었습니다.

그런데 이거 큰일이 일어났네요. 선녀 혼자서 집을 지키던 화창한 어느 봄날 아침나절인데, 복사꽃이며 살구꽃이 예쁘게 피고 있는 꽃그늘을 왔다 갔다 하고 있던 선녀는 문득 자기의 고향인 하늘나라가 그리운 생각이 못 견디게 사무쳤습니다. 그리하여 그의 날개옷이 어디에 숨겨져 있는가를 찾아 온 집 안을 샅샅이 뒤지고 다니다가, 어떤 으슥한 구석에서 드디어 그걸 찾아내고 말았으니 말입니다.

선녀는 남편인 나무꾼과 꽤 오래 같이 사는 동안에 사랑의 정도 들 만큼은 들었지만, 자기의 날개옷을 다시 찾게 되자 하늘의 고향으로 돌아가고 싶은 마음을 어쩔 수가 없었습니다.

그래 이번에는 자기가 남편 몰래 이 날개옷을 감추어 두고, 남편에게 쑥국을 마지막으로 끓여 주려고, 쑥을 캐기 위해 바구니를 들고 들로 나갔습니다. 선녀는 들의 쑥들 가운데서 가장 좋은 쑥만을 골라 뜯어 가지고는 집으로 돌아와 그걸로 아주 맛있는 국을 끓여서 남편의 점심상에 올려놓았습니다.

남편이 그 맛 좋은 쑥국으로 점심을 잘 먹고 있는 동안에 선녀는 감추어 두었던 날개옷을 찾아 입고는, 자기가 나무꾼과의 사이에 낳은 아들딸들을 양쪽 겨드랑이에 껴안고 그의 고향인 하늘로 날아가기 시작했습니다.

나무꾼은 아내가 끓여 준 쑥국이 너무나 맛있어서 그걸 먹느라 딴 생각할 겨를도 없다가, 점심을 다 먹고는 드디어 땀을 식힐 겸 밖으로 나왔는데요. 무심결에 하늘을 올려다보니 사랑하는 아내가 아들딸을 겨드랑이에 끼고 날아가는 것이 똑똑히 잘 보이는 것이 아닙니까! 나무꾼은 너무나 기가 막혀 제 가슴을 찧고 있다가 그 자리에 쓰러져 죽어서, 쑥국을 먹는 동안에 그리된 걸 원망하여, "쑥국! 쑥국!" 하고 날마다 우는 쑥국새가 되었다는 이야깁니다.

'공짜'라는 이름의 시골뜨기 사나이

인도

인도의 어느 시골에 '공짜'라는 이름의 사나이가 아내와 함께 매우 가난하게 살고 있었는데요.

'공짜'라는 이름은 끼니를 공짜로 얻어먹으라는 뜻으로, 인도에서는 스님들같이 높은 계급에 있는 사람들만이 할 수 있는 일이긴 하지만, 이 이름 때문에 그렇게 가난하게 사는 것이라고 마을 아낙네들이 이 사람의 아내를 만나면 매양 놀리는 바람에, 아내는 이게 첫째 딱 질색이어서, 어느 날 아침 식사 때 남편에게 이름을 새로 갈라고 요구하고 나섰습니다.

"이름을 갈아 버리세요. 내일까지 이름을 새걸로 좋게 갈지 않으면, 나는 당신하고 사는 걸 그만두고 친정으로 돌아가 버리고 말 테니 그리 아세요."

하고 딱 잘라 말했습니다.

　그러나 남편은 이름 때문에 아내가 자기를 버리고 친정으로 가 버리겠다는 말에 화를 버럭 내고, 상 위에 있던 빈 접시를 내던지며,

　"나갈 테면 나가! 그렇지만 다시는 돌아올 생각은 마! 내 부모님이 붙여 주신 이름까지 갈라고 대들다니, 대체 그런 일이 어떻게 있을 수 있어?"

하고 덤비는 바람에요. 그의 아내는 먹고 있던 아침도 마저 들지 못하고, 냉큼 일어서서 집을 떠나고 말았습니다.

　막상 아내가 집을 나서는 것을 보고 남편은 그래도 말리려고 해 보았으나, 그녀는 고집을 단단히 부리면서 집을 나가 버렸어요.

　그녀는 집을 나선 지 오래지 않아, 길가에서 마른 쇠똥을 주워 모으고 있는 한 비참하고도 가난한 할머니를 만났습니다.

　남편의 이름이 나빠서 집을 나온 여자는 무엇보다도 이름이 가장 큰 관심거리라서 할머니에게

　"저, 할머니 이름은 뭐라고 하시지요?"

하고 물어보았습니다.

　그랬더니 그 할머니는

　"내 이름은 '부자여신'이라고 해. 아주 잘사는 여신이란 뜻 아닌가? 그런데 남의 이름은 알아 무엇에 쓰려고 그러나? 그보다 먼저 자네 배창자나 채울 궁리나 하지그래."

하며 다시 마른 쇠똥을 줍기 시작하는 것이었습니다.

　집을 나온 여자는 마음속으로 '부자여신'이라는 이름을 가지고 겨

우 쇠똥을 줍고 있나?' 생각하며 쓴웃음을 지으면서 또 얼마를 더 걸어갔어요.

이번에는 길가에 있는 밭에서 쟁기질을 하고 있는 농부 하나가 보여서 또 그의 이름을 물어보았습니다.

"아저씨, 미안합니다만 아저씨의 이름을 좀 가르쳐 주세요."
하고요.

그랬더니 그 아저씨는

"내 이름은 세상의 재산들을 잘 지켜 주라고 해서, '재산지기'라고 한답니다."
하고 그의 이름을 대 주는 것이었어요.

그래 이 여자는 또 마음속으로 '그런 이름을 가지고 겨우 쟁기질이야?' 생각하며 계속 친정집을 향해 길을 가고 있었어요.

얼마만큼을 더 가니, 이번에는 죽은 사람을 무덤에 묻고 돌아가는 사람을 만나게 되었어요.

"어느 분이 돌아가셨나요?"
하고 물었더니요. 그의 대답은,

"'영생'이란 분이에요."
하는 것 아닙니까?

그녀는 또 '영생이라면 안 죽는 목숨이라야 할 텐데 그 사람도 죽다니?' 하고 생각하며 걸어가는 동안에, 비로소 새로이 깨닫는 게 있어, 이마를 손으로 툭 쳤습니다. 그건 '꼭 이름의 뜻 그대로만 되는 건 아니구나' 하는 깨달음이었어요.

    그래서 그녀는 비로소 이름 때문에 남편을 버릴 필요는 없다는 사
실을 깨닫고 남편 곁으로 돌아가
    "제가 잘못 생각했어요."
하고 빌고, 오래 함께 살면서 남편을 열심히 도와, 점점 더 살기 좋은
가정을 만들어 갔다는 이야깁니다.

당나귀와 두꺼비의 경주

자메이카

이것은 대서양 남쪽의 서인도 섬나라들 속에 있는 자메이카라는 나라의 옛날이야긴데요. 이 나라의 임금님은 짐승들의 달리기경주를 아주 좋아하셔서, 어느 때는 당나귀와 두꺼비에게 2킬로미터 달리기 경주를 시켜 보신 일도 있었다고 해요.

그런데 이들은 아무래도 짐승인지라 정말 지시대로 달리기나 해 줄 것인지 그게 의심스러웠어요. 2킬로의 거리를 다섯 부분으로 나누어서, 그러니까 4백 미터마다 한 개씩 푯말을 세워 놓고, 두 짐승이 그 다섯 개의 푯말 옆을 통과할 때는 반드시 그들의 특기인 노래를 불러 거기를 지나는 걸 알리라고 했습니다. 그러면 그 푯말들에서 멀지 않은 곳에 서 있는 심판들이 그 소리를 듣고 그들의 경주가 계속되고 있다는 것을 알 수 있게 말이에요.

이러한 규칙을 들은 당나귀는 반대가 없었습니다만, 두꺼비만큼은 무얼 좀 준비할 게 있으니 경주를 하루나 이틀만 연기해 달라고 해서, 왕은 하루만 연기해 주어 바로 이튿날 두 동물의 경주는 열리게 되었는데요.

경기가 열리기 전의 그 하루 동안에 능청스런 두꺼비는 그의 다섯 마리의 새끼들에게 일러서, 다섯 개의 푯말 가까이에 있는 풀섶 바닥에 미리 하나씩 숨어 있게 해 놓고는,

"내일 당나귀가 그 푯말들 옆에 와서 노래를 하거든, 바로 이어서 너희들도 노래를 해라. 그래야 내가 벌써 그 푯말 옆을 통과해 잠시 풀섶에서 쉬고 있는 걸로 모두 속을 것 아니냐?"

하고 비밀 명령을 내렸습니다.

이튿날 경주는 시작되었는데요.

물론 두꺼비가 느린 걸 아는 당나귀는 길가의 좋은 풀도 잠깐씩 뜯어 먹으며 여유 있게 달려가서 처음 푯말이 꽂혀 있는 곳에 닿자,

"잉힝힝! 힝힝힝힝! 두꺼비 놈보다야 내가 낫지. 암 낫고말고!"

하고 한바탕 큰 소리로 으스대는 노래를 불렀는데요.

그런데 아직도 따라오려면 먼 줄만 알았던 두꺼비의 노랫소리가 옆 풀섶에서 들려오는 것이 아닙니까?

"꾸르 꾸르 꾸르륵! 아 시원해! 당나귀를 이겨 먹으니 꾸르 꾸르 시원해!"

둘째 번 푯말이 서 있는 데에서도, 세 번째, 네 번째 푯말이 서 있는 데에서도 당나귀는 배 속에서 화딱지만 거듭 터지다가, 네 번째

의 푯말 옆을 떠날 때에는 채찍 대신에 꼬리를 말아 제 엉덩이까지 되게 후려갈기며 있는 힘을 다해서 달려갔으나 마지막 결승점의 푯말이 서 있는 곳에서도 그보다는 먼저 와서 풀섶에서 쉬고 있는 두꺼비의 노래를 들어야 했습니다.

"꾸르 꾸르 꾸르륵! 당나귀야, 네 아무리 이를 갈아도, 꾸륵 꾸륵 꾸르륵, 두꺼비 님일랑 이길 순 없어!"

이렇게 또 노래하면서 이번엔 정말의 그 아비 두꺼비가 풀섶에서 어슬렁어슬렁 기어 나오는 것 아닙니까? 마지막 결승점 옆의 풀섶에서는 이 아비 두꺼비도 그의 새끼 한 마리를 데리고 숨어 있었던 것이죠.

그래 이 경주의 우승자는 그 음흉한 두꺼비가 되었습니다만, 이 이야기를 하고 있는 저로 말하면 이 두 짐승의 어느 편도 될 수는 없겠군요.

비둘기와 부엉이의 내기

바하마

이것은 미국 밑의 남쪽 바다에 있는 서인도의 섬나라들 가운데 하나인 바하마의 흑인들 사이에서 만들어진 이야깁니다.

옛날에 바하마 섬나라의 어느 수풀 속의 수놈 비둘기 한 마리와 수놈 부엉이 한 마리가 이 나라 여왕의 예쁜 공주님을 너무나도 사랑하는 짝사랑에 빠졌어요.

둘이서 한동안을 싸우다가 마침내 타협을 하게 되었는데, 그 조건은 어느 주일의 월요일부터 금요일까지 닷새 동안을 서로 단식을 해더 오래 잘 견디어 이기는 편이 여왕님의 승낙을 얻어 공주님의 예쁜 손목을 한번 잡아 보자는 것이었습니다. 물론 이들은 새들이라서 감히 결혼 신청까지 할 생각은 꿈에도 하지를 못하구요.

그래 비둘기와 부엉이는 이 나라의 여왕님과 공주님을 먼저 찾아

뵙고 승낙을 간신히 얻어 내서 드디어 어느 월요일 아침부터는 비로소 단식으로 들어갔는데요.

비둘기는 산딸기나무 덤불 위에 앉고, 부엉이는 말라 죽은 큰 고목나무 가지에 앉아서 아무것도 먹지도 마시지도 않는 단식을 시작하게 되었어요.

첫날 아침에는 둘이 다 그들이 짝사랑하는 공주님을 생각하며 기분이 좋아서, 비둘기가

"이날은 월요일 아침이라네! 꾹구구! 꾹구구!"

하고 노래 부르면, 부엉이도 이어서

"우후훗! 우후훗! 그렇고말고!"

하며 서로 사이좋게 노래를 주고 또 받았지요.

그런데 그날 밤이 되어 사방이 캄캄해지자 비둘기는 그만 약아빠진 생각을 내게 되어서, 남들이 안 보는 틈을 타서 제가 앉아 있는 산딸기나무의 산딸기들을 슬슬 따 먹어 배를 불리고 있었습니다. 그리고 이튿날 새벽엔 또 산딸기나무에 내린 이슬들도 남모르게 서슴지 않고 쭐쭐 빨아들여 마시고 있었구요.

화요일 아침 해가 수풀 위에 떠올랐을 때에도 비둘기는 여전히 의기양양한 소리로,

"오늘은 즐거운 화요일이네! 꾹구구! 꾹구구!"

하고 기분 좋게 노래를 불렀습니다만, 하룻낮 하룻밤을 고목나무 위에서 바르게 단식한 부엉이의 응답하는 노랫소리는 자연히 그렇게까지 힘찬 것은 아니었어요.

이렇게 하여 수요일 목요일도 지나고 마지막 날인 금요일 아침이 되었는데요. 날마다 맛 좋은 산딸기와 새벽이슬로 배를 채운 비둘기는 여전히 기쁜 소리로,

"오늘은 즐거운 금요일일세! 꾹구구! 꾹구구!"

하고 노래했으나 그 뒤 거기에 화답하는 부엉이의 노랫소리는 한마디도 들려오지를 않는 것이었습니다. 뒤에 알아보니 정말로 규칙을 지켜 단식을 계속하던 부엉이는 이때에는 그만 굶주림을 못 견디어 죽어 있었던 거예요.

물론 비둘기는 이 내기의 승리자가 되어, 이 나라 여왕님의 예쁘신 공주의 귀여운 손목을 한번 잡아 보았죠.

그러나 그 손목은 우리 부엉이가 한번 잡아 볼 일이었다는 생각이 드는군요.

맹수의 주인 체사리노
이탈리아

먼 옛날, 이탈리아의 어느 높은 산에 가까운 시골 마을에 가난한 홀어머니가 살고 있었는데, 그에게는 체사리노라는 외아들이 있었습니다. 체사리노는 매우 건장한 젊은이로, 돈벌이에는 서툴렀지만 무슨 일을 잘해 내는 재능은 넉넉히 가지고 있었습니다.

어느 날 체사리노는 깊은 숲속을 지나다가, 문득 바위로 된 동굴 속을 호기심으로 들여다보게 되었는데, 그 속에서는 여러 마리의 새끼 사자와 새끼 곰과 새끼 늑대들이 살고 있었습니다.

체사리노는 그중에서 사자와 곰과 늑대를 각각 한 마리씩 슬그머니 안고 나와, 자기 집에다 두고 같이 먹여 기르면서 서로 친하게 지내도록 만들었습니다.

그래 이 세 맹수의 새끼들이 제대로 맹수 구실을 하게 될 만큼 자라자, 체사리노는 남몰래 그것들을 앞세우고 깊은 산속으로 돌아다니며 짐승들과 새들을 잡게 하여, 그걸로 어려운 살림을 꾸려 가게도 되었습니다.

그러나 이 사실만큼은 누구에게도 말하지 않기로 하고, 어머니에게도 그렇게 부탁을 했어요.

그의 바짝 이웃집 부인은 체사리노의 어머니와는 매우 가까운 친구 사이였는데, 이 부인이 어느 날 체사리노가 새와 짐승을 잘 잡아 오는 걸 눈치채고, 그의 어머니를 찾아와서 꼬치꼬치 묻는 바람에, 어머니는 아들의 신신당부도 깜빡 잊어버리고 사실을 그만 털어놓고 말았습니다.

그 부인에게서 이 사실을 들은 이웃집 사내가 이번에는 체사리노를 찾아와서,

"여보게, 이웃 사이에 그러긴가? 맹수들을 비밀리에 기르면서 사냥을 해 먹기라면 이웃 간에 같이 해 먹어야지, 어디 혼자서만 그럴 수가 있어?"

하고 따지고 대들며 한몫 끼워 달라고 덤비는 바람에 그는 생각해 보겠다고 하고 우선 사내를 되돌려보내긴 했으나, 밤새 생각을 해 보니 아무래도 맹수들을 데리고 떠나는 것이 좋을 것만 같아, 이튿날 첫새벽에 그곳을 재빨리 떠나고 말았습니다.

그리하여 육지와 바다의 먼 여행을 거쳐 드디어 이탈리아의 서남쪽에 있는 시칠리아라는 섬에까지 들어가게 되었는데요.

세 마리나 되는 맹수와 함께 지내자니 할 수 없이 거기에서도 깊

은 산속을 찾을 수밖에 없어, 어느 험한 산길을 더듬어 가고 있었는데 문득 호젓한 동굴 입구가 보여, 짐승들을 데리고 그 속으로 들어갔습니다.

그래 동굴 속에서 맹수들과 함께 피곤한 몸을 잠시 쉬고 있었는데, 이 동굴은 숨어서 수도하는 사람의 것이었던 모양으로, 얼마 후 긴 머리털과 긴 수염이 눈같이 하얀 점잖은 늙은 은사가 들어와서

"웬 불청객이 남의 집을 차지했는가?"

하며 빙그레 웃었습니다.

체사리노는 미안하다고 용서를 빌고, 몹시 지치고 배가 고프니 먹을 것을 좀 줄 수 없겠느냐고 물었더니, 은사는 소박한 음식이나마 친절하게 찾아내어 대접해 주었습니다.

체사리노도 가지고 온 사냥한 고기들을 꺼내어 구워서 은사와 함께 맛있게 나누어 먹었습니다.

그러고 나니, 그 은사는 갑자기 흥분하여 말하는 것이었습니다.

"젊은이, 자네는 맹수들의 주인으로 매우 용감하게 보여서 상의하려는 것일세. 시칠리아에는 요즘 아주 흉악한 용이 나와서 많은 사람들을 해치고 있다네. 이 용이 뿜는 독 기운을 조금이라도 쐬면 누구나 다 병이 들어 오래지 않아 죽고 만다네. 그리고 이 용은 날마다 한 명씩 사람을 먹어야지, 못 먹으면 미쳐 날뛰면서 사람들을 닥치는 대로 잡아먹기 때문에, 할 수 없이 임금님의 명령으로 하루에 한 사람씩 바치게 된 지가 벌써 오래되었네. 그 순서는 제비를 뽑아 정하는데, 내일은 이 나라 공주님이 뽑혀서 용에게 먹힐 차례라네. 그

러니 어떤가, 젊은이! 이 용과 한번 겨루어 이겨 보지 않겠나?"

은사가 하는 말을 듣고 보니, 체사리노의 의분도 불타오를 대로 불타올라서,

"영감님, 염려 마십시오. 내일부터는 이 나라 사람들이 편하게 밤잠을 잘 수 있게 해 보겠습니다."

하고 주먹을 불끈 쥐어 보였습니다.

이튿날 아침, 날이 밝기가 바쁘게 체사리노는 그의 부하인 세 마리의 맹수를 앞세우고 은사에게서 들은 대로 용이 나오는 곳을 향해 발걸음을 옮겼습니다.

그 흉악한 용이 나오는 곳은 요행히도 은사의 동굴에서 아주 먼 곳은 아니었는데, 체사리노는 그 가까이에서 이미 용에게 바쳐진 희생 제물로 처량한 모습으로 나와 앉아 있는 이 나라의 공주를 발견할 수 있었습니다.

그래 공주를 위로하고 안심시키고 있는 참인데, 제때가 되니 그 흉악한 괴물 용은 차마 보기에도 힘겨운 너무나 징그러운 머리와 얼굴로, 긴 혀를 내놓고 독한 기운을 뿜어 대며, 가련한 공주를 향해 날카로운 발톱들을 벌리고 덤벼 오고 있었습니다.

물론 이때만을 기다리고 있던 체사리노는

"자아, 지금이다!"

하고 소리치며 세 마리의 맹수들을 그 징그러운 용을 향해 달려 보냈습니다.

여러 시간 걸리는 싸움이 용과 세 맹수들 사이에 벌어지게 되었

습니다만, 여럿이 뭉친 힘은 싸움에서는 역시 무서운 것이라 사나운 용도 마침내는 여기저기 맹수들의 발톱과 이빨에 찢긴 너저분한 시체로 드러눕고 말았습니다.

그래서 체사리노는 그 용을 물리친 기념과 증거로 용의 긴 혀를 잘라서 간직해 가지고는 이 자리를 떠났는데요.

여기에 이야기가 또 한 꼬리를 달게 되었으니, 그건 다름이 아니라 이 어마어마한 싸움이 끝나고 체사리노와 맹수들이 이곳을 떠난 바로 뒤에, 마침 이곳을 지나던 마음씨가 바르지 못한 한 농부가 죽어 나자빠진 용을 보고, 머리를 잘라 자루에 담아 등에 메고 희생에서 풀려나 궁전으로 돌아가고 있는 공주의 뒤를 따라간 것입니다.

그래 이 뻔뻔한 농부는 왕의 앞에 제가 베어 온 용의 머리를 꺼내 놓으며,

"죽게 된 공주님을 살려 내기 위해 용과 싸워 이겨서 그 머리를 잘라 온 건 저이오니 공주님만큼은 제 아내로 맞이할 수 있도록 승낙해 주옵소서."

하고 간청해서 왕의 승낙이 내리게 되고, 성대한 축하 잔치까지 베풀어지게 되었습니다.

그런데 이 가짜 승리자가 그의 거짓말 덕으로 융숭한 대접을 받고 지낼 때, 마침 그곳 서울에 볼일이 있어 들렀던 은사는 체사리노 아닌 가짜가 승리자 행세를 하고 있다는 소식을 듣고 분개하여 곧 자기의 동굴로 돌아가서 이 사실을 체사리노에게 알렸습니다.

체사리노도 일이 이렇게 거짓으로 진행되는 것을 알고는 그대로

잠자코만 있을 수는 없어, 용을 죽였을 때 승리의 증거와 기념으로 잘라 두었던 용의 긴 혀를 꺼내 잘 싸서 보따리에 담고 왕궁으로 길을 떠났습니다.

드디어 왕의 앞에 안내되자 체사리노는 무릎을 꿇고 앉아,

"국왕 폐하!"

하고 왕을 부르며 고하기 시작했습니다.

"제가 폐하를 찾아뵌 것은 용을 죽이고 공주님을 구해 낸 공으로 상을 타기 위해서가 아니라, 거짓이 진실 대신 행세하고 있는 나쁜 버릇을 바로 해야겠다는 생각 때문입니다. 제가 그 악독한 용을 죽인 장본인이라는 것은 그때 현장에서 보신 공주님도 저를 다시 보면 잘 알아보시리라고 믿습니다만, 그런 수고를 끼쳐 드리지 않고도 산 증거가 바로 여기 있습니다."

이렇게 말하면서 그는 보따리에 넣어 가지고 왔던 용의 혀를 꺼내어 들고, 다시 말을 이었습니다.

"거짓말쟁이 농부가 제가 죽인 용의 머리를 뒤에 잘라 가지고 왔다는 소식도 들었습니다만, 그럼 그 용의 머리에 혀가 남아 있는가 없는가를 자세히 살펴보게 하여 주시옵소서. 그게 혀가 이미 잘린 머리라면, 그 용을 정말로 죽인 사람은 혀를 먼저 잘라 가진 사람 아니겠습니까? 여기 바로 그 용의 혀가 있으니, 누구를 시키어서 그 참 거짓을 가려보게 하도록 해 주시옵소서."

그래 그의 말대로 자세히 조사해 보니, 아니나 다를까 농부가 가져온 용의 머리에는 혀가 잘려 있었고, 또 체사리노가 가져온 그 혀

를 잘린 자리에 갖다 맞추어 보니 척 들어맞는지라, 왕은 그 자리에서 즉시 거짓을 꾸민 농부를 붙잡아 가두고, 점잖은 용사 체사리노를 공주의 확실한 신랑으로 뽑았습니다.

그 자리에는 체사리노의 늠름하고도 잘생긴 얼굴과 모습을 이미 보아 잘 기억하고 있는 공주가 몸소 나타나,

"이분이 바로 그분이에요!"

하고 환호하는 소리로 그를 맞이하고 얼싸안았습니다.

거기에 모인 사람들은 누구랄 것 없이 모두 박수갈채를 보내며 만세를 불러 두 남녀의 너무나 잘 어울리는 결합을 축하했습니다.

체사리노와 공주는 오래잖아 성대한 결혼식을 올렸고, 체사리노의 초청 편지를 받은 그의 어머니와 하나뿐인 누이동생까지도 행복한 두 사람과 함께 살게 되었습니다.

그런데 사람들 사이의 인연의 진행이라는 건 참으로 복잡 미묘한 것이라, 체사리노의 처가인 왕의 집안에서는 체사리노를 시기한 나머지 죽이려는 사람들이 생기게 되었습니다.

다른 게 아니라 체사리노와 그의 아내가 된 공주에게 왕의 사랑과 혜택이 점점 더해 가게 되자 이를 시새워하기 시작한 다른 공주들과 여기에 편을 든 왕비의 체사리노에 대한 미움도 점차 커지기만 하여 마침내는 체사리노를 죽여 없애려는 데까지 이른 것이 바로 그것이었습니다.

그들은 작당하여 모의를 한 끝에, 큰 짐승의 뼈를 송곳 끝처럼 날카롭게 만들어 여기에 독약을 발라서, 체사리노가 밤에 자는 침대의

요 밑에 감추어 세워 두기로 한 것입니다.

그런 줄도 모르는 체사리노는 밤에 자려고 침대에 누울 때 흔히 젊은 사람들이 습관처럼 하듯이 폭삭 소리를 내며 온몸을 한꺼번에 거기 내던지다가 그만 왼쪽 허리가 그 뼈송곳에 찔리어, 거기 발라 둔 독약 기운이 잠깐 동안에 온몸에 퍼져서 아깝게도 목숨을 잃고 말았습니다.

이렇게 되자 큰 슬픔에 잠긴 왕은 가장 성대한 장례식을 치르도록 온 조정에 명령을 내리어 그 준비에 신하들은 바쁘게 되었는데, 이 때 체사리노를 독살케 한 왕비와 공주들은 혹시라도 체사리노의 세 맹수들이 그가 죽은 사실을 알게 되면 반드시 복수를 할 것이라고 예견하고 두려워한 나머지, 맹수의 귀들을 두루 끈끈하게 녹인 납으로 틀어막아 놓았습니다.

그러나 우연한 실수로 늑대의 한쪽 귀만은 조금 허술하게 막아져서 큰 소리만큼은 대강 들렸기에 체사리노의 장례식 날이 되자, 여러 사람들이 큰 소리로 그의 죽음과 장례를 두고 하는 말들을 알아들을 수가 있었습니다.

늑대는 깜짝 놀라, 자기 귓속의 납과 사자와 곰의 귓속의 그것도 셋이서 힘을 합쳐 다 빼내 버린 다음에, 함께 체사리노가 묻힐 곳을 향해 달려갔습니다.

도중에 체사리노의 관을 메고 가는 인부들과 뒤따르는 신부 일행을 만났는데, 그들은 세 맹수를 보자 기겁해 관을 놓고 모두 달아나 버렸습니다.

맹수들은 땅에 놓인 관을 재빨리 열어젖히고, 체사리노의 시체에 입힌 수의를 찢어 버린 다음에, 알몸만을 드러내 놓고 여기저기 살피다가 드디어 왼쪽 허리에 입은 독침의 상처를 발견해 냈습니다. 그래 사자가 냉큼 여기 적합한 약이 무엇인지를 알아차리고,

"여보게 곰 군. 약은 먼 곳에 있는 게 아니라 자네 배 속에 들어 있으니, 그건 딴게 아니라 바로 자네 배 속의 기름기일세. 아무래도 그걸 좀 꺼내 써야 할 형편이야."

하며 곰의 동의를 얻어 그 앞발 하나를 서슴지 않고 곰의 목 속으로 깊이깊이 집어넣었습니다. 그동안 곰은 사자의 앞발이 되도록 빨리 그의 배 속의 기름 덩이를 뜯어낼 수 있게 해 주기 위해 키를 좀 더 나지막하게 하려고 몹시 애를 쓰고 있었습니다.

그래 사자는 곰의 기름기를 배 속에서 꺼내 가지고 체사리노의 상처에 먼저 발라 부드럽게 한 다음, 거기에 입을 대고 상처로부터 들어간 독 기운을 꽤 오랫동안 빨아냈습니다. 그러고는 그 상처에 묘한 약풀을 뜯어다가 붙여 놓았습니다.

그랬더니 오래지 않아서 체사리노의 몸에서는 다시 피가 돌기 시작하고, 숨결도 다 돌아와서 그는 벌떡 살아 일어서게 되었습니다.

체사리노의 아내와 장인인 왕과 착한 사람들의 기쁨이 어떠했겠습니까? 그러나 악독한 사람들은 법에 따라 모두 처형되었습니다.

부처님의 나이

인도

석가모니 부처님이 그 몸을 가지고 살고 계셨던 어느 날, 새로 온 제자 하나가 앞에 나타나서,

"부처님, 부처님의 나이는 올해 몇 살이십니까?"

하고 물은 일이 있었습니다.

그러나 부처님께서는 그의 나이가 몇 살이라는 대답은 하지 않으시고 도리어 그 제자에게 아래와 같은 질문을 하시었습니다.

"너, 히말라야 산맥의 산들이 얼마나 높고 크고 또 많은가는 잘 알고 있겠지? 그것들을 가령 모조리 가느다란 떡가루같이 망가뜨려 놓는다면 그 수효가 몇 개나 되겠는지를 말해 보아라."

제자는 그 수효가 몇 개나 되는지 잘 생각이 안 나서,

"그것은 하늘의 별들보다도, 갠지스 강의 모래들보다도 더 많을

것이어서 잘 헤아려 알 수가 없나이다.”

하고 대답할 수밖에 없었습니다.

그러자 부처님께서는 다시 말씀하셨습니다.

“너, 우리가 쓰고 있는 시간 단위 가운데 가장 긴 것이 ‘겁’이라는 것은 잘 알고 있겠지? 이 세상의 시간 수로는 4억 3천2백만 년이 되는 길이가 아니냐? 1겁이 지날 때마다 떡가루같이 가늘게 망가뜨려 놓은 그 히말라야 산맥의 가루들을 하나씩 하나씩만 떨어뜨려 간다면 몇 겁이 지나서 그 가루를 두루 다 떨어뜨릴 수 있겠느냐?”

그러나 새로 온 제자는 이 시간 수도 너무나 엄청나게만 느껴질 뿐 도무지 요량이 서지 않습니다. 그래서 그저

“모르겠사옵니다.”

하고 대답할 수밖에는 없었습니다.

부처님은 얼굴에 한정 없이 너그러운 미소를 띄우시고 말씀하셨습니다.

“잘 듣고 깊이 생각해 보아라. 히말라야 산맥의 산들을 망가뜨려 놓은 가루도 많기는 많고, 또 그것들을 1겁에 하나씩 떨어뜨리자면 그 시간 수도 많기는 많이 걸리겠지. 그래도 그것은 한정이 있는 수효니 드디어 언젠가는 다 떨어뜨릴 수가 있을 것이다. 그렇지만 내 나이는 한정이 없이 영원한 것이어서 셀 수가 없는 것이니라.”

물론 석가모니 부처님께서 기원전 544년에 이 세상의 목숨을 끝마치셨을 때 그 육체의 나이는 겨우 80세였습니다. 그분이

“내 나이는 영원해 끝이 없다.”

하고 말씀하신 뜻은 육체를 가지고 이 세상에 사신 그 나이를 두고 그러신 게 아니라, 그의 정신의 목숨이 끝나서는 안 되는 것임을 생각하고 말씀하신 것이지요.

그분이 이 세상에서 육체의 목숨을 떠나신 지가 2천5백 년도 더 되지만 아직도 불교 속에 그 정신으로는 건전하게 살아 계시는 것을 우리는 잘 알고 있습니다. 끝없을 미래에도 또한 그러실 것을 짐작하고 있느니만큼, 우리가 생각하기에도 그분의 정신의 나이가 영원하다는 말씀은 충분히 이해가 됩니다.

곡식과 솜 이야기
한국

삼국시대의 신라 초기에 인관이와 서조라는 두 사내가 살고 있었
는데요. 그때는 물건을 사는 데 쓰는 돈이라는 것이 아직 생겨나지
않아서 시장에서도 물건과 물건을 서로 맞바꾸어 생활을 하고 지내
던 때였습니다.

인관이라는 사내는 자기 집에서 만든 솜을 한 뭉치 가지고, 서조
라는 사내는 또 자기네가 농사지은 곡식을 한 광주리 가지고 시장에
나가, 솜과 곡식을 서로 바꾸어 가지고 와서 그들 집의 툇마루에 우
선 놓아두었습니다.

그러니까 원래 인관이의 것이었던 솜이 서조네 집 툇마루에 가서
놓이게 된 것이지요.

그런데 서조네 집 식구들이 잠시 집을 비운 사이에, 인관네 집에

서 기르는 눈이 밝은 매 한 마리가 사냥할 새를 찾아 공중을 맴돌았습니다.

문득 서조네 집 툇마루 쪽을 내려다보니, 거기에 눈에 익은 저의 집 솜뭉치가 덩그렇게 옮겨 놓여져 있는 게 보였습니다. 매는 재빨리 내려와서 두 발톱으로 그걸 채어 들어다가 도로 저의 집인 인관이네 집 툇마루에다 떨어뜨려 놓았습니다.

매의 머리로는 그러는 것이 옳은 일이라고 생각을 한 것이지요.

인관이는 뒤에 이 솜뭉치가 자기 집으로 되돌아온 것을 보고는 그것이 사람의 짓이 아니라 그의 집 매가 한 일인 걸 눈치채고, 그걸 가져다가 서조네에게 되돌려주며 말했습니다.

"이것은 매가 한 짓이니 과히 허물치 마시오."

그러나 서조의 생각은 또 달랐습니다.

"우리는 사람이 사는 법으로 곡식과 솜을 가격 쳐서 서로 바꾸어 가졌지만, 하늘을 날아다니는 매는 매들이 사는 법으로 이걸 이미 댁에 도로 가져다 놓았습니다. 하늘의 영특한 새인 매가 하늘의 뜻을 받아 도로 채 간 것을 어떻게 또 사람이 참견합니까? 못 받겠으니 도로 가져가시지요."

이것이 서조의 의젓한 주장이었습니다.

그렇지만 인관이도 이에 지려고 하지는 않았습니다.

"정 그런 생각이시라면 좋습니다. 제가 가져간 곡식도 도로 갖다 드릴 터이니 받으십시오."

두 사람은 서로 사양하며 받으라느니 못 받겠다느니로 꽤 오랫동안 옥신각신 실랑이를 벌였습니다.

그러나 어느 한쪽으로도 매듭을 지을 수는 없었습니다.

궁리궁리한 끝에 두 사람이 합의한 것은, 그들이 바꾸어 가진 그 곡식과 솜을 다시 가져다가 장에서 바꾸던 바로 그 자리에 놓아두고 오는 일이었습니다.

말하자면 사람과 사람 사이에서 처리할 수 없는 것들은 그것들의 본고향인 자연과 하늘에 돌릴밖에는 딴 도리가 없다는 생각에서였지요. 그래 그들은 그들이 합의한 것을 그대로 실행했습니다.

이 이야기가 사람들의 입과 귀를 통해 널리 퍼져서 마침내 이 나라의 임금님께서도 아시게 되자 임금님은 이 욕심 없는 두 사내에게 적당한 벼슬을 내려 주었다는 이야깁니다.

1만 년을 큰 소나무에서 살아온 새

몽골

한동안은 이 세계를 짓이기고 다녔고, 또 우리 고려까지도 손아귀에 넣었던 영웅 칭기즈칸의 나라 몽골을 잊지 않으셨겠지요?

몽골의 북쪽에 있는 항가이라는 높고 험한 산의 아주 높은 낙락장송 소나무 위에 1만 년을 하루처럼 지내 온 대단한 새 한 마리가 살고 있었는데요. 이 새는 오랫동안을 그 큰 소나무의 솔바람 소리에 숨결을 맞춰 살아온 나머지, 참으로 미묘하게도 아름다운 노래를 불렀고, 또 언제부턴지 사람들의 말도 잘 알아듣고 또 말을 할 줄도 알았다고 해요.

이 이야기를 들은 몽골 사람들은 누구나 이 새를 한번 만나 보기가 소원이었고, 또 될 수 있으면 사로잡아 가지기가 소원이었으나 이 새는 어떻게나 영리한지 아직은 아무도 사로잡아 데리고 지내 본 사람은 하나도 없었는데요.

어느 날 동쪽 나라의 일테겔이라는 왕이 쓰윽 나서서,

"내가 그놈을 기어코 손에 넣고 말겠다."

하고 호언장담을 하며, 그 험한 항가이 산을 신하들과 함께 조심조심 올라갔습니다.

드디어 큰 소나무 위에 앉은 1만 살짜리 새를 만나게 되었는데요.

그 새가 먼저 왕에게 말하기를,

"당신은 나를 잡고 싶어서 오셨으니까, 자, 어서 가져 보세요."

하고는 일테겔 왕의 오른손 위에 사뿐히 내려앉았습니다. 그러고는 다시 이어서 말하기를,

"그렇지만 말이라는 건 하기로 하면 끝이 없는 거니까, 우리 둘이 주고받는 말도 그만 뚝 끊어져 버려서는 절대로 안 되고요. 또 우리가 하는 말을 듣는 쪽에서도 잠시도 슬퍼한다든지 하는 그런 느낌을 가져서도 안 됩니다. 이 두 가지만 끝까지 잘 지킨다면 나는 당신이 오지 말래도 따라가겠지만, 못 지킨다면 당신의 권력 전부를 동원한대도 나를 손에 넣을 수는 없을 겁니다. 자, 그럼 시작해 볼까요?"

이렇게 이야기를 시작했는데요. 그 이야기는 얼추 아래와 같은 것이었습니다.

"대왕님, 들어 보세요. 이 나라에 한 사냥꾼이 있었어요. 어느 날 사랑하는 개와 함께 사냥을 나갔다가, 산길에서 고장이 난 소달구지를 멈춰 세우고 어쩌지를 못하고 있는 한 사내를 만났거든요. 그래 고장 난 소달구지 임자가 달구지를 고칠 기술자를 데리러 간 사

이 이 소달구지의 짐과 소를 함께 지켜 주고 있었는데요. 문득 끼니 때가 되자, 사냥꾼은 장님인 그의 어머니가 끼니를 제대로 못 챙길 것을 걱정해 개한테 소달구지 지키는 일을 대신 맡기고는 집으로 돌아가서 어머니의 끼니를 차려 드리고 왔어요. 그사이에 고장 난 소달구지 임자는 기술자를 데려와 소달구지의 고장 난 곳을 말쑥이 잘 고쳐 가지고 가면서, 그걸 잘 지켜 준 사례로 은전 한 닢을 개의 입에 물려 주고 갔는데요. 그 뒤에 와서 개가 물고 있는 은전을 본 사냥꾼은 저 혼자의 상상으로 그의 개가 소달구지 짐 속에서 훔쳐 낸 걸로 생각하고 몽둥이로 쳐 죽여 버리고 말았대요."

이야기가 여기까지 와서 뚝 끊어지자, 왕은 어떻게든 새의 말을 받아 이어 가야 하기 때문에,

"그거 안되었군. 가엾은 건 그 개로군!"

하고 한마디 하지 않을 수 없었는데요.

그러자 어느 사인지 그 만 살짜리 새는 쏜살같이 날아가서 그의 소나무 위에 가 다시 앉고 말았습니다. 왕이 불쌍히 여겨 서러워하는 감정을 잠시나마 마음속에 일으켰기 때문이지요.

왕은 다시는 무슨 이야기에도 서러운 느낌을 일으키지 않기로 단단히 작정하고 며칠 뒤 두번째로 항가이 산 위의 만 살 먹은 새를 찾아 산길을 더듬어 올라갔습니다. 그래 솔바람 속에서 곱게 울고 있는 그 새를 불러내어 다시 그의 손 위에 앉게 했는데요.

새는 이날도 억울한 목숨의 서러운 이야기를 시작했습니다.

"이 나라에 아기를 가진 젊은 어머니가 있어, 어느 날 먼 샘에 물

을 길러 가면서 그녀가 기르는 고양이더러 아기를 잘 좀 지켜 달라고 부탁을 했는데요. 고양이가 아기 얼굴에 달라붙는 파리를 쫓으며 아기를 지키고 있노라니까, 어디서 쥐란 놈이 기어들어 와서 아기 옆으로 오는지라 이것을 쫓아내며 뒤따르다가 잠시 밖으로 나갔어요. 그 틈에 또 한 마리의 쥐란 놈이 아기 옆으로 침입해 들어와서 아기의 한쪽 귀를 물어뜯었습니다. 아기의 울음소리에 깜짝 놀란 고양이는 아기 곁으로 달려오다가 이 고약한 쥐를 보고 그 자리에서 물어 죽였어요. 그런데 샘에서 돌아온 주인 여자는 아기의 한쪽 귀가 물어 뜯긴 걸 보고 '이놈의 고양이가 주인의 부탁을 어기고 흉한 마음을 먹고 귀 한쪽을 베어 먹었다!'라고 잘못 생각하고 즉시 그 애꿎은 고양이를 쳐 죽여 버렸습니다."

이야기가 여기서 끝나자, 왕은 또 바로 이어 뭐라고든 말해야 할 판이 되어서

"서러운 것은 그 좋은 고양이군!"

하고 한마디를 안 할 수가 없었는데요.

그러자 또 그 만 살을 자시도록 살아온 새는 사르르 날아올라 큰 소나무의 미묘한 솔바람 소리 속에 가 안기고 말았습니다.

그래 아직도 서투른 마음을 한탄하면서 왕궁으로 돌아온 왕은 많은 마음의 훈련을 쌓은 다음에 '이번에는……' 하면서 다시 항가이 산으로 그 새를 찾아가서 불러내어 손 위에 앉히고, 산을 내려가며 이야기를 듣기로 했는데요. 새는 왕이 걸어가는 길길이 그 손등 위에서 이야기하기를,

"어느 해에 이 나라에 지독한 가뭄이 몰아닥쳐서 알바이라는 사내는 가뭄이 없는 곳에 가 품팔이라도 해 먹으려고 샘도 두루 말라붙은 어떤 산을 올라가다가 지쳐 잠시 쉬고 있었는데요. 바로 머리 위에서 똑 똑 똑 똑 하는 물방울 듣는 소리가 귀에 들려서 올려다보니 그건 정말 물방울이었어요. 그래 보따리에서 잔을 하나 꺼내어 한참 받아서 모아 보니 한 잔 가까이 되었습니다. 그걸 마시려고 마악 입에 갖다 대려는 순간에, 문득 난데없는 까마귀가 한 마리 날아들어 잔에 부딪쳐 물을 엎질러 버렸어요. 알바이는 화가 치밀어서 그 까마귀를 그만 돌팔매를 쏘아 맞히어 죽였습니다. 바로 이곳을 떠나려고 몇 걸음 더 걸어 오르면서 보니, 큰 독사 한 마리가 깊은 낮잠에 들어 있었는데, 그 벌린 입의 독이빨들 사이에서 독한 침이 한 방울씩 이어서 떨어지고 있는 것 아닙니까? 이것이 바로 아까 알바이가 그의 잔에 받았던 물방울의 정체라는 걸 비로소 알자, 알바이는 억울하게 죽은 까마귀에게 머리를 들 수가 없었습니다."

하는 것이었습니다.

그래 또 왕은 뭐라고 한마디를 하지 않을 수 없어,

"아, 참 가엾은 것!"

하고 까마귀를 생각하며 혼잣말을 했더니, 그 서슬에 새는 다시 왕의 손등을 떠나 항가이 산 위의 소나무를 향해 날아가며 말했습니다.

"대왕님, 그래 가지고는 당신은 나하고 같이 살 자격은 없구만요."

남이 꾼 꿈을 산 사람의 이야기
일본

옛날 옛적에 일본의 어느 산골에 사는 두 촌사람이 점심 도시락을 싸 가지고 산으로 땔나무를 하러 갔는데요.

열심히 떨어진 나뭇가지들을 줍기도 하고, 낫으로 베기도 하면서 모아 가다가 보니, 아직 점심때가 채 안 되었는데도 배들이 고파져서 도시락들을 펴 놓고 게 눈 감추듯 맛있게 먹고 났지요. 그러고 나니 또 자연히 졸음이 와서 '한잠 자고 일하면 능률이 날 것이다' 하여, 둘이 나무 그늘 밑에 나란히 사지를 한껏 뻗고 누워 낮잠을 청했는데요.

한 사람은 잠이 아주 잘 와서 눕자마자 이내 코를 드르렁드르렁 골며 세상 모르고 단잠에 빠졌는데, 또 한 친구는 아무리 잠을 청해 몽그작거려 보아도 그냥 맹숭맹숭하기만 하여 뜬눈으로 애꿎은 담배만 뻐끔뻐끔 피우고 있을 수밖에 없었습니다.

그랬는데요, 한참 지나서 단잠을 자던 친구는 큰 하품을 코와 입으로 두두룩이 하면서 기지개를 켜고 일어났는데, 너무나도 꿀 같은 단잠을 자서 그런지 콧구멍에서는 꿀만 쫓아다니는 벌 한 마리가 윙하고 나와 하늘로 솟아올랐습니다.

벌이 날아가는 것을 멍하니 보고 있던 잠이 깬 사내는

"꿈도 별 꿈이 다 있지."

하며 금방 꾸고 난 꿈 이야기를 식기 전에 바로 이야기하기 시작했는데요.

그 내용을 소개하자면, 꿈속에서 그가 간 곳은 일본의 오사카라는 큰 도시의 어느 큰 부잣집 뒤뜰이었는데요. 뒤뜰에 만들어 놓은 조그만 언덕 속에는 번쩍번쩍하는 금이 그득히 들어 있는 큰 항아리가 묻혀 있더라는 것입니다.

이 이야기를 듣고 있던 친구는 그런 꿈의 효력도 상당히 많이 믿고 살던 사람이어서, 그 꿈 이야기에 귀가 번쩍 뜨여,

"그래? 그 오사카의 부자 이름은 뭐라고 하던가?"

하고 귀 딱지를 떼고 덤벼들었습니다. 그래서 그 꿈꾼 사내가

"아, 그만 꿈속이라서 이름까지는 물어 두지 못했군. 뒤뜰에 예쁘게 만들어 놓은 언덕에는 큼직하고 멋진 소나무가 한 그루 솟아 있었고, 그렇지, 그리고 그 아래에는 나지막한 땅대밭이 쫘악 깔려 있더군. 아까 말한 금 항아리는 그 땅대밭 밑에 틀림없이 묻혀 있었네."

하고 보충 설명을 하는 소리를 듣고는 더욱이나 입맛이 당겨서,

"이 사람아. 그만 덮어놓고, 그 꿈을 나한테다 팔게! 팔어! 꿈값은 며칠 사이에 섭섭지 않게 갖다가 줌세."

하고 꿈꾼 친구 옆으로 바짝 다가와서는 그의 두 손을 덥석 움켜쥐었습니다.

"야, 이 사람아. 꿈을 어떻게 다 팔고 산단 말인가! 아서, 아서."

하고 꿈꾼 사내가 아무리 타일러도 막무가내여서,

"정 그렇거든 살 테면 사라."

하고 그날 오후의 일을 마친 다음에 각자 집으로 돌아갔습니다.

꿈을 사겠다는 사내는 집으로 돌아오자 친구가 꾼 꿈 이야기를 자세히 아내에게 들려주고, 가난하기는 마찬가지인 아내만 들볶기 시작했습니다. 친정에 가서 그 꿈을 살 돈을 얻어 오라구요.

아내의 친정은 지내는 형편이 어느 만큼 넉넉한 편이기는 했습니다만, 남이 꾼 꿈을 사기 위해 돈을 빌려 오라는 남편의 요구에는 아내도 그만 어안이 벙벙할밖에 없었습니다.

"아니 남이 꾼 꿈을 돈을 주고 사다니요? 그것도 빚까지 내서요?"

아내는 처음엔 반대를 했습니다만, 고지식한 남편이

"남의 꿈을 사 가지고 성공한 일은 옛날에도 더러 있었다고 하지 않아? 장인한테 가서 잘 말해서 빚만 얻어 오면, 반쯤은 꿈값으로 지불하고, 나머지 돈으론 꿈속에 나온 오사카의 제일 부잣집을 찾아가서 뒤뜰 언덕 속에 정말로 금 항아리가 묻혔는지 확인해 봐야만 견디겠어. 사람의 운수란 알 수 없는 것 아니야? 내 생각에는 거기서 그 금 항아리가 틀림없이 나를 기다리고 있을 것만 같아. 그러니, 장인어른한테 가서 간절히 한번 사정해 보라구."

하며 애처롭게까지 매달리는 바람에 어쩔 수 없이,

"그럼 하여간 가서 사정이나 해 봅시다."

하고 친정아버지를 찾아갈 수밖에 없었습니다.

그래 그녀가 딴 마을에 사는 친정아버지를 찾아가서 무릎을 꿇고 앉아 그 말을 했더니,

"세상에 별 미친놈도 다 보겠다."

하며 친정아버지도 처음엔 거세게 잡아떼었으나, 딸이 거듭거듭,

"남편을 그대로 내버려 두면 어찌 될는지 모르니, 사람 하나 살리는 셈 치시고 이번 한 번만 도와주세요. 도와주세요."

하고 간절히 간절히 호소하는 바람에 마침내

"그래 그까짓 돈 좀 잃어버린 셈 치지."

하면서 이런 경우에 쓰일 만큼의 돈을 사랑하는 딸의 손에 쥐여 주었습니다.

그리하여 아내의 손에서 이 돈을 다시 옮겨 받은 우리 꿈에 들린 놈팡이는 즉시 그 꿈의 임자를 찾아가서 꿈값을 적당히 치르고, 나머지 돈을 노자로 하여 먼 도시 오사카의 나그넷길을 떠났습니다. 니가타에서 오사카까지 640킬로미터나 되는 그 먼 길을 와라지라는 이름의 짚신을 신고 터덕터덕 터덕터덕 걷고 또 걸었습니다.

참으로 여러 날 만에 오사카에 당도해서는 아는 것이 그뿐이라,

"여보시오. 이 오사카에서 첫째가는 부잣집이 어느 집이지요?"

하고 길 가는 사람마다 붙들고 물었더니 그중에 어떤 사람이

"아아, 그렇다면 기베 씨 댁인 모양이군요."

하면서 그 집을 찾아가는 길을 가르쳐 주어서, 그 가르쳐 준 것을 다시 여러 번 길 가는 이들에게 되물어 겨우 거기를 찾게 되었어요.

그래 기베 씨의 큰 집 앞에 와서는 대문을 두들겨서 주인을 만나

"댁의 뒤뜰 언덕 위에 큰 소나무가 한 그루 서 있는가요?"

하고 먼저 물었지요.

"그렇습니다."

하는 기베 씨의 대답을 듣자 또

"그리고 그 소나무 아래에는 땅대 덤불이 쫙악 깔려 있나요?"

하고 물어서, 그것도 그렇다는 확인 대답을 듣고 나서는,

"오오, 그럼 이 집이 틀림없군. 잘 찾아오기는 썩 잘 찾아왔어. 그렇다면요, 저를 오늘 하룻밤만 댁에 재워 주실 수가 없겠습니까? 사실은 댁의 뒤뜰 언덕 밑에 금이 그득히 든 항아리가 하나 묻혀 있다는 걸 알고 그걸 캐러 왔거든요."

하고 완전히 정직하게 말씀을 드렸습니다.

그래 이 꿈만 먹고 살려는 니가타 촌 나그네가 열심히 하는 말을 귀담아들은 부잣집 주인 기베 씨는 그로서도 처음 듣는 말이긴 하지만 '우리 집 뒤뜰 언덕 밑에 금이 든 항아리가 정말로 묻혀 있다면 남을 줄 수야 있나' 하는 생각이 마음속에서 모락모락 일어나서,

"아무튼 들어오셔서 하룻밤 머무시지요."

하여 그를 집 안으로 마지못해 들이고는,

"거기를 파 보는 일은, 오늘은 이미 날이 저물어 가니 내일 하도록

합시다."

하고 잘라 말했습니다. 그 까닭은 다름이 아니라 이 사내가 밤에 자는 동안에 몰래 먼저 슬그머니 파 보고자 한 때문이죠.

그런데 밤에 기베 씨가 하인들을 시켜 그곳을 파 보았더니요. 거기에선 정말로 큰 금돈 항아리가 나오긴 나왔습니다만, 뚜껑을 막 열어젖히자 그 속에 그득히 들었던 금들은 이상한 소리를 내며 하늘로 날아가 버리고 말았어요. 이 사람이 그 금의 진짜 주인은 아니었으니까요. 그래 집주인은 빈 항아리를 그 자리에 다시 묻게 하고, 이튿날 아침 자고 일어난 니가타 촌 나그네를 찾아가서,

"날이 밝았으니 어서 우리 뒤뜰 언덕 밑을 파 보셔야지요. 다만, 흙을 판 자국이 있는 건 얼마 전 거기에 있는 땅대들이 죽어 버려서 새 것들을 갈아 심느라고 그리된 것이니 그리 아시기 바랍니다."

하며 소원대로 가서 파 보라고 했습니다.

처가의 돈으로 남의 꿈을 하나 사서 여기까지 천 몇백 리 길을 걸어온 니가타 촌 나그네는 냉큼 뒤뜰로 달려가 이 집 하인들의 도움으로 언덕을 파 보았고, 또 얼추는 돈 주고 산 꿈에 맞게 항아리까지도 파내 보기는 하였습니다만, 그 속이 텅 비어 있는 걸 어떡합니까?

그래 니가타 사내는

"이거 미안합니다, 미안합니다. 여기를 판 댁의 일꾼들에게 사례할 돈이 너무나 적어 미안합니다."

하며 옷 속에 남겨 두었던 마지막 푼돈을 다 털어 놓고는,

"저는 인제부터는 할 수 없이 빌어먹으면서 니가타 우리 집까지

또 터덕터덕 걸어가야만 하게 되었구만요."

하면서 이 오사카의 부잣집을 떠나야만 했습니다.

끼니마다 길가의 마을에 들러 창피하게 밥을 빌어먹으며 천 몇백 리의 고향 니가타까지 걸어가면서, 이 꿈의 사나이는 여러 번을 그만 스스로 목숨을 끊어 버릴까 어쩔까 망설이기도 해서, 강물 위에 놓인 다리를 건널 때마다 한동안 썩은 강물을 얼빠지게 굽어보고 있기도 했습니다만, 드디어는 거지 거지 상거지가 되어 고향 집 가난한 아내의 곁에 다시 서기는 서게 되었습니다.

그런데요, 꿈속의 일들은 생시의 일보다도 훨씬 더 감칠맛 있게 척척 들어맞고, 또 꿈의 임자가 아무리 도망쳐 피하려 해도 그 뒤를 졸래졸래 늘 따라만 다닌다는 이야기가 있지요.

그 때문에 이 꿈을 산 니가타 사내의 눈에도 아직은 안 보였지만, 항아리 속에 들어 있던 금들은 오사카의 기베 씨가 뚜껑을 열던 순간에 이미 날아가 하늘길을 달려서 쨀랑쨀랑 쨀랑쨀랑 그 임자인 니가타 나그네의 집을 향해 가고 있었다는 것입니다.

그래 그 꿈을 산 사내가 집에 당도해 보니, 일본 말로 여기서도 삐까삐까 저기서도 삐까삐까, 그의 집 안은 온통 금투성이로 반짝이더라는 이야기구만요.

솔직한 아가씨

덴마크

옛날 덴마크의 한 떠돌이 장사꾼이 리베라는 곳으로 가는 도중에 마을의 어떤 집에서 민박을 하게 되었는데요. 이 집 딸이 어떻게나 말을 잘하는지, 서로 말을 주고받는 동안에 장사꾼은 쉽게 이 처녀와 친한 사이가 되었습니다.

그래 사내는 처녀를 사랑하게 되어, 떠날 때 그 처녀에게

"돌아오는 길에는 당신을 아내로 맞이하겠소. 그렇지만 이 약속은 결혼을 발표할 때까지는 비밀로 해야 하오."

하고 말하여 처녀의 동의를 얻어 놓았습니다.

처녀는 사내가 새벽길을 떠난 다음에 식구들의 아침 식사를 마련하러 부엌으로 들어가서는 오트밀을 만들기 위해 밀가루 항아리에서 밀가루를 퍼낸다는 게, 그 옆에 있는 재받이 통에서 재를 한 주먹

움켜쥐고 있었습니다. 길 떠난 사내와의 결혼 약속만을 생각하다가 그만 이렇게 된 것이지요.

이때 마침 처녀의 어머니가 부엌으로 들어오다가 이 꼴을 보고,

"너, 재는 무엇하러 움켜쥐고 있니?"

하고 묻자, 그제서야 처녀는 비로소 정신을 차리게 되었는데요.

어머니가 무얼 생각하느라 그랬느냐고 하도 궁금해하시는 통에, 사내와의 약속을 깜빡 잊어버리고 사실 그대로 어머니에게 털어놓고 말았습니다.

그리고 딸은 오트밀을 끓여 놓고 식당으로 들어가 식탁에 엎어 놓은 그릇들을 오트밀을 담기 위해 모두 바로 해 놓았습니다. 그런데 어머니는 부엌에서 오트밀 냄비를 들고 들어와서는 딸이 바로 해 놓은 오트밀 그릇들을 다시 다 엎어 놓았습니다.

식탁 위의 오트밀 그릇들은 오트밀을 붓기 전에는 늘 엎어 두는 습관이 있었기 때문에, 딸이 이미 바로 해 놓은 걸 모르는 어머니는 자기가 바로 해 놓는다는 게 도로 엎어 놓는 결과를 가져온 것이죠. 이리하여 그 그릇들의 굽에다가 오트밀을 부어 놓고 있었으니 이걸 어떡합니까?

아버지가 식사를 하러 들어와서 이 꼴을 보시고는,

"당신 정신 나갔소?"

하고 아내를 비꼬아 대니, 아내는 그제서야 정신이 바로 들어서,

"아이, 나 좀 봐! 딸아이가 비밀리에 약속을 했다는 바람에 그만 깜빡해서……"

하고 말았습니다. 그래 남편이 꼬치꼬치 캐묻는 바람에 처녀의 어머니는 또 그 사실을 남편에게 다 털어놓지 않을 수가 없었습니다.

그런데 이 집 남편은 아침 식사를 한 뒤에 밭을 갈러 소를 몰고 들로 나갔는데요. 소 뒤에다 매달아야 할 쟁기를 소 앞에다가 매달고 있었다는군요. 이것도 물론 딸의 그 비밀 약혼에 기분이 좋아 흥분한 나머지 그랬던 것이지요.

이때 그의 옆을 지나던 한 마을 사람이 이걸 보고 놀려 대는 바람에,

"사실은 우리 딸이 말이야⋯⋯"

하고 그도 또 그 사실을 엉겁결에 털어놓고 말았습니다.

그래서 이 결혼 약속의 소문은 널리 퍼져 그 부근 마을에서는 모르는 사람이 거의 없게 되었습니다.

뒤에 이곳으로 돌아온 사내는 이걸 알자 곧 입이 가볍고 너무나 솔직한 이 처녀와의 약혼을 취소하고, 같은 마을 딴 처녀에게 장가를 들게 되었는데요. 이 처녀는 어떻게 비밀을 잘 숨겼던지, 처녀 때 저지른 나쁜 일을 감쪽같이 숨겨 오다가 결혼 첫날밤에야 그 사실을 실토하는 것이었습니다.

그래 차라리 비밀을 못 지키는 편이 좋다고 고쳐 생각한 사내는 그 무서운 여자와는 파혼을 하고, 처음 만났던 솔직한 처녀를 아내로 맞아들여, 즐거운 한 쌍의 새처럼 행복하게 살았다는 이야기입니다.

눈을 뜨게 된 장님

포르투갈

옛날 포르투갈의 어느 곳에 홀아비 장님이 살고 있었는데, 그에게는 아주 예쁜 외동딸이 있었습니다.

이 장님은 어디를 가거나 외동딸을 꼭 데리고 다녔는데요. 그것은 너무나 귀엽고 사랑스러운 자기의 딸을 어떤 못된 사람들이 유혹해낼까 봐 겁이 나서였습니다.

어느 해 벚꽃이 활짝 피어나는 봄, 이 외동딸은 아버지가 잠든 틈에 좋은 총각을 애인으로 삼게 되었습니다.

이 총각은 처녀가 날마다 한 번씩은 아버지와 함께 지나다니는 길 옆 벚꽃나무의 무성한 가지에 올라가 숨어서 그녀가 나타나기를 기다리곤 했습니다. 나무 위와 나무 아래서 하루에 한 번씩이라도 서로 눈이라도 맞추어 사랑을 확인하는 것은 그들의 더없는 행복이었던 것이죠.

벚꽃이 다 지고, 거기 먹음직한 버찌들이 주렁주렁 매달릴 무렵의 어느 날에도 장님은 예쁜 딸을 데리고 이 벚나무 밑을 지나가고 있었는데요.

벚나무의 가지들 사이에 숨어 기다리고 있던 총각이 처녀를 보고 손을 까불면서 어서 올라오라는 시늉을 연거푸 하는 바람에, 처녀는 아버지더러

"아버지, 벚나무에 잘 익은 버찌가 참 많이 매달려 있어요. 나무에 올라가서 좀 따 오면 안 될까요?"

하고 물어서 승낙을 얻어 가지곤, 다람쥐처럼 재빠르게 뽀르르 벚나무에 올라가서 자나 깨나 못 잊던 총각을 만났습니다.

그들이 높은 벚나무의 무성한 가지 사이에서 만나고 있는 동안, 장님인 아버지는 그 아래서 딸이 어서 버찌를 따 가지고 내려오기만을 기다리고 있었는데요.

그는 두 팔을 벌려서 벚나무 둥치를 꼬옥 껴안고만 있었습니다. 그 나무둥치를 타고 웬 수상한 놈이 딸을 유혹하러 올라가지나 않을까 염려스러워서였지요.

이때 세계 순방길에 나섰던 예수 그리스도와 그의 수제자 베드로가 마침 그 벚나무 옆을 지나가다가 이 광경을 같이 보게 되었어요.

"딸을 끝까지 지켜 주려는 아버지의 정성이 정말 아름답군요."

베드로가 말하니, 예수 그리스도는 '그만하면 눈 떠서 볼 자격이 있구나' 생각하시고 장님의 눈을 밝게 해 주었습니다.

그러나 눈을 뜨게 되어서 벚나무 가지 사이에 자기 딸과 총각이 함께 있는 모습을 비로소 알아보게 된 아버지의 놀라움은 너무나도 큰 것이어서, "어!" 하는 외마디 소리만 지르고 말았습니다.

　　그래 눈 뜬 아버지의 이 외마디 소리를 위로해 드릴 양으로 딸이

　　"사실은 아버지의 눈을 뜨게 해 드리려고 일부러 이러고 있는 것이랍니다."

하고 거짓말을 하자 예수께서는

　　"끝내 속이려 드는 데는 어쩔 수 없거든."

하시며 빙그레 웃으셨습니다.

왕자의 귀

포르투갈

포르투갈의 어느 임금은 오래도록 아들을 가지지 못해 고민하다가, 깊은 산속의 세 선녀에게 호소하여 늦게야 아들 하나를 갖게 되었습니다.

그래 그 탄생일에는 세 선녀가 함께 왕궁을 찾아와서 왕자의 탄생을 축하하고 각기 한 가지씩의 선물을 했는데요. 한 선녀는 왕자를 이 세상에서 가장 잘생긴 사내로 만들어 주었고, 또 한 선녀는 이 왕자를 가장 총명하고 훌륭한 사내로 만들어 주었습니다.

그러나 세번째 선녀는

"사람이 결점이 하나도 없으면 쓰나? 그러면 재미가 없지. 그러니 저만큼은 이 왕자에게 당나귀 귀라도 하나 달아 주어야겠는데요, 호호호호."

하면서 아주 쭝긋한 당나귀 귀 두 개를 왕자에게 선물로 주고는 뱃살을 거머잡고 웃었습니다.

이 나라의 임금은 모처럼 만에 좋은 왕자를 얻은 기쁨보다도 당나귀 귀 때문에 걱정이 되어 고민 고민한 끝에, 왕자의 귀가 남들의 눈에 뜨이지 않게 적당히 덮어 가릴 수 있는 모자를 하나 특별히 만들어 주어서 늘 쓰고 다니게 하였습니다.

그러나 왕자가 어른이 되어서 수염도 점잖게 길러야만 되니, 어쩔 수 없이 이발사를 불러야 되었는데, 이게 한 가지 불어난 고민거리였습니다. 이발사가 왕자의 귀를 보고 가서 소문을 퍼뜨리면 정말 야단이다 싶어서였죠.

그래 임금은 왕자의 머리와 수염을 다듬기 위해 궁궐로 불려 온 이발사에게, 이발이 끝난 다음 신신당부를 하였습니다.

"네가 왕자의 당나귀 귀를 본 사실만큼은 누구한테도 말해서는 안 된다. 알겠느냐? 만일에 이 비밀이 알려지는 날에는 네 목숨은 없는 걸로 알아라."

하는 것이 그 당부요, 명령이었습니다.

그러나 이런 비밀을 아무에게도 말하지 않고 참으며 고스란히 지킨다는 것, 이것도 그리 쉬운 일은 아니지요. 이발사는 참느라고 고민 고민하다가 성당으로 찾아가 신부 앞에서 고해로 이걸 알리며 나직이 말했습니다.

"신부님, 저는 지금 이래도 죽고 저래도 죽을 것만 같은 곤경에 빠져 있습니다. 이걸 아무에게도 말 안 하고 지내자니 답답해서 못 살겠고, 또 말하자니 영락없이 임금님한테 목이 날아갈 것이고 해서요."

신부는 눈을 끔벅끔벅하더니,

"그렇게도 정 말하고 싶어 못 견디겠거든 깊은 산골짜기로 찾아가서 깊은 구멍을 하나 파고, 그 속에다 대고 실컷 비밀을 말해 집어넣고 흙으로 단단히 메워 두지그래."

하고 답답증을 푸는 방법을 가르쳐 주었습니다.

이발사는 신부가 시킨 대로 깊은 산골로 들어가서 구멍을 깊게 파놓고, 엎드려 그 속에다 대고,

"우리 왕자님 귀는 당나귀 귀다! 당나귀 귀다!"

하고 속이 후련해질 때까지 되풀이해 외쳐 대고는 다시 흙으로 메우고 돌아왔는데요.

그런데 이발사의 간절한 고백이 거름이 되었던 것인지 이 자리에서는 갈대들이 매우 무성하게 자라나서, 양을 치는 근처의 목동들이 그 좋은 갈대로 피리를 만들어 불어 대게 되었다는군요.

아, 그랬더니 그 피리 소리마다

"우리 왕자님 귀는 당나귀 귀다! 당나귀 귀다!"

하고 외쳐 대고 있었습니다.

이 나라의 임금은 이 소문을 듣고 또 고민 고민한 끝에 결국 당나귀 귀를 왕자에게 달아 준 선녀를 찾아 사정했더니, 선녀는

"우리는 인제 웃을 만큼 웃었으니 그 귀를 떼어 드리죠."

하여서, 이때부터 왕자의 당나귀 귀는 사람 귀로 바뀌게 되었다고 합니다.

어부의 아들

덴마크

옛날 덴마크의 어느 바닷가 마을에 고기잡이로 생계를 이어 가는 어부가 살고 있었는데요.

어느 날 그가 아들과 함께 배를 타고 고기잡이를 하고 있을 때 한 척의 검은 조각배가 다가와 거기 혼자서 타고 있던 검정 망사로 얼굴과 온몸을 감싼 여자가 아름다운 목소리로 말했습니다.

"여보세요, 어부님. 당신의 아들을 더없이 훌륭한 사람으로 만들어 드릴 터이니 제게 맡겨 주실 수 없을는지요?"

이 말을 들은 어부는 그 목소리가 매우 점잖고 믿음직하여 조금도 속임수로는 느껴지지 않았습니다.

어부와 그 아들은 가난한 살림살이에 시달리어 출세의 길도 아득하기만 하던 판이라, 그 말에 귀가 솔깃해져서 생각해 본 끝에 그 여자의 권유에 따르기로 했습니다.

그리하여 소년이 그 여자를 따라가서 보니 그곳은 아주 넓은 뜰에 세워져 있는 큰 궁전이었는데요. 온갖 꽃이 만발하고 숲이 울창한 넓은 뜰에는 여러 가지 고운 빛의 새들이 지저귀고 있었으며, 궁전 안에는 호화찬란한 방들이 헤아릴 수 없이 많은 데다가, 식당에는 또 온갖 맛있는 음식들이 그득히 마련되어 있어, 소년은 곧 행복한 느낌에 젖게 되었습니다.

그런데 그 검정 망사로 몸을 감싼 여인은 드디어 한 침실로 소년을 안내하더니,

"여기가 당신과 나의 침실입니다."

하고는 다음과 같은 주의 사항을 가르쳐 주었습니다.

"당신은 어느 경우에도 내 얼굴을 보아서는 안 됩니다. 밤에 같은 침대에서 잘 때에도 검정 망사를 벗은 얼굴을 들여다보아서는 안 됩니다. 그러니 이 방에서는 어떤 불도 켤 수 없어요. 이것 한 가지만 빼 놓고는 모든 것은 다 자유이니 무엇이든 여기 있는 건 다 즐기며 살아 주었으면 해요."

그러나 이 한 가지만 빼 놓은 모든 자유와 행복이란 것도 처음 한동안 좋았을 뿐이지, 한 달이 지나고 두 달이 지나고 세월이 오래 흘러가는 동안에는 대수롭지도 않은 것이 되어 버려서, 소년은 마침내 고향의 제 집이 그립게 되어 그 여자에게

"고향 집에 다녀오면 안 되나요?"

하고 묻게 되었습니다.

그 여인이 좋다고 승낙하는지라, 이튿날 바로 소년은 그의 집을 찾아가게 되었습니다.

아들의 좋아진 얼굴과 잘 차려입은 옷을 보고 그의 부모는 기뻐서 그를 반겨 맞이했습니다만, '해서는 안 된다'는 한 가지 조건에는 그들도 의아심을 안 가질 수가 없었으니, 그것이 그들의 걱정거리가 되었습니다.

그래 소년의 아버지는 여러 날을 궁리한 끝에 드디어 어느 날 아들에게

"에이, 그까짓 거, 밤에 몰래 그 여자의 얼굴을 보아 버려라. 불을 일으키는 부싯돌과 불을 켜는 초를 한 자루 줄 테니, 밤에 그 여자가 잘 때 초에 불을 켜 그 여자 몰래 얼굴을 한번 들여다보아 버려!"
하고 말하였습니다.

여자의 곁으로 돌아온 소년은 아버지가 일러 준 대로 하여 어느 날 밤 촛불에 비친 그 여자의 얼굴을 들여다보았는데요. 아! 그건 정말로 뭐라고 말하기 어려울 만큼 젊은 미인이었습니다.

소년은 감동한 나머지 손에 든 촛불의 촛농을 엉겁결에 그 여자의 가슴에 떨어뜨리고 말았습니다. 뜨거운 촛농에 깜짝 놀라 잠이 깬 젊은 미인은 곧 사정을 알아차리고,

"그렇게도 신신당부했는데 이게 무슨 짓입니까? 인제 당신은 이 집에 더 머물 수 없으니 내일 아침 일찍이 여기를 떠나세요."
하고 말했습니다. 그러나 이렇게 된 게 서러운 듯 여자의 말소리는 울음에 잠겨져 있었습니다.

소년은 그 여자의 곁을 떠나기가 싫어서, 용서해 달라고 거듭거듭 빌며 사정을 했지만 소용이 없었습니다.

이튿날 아침 소년이 일찍 일어나 보니 그 미인은 이미 보이지 않고, 고향에서 입고 왔던 헌 옷이 침대 한쪽에 걸려 있는지라 그걸로 바꾸어 입고, 옛 신세 그대로 다시 되어 이곳을 떠날 수밖에 없었습니다.

그러나 소년은 이 궁전을 떠난 뒤에도, 이미 예쁜 얼굴까지 보아 알게 된 젊은 미인을 잊을 길이 없어, 한동안은 이 궁전을 에워싸고 뱅뱅 맴돌고만 지냈습니다.

그러다가 어느 날은 답답한 나머지 어떤 낯선 숲속 깊숙한 곳까지 헤매어 들어가게 되었는데, 우연히도 거기에서 곰과 개와 독수리가 죽은 말 한 마리를 사이에 놓고 그걸 어떻게 나누어 먹을 것인가 하는 문제로 옥신각신하는 장면을 보게 되었습니다.

소년은 그저 그가 알고 있는 상식으로, 곰에게는 곰이 좋아하는 살코기를, 개에게는 개가 좋아하는 뼈다귀를, 독수리에겐 또 그가 좋아하는 내장을 가지라고 권고했을 뿐이었는데도, 그들은 매우 흡족히 여기고 고마워서 소년에게 각기 상을 주기로 하였으니, 그것은 아래와 같은 것이었습니다.

즉 언제든지 소년이 필요로 할 때에는 곰은 소년을 무척 힘센 곰으로 둔갑시켜 줄 것이며, 개는 소년을 아주 빨리 달리는 개로, 또 독수리는 소년을 더없이 빨리 날 수 있는 독수리로 변신시켜 주겠다는 것이었습니다.

물론 그것은 다시 일일이 그들을 만나지 않아도 소년이 마음속으로 원하기만 하면 바로 그렇게 시켜 주기로 한 것이었습니다.

　　소년은 그들에게 고맙다고 하고 즉시 아주 빠른 독수리가 되어 미인의 왕궁 뜰로 날아가서, 다시 자기 본래 모양을 나타내 가지고 그 여인에게

　　"당신에겐 무슨 비밀이 있지요? 그게 무슨 해결하지 못할 비밀이건 인제는 해결할 수 있을 것이니 무엇이든 말하시오."
하고는 자기가 곰과 개와 독수리로 둔갑해 활동할 수 있는 능력을 얻게 된 것도 말했습니다.

　　그랬더니 그 미인은

　　"저는 원래 이 나라의 공주였는데요. 요망한 마귀가 저를 탐내어 강제로 제 아내로 삼으려고 내 시종들과 시녀들을 모두 동물로 둔갑시켜 버리고, 저만 혼자 남겨 두고는 마음을 고쳐먹기만 기다리는 중입니다. 언젠가 꾀를 부려 마귀의 속을 떠보았더니, 그의 심장은 지금 만 리 밖의 어떤 흉악한 곰의 배 속에 있다고 했습니다. 즉 곰의 배 속에 여우가 들어 있고 그 여우의 배 속에 비둘기가 들어 있는데 그 비둘기 배 속에 알이 되어 들어 있다고 해요. 그 알을 빼내다가 마귀의 이마를 후려갈겨 알을 깨뜨려 버려야만 이 마귀는 죽는다고 했으니, 어디 그게 쉬운 일이겠습니까?"
하고 말하는 것이었습니다.

　　소년은 그 말을 듣기가 바쁘게 다시 독수리가 되어 만 리 밖의 흉악한 곰을 찾아 날아가서, 그 곰을 만났습니다. 그리고 다시 자기도

힘센 곰이 되어 어우러져 싸워 이겨 그 곰의 배를 갈랐습니다.

그랬더니 그 배에서는 한 마리의 여우가 나와 달아나는 걸, 이번에는 아주 빠른 개가 되어 뒤쫓아 가서 잡아 그 배를 또 갈랐더니 거기에서는 아닌 게 아니라 비둘기가 한 마리 나와 하늘 높이 날아올랐습니다.

소년은 이제 독수리가 되어 그 비둘기를 잡아 배를 갈라서 비로소 알을 손에 넣을 수가 있었습니다.

그러고 나서 어쨌느냐고요? 물론 그 알을 가지고 가서 이마를 맞혀 마귀를 죽이고는 미인 공주와 결혼해 아주 행복하게 살았답니다.

나도벌새

아르헨티나

나도벌새라는 새는 우리나라에는 없는 새지만, 미국을 비롯한 남북아메리카 주에서는 가끔 눈에 뜨이는 새입니다. 크기는 큰 벌보다 약간 큰 정도로, 늘 단꿀을 많이 가진 꽃들만을 찾아 날아다니며 그것들을 빨아 먹고는 듣기 좋은 콧노래를 부르면서 삽니다.

남아메리카의 아르헨티나에는 이 새의 시조가 마음씨 고운 시골 총각이었다고 하는 전설이 옛날부터 전해져 내려오고 있습니다.

옛날 아르헨티나의 어느 시골에 아들 둘과 딸 둘을 두고 사는 어머니가 있었는데, 큰아들과 두 딸은 어머니의 말을 잘 듣지 않고 서로 다투고만 지냈습니다. 그래서 어머니를 도와 드리는 일은 효자인 막내아들 피카프로르가 도맡아 하고 있었습니다.

큰아들의 이름은 코르코르이고 큰딸은 레추샤, 그다음의 둘째딸은 아라냐라고 했는데, 이들 세 사람은 마을에서도 소문난 불효자요, 불효녀들이었습니다.

이 형제자매들이 다 자랐을 때, 어머니는 그들을 모두 불러 앞에 앉히고 말했습니다.

"너희들은 이제부터 따로따로 제각기 제 노릇을 하고 살아가야겠다. 큰아이부터 차례로 무엇을 하겠는지를 말해 보아라."

큰아들인 코르코르는

"저는 고단한 일을 많이 하는 건 아주 질색이니, 숲속에 깊이 들어가서 낮에는 실컷 낮잠이나 자고, 밤에나 먹을 것을 찾아 나서 볼까 합니다."

하고 대답하였습니다.

큰딸 레추샤는

"저는 그보다도 아주 더 조용한 곳인 무덤가가 좋아요. 배가 고프면 나와서 먹을 거나 찾아 먹으면 되지요, 뭐."

했습니다.

둘째딸인 아라냐는

"저는 실이나 뽑아 만들고 지내겠어요. 햇빛이 잘 안 드는 그늘지고 선선한 곳이면 좋아요."

하는 것이었습니다.

막내아들인 피카프로르 차례가 되었습니다. 피카프로르는

"저는 어머니 곁에서 어머니를 도우며 살겠습니다."

하고 말하였습니다.

그래 막내인 피카프로르만이 어머니의 곁에 남고, 형과 두 누나는 각기 소원대로 따로 나가 살게 되었습니다. 몇 달이 지나 깊은 병이 든 어머니는 나가 사는 아들과 딸들이 보고 싶어 그들을 불렀습니다.

그러나 큰아들 코르코르는 낮잠을 자고 있다가 하품을 하면서

"아이 졸려, 아이 졸려."

하며 일어나려 하지 않았습니다.

큰딸인 레추샤는 마침 흐린 날씨를 핑계 삼아

"언제 날씨가 좋아지거든……"

하고 역시 거절했습니다.

둘째딸인 아라냐는

"지금 한참 실을 뽑느라 바빠서……"

하고 역시 거절하고 말았습니다.

그래서 병이 점점 더해진 어머니는 너무나 서러운 눈물에 잠겨, 막내아들만이 지켜보는 가운데 세상을 떠나고 말았습니다.

그 뒤 불효한 큰아들은 죽어서 밤에만 잠 깨어 우는 수풀 속의 올빼미가 되었고, 큰딸도 그 비슷한 부엉이가 되었으며, 둘째딸은 날마다 거미줄만 뽑고 사는 거미가 되었습니다.

막내아들은 마음씨가 좋은 덕으로 나도벌새가 되어, 날마다 아름다운 꽃의 꿀만을 빨아 먹으며 흥얼흥얼 노래를 부르고 살게 되었다는 이야기입니다.

바이올린과 춤

바하마

이것은 카리브 바다에 있는 바하마라는 섬나라의 이야깁니다.

이 섬나라에는 유난히도 바이올린을 잘 켜는 남자가 살고 있어서 틈나는 대로 그의 외아들인 소년에게도 가르쳐 주었는데요. 소년이 혼자 있을 때 이걸 만지다가는 고장을 내지 않을까 염려해서 아버지가 밖에 나갈 때는 소년의 손이 닿지 못할 곳에다 깊이 감추어 두었습니다.

그렇지만 아이들이 어디 꼭 어른들이 시키는 대로만 듣나요? 소년은 아버지가 집에서 나가기가 바쁘게 바이올린을 찾아내 가지고는 밖으로 들고 나가 열심히 켜 대기가 일쑤였습니다.

어느 날 아버지가 나간 사이에 소년이 어느 구석지고 재미나는 네 갈림길에 가서 바이올린을 신나게 켜고 있자니까, 문득 예쁘장하게

생긴 마녀가 나타나서 하는 말이,

"얘, 바이올린 소리가 하도 좋아서 하던 일 다 그만두고 왔다. 네 바이올린 소리에 맞춰 춤을 한번 실컷 추고 싶은데, 어떠냐? 우리 그렇게 한번 같이 놀아 볼까? 우리 내기를 한번 해 보자. 네 바이올린 소리가 내 춤보다도 신나게 더 오래가면 네가 아주 나를 가져 버리고 또 내 춤이 네 바이올린 소리보다 더 신나게 오래가면 내가 너를 아주 가져 버리기로 말이다. 해 보겠지?"

하는 것이었습니다.

그래 소년의 마음에도 그 내기는 매우 재미가 있을 것 같아,

"예, 그렇게 해요."

했더니만, 그 예쁘장한 마녀는 또 말해 묻기를

"얘, 나는 발바닥 껍질이 다 벗겨져서 피가 아무리 많이 흘러 나와도 춤은 쉬지 않고 추고만 있을 텐데, 내 춤을 따라 바이올린을 켜고 있겠니? 나는 피곤에 지쳐 머리를 땅에 처박고 쓰러지더라도 두 다리만은 여전히 춤추고 있을 텐데, 여기까지도 네가 네 바이올린 소리로 이겨 먹을 수가 있겠니?"

하는 것이었습니다.

그래도 소년은 지기는 싫어, 내기를 승낙한다는 뜻으로 바이올린의 활을 집어 들고, 찌잉 하고 한 번 길게 켠 다음에, 마녀가 시작하는 춤에 맞춰 안 끝나는 신바람의 가락을 이어서 이어서 켜 가고만 있었어요.

이때 딴 곳에서 일을 하고 있던 소년의 아버지는 그 바이올린 소

리를 들고, 자기 아들에게 무슨 위험한 일이나 생기지 않았을까 염려하여, 가지고 다니던 주머니칼을 다시 한 번 더듬어 만져 보고는 아들이 켜는 바이올린 소리가 나는 곳을 찾아 구석진 네 갈림길로 갔습니다.

아들과 마녀가 함께 신바람에 젖어 있는 현장에 도착한 아버지는 재빨리 아들의 손에서 바이올린을 뺏은 다음에, 호주머니에서 주머니칼을 꺼내 아직도 신바람 나는 춤에 도취해 있는 마녀의 가슴을 찔러 버리고 말았습니다.

그래 그 뒤부터 이 소년은 아버지의 말씀을 다시는 어기지 않게 되었답니다.

여우와 호랑이

중국

옛날 옛적에 중국의 어느 깊은 산골짜기에서 우연히 큰 호랑이 한 마리가 꾀 많은 여우를 만나게 되었는데요. 호랑이는 매우 무섭게 생긴 두 줄의 날카로운 이빨과 두 앞발의 발톱을 드러내 보이며 여우를 집어삼키려고,

"네 이놈, 거기 가만히 앉아 있거라."

하며 어슬렁어슬렁 앞으로 다가오고 있었습니다.

그러신데 여우라는 건 그 선조 때부터 꾀가 천하에 일품인 짐승인 데다가 그중에서도 여기 이 여우는 그 여우 꾀라는 걸 몇 갑절이나 더 타고 태어난 놈이라서, 속으로는 무서워서 안달이면서도 겉으로는 태연한 체 시치미를 떼고,

"나으리, 나으리께서는 산짐승 중의 왕이시지만, 사람들이 나으리

보다 저를 더 무서워하는 것까지는 아직 모르시는 것 같습니다."

하고 먼저 거짓말 미끼부터 처억 던져 놓고는,

"그런가 안 그런가는 직접 나으리의 밝으신 두 눈으로 보시지요."

하며 제가 성큼 나서서 이 동물의 왕 앞에 서서 가면서 호랑이보고
는 뒤따라오라 하여, 사람들이 많이 오가는 큰길로 들어갔습니다.

그래 이 사나운 호랑이를 바짝 뒤따르게 하고서 여우가 할랑거리
며 걸어가고 있노라니, 이걸 본 사람들은 호랑이가 무서워서 모두들
기겁하여 뺑소니를 쳤는데요.

여우란 놈은 슬쩍 이걸 제 위엄 때문인 것으로 속여 가지고 호랑
이를 뒤돌아보며 가만히

"보세요, 나으리. 앞에서 가는 저를 보고 사람들이 모두 달아나지
않는가요? 뒤에서 잘 보이지도 않게 따라오시는 나으리 때문이 아
니에요. 자, 얼마든지 더 걸어가 보십시다요. 단 한 사람이라도 앞에
가는 저를 보고 도망치지 않는 사람이 보이면 그때는 저를 잡아 잡
수세요. 아무렴요."

하고 감쪽같은 말솜씨로 소곤거려 주었습니다.

그래 호랑이는 속으로 가만히 생각해 보았습니다.

'아닌 게 아니라 사람들은 뒤따르는 나보다는 앞서가는 여우 놈을
아무래도 먼저 더 많이 보았을 것이니까 말씀야. 내가 무서워서가
아니라, 분명히 저 여우 놈에게 나보다도 더 무서운 그 무엇이 있어
서인 게야. 야, 이거 이렇게 뒤따르고만 있다가는 큰코다칠 일이 일
어나고 말지도 모르겠는데……'

'고지식한 호랑이'란 말이 있듯이, 이 호랑이는 정말로 고지식한 생각에 그만 그런가 하여 눈 깜짝할 사이에 글자 그대로 날아가는 호랑이, 비호가 되어서 산을 주름잡으며 달아나 버렸습니다.

호랑이는 사람들이 여우를 두려워하는 걸로만 알고, 그 여우가 호랑이 자신의 위엄을 등 뒤에다 업고 그러는 것까지는 미처 생각하지를 못한 때문이었죠.

사람들의 세상에도 권세 좋은 사람을 등 뒤에다 업고 그 권세로 훨씬 더 세도를 부리는 여우 같은 사람들도 있다는 것이지요.

목동 스호오의 해금

몽골

옛날 몽골의 차하르 지방의 어느 목장에서 양을 몰고 다니며 풀을 뜯기는 스호오라는 목동이 살고 있었는데요. 부모가 일찍 세상을 떠나서 그는 늙은 과부인 할머니의 손에 자라나서 열일곱 살짜리 소년이 되어 있었습니다.

그는 몇 마리밖에 안 되는 할머니의 양들을 기르는 한편 두 식구가 먹을 밥도 짓고, 그들이 들어 사는 천막도 고치고 지냈는데, 그의 특기는 노래를 부르는 것이어서, 그가 노래를 부르면 근처의 목동들은 모두 귀를 기울여 들으며 노랫가락에 마음들을 같이해 주곤 했습니다.

그런데 어느 날은 해가 꼬박 지고 난 뒤 한참이 되어도 양을 몰고 나간 스호오가 천막으로 돌아오지 않아 늙은 할머니는 걱정이 태산 같았는데요. 마침내 늦어서 돌아온 스호오를 보니, 품에는 아주 귀여운 흰 망아지 한 마리가 안겨 있는 것이었어요.

"집에 오는 길에 보니 이것이 혼자 엄마도 없이 길에 나자빠져 있지 뭐야. 그래 늑대 밥이 될까 봐 안고 왔지."

하고 스호오는 할머니에게 말했습니다.

이날부터 스호오는 흰 망아지를 제 친아우 돌보듯 정성껏 보살펴서 드디어 이 망아지는 스호오를 태우고 달릴 수 있을 만큼 자라게 되었습니다.

어느 날 밤엔 망아지의 걱정스런 울음소리에 스호오가 선잠을 깨어 밖으로 나가 보니, 그건 양들의 우리를 습격해 온 늑대를 상대로 버티면서 스호오의 응원을 청하기 위해 망아지가 그렇게 울고 있는 것이었습니다. 그래 스호오는 망아지의 등에 재빨리 올라타고 늑대를 쫓아가서, 올가미 줄을 던져 늑대를 사로잡아 질질질 끌고 왔는데요. 늑대는 상당히 큰 것으로, 잿빛 털이 꽤나 예쁘장했어요.

이렇게 하여 스호오와 흰 망아지는 마음에 맞는 일을 늘 함께하면서, 시간이 갈수록 점점 더 깊이 정이 들어갔지요. 그사이에 망아지도 스호오도 더 자라고 튼튼해져서, 마침내 망아지는 의젓한 한몫을 하는 말로 성장하게 되었습니다.

화창한 봄이 되자 이 나라의 왕은 경마 대회를 열 것을 발표하고, 우승하는 사내에게는 귀여운 공주를 상으로 내리겠다고 약속했습니다.

그래 우리 스호오도 친구들의 권유에 못 이겨서 여기 한바탕 끼게 되었는데요. 스호오의 지기 싫어하는 마음을 자기 마음속처럼 너무나 잘 아는 스호오의 흰 말은 스호오를 제 자신보다도 더 사랑하는 마음으로만 뛰어 달렸기 때문에 온몸이 땀에 젖은 채 드디어 우승을 차지할 수가 있었습니다.

그런데 우승한 스호오를 불러들여 가까이에서 꼬치꼬치 여러모로 뜯어보고 또 그의 신분을 물어 자세히 알게 된 왕은

"너는 아직도 풋내기의 일개 목동일 따름이니 내 딸까지 맡길 수는 없다. 네 말 값으로 금돈 세 닢을 주니 그리 알고 받아라."
하며 애초의 약속을 어기고 말까지 뺏어 버렸습니다.

그러나 스호오는

"저는 경마에 나온 것이지 말을 팔려고 온 게 아닙니다."
하고 그 돈을 거절했지요. 왕은 신하들을 시켜 스호오를 두들겨 패고, 쓰러지자 또 발로 차서 계단 아래로 굴러떨어지게 했습니다.

스호오는 친구들의 도움으로 간신히 집으로 돌아와서, 할머니의 정성을 다한 돌봄으로 다시 건강을 회복하게 되었습니다.

어느 날 밤 그가 막 잠이 들려고 하는 판인데, 누가 천막 앞 기둥을 두들기는 소리가 나서 나가 보니, 왕에게 빼앗긴 그의 사랑하는 흰 말이 나타나 머리를 숙이고 울고 있었습니다. 자세히 보니 말의 몸에는 여러 군데 화살이 박혀 있고 피가 아직도 흘러내리는 것으로 보아, 바로 얼마 전에 어떤 자들에게 쫓기면서 활로 많이 쏘인 것이 분명했습니다.

스호오가 뒤에 들어서 안 일인데요. 이날 낮에 이 나라의 왕은 스

호오의 좋은 말을 손에 넣은 기념으로 일가친척과 높은 신하들을 초대해 잔치를 베푼 다음에 왕 스스로 시험 삼아 이 말을 한번 타 보기로 하고 말의 등에 올랐습니다.

이 왕이 바르지 못한 것을 너무나 잘 알고 있는 말은 앞발을 위로 치켜들고 몸부림을 쳐 왕을 땅 위로 떨어뜨리고는 다시 사정없이 여기 모인 어중이떠중이 사이를 버둥거리고 다니는 바람에, 말에서 떨어졌다가 다시 일어난 왕은 화가 머리끝까지 치솟아 올라서,

"저놈의 말을 어서 붙들어 잡아라! 만약 도망쳐 가거든 여럿이서 활로 쏘아 죽여 버려라!"

하고 명령을 내렸습니다.

그래 무수한 화살에 맞아 피를 흘리며 반죽음 상태가 되면서도 마지막 남은 목숨의 힘을 다해 죽을 자리를 찾아서 제 옛집을 이렇게 찾아든 것입니다. 이 억울한 말은 억울한 우리 목동 스호오의 흐느끼는 울음 속에 숨을 거두었습니다.

그 뒤 한동안이 지난 어느 깊은 밤의 일인데요. 사랑하던 말의 일을 생각하며 밤잠을 못 이루던 스호오의 귀에 말의 우는 소리가 똑똑히 들리는 듯하더니, 조금 뒤에는 바로 그 말이 그가 누워 있는 머리맡에 나타나 또 흑흑 흐느껴 울고 있는 것 아닙니까?

"또 무슨 한이 남아 이렇게 한밤중에 찾아들었니?"

스호오가 그 사랑하는 말 귀신에게 물으니,

"주인님, 제가 묻힌 데서 제 시체를 파내 뼈와 힘줄과 꼬리털로 당신이 노래할 때 반주하는 해금을 하나 새로 만드세요. 그래야만 저

승의 어둠 속에서 가물거리기만 하는 제 넋도 그 소리가 들리면 다시 소생해 나와서 주인님 곁을 찾아 당신의 마음과 함께 있을 수 있을 것 아니에요?"

하고 그 말 귀신은 대답하는 것이었습니다.

그리하여 목동 스호오는 사랑하던 말 귀신의 말대로 죽은 말의 시체를 파내, 그 뼈로는 그가 사랑하던 말의 머리와 같은 말 머리 하나를 조각해 해금의 머리 부분으로 하고, 힘줄로는 해금의 줄을 만들고, 꼬리털로는 해금을 켜는 활을 만들어서, 그것들을 붙이고 달고 하여 한 채의 해금을 꾸몄습니다.

아닌 게 아니라 스호오가 이 해금을 켜며 목청을 뽑아 노래를 부르면 언제나 그의 흰 말은 어김없이 스호오의 마음속에 나타나서 그를 태우고 머언 구름 밖으로 달려가는 것이었습니다.

어미 닭과
여섯 병아리가 죽어서 된
일곱 개의 별

태국

옛날 옛적에 태국의 어느 큰 마을 변두리에 있는 언덕 위의 오두막에서 아주 가난한 할아버지와 할머니가 단둘이서만 살고 있었는데요. 이 두 늙은이에겐 아들도 딸도 손자 손녀도 없었고, 같이 사는 건 한 마리의 암탉과 여섯 마리의 새로 깐 어린 병아리들뿐이었습니다.

그런데 이 마을에 해마다 한 번씩 있는, 하느님과 성인님들의 넋을 모시는 제삿날이 다가와서요. 마을 사람들은 모두 형편 닿는 대로 가진 것들을 제물로 바치고 있었는데, 언덕 위 오막살이의 너무나 가난한 할아버지 할머니만은 갖다가 바칠 것이 없어 걱정이 이만저만이 아니었습니다.

잠자리에서도 이 걱정 때문에 늙은 부부는 밤늦도록 잠을 못 이루고 있었는데요. 할아버지는 마침내 할머니를 부르며

"할 수 있소? 우리 암탉 한 마리 있는 것 그거라도 잡아다가 바칠 밖에요."

하고 말씀하셨습니다.

그래 할머니가

"제 어미를 잃은 어린 병아리들이 제대로 자랄 수가 있을까요?"

하니 할아버지는

"그 어미 대신 우리 내외가 더 힘을 써야겠지요."

하고 그 암탉을 잡아다가 하느님과 성인님들의 제삿날에 바치기로 결정을 했어요.

이 시절의 하늘과 땅 사이의 공기는 너무나도 맑았답니다. 오두막 안에서 두 늙은이가 말하는 소리는 멀리까지도 잘 들려서, 이 오두막의 바깥벽 한쪽에 있던 닭둥우리 속의 암탉과 병아리들도 너무나 잘 알아듣게 되었어요.

어미 닭은 깃에 품고 있던 여섯 마리의 병아리들에게

"할 수 없이 나는 곧 죽어야 할라나 보다. 그러니 내가 죽은 뒤엔 이 댁 할머니 할아버지가 시키는 대로 잘 따르고, 너희들 마음대로 딴 곳에 가서는 안 된다. 너희들을 채어 먹으려는 매와 수리들, 고양이들도 늘 조심하고……"

하는 간절한 당부를 하고 있었습니다.

이튿날 이 암탉은 할아버지가 솥에 끓여 놓은 물에 고스란히 조용히 집어넣어지고 있었는데요. 지난밤에 어미 닭의 말을 듣고 너무나 서러워서 목이 메어 있던 여섯 마리의 병아리들은 그 뒤 사뭇 어미의 뒤만 졸래졸래 따라다니며 엿보고 있다가, 막상 그 어미가 붙잡혀 솥 속의 끓는 물에 던져지는 것을 보자, 저희들도 포르르 포르르 뛰어올라서 어미와 함께 뜨거운 물속에 빠져 죽고 말았습니다.

그때는 지금과 달라서 하늘과 땅 사이의 생각과 느낌은 너무나 잘 통하던 시절이라서, 이 어미 닭과 여섯 병아리들의 사랑과 서러움도 하늘에 너무나 잘 통해서, 하늘은 이 일곱 마리의 넋을 불러들여 어두운 밤마다 뚜렷하게 빛나는 일곱 개의 별, 북두칠성이 되게 하여 영원히 살아 있게 했다고 합니다.

모르스키 호수
폴란드

 아주 오랜 옛날, 지금의 폴란드 남쪽의 타트라 산악 지방에 모르스키 장군이라는 위대한 애국자가 살고 있었는데요.

 이 지방은 지금은 험한 바위산들로 둘러싸여 있지만, 이 이야기가 시작될 무렵까지만 해도 거의가 울창한 수풀과 기름진 땅으로만 되어 있었기에 모르스키 장군은 이 숲들과 땅의 주인으로서 큰 재산가이기도 했습니다.

 그에게는 예쁘고 얌전한 외동딸 하나가 있었는데, 장군은 이 딸을 어찌나 사랑했던지, "이 세상의 무엇하고도 이 딸만은 바꿀 수 없다"고 늘 입버릇처럼 말하고 지냈습니다.

 그런데 이 모르스키 장군에게는 그 누구도 어찌할 수 없는 한 가지 고집이 있었으니, 그것은 딸의 신랑만큼은 자기 나라 폴란드 사람이라야지, 외국인은 비록 그가 왕이라 할지라도 절대로 안 된다는 것이었습니다. 그런 그의 고집은 딸에게도 귀에 못이 박히게 누누이 일러 놓아서 이미 딸도 잘 알고 있었습니다.

그랬는데요, 폴란드의 남쪽 국경 너머에 살고 있던 헝가리의 아주 높은 귀족이 우연한 기회에 모르스키 장군의 딸을 한 번 보고는 그만 짝사랑에 빠져 버려서, 여러 차례에 걸쳐 그의 진정한 사랑을 호소하는 청혼의 글월을 모르스키 장군에게 보냈습니다.

그러나 '어림없는 생각을 버려라. 너는 내가 내 나라를 얼마나 사랑하고 있는지 몰라 그런다'는 내용의 응답은 여전하기만 했습니다.

그런데 오래잖아 폴란드는 딴 나라하고 전쟁을 하게 되어서, 모르스키 장군은 그 사령관으로서 폴란드의 군대를 이끌고 출전하게 되었습니다. 그의 귀중한 외동딸은 계율이 엄한 수도원의 수녀님들에게 맡기고 갔다는군요. 물론 그거야 헝가리의 짝사랑꾼 귀족 같은 그런 사내들이 함부로 가까이 치근거리지 못하게 하기 위해서였지요.

그랬는데도 헝가리의 바짝 달아오른 짝사랑의 사나이는, 염치불구하고 그녀가 숨어 있는 수도원으로까지 파고들었습니다. 부자인 귀족 사내는 교묘한 심부름꾼들을 시켜 그녀에게 세상에서 진귀한 온갖 보석들을 이어서 보내 환심을 사는 한편, 편지로 가장 호화찬란한 집을 지어 결혼 선물로 할 것도 약속하였습니다. 또 마술에 능한 마녀를 보내 그녀의 넋을 흐리게 하는 등 갖은 수단을 다 써서 마침내는 그녀가 엄한 아버지의 당부와 기대를 저버리고 수도원에서 도망쳐 나오게까지 만들었습니다.

그래 유혹에 빠진 모르스키 장군의 딸과 헝가리의 귀족 사내는 이내 감쪽같이 성대한 결혼식을 갖고, 꿀 같은 신혼생활에 들어가서, 세월이 지나는 동안에 일곱 명이나 되는 자녀들도 낳았다고 하는데요.

그러나 오랜 외국과의 싸움을 드디어 승리로 이끌고 개선해 돌아온 모르스키 장군이 딸의 소식을 들었을 때의 심정은 어떠했겠습니까?

부하들에게서 딸의 소식을 듣고, 그 배신의 보금자리가 어디에 있다는 것까지를 알게 되었을 때 그의 가슴은 활활 불이 붙어 타오를 것만 같았습니다.

화가 치밀 대로 치밀어 올라서 딸의 집을 찾아간 모르스키 장군의 앞에, 그의 딸은 행복하게 잘살고 있다는 걸 보이기 위해 좋은 옷에 값비싼 보석들로 화려하게 꾸미고 나타났습니다만, 늙은 모르스키의 분한 마음은 너무나 커서,

"이게 뭐냐?! 이게 뭐야!!"

하며 두 발을 거세게 구르는 바람에 그 큰 집도 금세 무너져 내릴 듯 쩡쩡 울렸습니다.

"모두 바위나 되어 버려라! 들도 수풀도 밭들도 모조리 다 돌산이나 되어 버려라! 꼴도 보기 싫은 외국 놈들 같으니라구! 썩 꺼져 버려라! 어서 꺼져 버려!"

모르스키 장군의 입에서는 이런 저주가 연달아서 쏟아져 나왔습니다.

그의 딸은 아버지의 노여움을 좀 누그러지게 해 볼 셈으로 아이들을 불러들여 보았지만, 그 아이들을 본 모르스키 장군의 노여움은

진정되기는커녕 점점 더 활활 타오르기만 했습니다. 그의 외치는 노여움 소리는 모질게 몰아닥치는 폭풍 소리 같아서 온 산골의 수풀들까지 그 소리에 부들부들 떠는 것만 같았습니다.

드디어 그의 입에서는,

"너 같은 건 내 딸이 아니다! 이 아이들도 내 손자 손녀는 아니다! 네가 흘리는 눈물 속에 모조리 빠져 죽어 버려라!"

하는 막다른 저주까지가 쏟아져 나오게 되었습니다.

그랬더니, '한집안 식구끼리 하는 저주는 그대로 이루어진다'는 이 나라의 속담 그대로 주위의 모든 것들은, 수풀들도 밭들도 모조리 변하여 돌산들이 되어 버리고, 장군의 사위인 헝가리 귀족은 도망쳐 가다가 새로 일어서는 돌산의 틈에 끼어서 죽고, 장군의 딸은 일곱 명이나 되는 어린 자녀들과 함께 어쩔 줄을 모르고 갈팡질팡하며 울부짖고만 있었습니다.

이때 흘린 모르스키 장군의 딸의 눈물은 한정 없이 쏟아져 내리는 폭포와 같아서, 떨어져 모인 눈물은 점점 깊고 넓어져서 일곱 개의 호수가 되었다고 하는데, 이 일곱 개의 호수는 그녀의 일곱 아이들의 목숨을 각각 하나씩 그 속에 잠기게 했다는 이야깁니다.

모르스키 장군의 딸은 차츰 더 불어 나는 산골의 물을 피해 메르아우게라는 이름의 높은 산봉우리까지 올라갔는데요. 거기에서도 어떻게나 더 슬피 울었던지, 그녀의 두 눈도 흘러내려 두 개의 깊은 호수가 되었다고 해요. 그중의 하나가 봄 여름 가을 겨울 언제나 눈에 덮여 있는 개울물로 흐르다가 모여서 고인 모르스키 호수이니,

이것은 모르스키 장군의 딸의 눈물로 된 호수라는 뜻이라고 하는 군요.

이 불행한 여인은 인제 아무 데도 더 갈 데가 없는 것을 느끼자, 입은 옷과 보석 장식품들을 모조리 벗어 이 호수에다 던져 버리고, 알몸이 된 그녀 자신은 또 한 개의 남은 호수에 몸을 던져 버렸다고 하는데, 이 호수의 물빛은 다른 호수보다 훨씬 더 어둡다고 해요.

매가 꿩이 가엾어 울고 있어서
한국

여러분은 매가 꿩을 사냥하는 걸 본 일이 있습니까?

요즘은 아주 깊은 산중에나 들어가기 전엔 좀처럼 구경할 수 없게 되었지만, 옛날 우리나라는 매사냥을 잘하는 나라로 이웃 나라에 소문나 있었습니다.

특히 신라 시대에는 중국보다도 매사냥이 많이 이루어지고, 거기 따른 기술이나 도구들의 개발도 훨씬 더 앞서 있었습니다. 그래서 중국은 매를 다루는 데 쓰이는 여러 가지 것들을 우리 신라에서 수입해 가고 있었습니다.

그런 매사냥이 한창이던 신라 신문왕 때의 이야기입니다.

신라 정부의 국무총리를 하고 있던 충원이란 사람이 동래온천으로 휴양을 하러 갔다가 수도인 경주로 돌아오고 있었습니다.

동지라는 이름의 벌판 한끝에서 잠시 쉬고 있을 때의 일입니다.

충원이 문득 앞을 보니, 어떤 사내가 그의 팔목 위에 있던 매를 하늘로 날리고 있었습니다.

그 매는 재빨리 날고 있는 꿩을 발견해 그 뒤를 맹렬하게 뒤쫓아가고 있었는데, 그 광경이 볼만한 구경거리로 눈에 뜨였습니다.

꿩이 금악산이라는 나지막한 산의 모퉁이를 넘어가자 이내 그 꿩과 매의 자취는 보이지 않게 되고, 매의 발에 신호용으로 매달린 방울 소리만 쩌렁쩌렁, 맑고 밝은 하늘의 햇빛과 공기 속에 울려 퍼져 오고 있었습니다.

방울 소리를 따라 찾아가 보니, 꿩과 매는 굴정이란 곳의 어느 우물 근처에서 쫓고 쫓기는 치열한 싸움을 벌이고 있었습니다.

그러자니 때때로 매의 부리와 발톱에 부상을 입는 것은 힘이 약한 꿩이었습니다. 꿩의 몸은 어느 사이 피투성이가 되어 있었습니다. 꿩은 너무나 지쳐서 더 이상 도망 다닐 힘이 없어졌는지, 드디어 우물 속으로 날아들어, 우물물 위에 떠 있게 되었습니다.

꿩의 몸에서 흘러내린 피로 우물물은 빨갛게 물들어 가고, 자세히 보니 우물 속의 꿩은 두 날개로 두 새끼를 품어 안고 있었습니다.

그런데 그 잔인한 매는 어디로 갔느냐 하면, 그도 역시 매우 지쳤던지 우물가의 나뭇가지 위에 날개를 접고 쉬면서 앉아 있었습니다.

사람들이 매의 표정을 찬찬히 뜯어보다가 두 눈을 자세히 살펴보자니까, 이게 웬일인가, 매의 두 눈에서는 난데없이 맑은 눈물방울이 아롱아롱 흘러내려 목덜미의 털까지를 적시고 있는 것이었습니다.

제아무리 꿩 잡는 매일지라도, 꿩이 온몸이 피투성이가 되어 도망치다가 마지막 갈 곳이 없어 우물 속에 숨어 그 피로 우물물을 물들이는 걸 지켜보고 있자니, 역시나 가엾은 생각이 나서 어느덧 솟아난 눈물일 거라고, 이걸 보던 사람들은 생각하게 되었습니다.

　그래 매가 앉아 울던 나무가 서 있던 그 자리에 신라 사람들은 매를 기념하는 아름다운 절을 지어 놓게 되었으니, 절 이름은 영취사라고 했습니다.

　'영특한 매도 다 보겠다'는 느낌이 담긴 이름인 것입니다.

　매도 그러한데, 사람은 자비심이 좀 더 있어야 할 것 아니냐는 바람도 은근히 담겨 있는 이름이지요.

세 마리의 까마귀
스위스

이것은 옛날 스위스 사람들의 이야기입니다.

오래전 스위스의 어느 아름다운 수풀가에서 오직 딸 하나만을 데리고 살고 있는 홀아비가 있었는데요. 이 아버지는 마음속에 무슨 말 못 할 슬픔을 지니고 있는 것인지, 하나뿐인 딸 앞에서도 늘 서러운 얼굴만 하고 지내서, 딸은 드디어 작정을 하고 왜 그러시냐고 물었더니, 아버지는 마침내

"네가 태어나기 전에 삼 형제나 되는 네 오빠들과 같이 살고 있었는데, 어느 날 내가 몹시 화나는 일이 있어서 '이놈들! 까마귀나 되어 버려!' 하고 저주를 했더니 그만 즉시 모두 정말로 까마귀가 되어 날아가 버렸단다. 그러니 내가 어떻게 다시 기쁜 얼굴을 할 수 있겠느냐?"

하고 털어놓는 것이었습니다.

이 말을 들은 뒤부터 딸은 그게 늘 마음에 걸려 걱정 속에 지내다가, 어느 날은 아버지 몰래 집을 나가 해 질 녘에 어느 무성한 수풀 속에 접어들었습니다.

그곳에는 이 처녀가 그전부터 친하게 알고 지내던 한 선녀가 살고 있어서요. 그녀는 선녀의 집에서 하룻밤을 쉬고 아침에 일어나 그녀가 여기까지 오게 된 까닭을 선녀에게 말하고 도와주기를 부탁했더니, 선녀는 바로 그녀를 수풀이 끝나고 넓은 새 벌판이 열리는 데까지 데리고 가서

"저 벌판을 곧장 가면 그 한가운데쯤에 이 세상에서 가장 아름다운 보리수나무 세 그루가 서 있는 것이 보일 것이다. 거기에 까마귀가 된 네 오빠들이 늘 답답해 울면서 앉아 있느니라."
하고 가르쳐 주었습니다.

그래 그로부터 한나절을 걸어서 세 그루의 보리수나무가 서 있는 곳까지 갔는데요. 선녀의 말 그대로 세 그루의 보리수에는 각각 한 마리씩의 까마귀가 앉아 무척 답답한 소리로 '까옥 까옥' 울고 있다가 이 처녀를 보자 반가운 듯이 날아와서 그녀의 양어깨와 한 손 위에 앉으면서 저희들끼리 사람의 말로 외치는 것이었습니다.

"야, 우리 누이동생이 왔구나!"

"어떻게 왔니? 어떻게 왔어?"

"어디, 잘 보이게 얼굴을 이쪽으로 돌려 봐!"

이 소리들을 들으니 처녀의 가슴속은 미어지는 것만 같아

"오빠! 오빠들!"

하고 연거푸 부르며 울고 있었습니다.

이렇게 한참이 지났는데, 드디어

"어떻게 하면 오빠들에게 걸린 저주를 풀어 오빠들이 다시 사람으로 돌아오게 할 수가 있지요?"

하고 처녀가 물으니, 셋 중에서 맏형이라고 자기소개를 한 까마귀가 목메인 소리로 대답하는 것이었습니다.

"길이 없는 것은 아니지만…… 그것은 정말 어려운 일이다. 누이 네가 꼭 3년 동안을 하루 한시도 빼지 않고 늘 벙어리처럼 말없이 지내야 하는데, 어떻게 그걸 너더러 부탁이나 할 수 있겠느냐? 그 3년 동안에 단 한 마디라도 네가 말을 한다면 우리는 여전히 까마귀 신세를 면치 못하는데……"

그러나 처녀는

"오빠들 염려 마세요. 제가 3년 동안 꼭 그렇게 해낼 테니까요."

하고 각오를 말했습니다.

그랬더니 그 큰오빠인 까마귀는

"그 3년 동안엔 너는 여기 우리를 다시 찾아와서도 안 된다."

하는 것이었습니다.

처녀는 까마귀가 된 세 오빠와 헤어진 다음 자기 집으로 돌아가는 길에 지난밤 신세를 진 선녀의 집이 있는 수풀을 지나게 되었습니다.

그런데 마치 꾸고 난 꿈처럼 거기 있던 선녀의 집은 자취도 없이 사라지고, 그 자리에는 크고도 높은 굉장한 성이 있었습니다.

처녀가 영문을 모르고 두리번거리고 있을 때 성안에서 말을 탄 젊은 사람들 한 패가 나팔을 울리며 달려 나왔는데요. 맨 앞에서 하얀 말을 타고 무리를 이끌고 있는 잘생긴 젊은 사내는 이 성의 주인이고, 이 지방의 영주인 백작이었습니다.

백작 일행은 짐승 사냥을 떠나는 참이었는데요. 숲길에 서 있는 처녀를 보자, 그 백작은

"어디서 무엇 하러 여기에 오신 누구신지요?"

하고 점잖게 물었습니다.

그러나 처녀는 까마귀가 된 오빠들과의 약속 때문에 한 마디의 말도 할 수가 없게 되어 벙어리 같은 침묵 속에 눈과 몸짓으로만 그저 예의를 표시해 보였는데요.

백작의 눈에는 그게 더 이쁘고 귀해 보였던지, 한참 동안을 모든 것을 다 잊고 그 여자만을 뚫어지게 쏘아보고 있었습니다. 그러더니 그녀가 벙어리인 줄로 알고

"그렇군. 하느님께서는 당신을 더 고요히 있게 이쁘게 만드시려고 말을 안 하게 하셨군. 나를 따라서 우리 성으로 갑시다. 우리는 서로 연분이 닿는 것 같소."

하고 말하고는 처녀를 그의 성으로 데리고 갔습니다.

백작은 먼저 그의 어머니에게 처녀를 소개하고 인사를 하게 했는데요. 백작의 늙은 어머니는 처녀가 벙어리인 것이 마음에 많이 걸려서 달갑지 않았으나, 젊은 백작은 이 처녀에게 홀딱 빠져서 바로 그 이튿날 두 사람은 성대한 결혼식을 올려 버렸습니다.

그런데 그들이 결혼한 지 얼마 되지 않아서 이 나라와 어느 딴 나라 사이에는 크나큰 전쟁이 일어났습니다. 황제의 소집 명령은 이곳의 백작에게도 내려서, 백작은 갓 결혼한 아내를 그의 어머니에게 맡기고 급히 전쟁에 나가야만 하게 되었습니다.

그는 아내의 일이 걱정이 되어서 그의 심복인 한 하인에게

"새 백작 부인의 일을 네 눈처럼 소중히 여기고 보살펴 드려라."

신신당부를 하고 떠나갔는데요.

백작 어머니의 새 며느리에 대한 생각은 처음부터 좋지가 않았는지라 아들인 백작이 전쟁에 나가자, 이 기회에 며느리를 없애 버리려고, 백작이 믿고 아내의 일을 당부하였던 하인까지를 꾀어내 며느리를 죄인으로 몰아대기 위한 흉계를 꾸미기 시작했습니다.

젊은 백작이 전쟁에 나간 지 한 해쯤 되자, 백작 부인은 아주 잘생긴 아들을 낳게 되었는데요. 백작의 어머니는 백작의 당부를 저버린 하인과 짜고, 그 하인을 시켜서 애기를 빼앗아, 사나운 맹수들이 우글거리는 깊은 산속에다 버리게 했습니다.

그러고는 아들이 얼마 뒤 휴가로 잠시 집에 돌아오자

"네 벙어리 아내는 사실은 마녀였다. 죽은 아이를 낳아 놓았단다."

하고 거짓말로 아들을 속였습니다. 그러자 백작이 믿고 아내를 잘 돌보기를 특별히 부탁했던 하인도 옆에 있다가

"예, 그 돌아가신 도련님은 수풀 속에서 잠들어 계십니다. 제가 직접 모셔다가 묻어 드렸지요."

하는 것이었습니다.

외국과의 전쟁은 오랫동안 계속되어서, 한 해에 한 번씩 오는 다음 해의 휴가에도 백작은 다시 집으로 돌아왔는데요. 그사이에도 우리 백작 부인은 좋은 옥동자를 낳았습니다만, 이번에도 그 어머니는 하인을 시켜 수풀 속에 또 갖다 버리게 했습니다.

그러고는 돌아온 아들에게 또 거짓말로

"네 벙어리 아내는 정말 악마임엔 분명하다. 글쎄, 이번에는 또 온몸이 털로 뒤덮인 짐승을 낳았지 뭐냐?"

했습니다. 그러자 하인은 또 그 옆에서

"백작님, 그것은 사람이 아니라 검은 강아지였습니다. 그래 제가 갖다가 수풀 속에 묻어 버렸습니다."

하고 말했습니다.

백작은 노여움이 머리끝까지 치솟아 올라 즉시 그의 어머니에게

"저 사람을 제일 천한 하녀로 만들어 버리세요!"

하고는 다시 전쟁터로 갔습니다.

그러고서 또 한 해가 지났는데요. 외국과의 전쟁은 이 나라의 승리로 겨우 끝나서 백작이 자기의 성으로 돌아와 보니, 그가 없는 동안에 그의 아내였던 하녀는 또 한 아이를 낳았는데, 그것은 마귀 새끼였다고 어머니는 또 말하는 것이었습니다. 그 옆에 있던 그의 하인도,

"예, 백작님. 그것은 태어나자마자 열린 창으로 괴상한 소리를 치며 날아가 버렸습니다."

하고 거짓말을 했습니다.

이어서 백작의 어머니는 열띤 소리로 며느리였던 여자를 죽일 것

을 주장하는지라, 백작도 여기에는 더 반대할 말이 없어 승낙하고, 그 여자를 높은 탑 속에 가두게 하고, 불태워 죽일 준비를 하도록 명령을 내렸습니다.

드디어 그 여자를 불태워 죽이기 위한 장작더미는 쌓아 올려지고, 그 위에 온몸을 묶인 억울한 죄인은 올려놓아지고, 못된 배신자인 하인 놈이 장작더미에 막 불을 붙이려 하고 있는 순간이었는데요.

뜻밖에도 하늘 한쪽에서 은은한 뿔피리 소리가 울려오면서, 은빛의 투구와 갑옷으로 무장하고 눈빛처럼 하얀 말들을 탄 세 명의 기사가 나타났습니다. 그들은 낱낱이 은빛의 창과 방패를 들고, 또 각기 한 명씩의 아이를 안고 있었는데, 그들이 든 방패에는 큼직한 까마귀가 새겨져 있었습니다.

그들은 몰려오며 소리쳤습니다.

"우리들이 왔다! 누이야! 3년 동안 네가 약속을 지켜 준 덕택에 마법이 풀려서 너를 구하러 왔다. 여기 너의 세 아들도 데리고 왔으니 어서 나와 맞이하여라."

하면서, 마침 장작더미에 불을 붙이려 하고 있던 그 배신자 하인 놈을 날카로운 창으로 찔러 버렸습니다.

그래서 어쨌느냐구요? 물론 억울한 백작 부인은 자유의 몸이 되어 그리던 세 아들을 품에 안게 되었습니다. 백작의 어머니는 어디론지 도망쳐 버렸고, 백작은 속았던 것을 부인에게 사과하여 용서를 받았으며, 까마귀에서 풀려 사람이 된 오빠들도 전보다 더 행복하게 살았습지요.

아트리의 종
이탈리아

옛날 이탈리아의 아트리라는 곳에 이 나라의 임금이 새로 종각을
세우고 훌륭한 종을 매달아 두게 했는데요.

이 종은 무슨 시간을 알리기 위한 것이 아니라 정의의 종으로서,
나쁜 사람들에게 옳지 못한 일을 당하는 사람들이 여기 와서 종을
울리면 즉시 그곳으로 재판관이 나와서 사연을 들어 보고 옳고 그름
을 가려서 올바른 심판을 하기 위한 것이었습니다.

그리고 종을 울리는 데 쓰이는 종 줄을 땅에까지 치렁치렁하게 드
리워 놓은 까닭은, 어린이들이라도 정말로 무슨 억울한 일을 당하고
있다면 울릴 수 있게 하기 위해서였습니다.

정의의 종각이 여기 선 뒤부터 이 나라 사람들은 남에게 억울한
일을 당했을 때는 물론, 서로의 싸움에서 시비를 가리기 어려울 때

에도 모두 여기 와서 종을 울렸고, 그러면 재판관들이 반드시 나타나 그 잘잘못을 가리기에 땀을 흘리는 통에, 여기에는 언제나 사람들의 발걸음이 그칠 사이가 없었습니다.

그러자니 또 너무나 자주 종 줄을 잡아당기는 바람에 그 종 줄도 마침내는 끊어지게 되었습니다. 그래 종 줄은, 튼튼하게 꼬아 새로 매달기까지의 한동안을 임시로 든든한 포도 넝쿨로 대신하고 지낸 일이 있었습니다.

이 무렵의 어느 날, 어디서 왔는지도 모를 바짝 마른 늙고 병든 말 한 마리가 이 정의의 종 밑에 주춤주춤 나타나서, 종 줄 대신으로 매단 포도 넝쿨에 아직도 몇 개 달려 있는 마른 잎을 따 먹고 있다가, 잘못하여 이 종을 울리게 한 일이 생겼습니다.

말이 울린 종소리를 듣고 나온 재판관이 불쌍하게 생긴 늙은 말의 내력을 조사해 보니, 말의 주인은 이 고장에서도 유명한 큰 부자라는 것이 밝혀졌습니다. 그 부자는 젊어서는 바른 일을 하기 위해서 많은 노력도 한 좋은 사람이었는데, 뒤에 돈을 모아 큰 부자가 될 욕심을 내면서부터는 점점 마음이 차가워져서, 젊었을 때부터 그와 늘같이 지내 온 이 말이 늙자, 이제는 쓸모가 없다고 인정머리 없게도 내쫓아 버렸습니다.

이 말은 드디어 병까지 걸려 여기저기 정한 곳도 없이 헤매고 다니다가 마침내 임시로 종 줄이 된 포도 넝쿨의 마른 잎을 따먹다가 종을 울리게 된 것이라는 사실도 자세히 다 드러났습니다.

재판관은 말의 주인을 불러들여 앉히고

"당신의 사랑을 받던 말이 늙었다고 버려져 병들어 갈 곳도 없이 헤매던 나머지 여기 와서 이 정의의 종 줄을 잡아당겨 자기의 처지를 호소한 사실을 알기 바라오. 어찌 사람으로서 그럴 수가 있소?" 하고 그의 가슴에 울리도록 간절히 타일렀습니다.

그랬더니 그 병들고 말라빠진 말의 비참한 모습, 하소연하듯 포도 넝쿨의 종 줄을 잡아당겼다는 그 모습을 유심히 바라본 이 사내의 눈에서도 비로소 눈물이 쏟아져 내렸습니다.

그래 그의 말을 찾아 다시 데리고 가서는 말이 세상을 뜰 때까지 정성을 다해 보살펴 주었다는 이야기입니다.

페르시아의 착한 왕 화리이두웅

이란

페르시아라고 하면 지금 이란의 옛 이름이지요. 아주 먼 옛날 이 페르시아에 화리이두웅이라는 용맹하고도 착한 임금이 있었는데요. 그는 아라비아까지를 정복한 매우 센 왕이었지만 아들 복은 적어서, 쉰 살이 넘어서야 세 아들을 낳아 기르게 되었기에, 그의 아들들에 대한 사랑은 보통이 아니었습니다.

그는 세 아들 누구에게도 이름을 붙이지 않았는데, 그것은 이름을 따로따로 붙여 놓으면 그의 한결같은 고른 사랑에 차별이 생기지나 않을까 염려해서였습니다.

그래 삼 형제가 다 잘 자라서 신부들을 맞이해도 좋을 만한 나이가 되었을 때, 화리이두웅 왕은 머리 좋고 의리 있는 신하들을 불러 모으고

"내 세 아들의 좋은 짝이 될 만한 세 자매의 신붓감을 찾아내라."
하고 명령을 내렸습니다.

다만 거기엔 몇 가지 조건이 달려 있었으니, 첫째 왕의 혈통을 이은 자매들일 것, 둘째로는 달덩어리같이 품위 있게 아름다울 것, 셋째로는 그 세 자매는 키나 얼굴이 같아서 누구도 구별할 수가 없을 것, 넷째로는 이들도 아버지가 너무나 골고루 사랑한 나머지 아직도 이름을 붙이지 않았을 것 등이었습니다.

페르시아 대왕의 신하들은 왕명을 받들어 먼저 나라 안의 여러 시골까지 두루 다 찾아다니며 알아보았으나, 그런 조건을 갖춘 세 자매의 처녀들을 찾아내지는 못하고, 할 수 없이 외국에까지 손을 뻗쳐 예멘이란 나라의 왕에게 그 조건에 해당하는 세 자매의 딸들이 있다는 사실을 염탐해 냈습니다.

그래 이 사실을 알게 된 페르시아 왕의 사신 중의 우두머리는 제철 만난 산골의 꿩처럼 좋아하며, 예멘의 사루브 왕 앞에 나아가 꿇어 엎드렸습니다. 그리고

"사루브 예멘 국왕 폐하, 우리 페르시아의 대왕이신 화리이두웅 폐하께서는 세 개의 눈을 가지셨다고 말씀하시는데, 그건 그분의 얼굴에 있는 눈이 아니라 그분의 세 귀중한 왕자님들이라고 하십니다. 세 아드님이 없다면 이분은 아무것도 보이지 않는 장님이나 마찬가지일 것이라고요. 그러하오니, 이렇게 귀중한 페르시아 왕자님들의 짝으로 폐하의 세 공주님들을 내려 주시는 영광을 누리시옵소서, 폐하."
하고 아뢰었던 것입니다.

그러나 예멘 왕 사루브에게도 자기의 두 눈 못지않게 그의 딸들이
귀중했던 건 마찬가지라 손쉽게 승낙할 마음이 나지 않는 데다가,
또 강국인 페르시아의 무서운 힘을 앞에 두고 거절했다가 무슨 변을
당하면 어쩔 것인가 그것도 염려스럽기만 해서 예멘의 왕은 마치 가
문 날에 말라 들어가는 재스민 향나무 꼴이 되어 있었습니다.

사루브 왕은 그날 밤 신하들하고 여러모로 상의한 끝에, 이튿날
오전에는 페르시아의 사신들을 불러 앉힌 다음

"페르시아 왕의 세 왕자들에게 내 세 딸을 짝지어 주는 건 찬성이
다. 그러나 그러기 위해서는 먼저 풀어야 할 수수께끼가 하나 있으
니, 너희들의 왕자님들보고 직접 와서 풀라고 하라."

하고 말했습니다.

예멘에서 돌아온 사신들의 자세한 보고를 들은 페르시아의 왕 화
리이두웅은, 그들의 그사이 노고를 달랜 뒤에 세 왕자를 불러 세우고

"예멘 왕이 그의 딸들을 너희들에게 맡기기 전에 내놓을 수수께끼
는, 그 세 자매 중에서 누가 맏이고, 누가 둘째고, 또 누가 막내냐일
것이다. 내 눈에는 그의 마음속이 환히 들여다보이니 틀림없을 줄
안다. 그러거든 너희들 대표로 큰아이가 일어서서 '처음 들어온 분
이 막내고, 마지막 들어온 분이 맏이고, 중간에 들어온 분이 둘쨉니
다'라고만 해라. 내가 지금 미리 알아맞힌 걸 명심해서 그 왕의 비위
에 거스르지 않게 공손히 잘 대답해 그의 딸들을 하나씩 맡아 데리
고 오너라."

하고 말했습니다.

그리하여 페르시아의 세 왕자 일행은 위엄과 품위를 갖추어 예멘의 왕궁을 향하게 되었는데요. 왕궁에 가까운 길에는 진짜 황금의 돈도 뿌려 놓았고, 향기 좋은 사프란꽃들과 사향노루 배꼽에서 뽑아낸 아스라한 향기의 사향도 더러 뿌려져 있었습니다. 그리고 꿩 중에서도 장끼같이 곱게 꾸며 입힌 귀족들과 무관들도 줄지어 세워 놓고요.

그래 여러 가지 환영의 행사들과 인사말들이 오고 간 뒤에, 드디어 페르시아의 세 왕자와 예멘의 세 공주가 서로 만나 맞선을 보는 자리가 되었는데요.

세 신랑감이 침을 삼키며 앉아 있는 궁전의 넓은 방으로 세 공주가 나붓나붓 조용히 걸어 들어오는 모습은 흡사 세 개의 맑고도 밝은 달덩이들만 같아서 방 안은 훤칠하게 밝아졌습니다.

좋은 비단옷으로 아주 잘 입고, 온갖 값진 보석으로 아름답게 꾸민 세 공주들은 전해 들은 말 그대로 키와 얼굴이 너무나 많이 닮아서 누가 누군지 가려내기가 어렵게 생겼습니다.

세 공주가 세 왕자와 마주 바라보이는 곳에 자리를 잡고 앉은 뒤에도 페르시아의 세 왕자는 그저 얼떨떨하기만 해 있었는데, 마침내 예멘의 임금은 용상에서 자신만만한 소리로

"어디, 페르시아의 세 왕자가 내 수수께끼를 바로 알아맞히는가 보자. 셋 중에서 누구든 이것만 바로 알아맞힌다면 내 딸들을 나이 차례로 그대들의 아내로 짝지어 주지. 그 수수께끼는 딴게 아니라 이 세 명의 내 딸 중 누가 맏이고, 누가 둘째고, 누가 막내냐 하는 것이다. 어디, 맞혀 보아라."

하고 그 수수께끼를 꺼내는 것이었습니다.

그러나 이미 지혜로우신 아버지에게서 다 들어 알고 갔던 페르시아의 세 왕자에게는 이거야 식은 죽 먹기였지요.

적당히 점잔 빼는 사이를 두고 나서, 세 왕자 가운데 맏이가 일어나 "예, 대왕 폐하. 제가 대표로 말씀드리지요. 세 공주님 중에서 맨 처음 이 자리에 들어선 공주가 막내이고, 맨 마지막에 들어온 공주가 맏이이고, 두 번째로 들어온 공주가 둘째입니다."
하고 확실한 소리로 또박또박 누구의 귀에나 아주 잘 들리게 대답했습니다.

일이 이렇게 되었으니 딴말이 있을 수는 없지요.

예멘 왕은 할 수 없이 날을 받아 그들을 결혼시킨 다음 아까운 그 세 공주를 세 채의 꽃가마에 태우고, 여러 마리의 낙타 등에 온갖 비단과 보물들을 그득그득 실어서, 페르시아의 세 왕자 일행을 따라가게 했습니다.

페르시아의 세 왕자가 예멘의 달덩이 같은 공주를 각기 하나씩 아내로 맞아 제 나라로 돌아오자, 화리이두웅 황제는 비로소 그들의 이름을 새로 지어 주었으니, 큰아들 이름은 사룸으로 안전하게 살라는 뜻이었고, 둘째의 이름은 투울로서 용감한 사나이란 뜻이며, 막내의 이름은 이라지로 어질고 슬기로우라는 뜻이 담기어 있는 것입니다.

그리고 이어서 유명한 별점쟁이를 불러 세 아들의 별점도 쳐 보았는데, 그중에서 막내아들은 목숨이 오래지 않을 것으로 나타나 임금의 새로운 걱정거리가 되었습니다. 사실은 어느 사이엔지 임금은 가장 착하고도 지혜로운 막내아들 이라지를 더 많이 사랑하게 되었는데 말입니다.

별점을 치고 나서 오래지 않아 왕은 그 나라 영토를 셋으로 나누어 큰아들 사룸에게는 그리스를 다스리게 하고, 둘째 아들 투울에게는 터키를, 막내인 이라지에겐 그들의 본국인 페르시아 즉 이란을 맡기고, 자기는 그 세 아들 위에서 모든 걸 감독하기로 했는데, 이러한 국토의 분배가 그 착한 막내아들의 빠른 죽음을 불러오고 말았습니다.

그것은 그들의 본국을 떠나서 그리스를 맡은 큰아들 사룸과 터키를 맡은 둘째 아들 투울이 본국을 맡은 막내아우 이라지를 시기해 미워하고, 그런 분배를 한 아버지를 원망하는 데서 비롯한 것이니, 원한에 찬 이 두 형제는 서로 연락하여 마침내는 그들의 조국인 페르시아를 쳐들어갈 계획까지 세우게 되었습니다. 욕심이라는 게 불만을 품고 미움으로 변하다 보면 이렇게도 되는 것이죠.

그 두 형제는 아버지인 황제에게 보낸 편지에서

"왜 막내아우 이라지에게 본국을 맡기고 우리에겐 변방의 하잘것없는 영토를 주어 고생하게 하십니까? 이 불공평한 분배를 고쳐 주시지 않는다면 우리는 조국 페르시아를 쳐들어가겠습니다."

하는 것이었습니다.

그러나 페르시아의 왕이 된 착한 막내아우 이라지는 두 형과는 달라, 아버지 황제에게서 형들이 보낸 편지 내용을 알게 되자

"형제의 정을 상하게 하기보다 페르시아 왕의 자리를 내어놓고,

형들을 찾아가서 빌고 사정하겠습니다."

하고 말하는 것이었습니다.

그래 그 소원이 너무나도 사람답고 의젓한지라 황제도

"그럼, 가서 잘 타일러 보아라."

하고 당부하며 그를 두 형들에게로 보냈던 것인데, 이것이 그만 그의 별점의 점괘에 들어맞는 결과가 되고 말았습니다.

이라지가 가서 진정으로 하는 말도 그들에게는 거짓으로만 들려, 점점 더 증오심만 불태우고 있던 둘째 투울은

"이 녀석이 페르시아를 비워 주겠다고까지 거짓말을 하는 속셈이 무엇인지 어디 보자!"

하며 자신의 가죽 장화에 감추어 지니고 있던 날카로운 단도를 꺼내 그 착한 아우의 가슴을 찌르고 말았습니다.

그러고는 그가 숨이 끊어지자, 목을 잘라 사향이라는 향과 함께 비단으로 싸서 황금 궤짝에 담아, 그들의 아버지 황제에게로 보냈습니다.

아, 이것 참 페르시아도 큰일 났군요. 이렇게 되면 보복은 또 더 무서운 보복을 부르고 하여, 끝이 없는 것인데요.

사랑하던 막내아들 이라지의 억울하게 베어진 목을 안고 슬픔에 잠긴 나머지 페르시아의 황제 화리이두웅의 가슴속에서는 '안 죽는 슬픔'이란 이름의 풀이 다 돋아났다고 합니다.

그러나 사람의 슬픔과는 달리 세월은 또 제대로 흐르는 것이어서, 꽤나 오랜 세월이 흘러가는 동안에 이라지가 낳은 외동딸도 다 자라

시집을 가서 마누체풀이라는 아주 씩씩하고도 똑똑한 아들을 낳게 되었고, 어느덧 마누체풀도 커서 의젓한 어른이 되었습니다.

그런데 그때의 페르시아 제국에는 그보다 나은 임금감이 따로 없어서, 이라지의 손자인 마누체풀이 페르시아의 본토인 이란의 왕이 되었습니다.

이 소식은 페르시아 제국의 영토인 그리스와 터키에도 전해져서, 옛날에 이라지를 시기하여 죽인 두 형 사룸과 투울의 귀에도 들어가게 되었습니다.

그래 큰 죄를 지은 자는 그 벌을 달게 받기보다는 그 죄를 쓱싹 에누리해 용서해 주기를 빌기도 하는 것이라, 아직도 그리스의 왕이었던 사룸과 터키의 왕이었던 투울 형제는 그렇게 먼저 용서를 비는 전술을 써 보기로 합의하고, 늙은 아버지 화리이두웅 황제에게 공동으로 올리는 애원의 편지를 보냈으니, 내용은 얼추 다음과 같은 것이었습니다.

'저희들 형제가 아버님의 뜻을 어긴 큰 죄인이 된 것은 악마의 꾐에 빠져 잠시 노여움을 참지 못했던 때문이었사오나, 지금은 오직 뉘우치는 일념으로 온몸이 와들와들 떨릴 뿐이옵니다. 아버님이신 우리의 황제 폐하시여, 우리 형제를 아들로서 너그러이 용서하시고, 이라지의 손자인 새로운 페르시아의 왕 마누체풀을 우리에게 보내 주신다면 우리는 그에게 허리를 굽혀서 마음으로부터 빌고, 그의 말이라면 무엇이든 하라는 대로 다 따르겠습니다.'

그러나 이걸 본 화리이두웅 황제의 마음은 어떠했겠습니까?

유난히도 사랑하던 막내아들 이라지의 뜻밖의 죽음 앞에 가슴속에선 '영원히 안 죽는 슬픔의 풀'까지 돋아났던 이 늙은 황제로서는 두 아들의 편지의 내용을 고스란히 믿을 수만은 없었습니다. 그래

'나는 아무래도 너희들의 편지를 그대로 믿을 수는 없다. 마누체풀을 초청해서 또 그의 조부에게 한 것처럼 하지 않을까 하는 의심이 아무래도 앞서는구나. 그래 그를 보낼 생각이 나지 않는다.'

하는 내용의 답장을 전했습니다.

그러나 늙은 아버지의 이 뜻을 화해의 거부, 즉 보복의 선언으로 조급하게 받아들인 두 형제는 즉시 터키와 그리스의 연합군을 일으켜, 그들 조국의 본토인 페르시아로 쳐들어가게 되었습니다.

예상하기 어려운 기습으로 한밤중에 페르시아의 왕궁을 공격하기로 계획을 세워 그렇게 했던 것인데, 페르시아의 왕인 마누체풀은 미리 이것을 다 알고 도리어 먼저 적진의 본부를 쳐서 크게 이기어, 터키의 왕 투울과 그리스의 왕 사룸의 잘린 머리도 마침내는 그들의 늙은 아버지 화리이두웅 황제의 앞에 놓이게 되었습니다.

그래 5백 살까지나 살았다는 페르시아 제국의 착한 이 황제도 그 운명이라는 것은 어쩔 수 없어, 잘린 세 아들의 머리만을 옆에 두고 눈물로 여생을 보내야만 했다는 이야기입니다. 이렇게 되어서는 안 될 일이지요.

터키 사람의 꿈 이야기

터키

옛날 옛적 터키에 돈을 잘 벌어들여서 꽤나 부자로 살고 있는 한 사나이가 있었습니다. 언젠가는 사흘 동안을 계속해서 밤마다 같은 꿈을 꾸었는데요. 꿈속에선 낯선 누군가가 나타나

"너를 불행하게 해 주어야만 하게 되었는데 어느 때가 좋겠느냐? 네가 아직 젊었을 때가 좋겠느냐, 아니면 늙은 뒤가 좋겠느냐?"

하고 번번이 묻는 것이었습니다.

그는 꿈속에서는 대답을 못 하고 있다가, 그 꿈을 사흘 밤이나 꾸고 난 날 아침에 아내에게 말하고 그 결정을 그녀에게 물었는데요.

그의 아내가

"매도 먼저 맞는 것이 낫다는 말도 있듯이, 고생도 하려면 젊었을 때 해 버리는 게 낫지요."

해서 그날 밤 꿈속에서 다시 똑같은 질문을 받았을 때에는,

"아직 젊었을 때가 낫겠는데요."

하고 대답을 해 두었습니다.

그랬더니 이튿날은 그가 가진 세 척의 배를 고기잡이를 내보냈는데 그 세 척이 모두 폭풍을 만나 침몰해 버렸고요. 그다음 날은 그의 목장에 맹수들이 몰려와서 몇천 마리의 양들이 떼죽음을 당하더니, 또 그다음 날은 집에 불이 나서 가진 것을 다 불태우고 아무것도 없는 빈 몸으로 아내와 두 어린 아들과 함께 길거리에 나앉게 되고 말았습니다.

그래 마을의 딴 사람의 목장에 가서 사정사정하여 이 사내는 소들을 돌보는 목장지기가 되었고, 그 아내는 그 집에서 부엌일과 빨래 같은 허드렛일을 해 주고 하여 네 식구가 겨우겨우 끼니나 얻어먹고 지내게 되었는데요.

어느 날은 먼 사막에서 낙타 등에 팔 물건들을 실은 많은 대상들이 몰려와서 목장 주인에게 더러워진 옷을 빨아 줄 여자를 하나 소개해 달라고 졸라, 주인이 그의 집 목장지기가 된 이 딱한 사내의 아내를 소개했더니, 대상들은 또 이 여자가 얼굴이 반반한 것에 눈독을 들이고 느물거리며 대드는 바람에, 여기에서의 싼 밥벌이도 더 이상 이어서 할 수가 없게 되었습니다.

이 처량하게 된 부부는 밀가루를 넣었던 헌 자루 두 개를 주인한테서 얻어, 자루 하나에다 한 명씩 그들의 두 아이를 담아 가지고는 한 개씩 나눠 들고 대상들의 눈을 피해 뺑소니를 쳤습니다.

한참을 도망치다 보니 큰 냇물이 앞을 가로막아서요. 급한 김에 억지로 물살을 헤치고 건너가다가 아내가 들고 가던 한 아이는 아주 센 물줄기를 만나 떠내려 보내고, 한 아이만 겨우 냇물 건너 언덕에 다 내려놓을 수 있었어요. 그런데 조금 있으니 큰 곰이란 놈이 나타나서 이 한 아이마저 채어 가 버렸지 뭡니까?

그래 하늘과 땅 사이에 아직도 남은 식구는 남편과 아내 둘뿐이었는데요. 이 부부는 한참 동안을 땅을 치며 통곡을 했으나 모진 목숨은 죽어지지도 않아 또 할 수 없이 길을 떠나서 먼 타국에까지 터덕터덕 더듬어 가, 어느 마을 목장에서 다시 가축 돌보기와 허드렛일을 내외가 나눠 하며 겨우 살게 되었습니다.

이 나라에도 불량한 대상의 무리들은 우글우글해서요, 이 불행한 사내에게 단 하나 남은 아내까지 강제로 납치해 가 버렸습니다.

이렇게 해 홀로 된 사내는 또 많이 울었어요. 두 주먹으로 가슴을 치며 많이 많이 울었어요.

그러나 산목숨이라 어쩔 수가 없어, 밥 벌어먹을 일자리를 찾아 헤매다가 어느 낯선 도시에 들어서게 되었습니다. 넓은 광장에 사람들이 많이 모여 있어서, 그도 그 속에 가 끼어 서 있었더니, 뜻밖에도 그의 머리 위에는 비둘기 한 마리가 날아와 잠깐 앉아 있다간 다시 날아갔습니다.

아 그랬더니요, 곧 이어서

"아! 무흐티 님! 무흐티 님! 새 무흐티 님을 모셔라!"

하고 이곳의 관리인 듯한 사람들이 이 딱한 사내에게 달려들어 금테

가 달린 감투를 하나 덩그렇게 머리에 씌우면서 떼밀고 가는 것이었습니다. 얼마 전에 이 도시의 원님인 무흐티가 죽었는데요. 비둘기를 날려서 그 비둘기가 머리 위에 가 앉는 사람을 새 무흐티로 뽑는 마당에 우리 딱한 사내가 그만 뽑힌 것이지요.

이 사내가 그 좋지 않은 꿈을 꾼 뒤에 이렇게 얼김에 권력 좋은 한 고을의 원님이 되기까지 세월은 또한 물같이 흘러서 거의 20년이나 지나 버려, 이 사내도 이제는 나이가 거의 늙은이 줄에 들었어요.

그럼 스무 해쯤 전에 냇물을 건너다가 잃어버린 그의 두 아들은 그 뒤 어찌 되었느냐 하면, 물살에 휘말려서 떠내려간 아이는 운 좋게도 어느 물방앗간까지 떠내려갔다가 마음 좋은 그 집 주인에게 구제되어 자라서, 군대에 나가게 되어 지금은 딱 맞게도 운수 좋은 원님인 그의 아버지 밑에서 그런 줄도 모르고 파수꾼으로 복무를 하고 있었고요. 개울 건너 언덕에서 큰 곰에게 붙잡혀 간 아이도 특별히 마음 좋은 곰을 만났기 때문에 그 곰이 제 새끼처럼 잘 먹여 덩그렇게 키워 역시 군대를 보내게 되었는데, 이 아들도 또한 하느님의 마련으로 그의 아버지인 원님 밑에서 그런 줄도 모르고 파수꾼으로 근무를 하고 있었습니다.

그런데요, 어느 날엔 사막의 장사꾼인 대상의 한 패가 한 여자를 데리고 이곳 시내에 들어와 천막을 쳐 놓고 나서, 하룻밤 동안 거기서 묵을 허가를 얻기 위해 원님을 찾았어요. 이곳의 법으로는 딴 나라 대상의 천막생활은 시내에다간 허락지 않고 있어서 원님은 그 천막을 시외로 철수할 것을 명령했지요.

그랬더니 대상의 우두머리는

"저희가 쳐 놓은 천막 속에는 한 약한 여자가 지금 묵고 있는데 그 여자는 어떻게 할깝쇼?"

하고 물어서, 원님은 그저 얼른 생각이 나는 대로

"그 여자만큼은 그 속에서 그대로 쉬게 하는 게 좋겠군. 내 파수꾼을 보내 그 여자의 신변 보호만큼은 잘해 드릴 테니까 말씀야."

하고 대답하고는 두 명의 파수꾼을 골라서 보냈는데요. 그게 또 공교롭게도 아직은 서로서로 그 관계도 모르는 원님의 두 아들이었어요.

그래 두 파수꾼은 여자가 들어 있는 천막의 바짝 옆에 서서 지키면서, 자연히 서로의 신분을 묻고 대답하는 이야기를 시작하게 되었습니다. 그중 한 파수꾼 청년이

"나는 말이야, 아주 어려서 부모와 함께 개울물을 건너다가 물살에 떠내려가서 물방앗간에 닿아 그 집 양아들이 되었지 뭐냐?"

하고 말하고, 또 한 파수꾼이

"나도 너 비슷하다. 나는 개울은 무사히 건넜던 것 같은데, 언덕에 닿기가 바쁘게 큰 곰이 업어다가 곰 새끼로 길러 주었지."

하고 말하는 소리가 천막 안의 여자 귀에 들리자, 여자는 미친 듯이 천막 밖으로 뛰어나와,

"내 새끼들아!"

하고 크게 외치고 울며 두 청년을 함께 가슴에 끌어안았습니다. 그래 이 여자야말로 그들의 어머니였고, 그 둘은 또 형제간이라는 걸 비로소 알게 되었지요.

그랬는데요, 참으로 너무나 오랜만에 기적과 같이 만난 이 세 모자가 같이 천막 속으로 들어가서 여러 가지 얘기를 늘어놓고 있을 때 마침 여기 일을 염탐하러 왔다가, 두 파수꾼이 천막 안으로 들어가서 그들의 여자와 소곤거리고 있는 것을 발견한 그 대상의 염탐꾼들은 속도 모르고 침입죄로 그들의 우두머리에게 보고했고, 그 우두머리는 또 이곳 원님에게 재판을 청하게 되었어요. 세 모자는 드디어 이 도시의 원님 재판관 앞에 서게 되었는데요.

그 결과는 뻔하죠. 그들에게 이것저것을 캐어묻다가 보니, 재판관과 세 모자의 관계까지도 두루 환히 다 드러나게 되어서, 이 네 식구는 서로 얼싸안게 되었고, 못된 대상의 무리의 목들은 칼끝에 날아가게 되었습니다.

저승에 간 소녀

그리스

이것은 그리스 사람들 사이에서 전해져 내려오는 이야기입니다.

땅 위에 사는 사람들의 농사짓는 일을 맡아 보는 여신인 데메테르의 딸 페르세포네는 바닷속에서 사는 선녀들과 아름다운 바닷가에서 만나 같이 어울려 노는 것이 무엇보다도 큰 기쁨이었습니다.

그녀는 아직도 나이가 열댓 살밖에 안 되는 명랑하고 어여쁜 소녀였는데요. 그래 맑게 갠 어느 날도 어머니 데메테르가 사람들의 농사일을 돌보아 주려고 나간 뒤에 바닷가로 뛰어나가서 그녀를 기다리던 한 패의 바다 선녀들과 반갑게 만나게 되었습니다.

바닷가의 깨끗한 모래밭 옅은 물에 반쯤 몸들을 적신 채 우리 페르세포네를 맞이하던 바다의 선녀들은 진귀하고도 예쁜 여러 가지 빛깔과 모양의 조개껍질로 목걸이를 만들어 가지고 나와서 선물로 주며 페르세포네의 목에 보기 좋게 걸어 주었습니다.

그런데 페르세포네는 준비해 간 선물이 없었으니 어떻게 하지요?

'나는 들에 나가서 예쁜 꽃들을 많이 따 모아 그걸로 모두에게 목걸이를 하나씩 만들어 주어야겠다.'

이렇게 작정한 페르세포네는 잠깐만 기다리라고 하고, 그길로 바로 들판으로 나가서 보기에 아름다운 꽃들만을 골라 따서 앞치마에 담아 모으기 시작했습니다. 콧잔등에 송알송알 땀방울까지 맺히도록 여러 가지 꽃송이들을 따 모으며 가다가, 마침내 어떤 꽃나무 앞에서 너무나 큰 감동에 입을 딱 벌린 채 멈춰 서고 말았습니다.

그것은 꽤나 큰 꽃나무였는데, 자욱이 핀 수백 송이의 꽃들이 어떻게나 아름다운지 여신의 딸인 페르세포네로서도 처음 보는 매력을 가진 것들이어서 그녀의 온몸이 한 덩어리의 기막힌 찬송이 되어 이렇게 반해 버리게 된 것입니다. 이 나무는 꽃들만이 아니라 그 잎들까지 너무나 아름다운 빛깔을 가지고 있었습니다.

이것을 거듭거듭 우러러보고 서 있는 동안에, 페르세포네의 마음속에서는 이 나무를 송두리째 뿌리까지 뽑아서 그녀의 집 뜰에 가져다 심어 놓고 두고두고 즐겨 보며 지내고 싶은 욕심이 무럭무럭 일어나게 되었습니다. 기어이 그녀는 그러기로 작정을 하고, 한 손으로 꽃을 따 모아 담은 앞치마를 움켜쥔 채, 남은 한 손으로 온몸의 힘을 다해서 둥치를 단단히 붙들어 잡고서 나무를 뽑아 올리기 시작했습니다.

여러분 같은 사람이라면 이렇게 하는 것은 그야 불가능하겠지만,

페르세포네로 말하면 아직 소녀지만 그래도 여신의 힘을 가졌으니까요.

아! 그런데 이게 웬일입니까. 우리 페르세포네는 정말 큰일이 났습니다. 깊이깊이 박힌 이 꽃나무 뿌리를 겨우겨우 다 뽑아 올리게 되자, 뿌리가 박혀 있던 자리의 구멍은 무슨 힘으론지 점점 더 커져서 화산의 휑한 분화구처럼 되면서, 그 아래에서는 마치 마차가 급히 달릴 때 내는 것과 같은 수레바퀴가 구르는 소리와 말들의 힝힝거리는 소리가 아울러 들려왔습니다.

이윽고 여러 마리 검은 말이 이끄는 화려한 마차 한 대가 땅 위에 나타나, 그 속의 누군가가 우리 페르세포네의 한쪽 팔을 잡아 낚아채서 마차에 억지로 끌어들이고 말았습니다.

"나는 저승의 왕 하데스다. 네가 뿌리째 뽑아 가져가려고 했던 그 예쁜 꽃나무는 아주 예쁜 것에 크게 감동할 줄 아는 맑고도 힘찬 심장을 가진 여자를 기다려 내가 손수 만들어 놓았던 것인데, 페르세포네 네가 거기에 해당되었구나. 내가 사는 저승은 어둡고도 서글퍼서, 너같이 밝고도 예쁜 여자의 매력이 꼭 하나 필요해 너를 데려려고 왔다. 아까 네가 본 꽃나무보다도 훨씬 더 고운 꽃나무들이 우리 저승에는 얼마든지 많이 있으니 인제 거기 가거든 실컷 보며 즐기고 지내라."

이렇게 말하는 그 사내—아까 페르세포네의 팔을 잡아 마차에 낚아채 올린 그 사내를 보니, 후리후리한 키에 얼굴도 아주 희고 점잖게 잘생겼습니다. 그러나 보일 듯 말 듯 얼굴에 띠고 있는 미소는 조금도 기뻐 보이지 않는 묘한 것이었습니다.

그는 위아래 옷이나 그 위에 걸친 외투까지 모조리 그믐밤처럼 새까만 것을 입고 있었습니다.

"어머니! 어머니! 나를 어서 내 어머니 계신 곳으로 데려다주어요! 저승이 아무리 좋다고 해도 나는 거기 가서 살 생각은 조금도 없어요! 어머니! 어머니!"

페르세포네는 큰소리로 외쳐 울부짖었으나 아무도 저승의 왕 하데스의 뜻을 어기고 그녀의 편이 되려 하지는 않았습니다.

그래 꽤 오랫동안을 그들의 마차는 달려가서 드디어 이 세상과 저승이 맞닿는 어두컴컴하고 아득한 곳에 이르렀습니다.

다시 여기에서 한참을 더 가니 저승으로 들어가는 큰 대문이 나타났는데, 그 문간 앞에는 참으로 이상한 모양을 한 문지기 개 한 마리가 일어서서 그들의 왕 하데스를 반가이 맞이하고 있었습니다.

이 흉측하게 생긴 괴물 개는 이상한 모양의 머리가 세 개나 달렸고, 또 꼬리는 꿈틀거리는 큰 용 그대로여서 불타오르는 눈과 무서운 독을 가진 긴 어금니를 드러내고 으르렁거리고 있었습니다.

하데스가 귀여운 듯 그 개를 부르며 위로하는 말을 들어 보니, 개의 이름은 케르베로스라는 걸 알 수 있었습니다.

이 개는 여기를 드나드는 사람의 마음속 생각까지를 두루 다 알아맞히는 능력까지 있어서, 저승의 왕 하데스가 출입을 허락한 사람이외에는 그 누구도 살아서 이곳을 통과하게 놓아두지 않는다고 했습니다.

그리고 거기에서 한참을 더 가니, 꽤나 폭이 넓은 강물이 보이고 그 위에 든든한 쇠로 만든 다리가 걸쳐져 있었는데요. 이 다리를 건너갈 때 하데스는 페르세포네의 어깨를 가볍게 손으로 두들기며 말했습니다.

"레테 강의 이름은 너도 들어 본 일이 있겠지? 이것이 바로 저승의 강 레테다. 이 강물을 한 잔만 떠서 마시면 누구나 온갖 걱정이나 고민을 다 깨끗이 잊을 뿐만 아니라, 그 고민을 있게 한 기억까지도 완전히 없애 버리게 된다. 가만있거라, 우리가 궁전에 도착하는 대로 그 물을 네게도 한 잔 먹여 주지."

그러나 페르세포네가 그걸 선선히 받아 마실 리 있겠습니까?

금과 루비와 다이아몬드 등의 가장 값진 보석으로만 꾸며진 하데스의 궁전에 들어가서 살게 된 뒤에도 그녀는 그 망각의 강물은 물론 무슨 맛있는 음식을 차려다 주어도 다 거절하고, 어머니에게 데려다줄 것만을 애원하며 눈물로 세월을 보냈습니다.

우리 페르세포네가 저승에 끌려가서 괴로움을 겪고 있는 동안, 귀여운 딸을 잃은 어머니 데메테르는 어떻게 되었을까요?

농부들의 농사짓는 일을 종일토록 가르쳐 주다가 집에 돌아와서 페르세포네가 행방불명이 된 걸 안 데메테르는 물어볼 만한 곳은 두루 다 찾아다니며, "내 딸을 보았느냐"고 물어보았으나 그의 딸이 어디로 갔는지를 알아 말해 주는 사람은 아무도 없었습니다.

낮만이 아니라 밤에도 횃불을 켜 들고 수풀 속의 온갖 잡귀들에게까지 찾아다니며 간절히 간절히 물어보았습니다만, 그것도 허사로 돌아가고 말았습니다.

그는 하늘과 땅과 저승에서 가장 비참하고 어두운 생각으로만 살고 있는 헤카테라는 여신한테까지도 찾아가 물어보았는데, 온갖 슬픔으로 고부라져 살고 있는 헤카테는 그래도 그에게는 고마운 친구가 되어 주었습니다.

이상하게도 매우 서러운 표정을 하고 있는 늙은 개의 머리와 똑같은 머리 모양을 한 여신 헤카테는 아주 징그럽게도 살아 꿈틀거리는 무서운 뱀들로 된 목걸이를 하고 있었는데요. 그가 살고 있는 깊은 산속의 동굴은 햇볕도 전혀 들지 않는 침침한 곳으로, 그는 여기서 지난해 가을에 떨어진 낙엽들이 바람에 날아든 것들을 깔고 앉아, 밤이나 낮이나 지독한 슬픔만을 되씹으며 살고 있는 것이었습니다.

이 헤카테에게 가서 데메테르가 하소연을 했더니 딸을 잃은 어머니의 슬픔에 동정한 그는

"어디로 갔는지는 나도 모르지만, 그 아이가 어머니를 부르며 울부짖는 소리만은 내 귀에도 바람결에 들려왔던 것 같다. 안됐구나."

했습니다.

이 말을 들은 데메테르는 헤카테에게서도 딸의 행방을 알아낼 수 없다는 걸 알게 되자, 머리를 여러모로 쥐어짠 끝에 마지막으로 저 밝은 태양의 신 아폴론에게 가서 또 한 번 더 알아볼 작정을 하고, 모든 게 서럽기만 한 헤카테에게 그 뜻을 말했습니다.

그랬더니 그는

"나는 햇빛은 아주 질색인데…… 그렇지만 네 슬픔을 외면할 수는

없으니 같이 동행은 해 주마. 이건 아주 괴로운 일이지만……"
하면서 같이 따라나서 주었습니다.

그래 이 두 여신이 아주 밝은 하늘빛에 젖으면서 태양의 신 아폴론이 살고 있는 곳을 찾아갔습니다.

이때 마침 아폴론은 금빛 찬란한 기쁜 모습으로 리라라는 현악기를 퉁기며 그가 좋아하는 시 짓기에 골몰해 있다가 불쌍한 데메테르의 고백과 하소연을 듣자

"음, 잘 알고 있소. 당신의 딸 페르세포네는 참 귀여운 아이더군. 염려 마시오. 그 아이는 지금 저승의 왕 하데스의 왕궁에 가서 묵고 있는데, 하데스가 마음을 다해 아껴 돌보아 주고 있으니 신상에 위태로운 일은 없을 것이오. 하지만 내가 같이 동행해 줄 수는 없어요. 저승의 왕 하데스는 내 햇빛을 무엇보다도 가장 싫어하니까요."
하고 빛나는 미소를 띠며 대답했습니다.

비로소 데메테르는 딸이 간 곳을 알기는 알았습니다만, 어떻게 거기를 찾아가 그의 딸을 빼내 올 것인지 여전히 큰 문제가 아닐 수 없었습니다.

태양의 신 아폴론에게서 페르세포네가 저승의 왕 하데스의 왕궁에 가 있다는 것을 안 여신 데메테르는 신들 사이의 연락과 교섭 책임을 맡고 있던 신 헤르메스를 마지막으로 찾아갔습니다. 그리고 딸을 돌려달라고 하데스에게 교섭해 줄 것을 간절히 부탁했습니다.

짧은 겉옷에, 날개 달린 모자에, 독특하고 가볍게 꾸민 신발에, 뱀의 모양으로 손잡이를 만든 지팡이로 어디든지 어느 신보다도 가장

빨리 날아다니고 걸어 다니는 그 신들의 특사에게 말입니다.

그래서 헤르메스는 저승을 향해 하늘을 날아가기 시작했습니다.

그사이에 저승에 있는 우리 페르세포네는 어떻게 되었는지 그것부터 궁금하니 먼저 알려 주어야 되겠군요.

저승의 왕 하데스는 페르세포네를 땅 위에서 납치해 온 뒤로는 발랄한 생기가 넘치는 소녀의 매력에 빠져서 지내다 보니 드디어는 이 소녀 없이는 살 보람마저 느끼지 못하게 되었습니다.

무엇이든지 이 소녀가 바라는 것은, '집으로 돌아가겠다'는 것 한 가지만 빼고는 다 들어주기로 했습니다. 그렇지만 페르세포네는 늘 이어서 땅 위의 어머니에게로 돌려보내 줄 것만을 바랄 뿐, 그 밖엔 아무것도 받아들이지 않고 있었습니다.

광주리마다 그득히 담기어 오는 다이아몬드를 비롯한 온갖 값진 보석들은 물론 아무리 좋은 옷을 만들어다가 주어도 입지 않았습니다. 저승의 으뜸가는 진미를 번갈아 차려다 놓아도, 그녀는 그 어느 것도 거들떠보지 않고 모조리 거절하기만 했습니다.

하데스가 웃으면서 "내 왕관을 벗어 줄 터이니 맡아 쓰고 지내겠느냐?" 해도, "왕이 앉는 자리를 비워 줄 터이니 마음을 고쳐 보겠느냐?" 해도, 그녀의 마음은 언제나 땅 위 고향의 어머니의 곁으로만 가 있었고 무엇으로도 그걸 달랠 수는 없었습니다.

하데스는 이것저것 여러 가지로 생각한 나머지, 땅 위에서 나는 과일들을 구해다가 그녀의 옛 입맛에 호소해 볼 생각을 하였습니다. 그래 그의 심부름꾼들을 땅 위로 보내 그것들을 구해 오게 했습니다.

그러나 땅 위의 농사의 여신 데메테르가 딸 페르세포네를 저승의 왕에게 빼앗긴 뒤로는 농사일을 전혀 돌보지 않고 시름에만 잠겨 지냈기 때문에, 곡식이나 과일 농사는 전혀 엉망이어서 심부름꾼들은 과일도 제대로 된 건 손에 넣을 수가 없어, 어디선가 바짝 말라붙은 석류 한 개를 겨우 얻어 가지고 터덕터덕 돌아올밖에 없었습니다.

이 말라붙은 한 개의 석류는 드디어 하데스에게 전해져서, 하데스는 손수 그걸 우리 페르세포네에게 주고 눈치를 살폈습니다.

페르세포네는 물론 여기 저승에 와서 처음 보는 땅 위의 과일인 석류를 보자마자 그걸 입에 갖다 대고 물어뜯어 석류알 몇 개를 깨물어 먹기 시작했습니다.

그 순간에 그녀의 어머니가 보낸 신들의 특사 헤르메스가 이곳의 왕 하데스 앞에 나타났습니다. 그리고 페르세포네를 그녀의 어머니에게로 돌려보내는 게 신들의 뜻임을 알렸습니다.

그래 페르세포네는 다시 땅 위의 어머니 곁으로 겨우 돌아오게 되었는데요. 저승에서 먹었던 석류알이 여섯 개였기 때문에, 그 뒤로는 1년 중의 여섯 달씩은 저승에 가서 하데스의 아내 노릇을 하게 되었다고 합니다. 묘하지요.

프란도르의 망부석

그리스

망부석이 멀리 간 남편을 기다리고 있다가 굳어서 된 돌이라는 건
아시지요? 우리나라에도 여러 군데 이 망부석이란 이름이 붙은 돌
들이 그 전설과 함께 전해져 오고 있습니다.

신라가 세워져서 얼마 안 되었을 때 일본에 사신으로 갔다가 돌아
오지 않는 충신 박제상을 날마다 산자락에서 기다리다가 망부석이
되고 말았다는 박제상 부인의 이야기는 지금도 경상남도 울산에 전
해 내려오고 있지요.

그러나 오늘 여러분께 이야기하려는 것은 우리나라 망부석이 아
니라, 먼 동쪽 유럽의 그리스에서 생긴 망부석 이야기입니다.

옛날 그리스의 사토스라고 불리는 섬에, 프란도르라는 아주 예쁘
고도 얌전한 처녀가 살고 있었는데요.

그 처녀는 아내감으로서 모자라는 데라고는 조금도 없었는지라, 여러 군데 지위 높은 사내들과 부자 사내들에게서 청혼이 빗발치듯 했으나 모두 거절하고만 있었으니, 그녀에게는 이미 자기 목숨보다도 더 귀중한 사랑하는 사람이 있었기 때문이었습니다.

그 애인은 늘 배를 타고 먼 바다를 누비고 다니는 선장님이었는데요. 이 건장하고 늠름하고 잘생긴 젊은 선장은 먼 항해에서 고향인 사토스 섬으로 돌아오기만 하면, 반드시 먼저 그의 애인 프란도르를 찾고 그동안에 그가 바다에서 보고 겪은 신기한 이야기들을 들려주는 것이었습니다.

떠돌아다니는 섬같이 큰 고래들의 이야기, 파랑새들이 많이 모여 사는 섬의 이야기, 무시무시한 유령이 나타나는 배의 이야기…… 그런 이야기들을, 애인인 선장의 무릎을 베고 누워서 듣고 지내는 것이 프란도르에게는 무엇과도 비교가 안 되는 큰 행복이요, 그리움이었습니다.

드디어 두 사람은 결혼을 하게 되었지요.

새아씨가 된 프란도르는 '인제부터는 남편을 떠나보내지 않으리라'고 작정했습니다만, 어디 그게 그렇게만 됩니까? 그의 남편은 다시 더 크고 좋은 배의 선장이 되어, 안 떠나려야 안 떠날 수 없는 형편이 되고 말았어요. 바다가 인생의 터전인 사내를 집에다가만 잡아둘 순 없었던 거죠.

그래 남편을 전송 나와, 그 배가 수평선 너머로 사라져 가는 것을 언덕에서 눈물과 목메임으로 멍하니 바라보고 섰던 프란도르는 그 뒤로도 날마다 언덕에 올라와, 남편의 배가 사라져 간 곳을 바라보기에 시간 가는 줄도 몰랐습니다.

그런데요, 그녀의 그런 사랑의 기다림도 아랑곳없이 젊은 선장은 어느 날 거센 폭풍에 그만 다시는 못 돌아오는 나그네가 되어 버렸다고 해요. 세상엔 이런 일도 더러 생기는 것이죠.

그러나 그걸 모르는 프란도르는 여전히 날마다 언덕에 올라와서 남편의 배가 사라지던 수평선만을 바라보고 지냈습니다.

한 해가 지나가고, 두 해가 지나가고, 세 해가 지나가도 날마다 거길 바라보고만 지냈습니다. 그러다가 어느 날은

"하느님, 사람으로는 더 못 견디겠습니다. 돌로나 만들어 주세요."
했더니 하느님은 프란도르의 말을 들어 주어 서러운 망부석으로 만들어 늘 거기 서 있게 해 주었다는 이야기입니다.

맹꽁이의 슬픔
우루과이

오늘도 좀 심심하니까, 한 번 멀찌가니 가서, 남아메리카의 우루과이에서 생긴 옛날이야기 하나 해 볼까요?

브라질의 남쪽 끝, 아르헨티나의 동북쪽에 있는 이 작은 나라의 어느 시골에 쥐 서방과 맹꽁이 아내로 된 이상한 부부 한 쌍이 살고 있었는데요.

어느 날 이 부부는 어떤 맹꽁이 친구네 집에 초대를 받아 놀러 갔는데, 먹을 욕심이 너무나 많고 약삭빠른 쥐 남편은 그사이를 못 참고, 자기 집 부엌 천장에 매달아 둔 돼지고기 말린 것이 너무나도 먹고 싶었습니다. 그래서 거짓말로 아내 맹꽁이에게

"어, 이것 봐. 코 닦을 손수건을 집에다 놓아두고 왔네."

하고는 저 혼자 쏜살같이 자기 집 부엌으로 달려가서, 말린 돼지고

기를 매달아 둔 줄에 올라타고 그 고기를 냠냠 먹고 있었습니다.

그러다가 발을 잘못 디뎌 그 아래 뜨거운 불에서 부글부글 끓고 있던 뚜껑 안 덮은 국 냄비에 떨어져 그만 처참한 죽음을 당하고 말았습니다.

뒤에 집으로 돌아와서 남편이 이 꼴이 된 것을 발견한 아내 맹꽁이의 슬픔은 오죽했겠습니까?

그렇잖아도 잘 우는 맹꽁이가 너무나 큰 슬픔에 목이 쉬도록 울어대는 소리는 이 집 나들이 문의 문짝이 듣기에도 정말 구슬퍼서

"아이 가엾어…… 아이 가엾어……"

하고 덩달아 삐걱삐걱 울었습니다.

그러자 이 부엌 옆 뜰에 서 있던 나무들에게도 이 슬픔은 옮겨졌는지, 아주 작은 움직임 소리마저 삼켜 버린 채 나무들도 속으로 울기 시작했습니다. 나무들의 울음은 이렇게 아주 고요한 것이랍니다.

그리하여 이 설움은 풀밭에서 풀을 뜯고 있던 암소에게도 옮겨져서 살이 토실토실 쪘던 게 여위어 들기 시작했고, 그 암소가 물을 마시러 갔던 샘물에까지도 옮아 샘물을 말라붙게까지도 했다고 해요.

우리네 생각으로는 샘물이 서러워 많이 울었다면 오히려 그 물은 불어났을 걸로 생각되는데, 이런 쥐 서방의 죽음을 당한 아내 맹꽁이의 설움에 동조해 말라 들어가기도 하는 모양이지요.

그래 농장에서 일하는 깜둥이 일꾼 하나가 이 말라붙은 샘으로 물을 길러 물통을 가지고 갔더니

"나는 이제는 흘릴 눈물까지도 다 말라 버려 이렇게 바닥까지 말

라 가지고 서러워하고 있다."

하고 그 샘물이 말하였습니다.

깜둥이는 돌아가 그 샘이 하던 말을 그대로 농장 주인에게 여쭈었습니다. 그랬더니 배짱 좋은 주인 사내는 깔깔거리고 한바탕 큰 소리로 웃어 대더니

"너도 이놈아, 맹꽁이 설움이냐? 정신 똑똑히 차렷!"

하고 고함을 쳤습니다. 맹꽁이 설움이란 것은 또 알아듣는 귀들이 따로 있는 모양이지요?

활 때문에 생긴 일

시리아

이것은 이스라엘과 레바논의 북쪽에 있는 시리아의 서북쪽에서 지금으로부터 약 3천5백 년 전에 번성하였던 우가리트라는 나라 사람들이 만든 이야기입니다.

하르나임이라는 나라의 왕이었던 다니루우는 나이가 많도록 자기의 왕 자리를 물려줄 아들이 생기지 않아 고민을 하다가 하늘의 신에게 정성껏 계속해 기도를 드려서 늦게야 외아들 아크하트를 가지게 되었습니다.

아크하트는 머리도 좋고 또 아주 건강한 아이여서 아버지인 다니루우 왕은 어려서부터 이 아이에게 온갖 지식과 무술과 사냥하는 법까지를 두루 다 가르쳐 주었습니다.

이 아이가 어른이 되자, 코샬 하시스라는 무기를 아주 잘 만드는 신에게 특별히 부탁해 이 세상에서 제일 좋은 활도 하나 가지게 했습니다.

이때 하늘의 신 가운데는 이상하게도 남이 가진 물건을 탐내는 신도 없지는 않아서, 하늘의 우두머리 신 이루우의 딸인 여신 아나트는 이 아크하트가 가진 활을 우연한 기회에 한 번 보았습니다.

아나트는 어떻게든 그 활을 자기 것으로 만들기로 작정하고, 그의 부하인 힘센 장수 야토판에게 명령을 내렸습니다.

"야토판아, 지금부터 너를 아주 큰 독수리로 둔갑시켜 놓을 테니, 너는 딴 독수리들을 데리고 아크하트를 날개로 내리쳐서 숨이 넘어가게 만들어라. 그리고 그의 시체는 어느 독수리가 집어 먹게 해라. 그러면 그의 활은 저절로 내 것이 된다."

그리하여 선량한 왕자 아크하트는 독수리들에게 목숨을 잃고, 또 그 시체까지 먹히고 말았는데, 이 기별을 들은 왕 부부의 슬픔은 그칠 길이 없었습니다.

우리들은 모르는 풍습이지만 그때 이 나라에서는 사람이 죽으면 모여 와서 그 슬픔을 함께해 주는 것을 직업으로 하는 '울음 품팔이꾼'이라는 것도 있었던 모양으로, 그들의 한 패까지도 여기 찾아들어 목청을 높여 통곡해 주기도 했습니다.

그런데 죽은 왕자에게는 푸가트라는 이름의 아주 씩씩한 누이동생이 하나 있었습니다. 푸가트는 오빠인 아크하트의 억울한 죽음이 너무도 서럽고 원통한 나머지 하늘의 우두머리 신의 아들인 바알 신을 찾아가서,

"어느 독수리의 배 속에 들어 있을 우리 오빠의 뼈들을 찾아 무덤이라도 만들게 해 주셔야 하지 않습니까?"

하고 하소연을 했습니다.

바알 신은 이 남매를 불쌍히 여겨 아크하트를 죽인 독수리들의 날개를 모조리 꺾어 죽여 땅에 떨어뜨렸습니다.

그래 푸가트는 그중의 어미 독수리의 배 속에 든 오빠의 해골과 뼈들을 찾아서 잘 모셔다가 정성을 다해 무덤에 묻고 제사를 지내게 되었습니다.

선량한 아크하트 왕자를 죽게 한 여신 아나트는 뒤에 자기가 한 일을 크게 뉘우치고 왕자의 구제에 나서서 아크하트를 풍년이 드는 해에는 살아나게 하고, 흉년이 드는 동안은 죽음의 잠에 빠져 있게 했다는 이야기입니다.

흰 족제비의 저주
콜롬비아

이것은 남아메리카 대륙에 있는 콜롬비아에서 옛날 이곳 안데스 산맥의 인디언들이 만들어 내 전해 오는 이야기입니다.

남아메리카의 서쪽을 북에서 남으로 길게 뻗어 있는 안데스 산맥 은 북아메리카의 서부에서 남아메리카 서부를 관통해 오는 코르딜 레라 산맥의 일부분이기 때문에 이 안데스 산맥을 중심으로 살아온 인디언들을 코르딜레라 인디언이라고도 부릅니다.

그건 그렇고, 여기 콜롬비아 사람들의 얘기를 들으면, 옛날 이곳 의 코르딜레라 인디언들 중에 재산은 아주 많으면서도 자녀를 가지 지 못한 한 쌍의 부부가 살고 있었다고 하는데요. 어느 날 이 부자 부 부가 같이 앉아 쉬고 있던 그들의 뜰에는 난데없는 흰 어미 족제비 가 귀여운 새끼 족제비를 몇 마리 데리고 나타나서 젖을 골고루 나

뭐 먹이고 있었다고 합니다.

이 귀여운 광경을 본 이 집의 주인 사내는 귀여운 느낌보다는 '나는 자녀가 없는데 저 짐승은 새끼를 가지고 으스댄다'는 얄미워하는 생각이 먼저 일어나서,

"내 팔자로도 아직 아이들을 못 가졌는데, 저 도둑년의 족제비가 새끼들을 데리고 나와 내 앞에서 으스대? 잡것, 죽어 봐라!"
하고 외치면서 큼직한 돌덩이를 집어 들어 힘껏 어미 족제비를 내리쳤습니다.

어미 족제비는 사내가 던진 돌을 맞고 죽어 가면서,

"나는 당신한테 맞아 죽지만, 내 새끼들만은 부디 살려 놓아 주세요. 당신이 작년에 꽃을 꺾어 냈어도 그 자리에 올해는 새 꽃이 안 피던가요. 그 새 꽃들까지 이어 꺾기만 해서는 안 돼요. 당신도 언젠가 죽게 되면은 그것이 서러운 줄도 알게 되어요."
하고 소곤거리고는 깔딱 숨이 넘어가 버렸습니다.

그런데 그로부터 한동안이 지난 뒤의 어느 날 새벽, 이 부잣집의 닭들이 모여 자는 닭장 속으로 무엇이 침범해 들어갔는지, 놀란 닭들이 크게 울부짖는 왁자지껄한 소리 때문에 이 집주인 내외도 잠을 깨게 되었습니다.

아내는 화까지는 내지 않았지만, 주인 사내는 때아니게 잠을 깨 화가 머리끝까지 치솟아 올라서 하인들을 모두 불러내서 닭장 속과 그 둘레를 샅샅이 찾아보게 했어요.

그래 하인 중의 하나가 닭장 속에서 재빨리 나와 도망쳐 가는 흰

족제비 새끼 한 마리를 발견하고 뒤쫓았습니다만, 어떻게나 빠른지 도중에서 그만 놓쳐 버리고 말았습니다.

주인 내외는 할 수 없이 다시 침실로 돌아와 잠자리에 들게 되었는데요. 도망간 줄 알았던 흰 족제비 새끼는 어느 틈에 이 침실로 스며들어 왔는지, 이 집 안주인의 잠옷 속으로 기어들어 다리를 타고 올라오기 시작하여 가슴 위를 거쳐서 목 가까이에 나와 가지고 말똥말똥 두 눈알만 굴리고 있는 것 아닙니까?

그래 이 일을 당한 이 집 안주인은 간지럽기는 했으나 얄미울 것까지는 없어 흰 족제비 새끼의 머리를 가벼이 쓰다듬어 주고 있었습니다만, 마침내 이걸 보게 된 주인 사내는 또다시 화가 치솟아서 족제비 새끼의 머리를 잡아 들고는 그 자리에서 방바닥에 되게 메붙여 죽여 버리고 말았습니다.

그런데요, 그 뒤부터 이 부자 사내는 무얼 너무나도 못 견디는 병에 걸려 어느 날 산속 바위에 머리를 스스로 되게 부딪쳐 죽고 말았습니다. 마을 사람들은 그에게 그 흰 어미 족제비의 넋이 씌어서 그랬다고 했어요.

현인 다니엘의 지혜

이스라엘

옛날 페르시아가 강한 나라가 되어서, 헤브라이 나라가 그들의 구속을 받고 살아야만 했던 시절에, 헤브라이 사람 다니엘은 페르시아의 왕 키루스를 섬기는 가장 높은 신하 중의 한 사람이었습니다.

그는 아는 것도 많고, 또 헤브라이의 하느님 야훼를 늘 저버리지 않고 섬기는 독실한 신자였습니다.

그런데 이때 페르시아의 왕 키루스는 페르시아에 정복된 바빌로니아 사람들의 신인 바알이란 우상의 신 앞에 날마다 절을 하고 믿고 지내던 판이라, 그의 신하가 된 다니엘에게도 이 우상의 신을 믿을 것을 권했습니다.

그러나 다니엘은

"우리 헤브라이 사람들은 사람의 손으로 만들어 놓은 우상의 신들이라는 건 어느 것도 믿지 않습니다. 우리는 하늘에 늘 살아 계시는 오직 한 분뿐인 야훼의 신을 믿고 따를 뿐입니다."

하고 말하면서 권고를 거절했습니다.

그랬더니 페르시아 왕은

"바알 신도 늘 살아 있다. 그 증거는 이분이 날마다 열두 개의 자루에 담긴 밀가루로 만든 음식과, 마흔 마리의 양고기와, 여섯 단지의 포도주를 마시고 사시는 일이다. 날마다 이분의 조각상 앞에 그 많은 것들을 갖추어 차려 놓으면 밤사이에 그걸 고스란히 다 잡수시고, 아침에 보면 빈 그릇만 남기시는 건 너도 들어서 잘 알고 있을 것 아니냐?"

하고 말했습니다.

그렇지만 다니엘은 여기에서도 잠잠하지 않고

"폐하. 속은 진흙으로, 거죽은 놋쇠로 만들어 놓은 물건이 어떻게 음식을 먹을 수가 있겠습니까? 그것은 그 신을 맡아 보살피는 신관들의 멀쩡한 속임수입니다. 저보고 밝히라시면 곧 그걸 밝혀내겠습니다."

하고 맞섰습니다.

그래 페르시아의 황제 키루스는 바로 바알 신의 일을 맡아보는 신관들을 불러들이고

"바알 신 앞에 날마다 차려 놓은 음식은 바알 신이 잡수시는 게 아니라고 다니엘은 주장하고 있는데, 그렇다면 그건 어느 누가 먹는단 말이냐? 사실대로 대지 않는다면 살아남지 못할 줄 알아라. 하지만

바알 신께서 잡수시는 것이 확실하다면 다니엘은 사형이다. 어서 사실을 밝히도록 하라!"

하고 엄명을 내렸습니다.

　그리하여 왕과 다니엘은 바알 신의 신관들을 뒤따르게 하고 바알 신의 조각상이 모셔져 있는 신전 안으로 들어갔는데, 거기에서 신관들은 다음과 같이 요청하였습니다.

　"우리들은 지금부터 이 신전에서 모조리 물러날 터이오니, 황제 폐하께서 직접 지켜보시는 가운데 바알 신에게 바치는 음식들을 차려 놓게 하십시오. 그런 다음 이곳의 출입문을 밖에서 잠그시고, 그 잠근 자리에 폐하의 옥새가 찍힌 종이로 밀봉을 해 놓으십시오. 그러면 아무도 폐하 몰래 여기를 드나들 수는 없을 것 아닙니까? 그리고 내일 아침에 황제 폐하께서 직접 오셔서 차려 두었던 음식이 없는가 있는가를 확인하시지요. 음식이 그대로 있다면 저희들은 사형을 당하겠지만, 바알 신께서 잡수셨다면 그건 다니엘이 당할 일이겠나이다."

　페르시아의 황제는 바알 신 앞에 먼저 새로운 음식들을 차려 놓게 했는데, 다니엘은 음식상 근방에 사람들이 들어오면 그 발자취가 남게 두루 재를 뿌려 놓도록 당부하였습니다.

　그런 다음 거기에 있던 사람들을 모두 밖으로 나가게 하고, 자물쇠를 잠근 뒤 왕의 옥새가 찍힌 종이로 봉인을 하도록 했습니다.

　이튿날 아침 다니엘이 왕을 모시고 신전 안으로 들어가 보았더니, 바알 신 앞에 차려 놓았던 그 많은 음식들이 고스란히 다 없어진지

라, 왕은

"바알 신께서 역시 다 잡수셨구나. 다니엘, 네가 잘못이다."

하고 말하였습니다.

다니엘은 음식상 주변의 바닥을 자세히 살펴본 뒤에 왕을 부르며,

"여기 가까이 오셔서 이것들을 좀 보십시오."

하고 왕에게 방바닥에 난 여러 개의 발자국을 손가락질해 보여 드렸습니다.

크고 작은 많은 발자국이 거기 뿌렸던 재 위에 나 있는 걸로 보아, 어른들뿐 아니라 아이들까지도 밤에 들어와서 음식을 처분한 모양이었습니다. 그리고 그 뒤쪽을 더 자세히 살펴보니, 거기에는 밖에서 드나들 수 있는 비밀 통로까지 마련되어 있었고, 그곳이 늘 포장으로 가려져 있는 것도 들통났습니다.

그래서 페르시아의 황제는 바알 신의 숭배와 신앙을 금지시키고 거짓말쟁이 신관들을 벌하였습니다.

황제는 다니엘을 더욱더 믿게 되었지만, 이때 페르시아에는 용을 믿는 종교가 있어 왕이 여기에 마음을 쏟기 시작하자 다니엘에게는 새로운 두통거리가 아닐 수 없었습니다.

"너희들 헤브라이 사람들의 신은 하늘에 살아 있다지만, 보아라, 이 용신님은 바로 우리들 눈앞에 살아서 꿈틀거리고 있지 않느냐? 살아 있는 신이니 너도 믿는 게 좋겠구나."

왕은 이렇게 말하며 다니엘에게 그 신앙을 권하는 것이었습니다.

그러나 다니엘이 자세히 보니 그것은 그저 크고 징그럽게 생긴 한

마리의 뱀에 지나지 않는지라, 그는 드디어 이 해로운 것을 죽여 없애기로 작정하고

"그것이 신이라면 죽일 수 없을 것입니다만, 제가 죽일 수 있다면 그건 신이 아니라 그냥 큰 뱀일 뿐입니다. 그걸 제가 죽여서 보여 드릴까요?"

하고 왕의 승낙을 얻어 그것도 없애 버렸습니다. 그는 콜타르와 기름과 머리털을 섞은 것에 불을 당겨서 그 큰 뱀의 벌린 아가리에 밀어 넣어 죽게 했다고 합니다.

그래 그 용신이 죽는 꼴을 이렇게 보여 주며

"보십시오, 이것이 당신들의 신입니다."

하고 말했습니다.

그러나 미신에 사로잡혀 살던 이곳 사람들은 바알 신의 신전이 헐리고, 용신이 죽임을 당하자 페르시아 황제 키루스에게 반감을 가지고 반란을 일으킬 작정을 하였습니다.

그들은 왕궁으로 키루스를 찾아가서

"다니엘을 우리에게 넘기시오. 아니면 왕궁을 곧 습격하겠소!"

하고 협박을 했습니다.

그래 왕은 다니엘을 그들의 손에 넘겨 버리고 말았습니다.

미신을 믿는 폭도들에게 끌려간 다니엘은 마침내 사나운 사자들이 일곱 마리나 살고 있는 사자 굴에 집어넣어졌습니다.

이 사자들은 하루에 큰 소 두 마리의 날고기와 함께 두 마리의 살아 있는 양을 뜯어 먹고 지내고 있었는데, 다니엘을 거기에 집어넣

은 뒤로는 다니엘을 먹게 하기 위해서 그런 먹이들을 모두 금지시킨 것입니다.

그러나 여기에도 기적은 일어났으니, 다니엘이 사자 굴에 들어간 지 엿새가 되도록 굶주린 사자들은 다니엘을 해치려 하지 않고 오히려 존경하는 눈으로 그를 우러러보는 일이 생긴 것입니다.

그의 하느님 야훼가 늘 그와 함께 계시는 힘 때문에 배고픈 사자들도 감히 그를 잡아먹을 용기를 낼 수가 없었던 것이겠지요.

그런데 이때 멀고도 거친 들에서 농사를 지으며 살고 있던 하박국이란 예언자가 일꾼들과 함께 추수를 하다가 점심때가 되어 국을 끓이고 있었는데, 이 자리에 야훼 하느님의 천사가 나타나 말했습니다.

"예언자 하박국! 지금 우리 성인 다니엘께서 페르시아의 사자 굴에 갇히어 엿새 동안이나 굶고 지내시니, 그 국을 좀 나누어다가 드리시오."

"그 먼 데로 어떻게 국을 식기 전에 가져다 드리지요?"

하박국이 물으니, 천사는 머리에 썼던 관을 벗고는 그 빛나는 머리털을 드러내며, 거기에 하박국이 매달리게 하여 따스한 국그릇을 사자 굴속으로 눈 깜짝할 사이에 운반하게 했습니다.

사자 굴속에 외로이 앉아 있던 다니엘 성인을 만난 하박국은 너무나도 반가워서

"다니엘 님! 다니엘 님! 하느님께서 보내시는 따스한 국이오. 어서 받아 잡수십시오."

하고 소리를 쳤습니다.

이 소리를 듣고 따스한 국그릇을 받은 다니엘은 먼저 그의 하느님께 감사의 기도를 올렸습니다.

"하느님! 하느님은 끝까지 저를 버리지 않으시는군요. 저도 끝까지 진실을 지키시는 당신의 은총에 힘입어 언제까지나 사람들이 바르게 살아 나가도록 이 몸과 마음을 다 바치겠나이다."

그러고 나서 따스한 국을 들었습니다. 물론 하느님의 천사는 다시 예언자 하박국을 그의 추수판으로 데려다주었고요.

그리하여 다니엘이 사자 굴에 갇힌 지 이레째 되는 날, 페르시아 황제 키루스는 다니엘이 그동안에 어찌 되었는가가 궁금해 사자 굴을 찾아서 굽어보게 되었는데, 거기에 다니엘이 여전히 태연하고 의젓한 모습으로 앉아 있는 것을 보고는

"정말로 너희들의 신은 위대하구나!"

하고 비로소 탄복을 했습니다.

그러고는 다니엘을 석방한 대신, 다니엘을 거기 넣게 했던 미신의 폭도들을 그 사자 굴에 집어넣어서 모조리 사자의 먹이가 되게 했습니다.

어리석음과 지혜

아프리카 껌정 양반들의 수수께끼 하나

나이지리아

아프리카의 나이지리아라는 나라의 껌정 양반들이 즐겨 하고 있는 수수께끼 하나를 소개하겠어요.

어떤 홀아비 신세의 껌정 양반이 딴 마을로 이사를 가야 할 형편이 되어서, 그의 전 재산을 가지고 지금까지 살아온 마을을 떠났는데요. 전 재산이라야 길들인 표범 한 마리와 염소 한 마리와 감자 한 부대뿐이어서, 두 짐승을 앞세우고 감자 부대를 어깨에 메고 가고 있었습니다.

그런데 새로 이사 가는 마을하고의 사이에는 꽤나 넓은 강물이 흐르고 있어서 배로 건너야만 하겠는데, 강가에는 그와 두 짐승과 감자 부대를 한꺼번에 싣고 갈 만한 배는 없고, 오직 이 주인에다 짐승 한 마리나 감자 부대만을 겨우 하나 더 실을 수 있는 아주 조그만 카

누 배가 딱 하나밖에 없었어요.

그래 이 외돌토리 신세의 껌정 양반은 걱정을 하면서 머리를 쥐어짜서 '어떻게 하면 다 무사히 건너갈 것인가?'를 골똘히 생각해야만 했습니다. 감자 부대만을 먼저 싣고 가면 주인이 없는 사이에 강 언덕에 남겨 둔 표범이 염소를 잡아먹어 버릴 것이고, 표범을 먼저 싣고 가면 남겨 둔 염소가 감자 부대 속의 감자들을 많이 잡수어 버릴 것이라, '어느 것을 먼저 실어 가고 그다음에는 또 무엇을 실어 날라야 안전하게 다 옮겨 데리고 갈 수가 있는가?'를 생각해 내기까지에는 요리조리 꽤나 궁리를 해야만 했습니다.

어떻습니까? 여러분도 이 껌정 양반과 함께 이것을 한번 궁리해 보지 않으시렵니까?

이 수수께끼하고 비슷한 것이 우리나라에도 있었던 것 같은데, 어디 딱 들어맞게 한번 풀어 보시지요.

☞바른 해답 : 처음에 염소를 싣고 가서 강 건너편 언덕에다 내려놓고요, 두 번째로는 표범을 싣고 가서 내려놓은 다음 염소를 다시 싣고 와서 처음 있던 곳에 내려놓고, 세 번째로 부대를 실어다가 내려놓고, 마지막으로 염소를 다시 싣고 가서 함께 내려 버리면 되겠네요.

두 개의 웃음보따리

스페인

작은 새 비슈비슈

아주 작은 새 비슈비슈가 어디서 죽을 훔쳐서 야물야물 너무나 많이 먹어 버렸네. 배가 그만 터지게 생겼네. 배가 그득 부르니까 비슈비슈는 배를 하늘 쪽으로 향하고 누우면서 두 다리를 또 위로 쭈욱 뻗어 올렸네.

그리고 혼자서 큰소리쳤네.

"인제야 겁나는 건 아무것도 없구나. 하늘이라도 무너져 내리려거든 내려와 보라지. 그까짓 거야 내 두 발로 받아서 내던져 버리겠다!"

그런데 이때 하늘에서 천둥소리가 우르릉우르릉 울려오고, 번갯불이 번쩍번쩍 비슈비슈의 뼛속까지 훤하게 비추며, 하늘이 금세라도 무너져 내릴 것같이 되자, 비슈비슈는 간덩이가 아주 작은 좁쌀 알만 하게 되어서 꿇어 엎드려 빌기 시작했네.

"하느님, 하느님. 비슈비슈를 벌하지 마옵소서. 가엾은 똘마니를 용서해 주시옵소서. 똘마니가 너무 많이 처먹었구만요. 뭐라고 조잘 댔는지 저도 모르고 그랬네요."

허풍선이 두 사내

안달루시아 출신의 사내와 갈리시아 출신의 사내가 한 기차 안에서 서로 마주 바라보이는 자리에 앉아 처음 나누는 인사를 하고, 같이 이야기를 나누며 가고 있었습니다.

뜻밖에도 안달루시아 사내가 하는 말이

"우리 고향엔 말씀야, 크기가 사방 10리나 되는 아주 큰 배추가 있지. 내 눈으로 똑똑히 보고 왔는걸."
했습니다.

그랬더니 갈리시아 사내는 그 말에는 한마디 대꾸도 하지 않고 제 고장 자랑에 푹 빠져서,

"우리 고장에서는 말씀야, 지금 큼직한 냄비를 하나 만드는 중인데, 백 명이나 되는 철공들이 거기 달라붙어서 눈코 뜰 새 없이 날마다 바쁘다네. 물론 모두가 큰 쇠망치로 계속 두드려 갈기고 있지만, 옆 사람과의 거리가 어떻게나 먼지, 옆 사람이 두들기는 망치 소리도 안 들린다네."

하고 열을 올려 말하는 것이었습니다.

　그래 안달루시아 사내가

"무엇에 쓰려고 그렇게 큰 냄비를 만들고 있나?"

하고 물으니,

"그야 물론 당신이 얘기한 그 큰 배추를 끓이기 위해서지."

하고 갈리시아 사내는 대답을 했습니다.

참새와 임금님

튀니지

여러분은 기원전 2세기에 그 막강하던 로마 제국을 쳐들어갔던 카르타고의 용감한 장군 한니발의 이야기를 들으신 일이 있지요? 한니발 장군의 조국 카르타고가 있던 곳인 튀니지 사람들이 만들어 낸 쪼끄마한 이야기를 하나 하겠습니다. 여러분의 지도책에서 보면 이집트의 바짝 서쪽에 리비아가 보이고, 리비아의 서북쪽에 튀니지라는 나라가 보이지요.

옛날 옛적에 임금님이 사시는 왕궁 근처에서 살고 있던 참새가 한 마리 있었어요. 어느 날 이 참새가 어디서 보리알 한 알맹이를 주워 입에다 물고, 마침 왕궁 뜰에 나와 신하들과 함께 쉬고 있던 왕의 앞에 날아가, 나뭇가지에 앉아 왕의 모양을 이모저모로 살펴보았어요. 그래 왕이 금강석과 황금으로 꾸민 예쁜 목걸이를 하고 있는 걸 보고 부럽다고 생각하게 되어서요. 저도 어디 가서 실을 쪼끔 구해 가지곤 여기에 보리를 꿰어 목걸이 하나를 만들어 목에 걸고 다시 왕의 앞에 나타나서,

"임금님이 가진 건 나도 가졌지! 임금님이 가진 건 나도 가졌어!"
하고 자랑하고 있었습니다.

왕은 참새의 말을 들으면서 참새의 보리 목걸이를 보고

"저놈이 어디서 저 보리알을 구했을꼬?"
하고 신하들에게 물었더니,

"폐하! 물론 그건 폐하의 곳간에서옵지요."
하고 신하들이 대답하는 거예요.

"허어 고얀 놈이로군! 저놈을 잡아서 두들겨 주고 그 보리 목걸이를 빼앗아라!"
하고 왕은 불호령을 내렸습니다.

신하들이 왕의 명령을 받아 참새를 잡아서 적당히 두들겨 주고 목걸이를 뺏었더니요. 참새는 가만히 당하고만 있지를 않고,

"이런 법이 어디 있어요? 임금님도 목걸이를 하셨는데 나라고 그걸 해서는 안 된다는 법이 어디 있어요 글쎄?"
하고 따지고 들었습니다.

그래 왕이 말했습니다.

"보리 목걸이를 참새한테 도로 돌려주어 버려라, 시끄럽구나."

그래도 참새는 참지를 못하고,

"허 참, 별꼴도 다 보겠네요. 임금님처럼 목걸이를 했다고 그걸 뺏

더니, 내가 따지니까 이번엔 또 그게 겁이 나 겨우 다시 돌려주시다니요?"

하고 거듭 따지고 대들었습니다.

왕은 드디어 발끈 화를 냈어요.

"거 매우 시끄럽구나. 그놈의 참새가 조용해지게 죽여서 내 저녁 반찬으로나 만들어 주어라!"

그리하여 저녁 식사 때, 왕은 그 참새고기를 한입에 먹어 넘겨 버렸어요. 저녁 식사 뒤에 왕이 왕자들과 대신들과 함께 손님들을 대접하는 연회 모임에 나가 앉았더니요. 왕의 배 속에서 또 그 참새가 떠들어 대면서 야단법석을 떠는 것이었습니다.

"야, 이건 정말 넓은 궁궐 속 같구나! 야 참, 걸쭉하게 맛있는 것투성이구나!"

그래 왕은 배 속이 몹시 불편해졌는데요. 그사이에 참새는 왕의 똥구멍으로 빠져나와서 또 떠들어 댔습니다.

"자기 것 비슷한 목걸이를 했다고 빼앗더니만, 또 내가 을러대니까 되돌려주고, 그런 법이 어디 있느냐고 내가 또 따지니까 나를 죽여 한입에 삼켜 버렸지만, 나는 아직 여기 살아 있다고! 보라고! 보라고! 잘 보아 주시라고! 어유, 왕 배 속은 살도 많이도 쪘더군!"

그래서 왕은 신하들을 시켜 참새를 멀리멀리 쫓아 버렸습니다.

할머니와 돼지

영국

옛날에 영국의 어느 시골에 할머니가 한 분 살고 있었어요. 하루는 집안 청소를 하다가, 그전에 감추어 두었다가 잊어 먹었던 돈 6펜스를 찾아 가지게 되었어요. 할머니는 '이걸로 돼지 새끼나 한 마리 사서 기르는 게 좋겠다'는 생각이 나서, 장에 가서 새끼 돼지를 사고는 집으로 돌아오는 길이었어요.

마침 어느 언덕바지 계단을 올라가야겠는데, 새끼 돼지가 올라가려고 하지를 않아서, 개를 찾아가서 부탁했습니다.

"저놈의 돼지 새끼를 콱 좀 물어 줘라! 혼이 나서 계단을 올라가게."

그러나 개는 돼지를 물려고 하지를 않았어요. 이번에는 그 개가 아니꼽길래 몽둥이를 찾아가서

“몽둥이야. 저 개를 실컷 두들겨 줘라, 어서!”

했지만, 몽둥이도 그 말을 들어주질 않았어요.

이번에는 불을 찾아가서

“불아, 불아. 저놈의 몽둥이를 어서 태워 다오!”

했지만, 그 불도 말을 안 들었어요.

이번에는 물을 찾아가서

“물아, 물아. 어서 저놈의 불을 꺼서 없애 다오!”

했지만, 그 물은 들은 척도 안 했어요.

다음에는 큼직한 황소를 찾아가서

“황소야, 황소야. 어서 냉큼 저 물이란 것을 마셔 버려 다오!”

했지만, 그 황소도 역시 외면하기만 했어요.

이번에는 또 푸줏간을 찾아가서

“푸줏간 주인님, 푸줏간 주인님. 저놈의 황소를 어서 빨리 쇠고기
를 만들어 버리세요!”

했으나, 그 푸줏간 주인도 들은 척도 안 했어요.

그래 이번에는 단단한 삼노끈을 찾아가서

“저 푸줏간 주인 놈의 모가지를 졸라 버려라!”

하고 사정했지만, 그 삼노끈도 들어주질 않았어요.

할머니는 다음으론 또 쥐를 찾아가서

“쥐야, 쥐야. 어서 저 얄미운 노끈을 갉아 먹어 버려라!”

했지만, 그 쥐도 또한 시치미를 떼었어요.

이번에는 또 고양이를 찾아가서

"저놈의 쥐를 덜컥 물어 죽여 버려라!"

했는데요, 고양이는 "야옹!" 하고는 말했습니다.

"여보세요, 할머니! 그러지 말고 좋게 암소를 찾아가 잘 사정해서 우유를 한 접시만 얻어다가 나한테 주어 보세요. 그럼 나도 우유 먹은 기운으로 쥐를 잡아 드릴게요."

그래 할머니가 암소한테 가 사정을 했더니 암소는 또 말했어요.

"나한테서 우유를 얻으려거든 마른풀이라도 한 다발 구해다가 먼저 먹여 주구려. 그래야만 젖도 술술술 나올 것 아니오?"

할머니가 어디 가서 마른풀을 한 다발 구해다가 암소에게 주었더니, 암소는 그제서야 고맙다고 하며 우유를 주어서 그 우유를 고양이에게 갖다 먹여 주었더니, 고양이도 비로소 쥐를 잡으러 나섰고, 쥐도 겁이 나서 삼노끈을 갉아 먹으려고 하니까, 삼노끈도 푸줏간 주인의 목을 조르려고 하고, 푸줏간 주인도 황소를 쇠고기로 만들려고 하니까, 황소도 겁이 나 물을 마셔 주려고 했고, 물도 겁이 나 불을 끄려고 해서, 불도 할 수 없이 몽둥이를 태우려고 했고, 몽둥이도 겁이 나 개를 때리려고 하니까, 개도 꼼짝 못하고 새끼 돼지를 물려고 했고, 새끼 돼지도 할 수 없이 인제는 언덕바지 계단을 밟고 올라가야 했습니다.

그래서 겨우겨우 그날 밤 안으로 할머니는 새끼 돼지를 데리고 집으로 돌아올 수 있었습니다.

얼결에 만들어진 영웅의 이야기

에티오피아

옛날 아프리카에 있는 에티오피아의 어느 시골 마을에서 열두 명의 사나이가 수풀 건너 언덕 밑의 방앗간으로 밀가루를 빻으러 함께 모여서 간 일이 있었어요.

가루를 다 빻아 가지고 표범이 득시글득시글하는 수풀 속 길을 서로 의지해 돌아오다가, 그중의 한 사내가 혹시나 하여 그들 일행의 수를 손을 꼽아 가며 세어 보았더니요. 몇 번을 거듭 세어 보아도 열두 명에서 하나가 모자라는 열한 명뿐이었어요.

"이거 큰일 났네! 우리가 모르는 사이에 우리 중의 하나가 감쪽같이 표범의 밥이 되고 만 거야!"

하고 크게 한탄하며 가슴을 쳤습니다.

그 말을 듣고 딴 사내가 나서서 또 세어 보았는데, 역시 마찬가지로 열하나뿐이라고 해서, 그들은 누구나 다 그걸 확인해 보려고 나머지 모두가 차례로 나서서 세고 또 세어 보았지만, 열하나밖에 안 되기는 마찬가지였습니다.

사실 그들은 다 얼떨결에 수를 세고 있는 자기 자신을 포함해서 세는 것을 깜빡 잊어버리고 있었기 때문에 그리된 일이지요.

그들은 마을로 돌아오자, 친구 하나를 표범에게 먹힌 서럽고 면목 없는 사람들이 되어 모두들 머리를 숙이고 죽은 사내의 제사를 지내고 있었습니다.

그런데 이 열두 명 가운데 한 사나이의 영리한 어린 딸 하나가 그들이 빻아 가지고 와서 함께 부려 놓은 밀가루 부대가 모두 몇 갠가를 세어 보고는 열두 개인 걸 확인하자,

"밀가루 자루는 한 분에 한 개씩 가지고 가셨던 대로 열두 개가 맞는데 웬일이지요?"

하고 문제를 던졌어요.

그래 '밀가루 부대는 열두 명 각기 한 개씩 가지고 갔던 대로 열두 개 그대로가 잘 돌아왔는데, 사람은 왜 열한 명만 돌아올 수가 있겠느냐' 하는 것이 또 큰 문제가 되어, 마을 사람들이 두루 나서서 그 밀가루를 빻아 온 사람들을 한 줄로 세워 놓고 수를 다시 세어 보니, 열두 개의 부대 수에 딱 들어맞는 열두 명이 아니었겠습니까?

그러면 여기에서만큼은 그들 열두 명이 한 사람도 변을 당하지 않고 무사히 살아 돌아온 사실을 확인했어야 할 일이겠지요.

그 열두 사람은 그러지를 않고,

"야! 우리가 못 본 사이에 감쪽같이 표범한테 물려 간 사람이 용감하게 표범이란 놈하고 싸워서 맨손으로 목을 눌러 죽이고, 어느 사이엔지 밀가루 부대까지 챙겨서 둘러메고 개선하신 거로구나! 그랬으면서도 그걸 내세워 자랑하기가 싫으셔서 모른 체 침묵을 지키고 계시는 거야! 하늘이 생긴 후로 우리 마을에 처음으로 큰 용사가 생겨났네! 영웅께서, 만고 영웅께서 생겨나셨네!!"

하고 엉뚱한 상상만 하늘 꼭대기까지 해 가며 모두 소리 높이 떠들어 댔습니다.

그래 마을 사람들도 모두가 이 기분에 함께 들떠서 있지도 않은 용사 영웅 하나가 그 자리에서 만들어지고 말았어요.

그리하여 그들은 이 영웅의 탄생을 축하하는 큰 잔치를 열고, 또 그의 위대함을 대를 이어 가며 두고두고 찬양하게 했다고 하는데, 사실은 좀 웃기는 일이죠.

안녕!(빠이빠이!)

아이티

여러분의 지도책 속의 남북아메리카 지도를 보면, 미국 동남쪽의 맨 끝인 플로리다 주의 남쪽 바다 위에 여러 개의 섬나라들이 보이는데요. 이 바다의 이름은 카리브 바다라고 하고, 이 바다에 있는 여러 섬나라들은 '서인도의 섬나라들'이라고 합니다. 영어로는 '웨스트인디스'라고 하지요.

이 이야기는 서인도의 섬나라들 가운데 하나인 아이티에서 생겨난 것입니다. 아이티는 여러분의 카리브 바다 쪽의 지도에서 보면, 쿠바라는 섬나라의 동쪽 바로 가까이 있는 히스파니올라 섬의 서부를 차지하고 있는 나라로, 이 섬의 동부에는 또 도미니카라는 나라가 자리하고 있지요.

지금의 아이티에서, 그리 멀지 않은 옛날에 거북이 한 마리와 비둘기 한 마리가 어느 날 우연히 바닷가의 한 곳에서 만나게 되었답니다.

이때 아이티의 비둘기들 사이에선 미국의 뉴욕으로 이민 가는 유행이 생겨서, 우리 거북이와 만난 비둘기도 그때 마침 이민을 위해 날아가려고 작정하던 참이어서 그 말을 거북이에게도 해 주었던 것인데, 거북이도 같이 가고 싶은 마음은 간절했지만 날개가 없어 따라 날지를 못하니 그저 안타깝기만 했습니다.

날개 없는 거북이의 슬픔에 크게 동정한 마음씨 착한 비둘기는

"염려 말게, 친구. 내가 데려다줄 테니."

하고 거북이를 위로하면서 거북이를 데리고 같이 날아갈 꾀를 말해 주었는데요. 그 꾀는 아주 간단했어요. 그들의 힘으로 나르기에 알맞은 나무 막대기 하나를 구해서, 한끝은 비둘기가 자기 부리로 물고, 한끝은 거북이가 물고 매달려서, 둘이 함께 미국의 뉴욕까지 날아가 보자는 꾀였습니다.

그래 비둘기의 꾀대로 해서 이 두 친구는 뉴욕으로 향한 하늘의 이민 길을 날아가고 있었습니다.

대서양 가까운 어느 바닷가의 땅 위를 그 둘이 날아가고 있을 때, 둘은 땅 위에 많은 짐승들이 모여 있는 것을 보았습니다. 이 짐승들은 거기 모여 앞발을 들어 흔들면서, 멀리 뉴욕으로 이민 가려고 여기서 날기 시작한 그들의 친구인 새들을 떠나보내고 있는 참이었어요.

그러다가 그들은 아주 재미나는 모양으로 하늘을 함께 날아가고

있던 우리 비둘기와 거북이 한 쌍을 보자,

"야! 거북이가 뉴욕으로 날아가네! 야! 야!"

하고 다 같이 소리를 치기 시작했습니다.

그래 여기에서만큼은 우리 거북이도 기분이 안 좋을 수가 없어서 그전에 한마디 귀담아들어 두었던 토막 영어로,

"빠이빠이!"

하고 답례의 인사말을 해 내려보냈습니다.

그 한마디를 하면서 입을 벌리는 바람에 그는 입에 물었던 막대기 끝을 놓치게 되어, 그 서슬에 그만 바다 위로 떨어져 내리고 말았습니다.

그렇게 되어서요, 미국의 뉴욕에는 이민 간 비둘기들이 그렇게도 많이 불어났지만, 거북이만큼은 아직도 아이티에서 살고 있다는 것이지요.

실수 없이 살기 위해

자메이카

이것은 대서양 남쪽의 서인도에 있는 섬나라들 중의 하나인 자메이카에서 생긴 이야기입니다.

이 섬나라에 사는 아난시라는 사내는 어느 날 '무슨 일이 있어도 실수 없이 살 것'을 단단히 마음속으로 작정하고, 그렇게 살기 위해서는 첫째로 상식에 어긋나는 일은 조금도 하지 않아야 된다고 철저하게 깨달은 나머지, 먼저 이 세상의 바른 상식이란 상식은 무엇이든 모두 수집하기로 하고 나서서 그걸 주워 모을 수 있는 데까지는 다 주워 모아 큼직한 박 속에다 담아 놓았습니다. 바가지가 아니라 안 쪼갠 통박 속에다 말입니다.

그러고 나서 그는 흡족하여 마음속으로 생각했습니다. '이제는 나도 팔자를 아주 좋게 고칠 수가 있겠다. 세상에 실수를 하고 사는 사람들은 너무 많으니까, 그 사람들을 실수하지 않도록 바른 상식으로 이끌어 가르쳐 준다면, 권리도 물론 많이 차지하게 될 것이고, 그들한테서 받는 사례금들만 해도 이만저만이 아닐 것이니 말씀이야……' 하고 말입니다.

이렇게 그가 마음속으로 작정을 하고 나니, 그다음에는 더없이 귀중한 보물단지인 이 박을 어디에 숨겨 둘 것인가 하는 걱정이 또 저절로 생겨서, 머리를 이리저리 쥐어짜 생각한 끝에 높은 나무의 가장 높은 가지에다 매달아 두어야겠다는 생각을 해내고, 그 일을 시작하게 되었지요.

그는 두 손으로는 나무를 붙잡고 올라가야 하니까, 보물이 든 박은 목에 매달고 가기로 하고, 단단한 노끈으로 먼저 박의 꼭지를 묶은 다음에 길게 남은 노끈의 나머지로 그의 목을 둘러 묶어 가지고, 큰 나무를 타고 오르기 시작했답니다.

실수 없이 자기도 살고 남도 살게 해 주려는 이 상식의 제일 부자께서 목에 큰 통박을 매달고 나무를 타고 올라가노라니, 그놈의 둥글둥글한 통박이 배와 가슴에 걸려 여간 귀찮은 것이 아니었습니다.

그런데 나무 아래에서 누군가의 난데없는 너털웃음 소리가 들려왔는데요. 이 실수 안 하려는 사내가 내려다보니, 아직도 어린 한 소년이었어요.

소년은 뱃살을 움켜잡고 웃어 대면서 말하는 것이었습니다.

"여보세요, 아저씨. 박을 배에 깔고 오르지 말고 등 뒤로 돌려서 업고 올라가면 편하실 텐데 왜 그렇게 고생을 하세요?"

이 말을 들은 그 나무 오르던 아저씨는 그만 울화통이 탁 터졌습니다. 그만한 상식까지도 이런 어린 소년에게서 처음 교육받게 되어서 말입니다.

그래 세계 제일의 상식 박사를 자처하던 이 아저씨는 홧김에 박을 목에서 풀어내 가지고, 힘껏 땅에다 메어붙여서 여러 조각으로 박살을 내 깨 버리고 말았습니다.

그 조각들에 묻어 있는 것들을 주워 가는 사람들은 더러 있는 모양이지만, 그걸 전체로 다시 모아 간 사람은 없다고 합니다.

토끼 씨의 산책 시간
트리니다드토바고

대서양의 남쪽에 있는 서인도의 섬나라들 중에서도 가장 남쪽에 자리한 트리니다드토바고라는 나라는 그 이름 그대로 트리니다드라는 섬과 토바고라는 섬 두 개로 되어 있는 나라인데요. 이 이야기는 그 두 섬 가운데 작은 섬인 토바고의 흑인들 사이에서 만들어져 전해 오고 있는 것입니다.

어느 날 여러 짐승들이 수풀 속에 자리를 잡고 모여, 이때까지 해결하지 못하고 있던 여러 가지 문제를 가지고 의견을 나누는 회의를 하고 있었습니다.

이때 이 회의에는 우리 토끼 씨도 참가하고 있었는데, 그는 또 마침 개 씨의 바로 옆자리에 앉아 있었습니다.

그런데 개 씨가 드디어 일어서서 의견을 말하게 되자, 그 말하는 입에서 드러나 보이는 지겹게도 길고 날카롭고 단단하고 흰 이빨이 무서워서 토끼 씨는 어쩔 줄을 모르고 금세라도 뛰어 달아날 듯이 바들바들 떨고만 있어, 그걸 본 개 씨가 크게 웃어 대자, 거기 모였던 딴 짐승들도 모두 두 앞발을 마주치며 너털웃음을 터뜨렸습니다.

개 씨는 이들의 너털웃음이 자기를 비웃는 것이나 아닌가 하는 어리석은 생각을 하게 되어, 발끈 달아올라 가지고, 바로 크게 짖으며 모든 걸 물어뜯을 듯한 모습을 했습니다.

그걸 본 짐승들은 한결 더 큰 웃음보를 터뜨렸는데, 개 씨는 점점 더 달아오르게 되어 마침내 컹컹 노한 소리로 정말 짖어 대기 시작했고, 이에 기겁한 토끼 씨는 의자 밑으로 기어들어 갔는데 갑자기 오슬오슬 춥고 열까지 나게 되었어요.

그러나 '막히면 솟는다'는 말도 있듯이 토끼 씨는 정신을 가다듬어 멀찌막하게 개 씨를 피해 간 다음에 일어서서 용기를 다해 한 말씀을 하시게 되었는데요.

"여보세요, 여러분들. 제 말씀 좀 들어 보세요. 너무나 사나운 이빨로 남을 막 물어뜯어 죽여서 날카로운 발톱으로 움켜쥐고 먹는 개 같은 짐승을 다스리기 위해서는 무슨 적당한 법이 새로 만들어져야 되겠는데요."

이 토끼 씨의 제안은 개와 개처럼 사나운 이빨과 발톱을 가진 늑대와 여우만 빼고는 나머지 전원의 찬성을 얻었습니다.

여기에 힘을 얻은 우리 토끼 씨는

"그럼 어떻게 다스릴 것인가를 말씀드리죠. 그건 아주 간단해요.

이 자리에 끼어 앉은 개 씨부터 그 입을 바늘에 실을 꿰어 꿰매 버리는 거지요!"

하고 주장했는데요. 여기에도 개와 늑대, 여우 셋만 빼놓고는 모두 찬성이어서, 동물의 왕인 사자가 정식으로 의장 자리에 올라앉아, 개의 입을 꿰맬 적당한 동물을 뽑게 되었어요.

그런데 많은 의견이 그 적임자는 바로 이 법을 만들게 한 토끼 씨라는 것이어서, 우리 토끼 씨가 또 거기 뽑히게 되었네요.

그래 여기 참석해 있던 곰 씨가 자기 호주머니에서 바늘과 실을 꺼내 친절하게 토끼 씨에게 갖다 바치자, 우리 토끼 씨는

"미안합니다만 저는 지금이 꼭 산책 시간이라서요. 곰 님, 미안하지만 그 일은 당신이 내 대신 좀 해 주셔야겠어요."

하고는 껑충껑충 뛰어서 그 자리를 떠나 버렸습니다.

산울림과 수선화

그리스

먼 옛날 그리스의 깊은 산골에 에코라고 불리는 아름다운 선녀가 살고 있었는데요. 이 선녀는 말이 너무 많아서 그 끊임없는 수다 때문에 모든 신과 선녀들까지도 귀찮아서 머리를 설레설레 흔들었습니다.

가장 높은 신인 제우스의 아내이자 여신들의 여왕인 헤라는

"인제부터 너는 네 마음대로 말하지 말고, 남이 하는 말을 흉내만 내야 한다."

하고 명령을 내려 남의 말만 되풀이해 흉내 내는 산울림으로 만들어 버렸습니다.

그래 자기 자신의 말을 할 수 없게 된 에코는 아주 깊은 숲속에서 부끄럽게도 외로운 신세가 되어 숨어서 살게 되었답니다.

어느 날 나르키소스라는 아주 잘생긴 청년 하나가 이 숲속으로 사냥을 왔는데, 에코는 이 청년을 한 번 보고는 그에게 반해 버려 보일 듯 말 듯 숨어서 그의 뒤를 졸래졸래 따라다니고만 있었습니다.

나르키소스가 그의 사냥 친구들을 찾으려고

"여! 어디에 가 있나?"

하고 고함을 치면, 에코도 그 말을 그대로 받아 흉내 내어

"여! 어디에 가 있나!"

하고, 그저 그립기만 한 마음으로 그 말소리를 되풀이했습니다.

그러다 너무나 그리워서 에코가 나르키소스의 앞에 몸을 나타냈는데, 나르키소스는 거들떠보지도 않았습니다.

에코는 너무나 서러워 울며 도망쳐 혼자 애태우는 동안에, 몸은 점점 여위어 가서 마침내 완전히 다 녹아 없어지고, 오직 남의 소리를 되풀이해 흉내 내는 소리만이 산울림으로 남게 되었습니다.

그런데요, 잘생긴 사냥꾼 나르키소스는 에코에게만 그렇게 쌀쌀하게 군 게 아니라 숲속의 모든 선녀들에게도 한결같이 쌀쌀하게만 굴었기 때문에, 선녀들은 복수의 여신을 찾아가 그를 벌해 주십사 탄원을 해서 허락을 얻고, 그 방법은 복수의 여신에게 맡기기로 하였습니다. 그래 오만한 나르키소스에 대한 복수의 여신의 벌이 내려지게 되었습니다.

그 뒤 어느 날 나르키소스가 사냥에서 돌아가는 길에, 목이 말라 손바닥으로 물을 떠 마시려고 숲속의 샘물을 향해 몸을 구부리면서 들여다보니, 거기에는 참으로 예쁜 얼굴이 나타나 보였습니다.

그렇게 예쁜 얼굴은 본 일이 없어, 나르키소스는 넋을 잃고 그것을 들여다보기에만 열중하게 되었습니다.

"나오세요, 선녀님! 어서 나오시지 않으면 언제까지나 나는 여기를 떠날 수가 없습니다."

나르키소스는 샘물에 비친 예쁜 얼굴을 향해 소곤거리고 있었습니다. 그러나 거기서는 아무 대꾸도 없었으며 아무런 움직임도 보이지 않았습니다.

그건 그럴 것 아닙니까? 이때는 거울이라는 게 아직 없어서 거울이나 물에 비친 자기 얼굴을 알아볼 수 없던 때여서 그랬지, 사실은 물에 비친 얼굴은 바로 나르키소스 자신의 얼굴이었으니까요.

그것도 모르는 나르키소스는 그 얼굴이 그립고 또 그리운 나머지 마침내 물속에 몸을 던져 저세상 사람이 되고 말았습니다.

그래 신들과 여신들은 그를 불쌍히 여겨 한 포기의 나르키소스꽃, 수선화를 만들어서 그 속에 그의 넋을 담아 두었답니다.

시골뜨기 데이비드 크로켓

미국

여러분은 쇠를 불에 달구고 두들겨 다루어서 온갖 연장을 만들어 내는 대장간을 보신 일이 있지요? 우리나라 시골에 가면 아직도 더러 보이는 아주 쬐끄만 철공소 말입니다.

거기에서 빨갛게 불에 달군 쇳덩어리를 큰 쇠망치로 연거푸 적당히 두들겨서 도끼나 호미나 낫 모양이 제대로 만들어지면, 그것들을 옆에 있는 물통에다 집어넣어 식혀 내지요? 그런데 그것들을 물에 넣으면 물속에서는 '피시이익' 하는 소리가 난다고 우리나라 사람들은 말하는데, 18세기나 19세기 초기의 미국 테네시 주의 동쪽에 살던 사람들은 이 소리를 '스카우' 하는 소리로 들었다고 해요.

이것은 이 '스카우' 소리가 빚어낸, 19세기 초기에 미국에 살았던 정말로 잘난 한 사나이의 이야기입니다.

그의 이름은 데이비드 크로켓으로, 테네시 주 동쪽의 어느 방앗간 주인의 아들로 태어나 별 학교 공부를 한 일도 없이, 젊어서는 숲속의 나무꾼으로 아주 수수하게만 살면서 사냥을 즐겨 뛰어난 사냥꾼이 되었답니다. 한번은 곰하고 싸우게 되었는데 그 곰의 꼬리를 두 번을 물어뜯었더니 아팠던 이빨이 나았다는 이야기도 전해져 오고 있습니다.

1813년부터 그다음 해까지 이곳 테네시 주에서는 그리스에서 이민 온 사람들과 인디언들의 연합군이 미국에 대항하는 전쟁을 벌이게 되었는데, 그는 앤드루 잭슨 대장 밑에서 용감히 싸워 이긴 공으로 테네시 주의 의원에 출마하여 영예로운 당선을 했습니다.

그런데 그때의 테네시 주 의회에서는 테네시 주 안에 한 개의 군을 더 늘리자는 문제가 주 의원들 사이에서 얘기되어, 그러면 그 새로 만들 군의 경계선을 어디까지로 할 것이냐를 두고 의견들을 다투게 되었습니다.

이때 처음 나온 주 의원으로서 데이비드 크로켓이 한 무식한 듯하면서도 실감나는 연설은, 뒤에 링컨 대통령까지 그 소박한 말투를 빌려 쓸 정도로 유명해진 것이어서, 아래에 연설 전부를 그대로 옮겨 드립니다. 이 속에 그 '스카우' 소리가 들어 있답니다.

아까 떠들어 대던 분, 날 좀 보시오. 당신의 주장을 들으면서 내가 무슨 생각을 했는지 아마 모르실 거요. 그걸 얘기해 드리죠.

내가 처음 여기에 왔을 때는 연장을 만드는 대장간이 하나도 없어서 아주 불편했습니다. 어떤 사람이 서투른 대로 대장간을 하나 벌여 보기는 했는데요. 불에 달군 쇳덩이를 여러 가지 연장으로 만들기 위해서 쇠망치로 늘 메붙이고 있어야 하는 일꾼이나 어디 있었나요. 그러니 뭐든 쇠로 된 연장이 필요한 사람은 그 대장간에 나가서 그게 다 될 때까지 손수 쇠망치를 휘둘러서 불에 달군 쇳덩이를 이어서 늘 메붙이고 있어야 했죠.

참 어렵게 살던 때였지요. 아까 떠들어 대던 분, 잘 들어 보시오.

그래도 우리는 그때 최선을 다해서 살아가고 있었습니다.

하루는 도끼 하나가 꼭 필요하다고 우리 이웃 사람 한 분이 그걸 만들려고 쇠뭉치 한 개를 구해 들고 대장간에 나갔습니다. 그래 서투른 대장장이가 그 쇠뭉치를 새빨갛게 불에 달구어 두드림대 위에다 내놓았고, 도끼를 만들기가 소원이었던 쇠뭉치의 임자는 있는 힘을 다해서 그걸 마구 쇠망치로 이어서 메어붙였습니다만, 도끼 모양으로는 잘 되지를 않고, 곡괭이 비슷한 모양으로만 되어 가고 있었어요. 온종일을 두들겨서 말이죠.

대장장이의 의견이 차라리 곡괭이를 만드는 것이 낫겠다고 해서, 그 쇳덩이의 임자도 거기 찬성하고, 이번에는 그걸로 좋은 곡괭이나 하나 만들어 보려고 이튿날은 또 진종일 두들겨 댔는데요.

그런데 솜씨가 서투른 대장장이하고 같이 곡괭이 만드는 일을 진땀을 빼면서 너무나 열심히 하다가 보니, 이번에는 그건 또 곡괭이라고 하기보다는 쟁기 밑에 달아 땅을 가는 데 쓰는 보습 비슷한 것이 되었지 뭡니까.

그래 별수 있느냐고, 보습이라도 하나 제대로 만들어 가져 보겠다고 쇳덩이의 주인은 다시 생각을 바꾸고 대장장이도 거기 찬성해서, 둘이는 함께 힘을 합해 그 이튿날은 또다시 그걸 정성을 다해 두들겨 댔습니다.

밤이 깊을 무렵이 되었는데요. 대장장이가 하는 말이 이건 쟁기도 보습도 안 되겠고, '스카우'밖에는 될 게 없다고 하는 것 아닙니까? 쇠뭉치의 임자가 너무나 지친 나머지 '스카우라도 좋아' 하고 소리쳤더니, 대장장이는 그 불에 달군 정체 모를 쇳덩이를 옆에 있는 물통에다 집어넣었지요. 아닌 게 아니라 물통 속에서 불에 달구어진 쇳덩이가 식느라고 '스카우' 하고 소리를 냈지요.

아까 떠들어 대던 분 날 좀 보시오. 우리 테네시 주에 군을 하나 더두자고 주장을 하고 있는 분으로 말하자면, 꼭 이 '스카우' 소리나 겨우 만들고 만 쇳덩이의 임자와 똑같이 될 뿐입니다. 두고 보세요.

이상이 그때 연설문의 전부입니다.

이 연설에 나오는 불에 달군 쇳덩이가 물에 던져져 식어 들어갈 때 낸다는 '스카우' 하는 소리, 아마도 테네시 주 동쪽 지방의 사투리로 보이는 이 말은 그 뒤 오랜 세월을 두고 미국 사람들의 기억 속에 남아 오다가, 제2차 세계대전 중에는 한 미국 해군에 의해 '캘레시'란 말로 바뀌기도 했다고 해요.

어떤 해군 입대자가 입대 원서의 직업란에 자기 직업을 '캘레시 제조업'이라고 썼기 때문에 지휘 장교가 한번 만들어 보라고 했더니, 쇠막대기 하나를 달라고 해서 군함 안의 대장간에 들어가 그걸 빨갛게 불에 달구어 들고 나와서 바닷물에 집어넣었는데, 그때 쇠막대기가 물속에서 식으면서 낸 소리가 '캘레시'라고 그 신병이 우기는 바람에 그의 직업은 그대로 인정됐다는 이야깁니다. 물론 19세기 초의 데이비드 크로켓이 만들어 낸 그 '스카우'의 영향이 그때까지 그렇게 나타난 것이지요.

데이비드 크로켓은 그 뒤 미국 하원의원에 당선이 되었는데요. 낙선과 당선을 거듭하다가 1836년에는 육군 대령으로서, 얼마 안 되는 부하들을 데리고 많은 멕시코군을 상대로 텍사스의 알라모에 있는 요새를 끝까지 지키며 싸우다가 장렬하게 최후를 맞이했습니다.

새들의 여왕 암수리와 외톨이 사내

라이베리아

아프리카 대륙 서쪽에 있는 라이베리아라는 나라의 밀림 속 쓸쓸한 마을 끝에, 외톨이란 별명으로 불리는, 아무 데도 의지할 곳 없는 아주 가난한 사내가 혼자 살고 있었답니다.

그는 혼자서만 살기에도 너무나 가난해서 옷은 넓은 나뭇잎들을 꿰매 입고 다녔고요, 밤마다 버려진 나무토막 위에서 잤는데, 이불은 나무껍질들이었습니다. 또 먹는 것도 늘 모자라게 살아서 몸은 마를 대로 말라서 언제나 갈비뼈가 앙상하게 드러나 있었고, 두 눈은 움푹할 대로 움푹해져서 그가 무엇을 볼 때는 깊은 우물물이 무엇을 보고 있는 것 같았고요. 아무렇게나 마구 자라 흐트러진 머리털에다가 빗이라고는 대 본 일이 없어서 까치들이 둥지로 쓰자고 금세라도 모여들게 생겼습니다.

이 외톨이 사내에게는 그래도 한 친구가 있었는데요. 그것은 이 밀림 속의 쓸쓸한 마을 한쪽에 우뚝 서 있는 크고 높은 파냐 나무 가지에 둥우리를 치고 사는 한 마리의 큰 암수리였습니다.

여러분도 잘 아시다시피 수리라는 큰 새는 어느 곳에서나 새들 중의 왕이나 여왕이 되는 것이고요, 사납기도 둘째는 갈 수 없는 새인데, 암수리가 언제부터 무슨 생각으로 이 외톨이를 가엾게 여기는 마음을 가지게 된 것인지는 몰라도 사내를 도와주기 시작했어요.

처음에는 먹다가 다 못 먹고 남긴 새 대가리나 새 발 같은 걸 한두 개씩 모른 척하고 던져 주곤 하더니, 다음에는 통째로 한 마리씩 던져 주기도 하고, 또 가끔은 물고기도 먹고 남은 걸 한두 마리씩 던져 주어서, 이 사내는 그걸로 허기진 배를 달래며 "고마워요! 고마워요!" 소리를 연발하면서 부끄러운 대로나마 살아가게 되었습니다.

그렇게 오랫동안 동정을 주고받으면서 지내다 보니 암수리도 그만 이 외톨이 사내에게 정이 깊이 들었는지, 어느 날 하늘의 별들이 기막히게 또렷또렷한 아름다운 밤이 되자,

"외톨이 씨!"

하고 나무껍질을 덮고 누워 있는 외톨이 사내를 간절한 목소리로 부르며 자기의 생각을 말해 주었습니다.

"내가 한 번 크게 당신을 도와 드리려고 하는데요. 당신도 뒤에 내게 어려운 일이 생기면 나를 도와주실래요, 안 도와주실래요?"

그래 외톨이 사내도 정신 차려서 불쑥 일어나 앉으며,

"수리 여왕님! 물론 여왕님에게 어려운 일이 생긴다면 이 목숨을

다해 도와 드리겠어요. 어디 그러고 말고가 있겠어요?"
하고 대답을 했지요.

　그랬더니요, 이 밀림 속 새들의 여왕은 자기가 집으로 삼고 있는
파냐 나무의 가장 높은 가지에 날아가 올라 깃을 치고 옮겨 앉으며,
　"정말이시지요?"
하고 거듭 다짐해 물었습니다.

　그래 외톨이 사내도 거짓 없는 마음으로,
　"예! 여왕님!"
하고 대답을 했어요.
　"그럼 잠깐 동안 두 눈을 감았다가 떠 보세요."
그 암수리가 또 말해서 하라는 대로 했더니만, 이게 웬일입니까? 그
가 다시 뜬 눈 앞에는 그때까지 쓸쓸하기만 했던 땅은 사라지고 어
느 사인지 아름다운 새 마을이 덩그렇게 만들어져 있었습니다.

　그래 외톨이가 크게 놀라 두리번거리고 있자니, 그 새는
　"또 한 번 눈을 감았다가 떠 봐요."
해서 다시 그렇게 했더니, 거기에는 황금으로 가득한 일곱 채의 집
과 은으로 채워진 일곱 채의 집이 보였고, 넓고 아름다운 뜰을 가진
좋은 궁궐과 그 궁궐 밖 풀밭에 많은 가축들도 보였습니다.

　여기에서 그치지 않고 새들의 여왕은
　"다시 한 번만 더 눈을 감았다가 떠 봐요."
해서 다시 그렇게 했더니요. 이번에는 신기하게도 말라깽이였던 외
톨이의 몸이 토실토실 보기 좋게 살이 찐 건강한 왕다운 모양으로

바뀌어 있었고, 또 그의 옆에는 어느 나라 왕비에 견주어 보아도 못할 것이 없는 아주 어여쁘고 참한 처녀가 빙그레 웃으며 그를 맞이하고 있었습니다.

외톨이가 너무나 좋아서 어쩔 줄을 모르고 엉거주춤하고 서 있자니까, 모든 새들의 무서운 여왕은 다시 그 힘차고도 아름다운 목청을 돋우어,

"당신이 보고 계신 새로운 것들은 인제부터는 모두 당신의 것이고, 아직 보이지 않는 것들도 이 나라 것은 모두 다 임금님 당신의 것입니다. 당신 곁에 계신 여인과 결혼하여 왕비를 삼으셔서 끝없는 행복을 누리세요."

하는 말씀을 이 큰 행운을 잡은 외톨이에게 하고는 훨훨 깃을 펴 날아서 하늘 저쪽으로 사라져 버렸습니다.

그리하여 팔자를 늘어지게 고친 외톨이의 호강스런 왕 노릇은 이어져 가서, 드디어 잘생긴 첫 왕자까지 낳아 기르게 되었습니다.

외톨이가 나라를 다스린 지 일곱 해가 지난 어느 날, 멀리 날아가 버렸던 새들의 여왕도 다시 이 마을의 파냐 나무 위로 돌아와서 가지에 둥지를 새로 틀고 살며, 알들을 낳아 두 마리의 새끼를 까서 기르고 있었어요.

그런데 문제가 하나 생기게 되었는데요, 외톨이 왕이 낳은 첫 왕자가 아직 어려 철이 없어서 파냐 나무 위에 있는 그 수리 새끼들의 귀여운 울음소리를 듣고는

"가지고 놀게 잡아 줘요! 잡아 줘요!"

하고 어머니에게 자꾸만 떼를 쓰며 조르는 것이었습니다.

자기가 몸소 낳은 자식이 이 세상에서 가장 사랑스럽기는 사람이거나 짐승이거나 새거나 다 마찬가지여서, 이 외톨이 왕의 왕비님도 귀여운 첫아들이 졸라 대는 것을 견디다 못해 남편인 왕에게,

"아무래도 그걸 잡아다가 주어야 되겠네요."

하고 사정하게 되었습니다.

그의 남편도 처음에는 암수리와의 언약과 의리를 저버리지 않기 위해서 아내의 뜻에 반대했지만, 거듭되는 아들의 떼를 못 견뎌 하는 아내가 자꾸만 찾아와서 조르는 바람에 마침내 암수리의 은혜까지도 깜박 잊어 먹고 자기가 가진 힘만을 믿어 그가 밑에 두고 부리는 날랜 종들을 시켜, 꺼내 와서는 안 될 그 수리 새끼들을 두 마리 다 꺼내 오게 하고 말았습니다. 그래 그것들을 어린 아들에게 주어 가지고 놀게 했는데요. 그 아이의 여러 가지 장난을 견디다 못해 잡혀 온 지 사흘 만에 마침내 두 마리가 다 죽어 버리고 말았어요.

그 이튿날 해 떠오르기가 바쁘게, 새들의 여왕은 파냐 나무에서 내려와 외톨이 왕의 침실 바짝 가까이 와서 그전처럼,

"눈을 감았다가 떠 보아라!"

하고 큰 소리로 말하는 것이었습니다.

그래 창문에 가리어 모습은 안 보이는 암수리의 말소리를 듣고, 외톨이는 처음엔 눈을 안 감으려고 깜작깜작깜작거리고만 있었지만, 두 눈은 어느 사인지 저절로 감겨 눈을 감았다가 떠 보니까요. 아! 외톨이가 새들의 여왕에게서 얻어 가졌던 것은 무엇이든지 깡

그리 다 없어져 버리고, 자기 혼자만 그전의 형편없던 가난뱅이 시절의 깡마른 거지꼴이 되어 쓸쓸한 땅에 의지할 곳 없는 신세로 다시 쭈그리고 앉아 있는 것이었습니다. 물론 그 새의 여왕도 간 곳을 모르겠구요.

고쳐야 할 마음들

중국

옛날 어느 곳에서 '연약이'라는 이름을 가진 사람과, '불안이'라는 사람과, '공포'와 '성급이' 네 사람이 같이 살고 있었습니다.

연약이는 언제나 늘 콩나물이나 묵이나 두부같이 연약하기만 하여 군세지 못한 게 결점이었고요, 불안이는 또 무슨 일을 하건 안심하고 안정할 줄을 모르고 늘 불안 속에서 서성거리고 지내는 것이 문제였습니다.

공포는 무서워할 것이 조금도 없는 일에까지 공연스레 무서움을 타고 지내는 게 걱정거리였고, 성급이는 또 늘 천천히 여유를 가지고 해야 할 일까지도 매양 성급하게 서둘러서만 하려다가 실수를 잘하는 게 그 모자라는 점이었습니다.

그래 그들은 그런 모자라는 마음을 서로 털어놓는 일도 없이, 또 서로 타일러 고치는 일도 없이, 서로서로 엿보면서 따로따로 사노라고 마음이 통하는 친구가 될 수는 없었습니다.

역시 옛날의 또 어느 곳에서는 '교활이'라는 이름을 가진 사람과, '폭로'라는 사람과, '더듬이'와 '트집이' 넷이서 살고 있었는데요.

교활이로 말하면 그 이름처럼 남을 속여 먹는 못된 잔꾀만 많이 부려서 그게 말썽거리였습니다. 폭로는 또 남의 비밀을 여러 사람들에게 폭로하고 다니거나, 없는 사실까지를 거짓말로 꾸며 대서 모함까지 하고 다녀, 그걸 당하는 사람들의 두통거리가 되었습죠.

그리고 또 더듬이는 사람들이 아무 일 없이 잘해 나가고 있는 일 속에 늘 끼어들어서는 더듬거리는 바람에 생선의 가시같이만 사는 게 결점이었고, 트집이는 또 사람들이 잘못하는 일뿐만 아니라 잘하고 있는 일까지를 매양 트집만 잡고 다녀서 문제였습니다.

이 네 사람이 그 마음들을 바로 고치지 않고 어떻게 서로 잘 어울릴 수가 있겠습니까?

이들은 서로 이웃에서 살고 있긴 했지만, 각기 제 잘난 맛으로만 사노라고 좋은 사이가 될 수는 영 없었습니다.

또 옛날의 어느 마을에서는 '서툴이'라는 이름을 가진 사람과, '만용이'라는 사람과, '살살이'와 '딴전이'가 함께 살고 있었습니다.

서툴이는 무얼, 모두 서투르게밖에는 할 줄을 모르면서도 제가 잘한다고 앞장서 다니면서 세상 일들이 발전하는 것을 막고 지내는 게 문제였습니다.

만용이는 그 이름이 이미 말하고 있는 것처럼 용기를 내서 무엇을 한다는 게 항상 지나치거나 모자라고 혹독한 그 만용만을 부리다가 사람들과 제 자신을 늘 위태롭게 해서 걱정이었습니다.

살살이로 말하면 무엇을 어느 때 하거나 정성을 다해서 꾸준히 해내는 게 아니라 눈가림으로만 살살 해치우고, 또 일의 착실한 성취보다는 제게 이익이 될 기회만 약게 노리고 있어 밉상이었습니다.

딴전이는 내 나라를 좋게 만들자는 마당에서도 딴전을 보아 일을 그르치게만 하고, 개인이나 단체 사이의 화목해야 할 일에서도 늘 남을 믿지 못하고 토라지기만 하여 걱정거리였습니다.

위에서 나온 마음의 결점들이 우리들의 마음속에는 없는가, 있는가? 그걸 먼저 깊이 살펴보아서, 그것이 발견되거든 즉시 고쳐 나가도록 마음을 써야만 하겠습니다.

5파운드짜리 지폐
영국

그리 멀지 않은 옛날, 영국의 어느 마을에 오빠와 누이동생이 한 집에서 살고 있었는데요.

어느 날 누이동생이 시장에 나가서 필요한 물건들을 사고 싶다고 하여, 오빠는 그녀에게 5파운드짜리 지폐를 주었습니다.

시장은 좀 먼 곳에 있어서, 누이동생은 3등 열차를 타게 되었는데요. 열차간은 텅텅 비어서 그녀가 자리 잡아 앉은 건너편 좌석에는 늙고 초라한 할머니 한 분만이 피곤한 듯이 꾸벅거리며 졸고 있었습니다. 누이동생도 아침 일찍이 서둘러서 출발했기 때문에 졸려서 잠시 조을조을 졸 수밖에 없었습니다.

얼마 동안 졸다가 잠이 깨자 그녀는 '이런 찻간에서 낯모르는 사람을 앞에 두고 잠이 드는 것은 안전한 짓이 못 된다'는 생각이 들어

조심하기로 하고, 시장에 가서 살 것들을 자세히 헤아려 적어 보기 위해 공책을 꺼내려고 손가방을 열었습니다.

그런데 공책과 함께 거기 넣어 두었던 5파운드짜리 지폐가 웬일인지 보이지 않았습니다. 아무리 샅샅이 손가방 속을 뒤져 보아도 영 눈에 뜨이지 않는 것이었습니다.

그래 그녀는 앞 좌석에서 여전히 자고 있는 할머니를 의심하게 되었습니다. 자기가 졸고 있는 동안에 그 할머니가 슬그머니 훔쳐 가지 않았나 해서였지요. 그리하여 그녀는 소리 나지 않게 조심조심하면서 앞 좌석의 할머니 옆에 놓인 초라한 손가방을 슬그머니 열어 보았습니다. 그랬더니 거기에 5파운드짜리 새 지폐가 맨 위에 놓여 있지 뭡니까?

'마귀할멈 같으니!' 하고 그녀는 마음속으로 욕을 먼저 퍼부었습니다. 그다음에는 또 마음속으로 '저 사람은 늙고 불쌍한 여자다. 그런 사람을 더 이상 괴롭혀서 뭘 하나? 경찰을 불러 봤자 귀찮기만 한 일이니 그럴 필요도 없고…… 그러니 나는 내 돈만 찾으면 되는 것이다'라고 생각하고, 그 5파운드짜리 지폐를 꺼내 자기의 손가방에 넣었습니다.

할머니는 바로 다음 정거장에서 내리고, 그녀는 시장에 들러 온갖 필요한 것들을 사 가지고 돌아왔는데요.

정거장까지 누이동생을 마중 나왔던 오빠는 그녀를 보자마자,

"너 어떻게 해서 장을 보아 가지고 오니? 안절부절을 못할 줄 알았는데, 그래도 용하구나. 장 보러 가서 쓰기로 한 5파운드짜리 지폐를

네 옷장 옆에 떨어뜨려 두고 나갔던데⋯⋯"

하고 말하는 것이었습니다.

　이거, 누가 도둑이 된 셈이지요?

수수께끼 두 개
중국

어느 원숭이가 옳게 살고 있는가?

겨울이 아주 없는 나라가 아니라 봄 여름 가을 겨울이 뚜렷이 있는 어느 나라에 원숭이 두 마리가 한곳에서 살고 있었습니다.

그 둘은 늦가을이면 밤이며, 상수리며, 도토리 들을 수풀 속에서 열심히 주워 모아서 추운 겨울 동안에 먹을 양식으로 쌓아 놓고 지냈습니다.

그런데 겨울 동안에 이 두 마리의 원숭이가 쌓아 둔 밤이나 상수리, 도토리 들을 먹고 지내는 방법은 서로 달랐습니다.

한 마리는 어느 날이거나 오전에는 어느 만큼씩 썩은 것이나 벌레 먹은 것만을 골라 그 성한 데만을 찾아 먹고 지내고, 오후가 되어 비로소 아무 흠이 없는 것만을 남겼다가 먹노라고 희희낙락 즐겁기만

한 얼굴이었습니다.

다른 한 마리는 그 반대로 오전 중에는 성한 것만 미리 다 골라 먹고, 오후에는 성하지 못한 것만 남겼다가 먹느라고 짜증이 나서 그 마음이나 상판대기가 비뚤어져 꼴도 꼴이 아니었습니다.

이 두 마리 원숭이 중에 어느 원숭이가 과연 바르게 잘 살고 있는 원숭이일까요?

의심과 믿음

어떤 사람이 매우 아끼던 도끼를 잃어버리고 나서, '이건 이웃집 소년이 훔쳐 갔을 것이다' 하는 의심을 품게 되었습니다.

그래 의심하는 마음으로 이웃집 소년을 날마다 눈여겨보자니, 그 소년의 하는 말이나 짓은 무엇이든지 두루 다 도끼 도둑놈으로만 보였습니다.

걸음걸이를 보니 그것도 도끼 도둑놈 걸음걸이로만 보였고, 낯빛을 보니 그 낯빛도 도끼 훔쳐 간 놈 낯빛이었고, 말하는 것이나 웃는 표정까지도 모두 다 도둑질한 놈으로만 보였습니다.

그런데 그 잃어버린 도끼는 사실은 자기가 어느 구석에다 놓아두고는 깜빡 잊어버렸던 것이라, 얼마 후 우연히 도로 찾아내게 되었습니다.

그래 이제는 의심이 다 풀린 눈으로 이웃집 소년을 보니, 그 어디에도 도끼 도둑놈 같은 곳은 느껴지지 않았습니다.

걸음걸이에서도 그런 것은 느껴지지 않았고, 낯빛에서도 그런 것은 보이지 않았고, 그가 하는 말이나 문득 떠올리는 웃음 그 어느 것에서도 도둑놈 비슷한 그림자는 찾아볼 수 없었습니다.

우리의 마음속에서 늘 앞다투어 일어나고 있는 의심과 믿음 두 가지 중에서 우리는 그 어느 것을 의지해 사는 것이 옳은 일일까요?

짧은 이야기 두 개
중국

해는 언제가 더 가까우니?

옛날 옛적에, 우리나라가 아니라 이웃 나라 중국의 어느 들녘에서 하늘의 해를 두고 말다툼하는 두 아이가 있는 것을 마침 그 옆을 지나가시던 공자님이 보셨습니다.

"해는 아침에 처음 떠올라 올 때가 우리에게서 가깝다."

하고 둘 중에 한 아이가 주장했습니다.

"어째서 그러니?"

하고 듣고 있던 아이가 물으니까,

"아침이라야 해는 우리한테 가장 크게 떠 보이잖아. 아침에는 수레바퀴만 하게 보이지만, 한낮이 되면 겨우 쟁반만 해져서 하늘 한가운데 걸려 있지 않니. 멀리 있는 것은 작아 보이고, 가까이 있는 거라야 커 보이는 거니까 해는 아침에 우리에게 가장 가까이 있는 거야."
하고 대답했습니다.

그러나 한 아이는 생각이 또 달랐습니다. 그래 그 아이가 말했습니다.

"아니야. 해는 한낮이 우리한테 제일 가까워. 왜냐하면 뜨거운 열은 가까울수록 더 더웁고, 멀수록 덜 더운 것인데, 햇볕을 쬐어 봐, 한낮이 제일 덥잖아. 아침이 제일 시원하고 말야. 그러니까 내 생각으론 해가 우리와 가장 가까울 때는 한낮이야."

두 아이는 서로 자기 주장이 옳다고 조금도 물러서지 않았습니다.

그러다가 그들의 곁을 지나가시다가 엿듣고 있던 공자님께, 누가 옳은지 판정해 달라고 부탁했습니다.

그러나 공자님은, 이때의 중국에서는 무엇이 옳고 그른가를 가장 잘 가려내서 가르쳐 주는 대표적인 성인이었는데도 이 두 아이의 시비만큼은 쉽게 판단이 서지 않아 가만히 침묵만 지키고 계셨습니다. 둘의 시비는 또 그칠 줄을 모르고 이어져만 갔습니다.

시비란 늘 이런 것이니 안 하는 것만이 상책입니다.

흰옷 입고 나갔다가 검정 옷으로 돌아오니

옛날에 어떤 사내가 흰옷을 입고 밖에 나갔다가 뜻밖에 비를 만나서 검정 비옷을 입고 자기 집에 돌아온 일이 있었습니다.

그랬더니 그 집의 흰개가 주인을 몰라보고 컹컹 짖어 대는지라, 괘씸하게 여겨서 때려 주려고 했습니다.

그런데 이때에 마음이 좀 더 너그러운 그의 어머니가 그걸 보고 있다가 아들 곁에 바짝 다가와서,

"애야, 때리지 마라. 너도 저 개와 다를 것이 없구나. 생각해 봐라. 저 흰개가 너같이 밖에 나갔다가 검정개가 되어 돌아온다면 너는 개를 잘 알아볼 수가 있겠느냐?"

하셨습니다.

이 말에 비로소 생각이 제대로 돌아온 사내는 들었던 매를 놓을 수밖에 없었습니다.

바위와 당나귀

중국

티베트는 인도와 네팔에서 시작한 히말라야 산맥의 험한 산줄기가 뻗쳐 있는 곳입니다. 지금은 중국의 땅이지만, 옛날엔 여러 나라로 나누어져 있었습니다. 그중의 아주 작은 어느 나라에서 일어났던 일 한 가지를 이야기하겠습니다.

이 나라 사람들은 산골에서만 살기 때문에 답답하고 궁금한 게 너무나 많아서 그랬던지 남의 얘기 하기를 좋아했습니다. 또 헛소문을 퍼뜨리기도 무척 좋아해서, 이런 헛소문들로 골치 아픈 여러 가지 사건들이 생겼습니다.

이 나라의 왕은 그걸 밝혀내기가 무척 힘이 들었습니다. 요사이 말로 하자면 '뉴스 병'이라는 것 때문이지요.

이야기는 이렇게 시작됩니다.

'녜마'라는 사내는 큼직한 항아리를 하나 안고, 날마다 산골에 가서 올리브 나무 열매에서 기름을 짜 팔아 생활을 했습니다.

'다가'라는 사내는 당나귀를 끌고 가서 그 등에 잔뜩 땔나무를 해 싣고 와 팔아서 살림을 꾸려 갔습니다.

어느 날 저녁때는 이 두 사람이 산에서 일을 마치고 돌아오다가 아주 좁은 산길에서 딱 마주치게 되었습니다.

녜마는 항아리에 그득히 올리브기름을 담아 안고, 다가는 당나귀 등에 넘치게 땔나무들을 잔뜩 싣고 좁은 산길에서 만난 것입니다.

그런데 서로 부딪치지 않게 비켜 가노라고 조심조심한다는 게 그만 녜마가 깜빡 하는 사이에 기름 단지를 길가의 바위에 부딪치게 해서 박살을 내고 말았습니다.

"거 안되었구면요. 내가 넉넉하다면 물어 드릴 텐데……"

나무꾼 다가는 번거롭게 인사말을 했으나, 녜마는 치밀어 오르는 분통을 참을 수가 없었습니다.

그래 이 문제를 왕에게 상소하여 판결을 받기로 했습니다.

마침내 재판이 열렸는데, 여기에는 피고로 나무꾼 다가와 그의 당나귀만이 아니라, 그 기름 항아리를 실제로 깬 바위 한 쪽까지 쪼개어서 들어다가 놓았습니다.

여기 사람들은 구경도 무척 좋아해서 구경꾼들이 구름처럼 모여들었습니다. 사람이 너무 많아 한 사람에 백 원씩 받기로 했는데도 이에 아랑곳하지 않고 온 법정이 미어지게 잔뜩 모여들었습니다.

왕이 먼저 나무꾼 다가에게

"네 잘못을 어서 자백해라."

하니, 다가는 딱 잘라 말했습니다.

"당나귀가 실수로 좀 떠밀었는지는 몰라도 제게 잘못은 없구먼요."

그다음엔 당나귀더러

"네 죄를 말해라."

하니, 말 못하는 당나귀를 대신해 나온 변호사는 그 당나귀를 대신하여 말했습니다.

"아니올시다. 그 기름 단지를 깬 건 바위지 저는 아니올시다."

그다음에는 그 항아리에 실제로 부딪쳤다는, 잘려 온 바위더러

"그렇다면 범인은 너지?"

물었습니다.

"모르겠네요. 저는 언제나 마찬가지로 바위로만 그냥 가만히 앉아 아무 딴마음도 먹지는 않았으니깐요."

할 뿐이어서, 도저히 범인을 가려낼 수가 없었습니다.

그래 할 수 없이 왕은

"그럼 다 무죄다."

하고 석방해 버리면서, 입장료 백 원씩을 거둬들인 것을 깨진 기름 단지 임자에게 위로금으로 쥐여 주었습니다.

당나귀가 웃음을 참지 못해, "히히힝!" 하고 긴 이빨들을 드러내며 큰 소리로 웃어 젖혔습니다.

신에게 한 약속은 지켜야 한다
인도

옛날 인도의 자얀티라는 마을에 스마티라고 부르는 가난한 장사꾼이 살고 있었는데요. 그의 아내의 이름은 파도미니라고 했습니다.

스마티는 날마다 가족들의 먹을 것을 마련하기 위해 산에 가서 떨어져 내린 삭은 나뭇가지들을 주워 모으고 지냈습니다. 어느 날은 그것도 없어 빈손으로 돌아오고 있던 길에 난데없는 소나기까지 만나게 되어, 길가에 있는 신당에 들어가 비가 그치기를 기다리고 있었습니다.

이 신당은 사람들의 행복을 맡은 신인 가네샤를 모시는 곳으로, 나무로 잘 조각한 가네샤 신의 상이 그 안에 모셔져 있었습니다.

이날, 저녁거리도 마련하지 못해 마음이 어두워져 있던 가난뱅이 스마티는 나무로 된 가네샤의 상을 보자, '이거라도 도끼로 쪼개어

팔면 한 끼니의 양식쯤은 살 수 있겠다'는 생각이 문득 마음속에 일어나서, 그걸 쪼개려고 손에 들고 있던 도끼를 번쩍 치켜들었습니다.

이때 하늘에서 우르릉거리는 천둥소리가 요란히 울려오며,

"가엾은 놈, 네놈이 식구들을 생각하는 마음씨를 예쁘게 보아서 특별히 한 가지 도움을 주마. 인제부터는 날마다 아침 일찍이 너 혼자서 이곳으로 오너라. 그러면 그때마다 맛 좋고 큼직한 빵 덩어리가 다섯 개씩 틀림없이 내 조각상 앞에 놓여 있을 것이니, 그걸 가져다가 식구들과 함께 먹으며 지내라. 그렇지만 이 비밀은 누구에게도 절대로 말해서는 안 된다."

하는 가네샤 신의 말이 들려왔습니다.

그 뒤로 스마티의 식구들은 그다지 배고픔을 모르고 그날그날을 지내게 되었습니다.

어느 날 이웃집에 사는 만도다리라는 여인이 스마티의 아내인 파도미니한테 놀러 와서 하는 말이,

"요새 당신네는 별로 하는 일도 없이 잘 지내던데 어찌 된 일이죠? 우리도 그걸 알아서 좀 배우면 안 될까요?"

하는 것이었습니다.

그래 파도미니가 남편 스마티에게 그 말을 하니, 스마티는 처음에는 그건 비밀이니까 말할 수 없다고 했지만, 아내가 연거푸 조르며

"남편이 하는 일을 아내가 모른대서야 남부끄러워서 어디 견디겠어요?"

하는 바람에, 가네샤 신과의 약속을 깜빡 잊고 그만 그 사실을 털어

놓고 말았습니다.

　이웃집 사내는 아내에게서 그 얘기를 듣고는 스마티를 찾아와서,

　"나도 같이 가서 그 혜택을 받게 해 주시오."

하고 애원하는 것이었습니다.

　마지못해 스마티는 그 이웃집 사내와 함께 가네샤 신을 찾아가서, 이제부터는 두 집 몫으로 빵을 늘려 주십사고 엎드려 빌게 되었던 것인데요.

　이때 하늘에서는 우르릉거리는 천둥소리가 들리더니, 먼저 가네샤 신의 몽둥이가 눈에 안 보이게 내려와서 매우 아프게 스마티의 볼기를 두들겨 치며,

　"스마티야, 이놈! 하늘의 신하고 한 약속도 제대로 못 지키는 놈이 무슨 염치로 빵을 얻어먹어!"

하고 야단을 치는 것이었습니다.

　그러기에 사람에게 한 약속은 물론, 하늘의 신에게 마음속으로 한 약속도 늘 지켜야만 한다는 게 옛날 인도의 성실한 사람들의 생각이었습니다.

고텀 마을 사람들

영국

옛날 영국의 고텀 마을 사람들은 뻐꾸기를 새장에 넣어 기르는 데도 위쪽은 터놓고 길렀다나요. 하늘이 잘 비치라고 그랬겠지요. 그래서 뻐꾸기가 날아가 버리면,

"야, 이거 새장 높이가 좀 낮았었군."

그랬다고 해요.

어느 날 고텀 마을의 어떤 사내가 장으로 염소 한 마리를 사러 가고 있었는데요. 마침 다리를 건너가다가 저쪽에서 오는 같은 고텀 마을 사내와 마주치게 되었습니다.

"여, 이 사람 어디를 가나?"

하고 오던 사내가 물어서,

"장으로 염소 한 마리 사러 가는 거지 뭔가."

하고 대답했더니요.

그 말을 들은 사내는 낯을 붉히고 벌컥 성을 내면서,

"염소를 데리고 이 다리를 건넌다고? 안 되네, 안 돼! 이 다리는 사람들이 건너다니라는 것이지, 어디 염소더러 건너다니라는 것인가? 절대로 안 되네, 안 돼!"

하고 염소를 사러 가는 사내를 막아서는 것이었습니다.

그래 염소를 사러 가던 사내도

"안 되긴 뭐가 안 돼? 나는 염소를 사 가지고 기어이 이 다리를 건너고 말걸!"

하고 맞서서 우겨 대다가 마침내는 싸움으로 번졌습니다.

마치 지금 당장에 염소 떼가 우글우글 이 다리에 몰려들어서 사람들의 통행에 무슨 큰 방해라도 한 것 같은 꼴이 되고 말았습니다.

그래 염소를 사러 가던 사내는

"그렇게 야단법석을 떨다가 남의 염소가 다리 아래로 떨어지기라도 하면 어떻게 하려고 그래!"

하면서까지 대들었고요.

마을로 돌아오던 사내는

"어떻긴 뭐가 어때? 사람이 다니는 다리를 사람이 건너는데 뭐가 어때?"

하고 맞서는 데까지 이르렀어요.

그런데 이때 밀가루 자루를 말에 싣고 이 다리를 건너던 또 한 사람의 고팀 사내가, 둘이서 있지도 않은 염소를 놓고 그렇게 싸우고

있는 걸 알고는,

"이 바보들아, 이걸 좀 보게!"

하며 말에 싣고 오던 밀가루 자루를 내려 들고는 그 아까운 밀가루를 모조리 다리 아래 냇물에다 쏟아 버리고 나서 빈 자루만을 들고 말을 이었습니다.

"자네들 머리는 이 빈 밀가루 자루와 마찬가지란 말일세. 텅 비었단 말이야. 아무것도 없는 일을 가지고 싸우긴 글쎄 왜 싸우나?"

하고 의기양양하게 말입니다.

글쎄요, 이 고팀의 세 사내 중에서 누가 가장 슬기로운가는 여러분이 한번 헤아려 보시지요.

여우와 늑대

스페인

옛날 어느 추운 겨울날, 에스파냐의 깊은 숲속에서 한 여우가 자기의 생일을 맞이해서 맛있는 장어를 불에 굽고 있었는데요.

너무나도 먹음직한 냄새에 그 집 앞을 지나가던 늑대 한 마리가 그냥 지나치기가 어려워서, 여우네 집 문을 똑똑똑 두드리며 말장난을 부렸습니다.

"여보세요, 여우님. 생선 굽는 냄새를 맡으니 그냥 지나가기가 힘드네요. 문 좀 열어 주세요. 들어가서 냄새나 실컷 맡고 가게요."

그렇지만 여우가 늑대를 선뜻 생선 있는 곳에 들여놓을 리가 있겠어요? 그래,

"들어오시고는 싶겠지만, 오늘은 성당의 높은 신부님을 모시는 자리라서, 들어오시라고 할 수가 없는데요."

하고 거짓말로 둘러댔습니다.

그렇다고 늑대가 여기서 발걸음이 어디 그렇게 쉽게 돌려지겠어요? 그래서 또

"그 신부님은 정말 좋으시겠어요. 저도 그런 장어 대접을 받는 신부님이 될까 하니 어서 문 좀 열어 주세요."

하고 용감하게도 신부님이 되겠다는 말로 사정해 보았습니다.

그랬더니 여우는

"정말로 신부님이 되실 생각이세요? 그렇다면 먼저 적당히 머리를 깎아야 하는 거니까, 제가 깎아 드리지요. 이 문 위에 뚫어진 창구멍으로 머리를 쑤욱 집어넣고 기다리세요. 조금 따끔하실 겁니다."

하고는, 창구멍으로 들여놓은 늑대의 머리 위에 팔팔 끓는 물을 부어 버렸습니다. 그래 늑대는

"아이쿠 뜨거! 아이쿠 뜨거! 죽어도 신부님은 난 못 하겠다!"

하고 고래고래 소리를 지르며 도망쳐 버렸습니다. 그때에 신부님이 되자면 머리 윗부분의 머리털을 깎아 내는 풍습이 있었거든요.

그런데요, 이 늑대는 그날의 장어 냄새를 두고두고 잊을 수가 없어서, 며칠 뒤에 다시 여우의 집을 찾아갔습니다.

"실례합니다요. 오늘은 장어 구운 걸 조금만 나누어 주세요."

늑대는 부끄러운 것도 잊고 떼를 썼습니다.

그래 그걸 보고 여우가 하는 말이,

"남이 애써 잡은 걸 공짜로 얻어먹으려고 하지 말고, 당신도 강에 나가 직접 물고기를 잡으세요. 어디 장어뿐이겠어요? 지금부터 고

기 잡는 방법을 가르쳐 줄 테니, 제가 하라는 대로만 하면 됩니다."
하며 빈 양동이 하나를 준비해 그 늑대를 데리고 꽁꽁 얼어붙은 강
으로 나갔습니다.

　여우는 강 한쪽의 얼음에 구멍을 뚫은 다음, 가지고 갔던 양동이
를 늑대의 꼬리에 단단히 매어 달아 주고는,

　"꼬리를 이 구멍에 집어넣고 앉아서 오래 기다리기만 하세요. 한
참 기다리고 나면 양동이 안에 고기가 그득히 모여들 테니 그때 담
긴 고기들을 들어내기만 하면 돼요. 아주 간단하지요."
하고 말했습니다.

　그래 늑대는 물고기를 먹을 욕심에 여우가 시키는 대로 양동이가
매달린 꼬리를 얼어붙은 강의 얼음 구멍 속에다 집어넣고는 꽤 오래
기다리고 앉았다가 드디어 꺼내 보려고 일어섰는데, 아이구머니! 그
꼬리는 이미 얼음 속에 꽁꽁 얼어붙어서 몽땅 잘리고 말았지 뭡니까.

짧아진 곰의 꼬리

스웨덴

먼 옛날 북쪽 유럽의 스웨덴에서 생긴 이야기인데요.

어느 추운 겨울날 한 생선 장수가 말이 끄는 수레에 여러 가지 생선을 싣고 팔러 다니다가 숲속을 지나가게 되었을 때의 일입니다.

숲속에 살고 있던 오래 굶주린 여우 한 마리가 맛있는 생선 냄새를 맡고는 생선 수레 뒤로 슬그머니 뛰어올라, 우선 배를 채우기 위해 생선들을 쩝쩝쩝쩝 먹고 있었어요.

생선 대가리를 와지끈 와지끈 깨물어 먹는 소리에는 생선 장수의 귀도 감감할 수만은 없어, 소리 나는 곳을 찾아 이리저리 살피다가 마침내 자기 수레의 생선을 공짜로 먹고 있는 여우를 발견하고 말았습니다.

화가 머리끝까지 치밀어 오른 생선 장수가 말채찍으로 그 얄미운 여우를 되게 후려갈기자, 여우는 수레에서 뛰어내리다가 땅바닥에 납작하게 나자빠져서 다시 일어날 줄을 몰랐습니다.

그래 이걸 본 생선 장수는

"이렇게 염치없는 여우니 가죽하고 털밖에는 쓸모가 없지."

하며 뒤에 가죽이나 벗겨 팔 작정으로 여우를 수레에 집어 던져 싣고 갔습니다.

그런데 사실은 여우는 죽은 체하고만 있었던 거지 정말로 죽은 건 아니었어요. 수레 뒤쪽의 생선 옆에 내던져져서 한동안 숨소리도 크게 안 내고 죽은 체하고 있던 여우는 생선 장수가 그를 잊어버린 듯하자 슬그머니 일어나 생선 더미 중에서 가장 좋은 것들만을 골라 길에 내던져 놓았습니다.

그런 다음 저도 수레에서 뛰어내려 가지고, 그 생선들을 숲속의 호젓한 곳에 옮겨 놓고 그 가운데서도 특히 맛있는 것부터 골라 천천히 야금야금 즐기며 먹고 있었습니다.

이때 숲속에 살고 있던 곰 한 마리가 맛있는 생선 냄새를 맡고는 냄새 나는 곳을 찾아 엉금엉금 기어 나와서, 드디어 그 생선들을 맘껏 먹고 있는 여우와 만나게 되었습니다.

"여우 씨, 그 좋은 생선들을 어디서 구하셨나?"

하고 곰이 물었는데, 여우는 사실대로 말하지 않고,

"이것들 말인가? 이 숲 저쪽의 호수에서 잡았네. 애를 많이 썼지. 자네도 잡아 보고 싶거든 꽁꽁 얼어붙은 호수로 가서 얼음 구멍을 한 군데 뚫고, 그 구멍 속에다가 자네의 꼬리를 집어넣고만 있게. 그래 그 꼬리를 생선들이 물고 늘어지면 재빨리 채 올려서 꺼내기만 하면 되는 것이니 일은 간단하네. 그렇지만 자네 꼬리를 고기들이 단단히 물고 늘어지게 하려면 한 시간이나 두 시간으로는 안 되고 여러 시간이 걸려야 하니 그것만은 명심하게. 자, 그럼 어서 가서 해 보게."

하고 엉뚱한 거짓말로 가르쳐 주었습니다. 역시 여우는 여우니까요.

　미련한 곰은 여우의 말을 그대로 믿고, 언 호수에 얼음 구멍을 뚫고 그 속에 꼬리를 집어넣고서 여러 시간을 앉아 기다리느라고 온몸이 꽁꽁 얼어들어 왔습니다.

　그래 추위를 견디다 못해 재빨리 꼬리를 꺼내려고 했는데, 그것은 이미 얼어붙어서 잘려 버리고 말았습니다.

　그리하여 이 곰의 후손들은 두루 다 꼬리랄 게 별로 없게 되었습니다.

검은 개미와 흰개미 이야기

카메룬

이것은 아프리카 대륙의 적도 지대 서쪽인 대서양 바닷가에 있는 나라 카메룬의 옛날이야기입니다.

어느 마을에 사랑하는 외아들을 가진 어머니가 살고 있었는데, 그 외아들이 불행히도 일찍 세상을 버리게 되어 무덤을 만들어 묻고, 한동안이 지나서 무덤에 우부룩이 난 풀을 베어 주러 갔습니다.

그 풀들 가운데는 이곳에 많은 흰개미가 갉아 먹다 남긴 날카로운 갈대가 끼어 있어서 거기에 그녀의 손가락이 베였습니다. 그래 피나는 손가락을 움직이다 흐르는 핏방울 하나가 튀어 마침 그녀의 옆에 앉아 있던 파리의 눈으로 들어갔습니다.

파리는 눈에 들어온 사람의 핏방울로 눈이 어두워져서, 어쩔 줄을 모르고 무작정 날아가다가 마침 어느 북에 부닥쳐 그 북을 '둥' 하고 울리게 했어요.

이때 아름다운 향내를 풍기는 사향고양이의 집에서는 그 사향고양이가 끙끙 병을 앓고 있던 판이라, '둥' 하고 울리는 북소리를 들은 사향고양이의 친구인 긴꼬리원숭이는 '허어 이것은 사향고양이가 죽었다는 슬픈 소식이로구나!' 생각하고 죽음이 싫어 도망쳐서 지오라는 과일나무 위로 옮겨 뛰는 바람에 큼직한 지오 열매 하나가 떨어져 마침 그 밑에 서 있던 코끼리의 등을 세게 두들겼습니다.

코끼리는 또 난데없는 충격에 놀라 마구 뛰어 한참을 달아나다가 풀섶에 누워 자던 거북이의 등을 밟게 되었는데요. 거북이는 또 그 엄청난 무게를 견디다 못해 불똥을 급히 깔겨 누게 되었고요. 또 이 불똥의 불은 그 근처의 풀섶을 모조리 태우며 번지는 바람에, 풀섶 속에 까 놓았던 검은 개미의 알들이 모조리 불타 버리고 말았어요.

알들을 잃은 개미는 너무나도 슬프고 원망스러워 불을 찾아가서 따져 물었더니, 그 불은 이렇게 대답했어요.

"그것은 거북이한테 가서 물어봐야죠. 저는 그 거북이가 누어서 뀐 불똥 때문에 탄 것뿐이니 책임이 없어요."

그래 검은 개미는 다시 그 불똥을 깔겼다는 거북이를 찾아가 따졌답니다.

그 거북이는 또 말하기를,

"너무나 크고 무거운 것이 당신을 밟는다면 당신은 참을 수 있어요? 코끼리가 내 등 껍데기를 밟는 통에 제가 할 수 없이 불똥을 깔기게 된 것이니 그 책임을 물으려거든 저를 그렇게 만든 그 코끼리를 찾아가서 따져 보세요."

하는 것 아닙니까?

이번에는 또 거북이의 등을 밟았다는 코끼리를 찾아갔죠.

그런데 코끼리는 말하기를,

"아니에요. 저는 하늘에서 웬 무거운 것이 제 등을 치며 떨어져 내리는 통에 놀라서 뛰어 달아난 것뿐이니, 거북이가 밟혔는지 어쩐지는 알지도 못해요. 뒤에 알고 보니까 제 등을 때린 건 지오 나무 열매였더군요. 그러니 따지려거든 그 지오 나무나 찾아가 보시지요."

하는 것이었습니다.

검은 개미는 또다시 지오 나무를 찾아가서 따지고 대들었습니다.

그러나 지오 나무는 또,

"제 열매가 그때 갑자기 떨어진 것은 긴꼬리원숭이가 무엇인가에 놀라 딴 나무에서 제게로 급히 뛰어들면서 열매 하나를 세게 건드려 떨어지게 한 것이지, 제 뜻은 아니었어요. 저라면 훨씬 더 부드럽게 떨어뜨렸을 거예요. 그러니 여러 말씀 마시고 그 긴꼬리원숭이나 찾아가 물어보세요."

하고 말해서, 여기서도 그냥 물러설 수밖에 없었어요.

풀섶의 들불을 만나 많이 까 놓은 알들을 잃은 검은 개미는 그 책임을 따지러 이번에는 다시 긴꼬리원숭이를 찾아갔습니다.

그런데 이 긴꼬리원숭이는 이때만큼은 누가 죽었건 상관없다는 듯이 오직 사는 것만이 즐거워서 나무들의 이 가지에서 저 가지로 옮겨 다니며 여러 가지 열매들을 한창 즐기며 먹고 있다가, 뜻밖의 손님이 따지고 드는 데에는 그저 이맛살을 찌푸릴 따름이었습니다.

"여보세요. 당신 같으면 글쎄 누가 죽었다는 소식을 듣고도 가만히 있을 수 있을 것 같아요? 누구의 죽음이건 죽음을 마주 대하는 것은 두려운 일 아니겠어요? 그래 저도 놀라서 허둥지둥 도망치다가 지오 나무 열매 하나를 세게 건드려서 떨어지게 했던 거지요. 그때 저를 그렇게 만든 것은 사향고양이의 죽음을 알리던 북소리 때문이었으니, 가 보려거든 그 북이나 찾아가서 실랑이를 하든지 어쩌든지 해 보세요."

하고 말입니다.

그래 이번에는 또 그 북을 안 찾아갈 수가 없었습니다.

그 북은 또 대답하기를,

"저는 누가 치지 않아도 스스로 울리는 자명고가 아니잖아요. 그때는 파리란 놈이 쏜살같이 날아와서 제 북 가죽에 부닥치는 바람에 '둥' 하고 소리를 낸 것뿐이니, 왜 그랬느냐고 그 이유를 밝혀 캐려면 아무래도 그때 그 파리를 찾아가 보시는 게 좋겠는데요."

할 따름이었어요.

이번에는 다시 그때 그 파리 씨 댁을 찾아 발걸음을 옮겼지요.

검은 개미가 찾아온 까닭을 이야기하자 파리 씨는 발끈하여,

"그래 당신이라면 두 눈에 난데없이 뜨거운 핏방울이 날아들어 와 앞이 캄캄해지는데도 가만히 손발이나 비비며 앉아 있을 수가 있겠소? 나는 그때 두 눈이 어두워져 아무 데나 마구잡이로 날아가다가 저도 모르게 북 가죽에 부딪친 것뿐이니, 그건 내 책임이 아니오. 따

지려거든 핏방울을 내 두 눈에 튀어 박히게 한 그 여자나 찾아가서 한번 실컷 해 보시지 그래요?"

하면서 뚝 잡아떼는 것이었습니다.

그리하여 이번에는 또 아들의 무덤 위에 난 풀을 베다 손가락이 베여 핏방울을 파리의 눈에 튀어 들어가게 했던 그 서러운 여인을 찾아가게 되었지요.

검은 개미의 하소연을 듣자 그 서러운 여자는,

"제 하나뿐인 아들의 무덤 위에서 풀을 깎다가, 흰개미가 갉아 먹다 남긴 날카롭고 억센 갈대의 밑둥에 손가락을 다쳐 아픈 김에 손을 흔들다 보니 일이 그렇게 된 것 같네요. 그러니 찾아가려거든 흰개미나 한번 찾아가 보세요."

하며 그저 한숨만 지을 뿐이었어요.

검은 개미는 마지막으로 자기와 모양은 같으면서도 빛깔만이 다른 그 흰개미를 찾아가게 되었지요.

흰개미는 검은 개미가 따지는 소리를 듣자 몸을 세워 앞발들을 바짝 치켜들며 싸움을 걸어왔습니다.

"덤벼! 덤벼!"

그래 그때로부터 이날 이때까지 흰개미와 검은 개미의 싸움은 끝날 줄을 모르게 되었답니다.

제 다리도 잊어버린 멕시코의 가축 상인

멕시코

여기 아주 큰 상수리나무 밑에 다섯 사람의 멕시코 아저씨들이 모두 두 다리를 쭈욱 뻗고 앉아 있습니다.

그들은 소나 말 또는 돼지 같은 가축들을 멀리멀리 몰고 다니면서 파는 가축 상인들인데 근처에 가축들이 보이지 않는 걸로 보아, 그들의 가축들은 어느 가축 시장에 잠시 맡겨 두고 온 것인지 또는 어쩌다 잘못되어 잃어버린 것인지, 아무튼 너무나도 피곤하여 이 상수리나무 밑을 찾아와 잠시 쉬고 있는 것 같습니다.

"그런데 말씀야, 인제부터 우리는 무얼 한다지?"

그중의 한 사내가 입을 열었습니다.

"아아아! 인제 더는 일어나기도 귀찮구나. 여기 뻗은 다리 열 개 중에 어느 게 내 것인지 남의 것인지 가려낼 수도 없을 것만 같구나.

자, 인제 우리는 무얼 한다지? 여기는 정말 딱 좋은 곳 같구나!"

저런! 여기 큰 상수리나무 밑에 아주 배고프고 목마르고 지친 멕시코 사내 다섯이 영 일어날 생각도 않고 퍼질러 앉아 있네요.

이때 마침 옆을 지나가던 딴 나라 사람 하나가

"거기서 뭣들을 하고 계십니까?"

하고 물었습니다.

"예에. 여길 찾아 도착했는데요, 그만 일어날 생각이 없어졌네요."

하고 멕시코 가축 상인 중의 하나가 대답해서,

"왜요?"

하고 나그네가 물었더니,

"여기 있는 다리 열 개 중에서 어느 게 누구의 것인지도 영 알아낼 수가 없으니 말이죠."

하고 사내는 또 대답하는 것이었습니다.

그래 딴 나라 나그네가

"야, 한밑천 벌게 생겼군! 그래 내가 그 다리들의 진짜 임자를 또박또박 하나도 틀림없이 맞혀서 알려 드릴 테니 얼마를 내겠소?"

하고 흥정을 걸며 다가서자, 그 다섯 명 중의 한 사내가 대표로

"좋소. 그것만 또박또박 틀림없이 본인들이 인정할 수 있게 알아 맞혀 준다면, 염려 마쇼. 그만큼은 사례야 해 드려야죠."

하고 말해서, 이 알아맞히기는 시작이 되었어요.

어떻게 시작이 되었는고 하니, 딴 나라 나그네는 그의 보따리에서 큼직하고 아주 단단해 보이는 바늘 한 개를 꺼내 들더니만, 그걸로

멕시코 사람들의 다리들을 따끔하게 찔러 대기 시작했습니다.

먼저 누군가의 뻗은 다리 하나에 바늘을 찔러 놓으니,

"아이쿠쿠쿠!"

하고 찔린 사내가 아파서 소리를 치니까,

"응, 그게 당신 다리였군. 어서 바늘을 손수 뽑으시지요."

했고, 또 다른 사내의 다리 하나에 또 바늘을 찔러 꽂아 놓으니, 그 사내도 역시나 아픈 소리를 내었어요.

"응, 그건 또 당신 거군. 어서 그 바늘을 뽑아요."

이렇게 해서 드디어 다섯 명의 멕시코 가축 상인들의 다섯 번의 비명을 증거로 다리의 임자들을 알아낼 수가 있었습니다.

하늘에서 타고나는 것과
태어나서 배우는 것

사우디아라비아

이것은 옛날 아라비아 사람들이 만든 이야기입니다. 그런데 페르시아(지금의 이란)의 왕과 그 신하들이 나오는 걸로 보아, 이 이야기는 아마도 아라비아가 페르시아에게 눌리어 지내던 시절에 만들어진 것인 듯합니다.

옛날 페르시아의 어떤 왕이 죽어서 큰아들이 대신 왕 자리에 앉게 되었습니다. 이 새 왕은 그의 아버지가 아끼고 믿으며 부리던 우두머리 신하를 믿지 않아 그를 몰아내려고 궁리궁리하던 끝에, 한 문제를 만들어 우두머리 신하에게 주어 풀어 보라고 했는데, 그 문제는 '사나이에게 더 중요한 것은 생겨날 때부터 하늘에서 타고나는 천성이라는 것이냐, 아니면 생겨난 뒤에 배워서 알게 되는 교육된 것이냐?' 하는 것이었습니다.

이 문제를 받은 우두머리 대신은 즉시,

"예, 폐하. 천성이 더 중요하옵니다."

하고 왕에게 대답을 했는데요.

왕은 안으로 들어가서 평소에 잘 길들여 두었던 페르시아 고양이들에게 한 마리에 한 개씩 촛불을 켜 들고 나올 수 있게 준비시켜 놓고는, 우두머리 신하와의 한자리 겸상을 마련케 하여 그 신하와 함께 마주 보고 앉아서, 그 자리에 불 켠 촛불을 낱낱이 앞발들로 받쳐 든 페르시아 고양이들을 불러들이게 했습니다.

그러고는 의기양양해서,

"경이여, 어떤가? 이래도 이게 천성이란 말인가? 우리가 가르쳐서 잘 배웠으니까 고양이도 이만큼은 된 것으로 아는데?"

하고 우두머리 신하를 다그쳤습니다.

이쯤하면 선선히 물러설 줄 알았던 그 신하는

"폐하, 황공하오나 제가 대답을 한 번만 더 하도록 해 주옵소서."

하고는 일단 물러갔어요.

그는 집으로 돌아가자 하인 가운데 한 사람을 불러,

"쥐를 몇 마리 잡아서 가늘고 질긴 노끈으로 뒷발 하나씩을 이어서 묶어 놓고, 잘 지키고 있거라."

하는 명령을 내려 놓았습니다.

이튿날 왕과의 식사 자리에 나갈 때 그는 그 쥐들을 보자기에 싸서 옷소매 속에 넣어 가지고 갔습니다.

왕이 다시 불 켠 촛불을 받쳐 든 고양이를 불러들이자, 이 신하도

지지 않고 옷소매 속에서 쥐들이 든 보자기를 꺼내 그 쥐들을 방 안에 풀어 놓았습니다.

그랬더니 한쪽 뒷다리들이 이어서 묶인 쥐들이 멀리는 가지 못하고 방 안에서 서성거리는 것을 본 고양이들은 어느 사인지 두 앞발에 받쳐 들었던 촛불도 다 팽개쳐 버리고 쥐들을 잡아먹으려고 날뛰는 바람에, 거기 있던 사람들은 오히려 불이 날까 더 마음을 쓰게 되었어요.

이때 비로소 신하가 입을 열어 점잖게 말했습니다.

"폐하, 이래도 교육이 천성을 완전히 이긴다고 하실 수가 있겠나이까?"

그리하여 왕은 다시 깊이 생각해서 이 신하를 몰아내지 않기로 했다나요.

거위 고기 나눠 먹기

러시아

옛날 러시아에 가난한 시골 사람이 여러 아이들과 함께 살고 있었습니다. 어떻게나 가난하던지 가진 재산이라고는 아무것도 없고, 오직 거위 한 마리만을 기르고 있었는데요.

드디어 먹을 것이 딱 떨어지자 할 수 없이 그 거위까지를 잡아먹어야만 하게 되어 거위를 잡아서 삶아 놓았습니다. 그러나 거위 고기와 같이 먹을 빵은커녕 그 고기를 찍어 먹을 소금 한 톨도 없는 형편이어서,

"차라리 이걸 우리 마을 부자인 남작에게 선물로 갖다 주고, 빵이나 좀 주십사고 해서 얻어 오는 게 좋겠는데……"

하고 그의 아내에게 의논했습니다. 그래

"하느님하고 같이 가세요."

하는 아내의 승낙을 얻어서 그 삶은 거위를 안고서 남작의 집을 찾아갔습니다. 그러고는

"변변치 못한 것이지만 잡수십시오."

하고 바쳤더니, 남작은

"고맙네. 우리 식구는 우리 내외에, 아들이 둘, 딸이 둘이니 이왕이면 자네가 알아서 적당히 좀 나눠 주지그래."

하고 말했습니다.

그래서 그 가난뱅이 사내는 식칼을 얻어 가지고 남작님의 여섯 식구에 골고루 알맞게 여러 개로 쪼개어 나누게 되었는데요.

머리를 먼저 잘라 들고 하는 말이,

"이건 남작님의 것이올시다. 남작님이 이 댁의 어른이시니 당연히 머리를 잡수셔야죠."

하며 남작에게 그걸 쥐여 주었고, 그다음에는 거위의 허벅지를 잘라 들고

"이건 이 댁 아씨 마님이 드셔야죠. 왜냐하면 어느 댁 아씨 마님이건 아씨 마님은 늘 일어나 앉으셔서 집안일을 시키시기에 여기가 늘 고단하실 테니까요."

하며 그건 또 남작 부인에게 쥐여 주었습니다. 그다음에는 다리 두 개를 잘라 들고 두 아들에게 하나씩 나눠 주며

"도련님들은 숲길을 뛰어다니며 노시기에 다리가 아프실 테니까 이걸 드시는 게 좋겠군요."

하고 말했으며, 다음에는 두 개의 날개를 잘라 들고는

"아무래도 오래잖아서 다 자라시면 좋은 신랑을 찾아 두 분은 부모님을 떠나 훨훨 날듯이 가 버리실 거니까 이게 썩 잘 어울리겠네요."

하며 그건 또 남작의 두 딸에게 한 개씩 나눠 주었습니다.

그러고는 하는 말이,

"저는 말씀입죠, 저야 멍청한 촌놈이니까 나머지나 갖죠."

했습니다. 그래 거위 고기의 대부분은 그가 차지하게 되었습죠.

남작은 뱃살을 거머쥐고 웃어 젖히고 나서, 그 가난뱅이에게 술도 두두룩이 권해 주었고, 또 상으로 식구들하고 나눠 먹을 빵도 많이 주어서 돌려보냈습니다.

그런데 이 소문을 어디서 듣고 이 가난뱅이를 시새워하는 한 넉넉히 사는 자가 자그만치 거위를 다섯 마리나 잘 삶아 가지고 그 남작을 찾아가게 되었습니다.

"왜 왔는가?"

하고 남작이 물었더니,

"남작님 은혜에 보답해 모시려고 거위 다섯 마리를 삶아 왔나이다."

하고 말했습니다.

"그럼 자네와 우리 식구 여섯 명이 똑같이 나눠 먹게 그걸 먼저 나누어 놓아 보게."

하고 남작이 말했습니다만, 이 사람은 그걸 적당히 나눌 줄 모르고 머리만 긁적긁적 긁고 섰는지라, 남작은 거위 고기를 썩 잘 나누던 가난뱅이가 생각나서 그 사내를 다시 이 자리에 불러들였습니다.

그는 자기가 불려 온 까닭을 듣자마자, 다섯 마리의 거위 중 한 마리는 남작 부부에게 먼저 안겨 주고, 또 한 마리는 두 아들에게, 또 한 마리는 두 딸에게 주고 나서, 나머지 두 마리는 제 것으로 차지하면서,

"세 보시나 마나지요. 모두 셋씩 공평하게 잘 나누어졌사와요. 남작님 내외분에 거위가 한 마리면 합이 셋이고, 두 아드님에 거위 한 마리면 거기도 셋이고, 따님들하고 거위하고도 셋인 데다가 저하고 거위 둘이면 그것도 셋이 아닙니까요?"

하는 것이었습니다.

그래 우리 남작님은 이 사내에게 또 상으로 돈을 주고, 남 시새워서 거위를 다섯 마리나 갖고 왔던 남자는 쫓아내 버렸대요.

달걀 재판

그리스

옛날 그리스의 어떤 왕비가 첫아기를 배어 배가 잔뜩 불러 있었는데요. 왕은 갑자기 다른 나라에 나갈 일이 생겨 출발하면서 왕비에게,

"아들을 낳으면 상을 주겠지만 만일 딸이면 벌을 받을 줄 아시오."

하고 길을 떠났습니다.

불행히도 왕비는 왕이 없는 동안에 원하지 않는 딸을 낳았습니다.

그래 너무나 당황한 나머지, 같은 마을의 어떤 가난한 사람의 집에서 낳은 사내아이와 바꾸어 기르기로 하고, 그의 딸을 데려간 가난뱅이에게는 적지 않은 재산을 나누어 주었습니다.

그런데 이 무렵 이 나라의 왕궁이 있는 항구에서는 먼 나라를 오가며 장사를 하는 장사꾼의 배 한 척이 떠날 준비를 하고 있었습니다.

떠나기에 앞서 뱃사람들은 그들이 마련한 식료품 중에서 당장 먹

을 삶은 달걀이 모자라는 것을 알았습니다. 그래서 부두에 있는 달걀 장수 할머니한테 삶은 달걀 마흔 개를 더 사들였습니다.

그러다가 배가 빨리 떠나는 바람에, 얼떨결에 그 값을 할머니에게 건네주지 못하고, 돌아와서 갚아 주기로 약속을 했습니다.

이 배는 여러 나라를 돌아다니며 장사를 하노라고 5년 만에야 겨우 돌아왔습니다. 그래 그 달걀 장수 할머니에게 마흔 개의 달걀 값을 주려고 했는데, 여기에 문제가 생겼습니다.

그것은, 그 할머니가 그동안에 세월이 너무나 많이 흘러갔으니 이제는 마흔 개의 값만으로는 안 된다고 우기기 때문이었습니다.

"생각해 보세요. 그 달걀 마흔 개로 병아리를 까 길러서 암탉 수탉을 만들고, 또 거기서 낳은 달걀들로 병아리들을 까 기르고…… 그렇게 해서 5년을 지냈다면 그 돈이 모두 얼마나 많은데 그러세요?"

이것이 달걀 장수 할머니의 주장이었습니다.

뱃사람들이 그 주장을 들어주지 않자, 할머니는 왕에게 상소하여 바른 재판을 부탁했습니다.

그래 이 재판을 맡은 왕은 얼마의 돈을 그 할머니에게 주라고 해야 할까를 여러모로 생각해 보았으나 5년 동안 몇 마리의 병아리를 깠을까 하는 데서 궁리가 막혔습니다. 결론을 내리지 못하고 하루 이틀이 지나는 동안에 어언간 4년이란 세월이 흘러갔습니다.

그런데 왕의 딸로 태어났으면서도 아들만을 원하던 왕의 소원 때문에 가난한 사람의 집에 옮겨져서 자라던 공주의 나이도 벌써 아홉 살이나 되었는데요. 그 공주는 자기와 바뀌어 왕궁에서 살고 있는 가난뱅이의 아들과는 친구가 되어 자주 만나고 지내는 사이가 되었습니다.

어느 날 그 아이에게서 아직도 왕의 머리를 썩이고 있는 달걀 재판 이야기를 듣고, 잠깐 동안 머리를 갸우뚱하더니 말했습니다.

"그 달걀이 날것이었니, 삶은 것이었니? 만일에 삶은 것이었다면 그 달걀값만 쳐 주면 되지 않겠니?"

이 말을 전해 들은 왕은 크게 감동하고는 그 의견대로 재판을 해 명판결을 내렸습니다. 그러고는 이 공주의 왕녀다운 지혜에 감동한 왕비가 뉘우치며 털어놓은 이야기를 듣고, 그들의 슬기로운 딸을 다시 맞아들였습니다.

그래 대단히 행복한 나날을 보내게 되었다는 이야깁니다. 물론 그동안 딸을 길러 준 사람에게도 크게 상을 내렸고요.

허무맹랑한 거짓말

포르투갈

옛날 포르투갈에 한 가난한 농부가 부자인 지주의 땅을 일구며 지냈는데요. 어느 해 여름엔 가뭄이 심하게 들어 농사를 제대로 짓지 못해 지주에게 갖다가 바칠 사용료도 없어서, 지주를 찾아가 소작료를 면제해 줄 것을 탄원했습니다.

그리 야박하지만은 않은 이 지주는

"그렇게 하지. 그런데 자네가 꼭 해야 할 일이 있네. 그건 '오늘과 내일을 합친 것만큼 큰 거짓말' 하나를 자네가 내게 들려주는 일일세. 다음에 나를 찾아올 땐 그 이야기를 꼭 들려주어야만 되네."

하는 것이었습니다.

말주변도 별로 없는 농부는 집에 돌아와서 그 일 때문에 걱정이 태산 같았는데, 키만 엄부렁하지 아직 철이 덜 든 그의 외아들이 이 얘기를 듣고 아버지를 위로한 다음에, 아버지 대신 '오늘과 내일을 합친 것만 한 거짓말'을 하러 지주를 찾아갔습니다.

그래 농부의 아들은 지주에게 이야기를 시작하였습니다.

"주인어른, 올해가 흉년이라고는 하지만 그까짓 것 문제가 있나요? 우리 아버지는요, 셀 수도 없을 만큼 많은 꿀벌을 기르고 계신데요. 어느 날 수를 세다 보니 꼭 한 마리가 모자라서 사방을 살펴보니 큰 느티나무 꼭대기의 가지에 가서 놀놀하니 숨어 있지 뭡니까? 그래 도끼를 냅다 집어 들고 그 큰 나무를 찍어 넘어뜨린 다음 벌을 잡아 집으로 가지고 오셨어요.

그런데 이 벌이 말이에요, 어떻게나 꿀을 많이 가지고 있는지 아버지는 우리 집에 있는 항아리란 항아리는 모조리 다 이 꿀로 그득 그득 채워 놓았지만 그래도 담을 것이 모자랐어요.

아버지는 옷 속을 슬슬 더듬어서 벼룩 한 마리를 잡아 꺼내 가지고 그 껍질로 큼직한 가죽 부대를 두 개 만들어서 그 속에다가도 차곡차곡 담았습죠. 그때 어디서 수탉 한 마리가 날아와서 그 벌을 그만 쪼아 먹어 버렸어요.

화가 나신 아버지는 도끼를 그 닭한테 내던졌는데, 도끼는 닭의 날개 속으로 들어가 보이지 않게 되어서, 아버지는 또 그걸 찾으러 나섰답니다.

그런데 아무리 찾아도 보이지 않아 홧김에 닭을 불 질렀는데, 그 불이 하룻낮과 하룻밤을 타고 나니까, 그제서야 거기에는 다 타 버려 재가 된 도낏자루 꽂았던 구멍이 나타나더군요.

그걸 가지고 아버지는 대장간으로 가서 낚시를 만들어 냇물에 가 낚시질을 하셨는데요. 처음에는 말안장이 걸려 나오더니, 다음엔 말 발의 쇠 편자가, 또 그다음엔 큰 당나귀가 한 마리 걸려 나왔는데, 사흘 전에 빠져 죽었던 거라 그때까지도 눈썹만큼은 살아 부들부들 떨더랍니다.

아버지는 그 당나귀를 타고 대장간으로 가서 콩국으로 된 약을 당나귀한테 먹였는데요. 잘못해서 그 약이 한 방울 당나귀의 귀로 들어가니, 거기서는 금세 콩 싹이 나서 자라, 끝없이 넓고 무성한 콩밭이 되었어요.

이때부터 우리 집은 먹을 것도 콩뿐이고, 팔 것도 콩뿐이고, 남한테 줄 것도 콩뿐이어서 주인어른께도 그 콩이나 드리려고 열다섯 대의 마차에 그득히 싣고 찾아왔습니다."

이 엄부렁이 아들의 이야기는 여기서 끝났습니다.

그래 이야기를 다 듣고 난 지주는

"너는 훌륭한 이야기꾼 소질이 있구나. 흉년에 소작료 한 번쯤 안 내도 될 자격이 충분하다. 잘 가거라."

하며 그를 돌려보냈다고 합니다.

부자와 가난한 사람

아캄바 족

아프리카의 아캄바 부족들이 모여 사는 어느 고장에 두 사내 친구가 이웃에서 살고 있었습니다. 한 사람은 부자이고 한 사람은 가난해서, 가난한 사람은 부자인 친구의 집에서 일을 해 주고 거기서 받는 것으로 어렵게 살아가고 있었습니다.

그런데 어느 핸가부터 이 고장에 심한 가뭄이 몰아닥쳤어요. 곡식과 채소와 과일이 제대로 자라지 못하고 열매도 맺지 못하는 흉년이 계속되었기 때문에, 부자인 친구도 마침내는 사람을 계속 부릴 수가 없어 가난한 친구를 내보내게 되었습니다. 이 가난한 친구는 할 수 없이 끼니를 빌어먹고 살아야 하는 거지가 되었지만, 거지 노릇도 딴 곳에는 하러 갈 엄두가 나지 않아 여전히 부자 친구 집 부엌 곁으로만 찾아다니며 남은 찌꺼기나 조금씩 얻어먹고 살았습니다.

드디어 가뭄이 더 심해지자 부자 친구의 집에선 가난한 친구에게 찌꺼기를 거저 주는 것까지도 할 수 없게 되어, 또 할 수 없이 먼 마을에까지 집집을 찾아 끼니를 빌어먹어야 하는 거지 거지 상거지가 되고 말았어요.

어느 날엔 어느 마음 좋은 사람 집에서 옥수수를 몇 개 주어서 그걸 집으로 들고 가 아내에게 죽을 쑤게 했는데요. 이 죽에 집어넣어 맛을 낼 무슨 기름기가 있겠어요, 간을 맞출 소금이나 남았겠어요? 죽을 쑤어 놓고 맛을 보니 냄새부터가 너무나도 싱겁기만 했어요. 가난한 친구는 '부자 친구네 집에선 맛있는 음식을 만들고 있겠지. 가서 냄새라도 한번 맡아 보고 와야겠다' 생각하고 그 부자 친구 집을 찾아갔어요.

그 집 마당에 들어서니, 때마침 저녁 끼닛거리로 만들고 있는 음식 냄새가 얼마나 기막히게 코로 들어오는지요.

'저 냄새를 맡으면서 싱거운 죽을 먹으면 되겠다'는 생각을 하고, 집으로 돌아가 그 소금도 못 친 죽 그릇을 들고는 다시 부잣집 마당으로 와서, 마당 한쪽 끝의 담장 밑에 가 앉아 담장의 벽만 바라보며, 이 집 부엌에서 그의 코로 들어오는 맛있는 음식 냄새를 맡으며 그 싱거운 죽을 먹었습니다.

그 뒤 어느 날이었는데요, 이 가난한 친구는 그 부자 친구를 길에서 만나게 되었어요.

"여보게, 며칠 전에는 자네 집 음식 만드는 냄새가 하도 맛있어 우리 집 소금도 못 넣은 싱거운 죽을 한 사발 들고 가서, 자네 집 음식 냄새를 맡으며 자네 집 마당 한 귀퉁이에 숨어서 먹고 왔었네."
하고 솔직하게 그 일을 얘기했습니다.

　보통 사람 같으면, '그래? 그것 참 안되었네그려' 같은 말 한마디
라도 있어야 할 판인데도, 이 부자 친구는

"뭐라고? 공짜로 우리 집 음식 냄새를 훔쳐 먹었어? 그러면 물어
내야지. 재판소에서 자네를 부를 때까지 기다리고 있게!"
하고 성을 버럭 내는 것이었습니다.

　이 부자 친구는 가난한 친구가 자기 집의 맛 좋은 음식 냄새를 몰
래 맡으며 즐겼다는 이유로 재판을 걸었습니다. 그리고 재판소는 이
부자 친구의 말이 옳다고 여겨 염소 한 마리를 부자 친구에게 갖다
주라는 판결을 내렸고요.

　그렇지만 너무나도 가난한 친구에게 염소 한 마리가 어디 있겠습
니까? 그래 재판소에서 이런 판결을 받은 가난한 친구는 속이 확 뒤
집혀서 큰 소리를 내어 엉엉 울며 집으로 돌아가고 있었습니다.

　그런데 서러운 마음으로 엉엉 울면서 걸어가는 그를 구경하고 있
는 사람들 속에는 이 고장에서 가장 존경받는 현명한 어른도 끼어
있었어요.

　그 어른은 소문을 듣고 이미 준비해 끌고 왔던 염소 한 마리를 이
딱한 가난뱅이의 손에 옮겨 쥐여 주며,

"이걸 가지고 여기서 기다리고 있게."
하고는 이 사건의 판결을 한 사람을 찾아가서,

"이 사건의 새로운 재판을 청구합니다."

하여 승낙을 얻어 가지고 가난한 친구를 고발한 부자 친구를 불러내 가난한 친구 옆으로 데리고 와서,

"여보게, 부자! 지금 나는 이 염소를 한 번 손으로 때려 주려고 하네. 내가 때리면 염소는 틀림없이 '매애' 하고 소리를 내어 울 것이네. 그러거든 자네는 그 우는 소리를 자네 가난한 친구가 자네 집 음식 냄새를 맡은 값으로 받아 가는 게 옳다고 생각하네. 그렇지만 자네는 이 염소에겐 손가락 하나도 댈 수는 없네. 저 친구도 자네 집의 음식에는 손가락 하나도 대지는 않았으니까 말이네."

하고 그 부자 친구가 해야 할 일을 가르쳐 주며, 가난한 친구가 잠시 맡고 있던 염소의 등을 손바닥으로 따끔하게 한 번 두들겨 주었습니다.

그랬더니 염소는 '매애애애!' 하고 울었지요.

이 고장의 가장 현명한 어른은 그 부자를 다시 보며,

"자, 이 염소 소리를 너의 집 음식 냄새값으로 받아 가거라! 나쁜 놈 같으니!"

하고 등을 두들겨 쫓아 버렸습니다.

이 어른의 새로운 판결에 반대하는 사람은 판사들 중에도, 이를 구경하던 사람들 속에도 하나도 없었습니다.

표트르 대황제와 석공

러시아

   옛날에 러시아가 가장 태평하던 시절에, 표트르 대황제가 어느 좋은 산에 갔다가 돌을 다듬고 사는 한 석공을 만났는데요.

   "하루에 얼마씩이나 돈을 버는가?"

하고 황제가 물으니, 80코페크씩을 번다고 대답하여서,

   "그래 그 돈은 어디 어디에 쓰는가?"

하고 다시 물었더니, 그 석공은 말하기를

   "제가 번 돈의 5분의 1은 집안 살림에 쓰고요, 5분의 1은 빌려주고요, 또 5분의 1은 창밖으로 내던져 버립니다요."

했습니다.

   "그게 무슨 뜻인지 알 수가 없군. 좀 더 알기 쉽게 설명해 보아."

하고 황제가 궁금해하니, 그는 설명하기를

"5분의 1로는 아버지와 어머니를 모시니까 집안 살림에 쓰는 것이고요, 5분의 1로는 자식 놈 둘을 기르고 있으니까 장차 벌어서 갚으라고 빌려주는 것이고요, 5분의 1로는 또 두 딸을 기르고 있으니 이건 창밖으로 내던져 버리는 돈이지 뭣이왜까? 그것들이야 한 길다 크면 다 남의 집 식구가 되어 버릴 것이니 말씀입죠."

하는 것이었습니다.

그래 황제가 비로소

"자네, 이 나라 황제를 본 적이 있는가?"

하고 물으니,

"없습죠. 하지만 보면 좋을 것 같은뎁쇼."

해서, 황제는

"그럼 내가 보게 해 줄 테니 나를 따라오게. 인제 마을에 우리가 들어가 보면 누구나 다 모자를 벗고 있는데, 오직 혼자서만 모자를 쓰고 있는 사람, 그 사람이 바로 황제라네."

하고 그를 데리고 마을로 들어갔는데요. 온 마을 사람들이 모두 모자를 벗어 공중으로 던지며 황제를 환영하는 속에서, 석공 그와 같이 간 사람만이 모자를 벗지 않고 쓰고 있는 걸 보고 '아! 이분이 황제로구나!' 싶어 드디어 납작 땅에 엎드리며,

"용서하옵소서, 대황제 폐하!"

하고 부들부들 떨었습니다.

그래 황제는 그를 수도인 페테르부르크로 데리고 가서, 높은 귀족의 원로들을 불러 모아 만나게 한 다음에, 이 석공더러 날마다 번

80코페크를 어떻게 나누어 썼는가를 다시 한 번 말하라 해서, 그는 '5분의 1은 집안 살림에, 5분의 1은 빌려주고, 5분의 1은 창밖으로 내던져 버립죠'를 또다시 되풀이했는데요.

귀족 원로들도 이게 무슨 뜻인지를 아는 사람은 하나도 없어, 황제는 그걸 알아내는 데에 사흘 동안의 시간을 그들에게 주었습니다. 그래 그들은 이 석공을 매수하기로 하고, 슬그머니 한쪽으로 불러 이렇게 제의했습니다.

"무엇이든 원하는 건 다 드릴 테니 무슨 뜻인지만 귀띔해 주시오."

그래서 그는 간직하고 있던 모자를 꺼내 들고,

"그럼 여기다가 그득히 금화를 채우시오. 그럼 일러 드리지."

해서 몽땅 그 금화를 챙긴 다음에, 황제에게 설명했던 것처럼 그 뜻을 설명해 주었습니다.

사흘이 지나자 이 귀족 원로들은 황제의 앞에 모여서 그 뜻을 비로소 알아맞혔는데요. 황제가

"그건 어디 당신들이 맞힌 겁니까? 석공이 일러 준 것이지."

하고 말하자, 그들은 할 말이 없어 그저 머리만 숙이고 있었는데, 석공이 단단하고 매끈한 차돌같이 쑥 나서며 말했어요.

"저분들이 저의 모자에 그득히 금화를 담아 주어서 받기는 받았사오나, 저는 그걸 돈으로 받은 게 아니라 거기 박힌 황제 폐하의 초상을 거절할 수 없어서였사오니 굽어살피시옵소서!"

황제는 그 말이 달가워서 그를 바로 곁에 불러 앉히고, 귀족 원로들과 함께 저녁 식사를 하게 되었는데요.

귀족들은 그 석공이 몹시 얄미워서 골탕을 먹이려고 '돌림뺨 때리기'라는 걸 하기로 했습니다. 한 사람이 옆 사람의 뺨을 갈기면 그걸 맞은 사람이 다시 그 옆 사람을 치고 하여 뺑 돌려 가며 뺨을 맞는 것이니 이렇게 하다 보면 석공은 어쩔 수 없이 황제의 뺨을 안 갈길 수 없는 차례가 되는 것을 원로 귀족들은 노렸던 것이죠.

　　그러나 석공은 그의 차례가 되자 점잖게 일어서서 이야기를 하나 시작했어요.

　　"제가 꿈에 어떤 할머니하고 같이 숲에 가서 땔나무로 쓰려고 큰 나무 하나를 캐내고 있었는데요. 뿌리를 깊이깊이 파면 팔수록 우리는 점점 더 깊이 그 속으로 빠져들어만 갔습니다. 저는 그때 파는 일을 그만두고 집으로 돌아가는 게 좋겠다고 생각했는데, 여러 어른들 생각은 어떠십니까? 계속 파는 게 좋을까요, 그만 돌아갈까요?"

　　그래 원로 귀족들은 당연히

　　"집으로 그냥 돌아가야지."

라고 말하자, 그는 오른손을 번쩍 들어 황제가 아니라 그의 뺨을 쳤던 귀족의 뺨을 가벼이 후려갈기며 말했습니다.

　　"그럼 이렇게 되돌아갑시다."

　　그래 황제는 바로 이 사내를 모든 원로 귀족들의 우두머리로 쓰윽 올려놓았다나요.

쇠로 진짜 사람을 만들라는 왕이 있어서

우간다

여러분, 아프리카의 우간다라는 나라를 아시지요? 케냐와 함께 사나운 맹수들의 왕국으로 손꼽히는 케냐 바짝 옆에 붙어 있는 나라 말이에요.

옛날 이 우간다에 와루카가라는 이름을 가진 솜씨 좋은 대장장이가 왕의 궁궐에서 그리 멀지 않은 곳에 살고 있었어요.

어느 날 억지를 좋아하는 이 나라의 왕은 와루카가를 불러들여 앞에 세우고는,

"네가 쇠를 아주 잘 다루는 훌륭한 대장장이라는 것을 짐은 알고 있다. 그러니 너의 그 솜씨로다가 짐을 위해서 쇠 사람을 하나 만들어 다오. 그 힘이나 머리가 두루 다 이 세상 누구보다도 뛰어난 진짜 사나이를 하나 말이다. 알겠느냐?"

하고 명령을 내리는 것이었습니다.

대장장이는 왕이 너그럽지 못한 것을 이미 들어서 잘 알고 있던 터라 못하겠다고 잡아뗄 수도 없어,

"예, 폐하. 애써 해 보겠나이다."

하고 그 앞을 물러 나오기는 했습니다만, 쇠를 달구어서 인형도 아닌 진짜 사람을 만들라니, 그것도 아주 힘이 세고 머리가 좋은 사람을 만들라니, 아무리 생각해 보아도 불가능한 일이어서 그의 가장 큰 고민거리가 되었습니다.

대장장이는 그 명령을 받은 뒤로는 하는 일도 제대로 손에 잡히지 않아 날마다 울상이 되어 지내다가, 하루는 무심결에 내친걸음이 깊은 수풀 속까지 그를 이끌고 갔어요.

이 수풀 속의 어떤 곳에는 세상 사람들이 미쳤다고 손가락질하는 그의 친구 하나가 숨어서 살고 있었는데요, 서성거리는 그를 발견하자 쫓아 나왔습니다. 이 미쳤다는 친구는 대장장이와는 어렸을 때부터의 친구로, 딴 사람들보다는 모든 것을 훨씬 더 잘 이해하고 또 사람들을 사랑하는 인정도 누구보다도 많은 사나이였는데, 세상은 그를 자기들하곤 다르다 하여 미치광이로 따돌려서, 인제는 외로이 수풀 속에 숨어 살고 있는 중이었어요. 그리고 대장장이는 매우 가까운 친구였기 때문에 그가 억울한 것도 잘 알고 있었고요.

"여보게. 자네 얼굴을 보아 하니 누구한테 또 못 당할 일을 당하고 있는 것만 같은데, 내게 다 맘껏 털어놓아 보시지그래. 어허허헛!"

하고 그 수풀 속의 사나이는 말을 거는 것이었습니다.

그래 대장장이는 왕의 억지 명령 때문에 고민하고 있다는 것, 이

명령을 따르지 못하면 결국 죽임을 당하고 말 것이라는 것을 코를 빠뜨리고 고백했어요.

그랬더니 수풀 속의 고독한 사내는 껄껄거리고 한바탕 큰 소리로 웃고 나서는,

"부당한 억지를 쓰는 자에겐 또 다른 억지로 상대해야 한다는 속담을 자네는 깜빡 잊어버렸군. 더 걱정할 건더기가 없으니 여러 말 말고 내가 하라는 대로만 하게."

하며 그의 친구 대장장이가 왕을 찾아가 억지 요구를 할 그 건더기들을 조용히 일러 주는 것이었습니다.

대장장이는 그길로 바로 이 나라의 억지 왕을 찾아가 수풀의 친구가 가르쳐 준 대로 억지 요구를 하게 되었는데요. 그것은 다음과 같은 것이었습니다.

"국왕 폐하. 폐하께서 명령하신 쇠로 된 진짜 사람은 곧 만들어 드리겠습니다만, 그걸 만들자면 꼭 필요한 두 가지가 있어야 하니 그걸 먼저 마련해 주옵소서. 한 가지는 사람들의 머리털을 베어 불태워서 만든 천 가마니의 숯이고 또 한 가지는 사람들이 서러워 울 때에 흘리는 눈물 백 잔입니다. 물론 이 나라에서 보통 쓰이는 가장 큰 술잔으로 말씀이옵니다. 쇠를 불에 달굴 때 이 두 가지를 꼭 써야만 국왕 폐하께서 소원하시는 '쇠로 만든 진짜 사람'이 만들어질 수 있사오니, 황공하옵니다만 되도록 빨리 마련해 주시옵소서."

그랬더니만 이 억지 왕은요, 그의 신하들과 백성들의 머리털을 닥치는 대로 마구 깎아 불을 사르고 또 걸리는 사람마다 억지로 울게

하여 그 눈물을 거두어 모아 보았는데요. 아무래도 목표량에는 까마
득히 미치지 못해서요, 마침내 대장장이에게
　"내 명령은 이제 그만 취소하는 바이다."
하고 선언할밖에 별수가 없었대요.

늑대와 꾀꼬리

터키

    터키 나라의 어느 산골의 큰 나무 위에 목청이 고운 어미 꾀꼬리 한 마리가 둥지를 엮고 그 속에다가 세 마리의 새끼를 까 기르고 있었는데요.

    어느 날 제 배고픈 줄은 알지만 꾀꼬리의 아름다운 소리는 알아들을 줄 모르고 또 그 새끼가 귀여운 줄도 모르는 늑대 한 마리가 그 밑을 지나가다가,

    "이웃사촌 꾀꼬리 아씨! 배가 고파 못 살겠네. 그 새끼 한 마리만 내게 던져 주게나. 이웃사촌 좋다는 게 뭔가? 만일에 안 던져 주면 둥지를 그대로 두지 않을 테니, 알아서 해!"

하고 윽박질렀습니다.

    그런데 목청은 좋지만 머리는 좀 모자라는 이 어미 꾀꼬리는 언뜻

생각에 늑대가 새끼 둥지를 헐고 새끼를 모조리 다 잡아먹으면 어쩔까 겁이 나서, 부들부들 떨고 울면서 미련하게도 귀여운 새끼 한 마리를 아래로 떨어뜨려 주었습니다.

그랬더니 늑대는 그 이튿날도 또 나무 밑에 와서 똑같은 말로 공갈을 해서, 역시나 무서워 또 한 마리의 새끼를 늑대에게 내려뜨려 주었습니다.

어미 꾀꼬리는 너무나도 슬퍼서 목청과 눈물을 다해 바보같이 울부짖고만 있었는데요. 너무나 비참한 소리를 옆의 나무에 사는 한 어미 까마귀가 알아듣고 동정하며 쫓아와서 왜 그러느냐고 물었습니다. 그래 꾀꼬리가 늑대한테 당한 일을 자세히 듣고는,

"예끼, 이 미련한 여편네 같으니. 아, 늑대가 무슨 재주로 이 높은 나무 위엘 올라올 수 있다고 그러누? 그러니 그게 또 와서 공갈하면 실컷 욕이나 퍼부어 한이나 씻으라구. '이 빌어먹을 놈의 늑대야, 옴이나 잔뜩 올라 버려라' 하고 말이야."

하고 매우 친절하고 자세하게 가르쳐 주었습니다.

그래서 염치없고 잔인한 늑대가 세 번째로 또 그 이튿날 찾아와서 꾀꼬리에게 마지막 남은 새끼를 달라고 졸랐을 때에는 까마귀가 하라던 대로,

"요 빌어먹을 놈의 늑대야! 네까짓 게 여기까지 올라오긴 뭘 어떻게 올라온다고 그래? 옴이나 몽땅 올라 가지고 죽어라! 이 싸가지 없는 놈의 늑대야!"

하고 양껏 욕을 해서 가슴속에 맺힌 원한을 풀어 버렸습니다.

염치없고 잔인한 데다가 약기까지 한 이 늑대는 꾀꼬리가 이렇게 까지 나오게 된 건 틀림없이 이웃 나무의 까마귀가 시켰기 때문이라는 걸 바로 눈치채고, 먼저 그 까마귀에게 앙갚음할 궁리를 시작했습니다.

복수심이 머리끝까지 뻗친 이 늑대는 이를 악물고 가시덤불에 가서 뒹굴어 몸 군데군데에 피가 흐르는 상처를 만들어 가지고는 까마귀가 사는 나무 근처에 가서 정말 죽은 것처럼 네 다리를 하늘로 뻗고 벌떡 나자빠져 있었습니다.

그랬더니요, 여기에는 까마귀도 그만 깜빡 속아서 죽은 늑대 고기를 좀 맛보려고 나무에서 내려와 늑대의 몸 위에 엉겨 붙었습니다.

늑대란 놈은 속임수를 쓰고 있던 판이라, 냉큼 두 앞발로 까마귀를 붙잡아 쥐고는 위아래의 날카로운 이빨들을 두루 다 드러내며,

"이 원수를 어떻게 죽여야 속이 시원할까? 한 입씩 불근불근 씹어 먹어 주랴? 아니면 높은 낭떠러지 아래 바위에다 메붙여 떨어뜨려 주랴?"

하고 늑대 나름의 원한에 찬 공갈을 퍼부어 댔습니다.

그래 이판사판이 된 까마귀는 속에 들어 있는 지혜라는 지혜는 다 쥐어짜서,

"부디, 늑대님! 낭떠러지 아래로 내던지지만 마세요! 차라리 바로 씹어 먹히는 게 낫지, 낭떠러지 아래 바윗돌에 머리가 깨져 죽는 것은 너무나도 아프고 처참할 거예요!"

하고 저도 한번 속임수를 써 보았습니다.

매사는 모두 자기 표준인 것이라, 늑대는 자기가 높은 낭떠러지에
서 떨어져 내려 죽을 경우의 아픔을 상상해 보고는, 까마귀가 가장
싫어하는 죽음을 골라 그 까마귀를 앞발로 번쩍 추켜들고는 힘을 다
해 낭떠러지 아래로 내던졌습니다.

그러나 그건 까마귀가 살 수 있는 오직 한 가지의 길이었기 때문
에, 까마귀는 조금 떨어지다가 포르르르 하고 날아가 버렸지요.

무엇보다도 거짓말을 좋아하는 왕

아일랜드

이것은 옛날 아일랜드 사람들의 이야기입니다.

이 이야기 속의 왕은 무엇보다도 남의 거짓말을 듣고 좋아하는 특별난 취미를 갖고 있어서, 그의 잘생긴 외동딸까지도 거짓말을 아주 잘하는 사내에게 시집보내기로 작정을 하고, 세상에 널리 광고하여 거짓말에 자신 있는 자들을 두루 모이게 하여, 날마다 그 거짓말들을 듣고 지내는 걸 낙으로 삼았습니다.

어느 날은 특별히 거짓말에 자신이 있는 어떤 시골 과부의 아들 하나가 먼 길을 걸어와서 왕의 앞에 서게 되었는데요.

첫날에 왕은 이 과부의 아들을 많은 암소들이 모여 있는 곳으로 데리고 가서 보여 주며,

"너, 이렇게 많은 암소가 모여 있는 곳은 난생처음이겠지, 아마?"

하고 물었습니다.

　그러나 먼 시골에서 올라온 그 사내의 거짓말은 이제 시작되어서,

　"아니옵니다, 국왕 폐하. 제 어머니로 말씀드리면, 암소를 어떻게나 많이 갖고 계신지, 제가 날마다 그 많은 우유로 버터를 눌러 만들고 있어 잘 아는 일입니다만, 버터를 짜내고 난 찌꺼기만 가지고도 7백 개 물방앗간의 7백 개의 물바퀴들을 날마다 거뜬히 돌려 내고 있는뎁쇼."

하는 것이었습니다.

　그래 이튿날 왕은 또 궁전에서 기르는 꿀벌들이 많이 모여 있는 곳으로 그 거짓말쟁이를 데리고 가서,

　"이렇게까지 많은 벌집들이야 너는 꿈에서도 본 일이 없겠지! 여기서 사는 벌들의 숫자는 너의 어머니가 가진 벌들이 몇 대를 이어 새끼를 깐다고 해도 당하지 못할 만큼 많을 거다. 안 그렇느냐?"

하고 물었습니다.

　이 시골 거짓말쟁이 선수의 거짓부렁은 또 시작되었습니다.

　"국왕 폐하. 저는 제 어머니의 꿀벌들도 맡아 길러 보아서 잘 압니다만, 저희 집 벌집 상자는 70만 개도 넘을 겁니다. 저는 아침저녁으로 그 꿀벌들의 숫자를 또박또박 한 마리도 빠짐없이 세어 두면서 살았는데요. 어느 날 저녁때는 세어 보니 그 수가 모자라더군요. 그래 벌집에 든 벌들이 조용히 쉬고 있는 동안에, 아직 안 돌아온 벌들을 찾으러 나갔지요. 어떤 언덕 위에 올라갔는데 말 한 마리가 거기 있어서 잡아타고 수풀 속으로 달려갔더니만, 우리 벌들이 아주 큰

나무 속에 들어가서 아주 조용히 놀고 있는 것 아닙니까? 거기에다 모두 꿀을 깔겨 놓으면서 말씀입죠. 저는 두말할 것 없이 그 근방의 덤불을 베어서 그걸로 큰 광주리를 두 개 만들어서 그 속에 벌꿀을 모두 따 담아 말의 등에다 싣고, 두 광주리 사이에다가는 벌들을 모아서 싣고 말을 몰고 있었는데, 아이고, 실은 짐이 너무나 무거워서 말이 그만 등뼈가 뚝하고 부러져 버렸지 뭡니까, 글쎄? 그래서 저는요, 할 수 없이 단단한 나무를 베어 내서 그걸로 긴 몽둥이를 만들어 가지고 그 몽둥이를 말의 아가리에 집어넣어 똥구멍까지 맞뚫게 꿰어서 말을 들고 돌아왔습죠. 물론 말 등에 실은 것들도 고스란히 가지고 말입니다.”

두 번째 날의 그의 거짓말은 이것뿐이었어요.

세 번째 날이 되자, 무엇보다도 거짓말을 좋아하는 왕은 이번에는 그 시골 사내를 데리고 잘 자란 완두콩밭으로 갔습니다. 그래 그 완두콩밭의 완두들을 손가락으로 가리키며,

“어떤가? 이 완두콩은 참 잘 자랐지?”

하고 물었습니다.

“예, 국왕 폐하.”

하고 그 시골 사내는 또다시 시작해 나갔습니다.

“괜찮게 자라기는 자랐습니다만, 저희 어머니의 완두콩밭의 완두콩에다 비기자면 아직도 멀었군요. 저희 어머니의 완두콩밭 완두콩들은 어느 것이나 높이 자라서 하늘 꼭대기까지 닿았는데요. 그 때문에 일요일날 아침에는 영락없이 하늘의 미사 소리가 아주 잘 들려

옵니다. 어느 날 아침에는 제가 그 완두콩 줄기의 꼭대기에 앉아 하늘 속 일을 한참 구경하고 있는 판인데, 그만 바람이 불어와서 줄기가 뚝 끊어지는 바람에 할 수 없이 끊어진 자리에서 하룻밤을 지새웠죠. 그런데 이튿날 아침에 보니, 웬 여자 셋이 하늘로 들어가는 대문 밖에서 보리타작을 하고 있는 것이 눈에 뜨이더군요. 그래 저는 '여보시오. 이 끊어진 완두콩 줄기를 이을 새끼를 꼬려고 그러니 짚을 조금만 빌려주실 수가 있을는지요?' 하고 사정해 보았더니 역시나 하늘의 인심이라 선선히 어디선가 들추어내다가 빌려주던데요. 그래 그 짚으로 새끼를 꼬아서 완두콩 줄기의 끊어진 데를 이어서 하늘에 다시 매달고 그걸 타고서 술술술술 저희 집 완두콩밭 가까이까지 정말 편안하게 잘 내려오고 있었는데요. 제가 꼰 새끼에 무슨 잘못이 있었나 봅니다. 땅에 내리자면 1미터 반쯤 되는 거리에서 또 그 줄이 뚝 끊어져서 저는 할 수 없이 곤두박질을 치며 떨어져 내리고 있는 중이었는데요. 아, 글쎄 난데없이 웬 여우 한 마리가 쫓아와서 제 머리를 보기 좋게 싹둑 잘라 가지고 입에 물고 도망가는 것 아닙니까? 저도 좀 화가 나고 약이 올라서요, 냅다 쫓아가서 그 여우 놈의 꼬리를 붙잡고 늘어져서 엉덩이를 오른발로 700번이나 힘껏 걷어차 주었지 뭡니까. 차일 때마다 그놈은 방귀를 뀌었는데, 그 소리가 또 어떻게나 큰지, 아마 우리 국왕 폐하의 방귀 소리의 700배는 될 만큼 그렇게 크더라구요."

이 시골 사내의 거짓말이 여기까지 오자, 왕은 그만 자리에서 일어나 슬며시 웃으며,

"그만, 그만, 그만해라. 이 거짓말밖에는 모르는 아일랜드 촌놈아. 내 딸을 어서 가져가거라. 그만하면 무슨 수를 써서건 내 딸 밥 굶기지는 않겠구나."

하셨습니다.

그래 이 나라 공주님과 거짓말 잘하는 아일랜드 촌사람은 곧 결혼식을 올리고, 검은 머리가 파뿌리 되도록까지 잘 살았다는 이야기입니다.

착한 말과 어리석은 늑대

핀란드

옛날 옛적 북쪽 유럽 핀란드란 나라의 들판에서 마음씨가 착한 말 한 마리가 풀을 뜯어 먹고 있었는데요. 깊은 수풀 속에서 사납고도 어리석은 늑대 한 마리가 나타나 말을 보고 말했습니다.

"내가 너무나도 시장해서 찾아왔으니, 자네는 아프겠지만 어쩔 수 없이 좀 먹혀 주어야겠네."

그래 마음씨가 너무나 좋은 말은,

"좋은 이야기일세. 그렇지만 요즘 나는 먹은 게 신통치 않아 비쩍 말랐으니, 며칠 더 풀을 실컷 뜯어 먹고 살이 찌거든 와서 잡아먹는 게 좋지 않겠나? 잘 좀 생각해 보게."

하고 대답했습니다.

늑대는 그 말에 솔깃하여 우선은 물러갔으나 그 이튿날도 찾아오

고 또 그 이튿날도 찾아와서는 염치도 없이 침을 삼키며,

"인제는 살이 다 쪘나? 인제는 먹을 만하겠나?"

하고 부지런히 졸라 대는 것이었습니다.

그래서 말은 그의 주인을 만나 늑대에게 당하고 있는 사실을 그대로 다 알려 주었더니, 주인은 그 말을 대장간으로 데리고 가서, 단단한 새 쇠로 편자와 대갈을 만들어 네 개의 발굽에 갈아 끼워 신겨 주었습니다.

그러고는 다시 그 꼬리털 몇 군데에 그 털들로 매듭을 몇 개 만들어 놓고 나서,

"또 늑대가 너를 먹겠다고 하거든 꼬리서부터 먹으라고 해라."

일렀습니다.

말은 다시 들판으로 나가 기다리고 있는 늑대를 향해 주인이 하라고 한 대로 꼬리부터 먹으라고 하였는데, 그 미련한 늑대는 그것이 무슨 뜻이었는지 알 길이 없었습니다.

그리하여 늑대가 착한 말의 꼬리를 가서 덥석 물었더니, 이게 웬일입니까? 거기 여러 군데 만들어 놓은 꼬리털의 매듭에 늑대의 날카로운 이빨들은 옴짝달싹 못하고 들어박혀서, 말이 있는 힘을 다해서 달리기 시작하자 늑대는 그저 발버둥만 치고 있을 수밖에 딴 도리가 없었습니다.

거기다가 미련하지만은 않은 말은 새로 해서 신은 쇠 편자로 연달아 뒷발질을 하여 늑대를 걷어차는 바람에, 늑대는 꼬리에 매달린 채 드디어 숨통이 끊어지고 말았습니다.

이 이야기는 이걸로 끝이 나도 그만일 것이지만, 그게 그렇지가 않고 또 한 이야기가 여기서 새끼를 쳐 생겨났으니, 그건 아래와 같은 것입니다.

말과 늑대의 이런 꼴을 처음부터 지켜보고 있던 숲속의 산토끼 한 마리가 있었는데요. 말의 꼬리에 늑대가 이빨로 매달려 가면서 말의 뒷발질에 채어 축 늘어져 죽는 것을 보고는 그게 너무나도 재미나서 산토끼가 너무 많이 웃는 바람에 그만 입술이 지나치게 째지게 되었다는 이야기입니다. 잘 보세요, 토끼 입술은 지금도 이 이야기대로 지나치게 째져 있지 않던가요?

잘한 대답
러시아

　지금의 러시아가 아니라 옛날 황제가 다스리던 때의 러시아 시절에, 25년 동안이나 황제의 병정 노릇을 성실하게 하면서도 한 번도 황제의 얼굴을 보지 못한 병사 하나가 겨우 제대를 해서 그리운 고향으로 돌아갔는데요.

　"야, 너는 하도 병정살이를 오래 했으니까 황제의 얼굴은 본 적이 있겠지? 그래 어떻게 생겼던?"

하고 부모님과 친구들은 궁금해서 열심히 물었습니다.

　그러나 대답을 하지 못하자, 그것도 못 봤느냐고 멸시하는 눈치로 대하는 통에 견디기가 어려워, 어느 날 그는 용감하게 결심을 하고 비로소 황제를 만나 보기 위해 먼 길을 걸어서 궁전을 찾아가게 되었습니다.

그래 황제의 승낙을 얻게 되어, 자세히 보기 위해 황제의 둘레를 세 바퀴 돌면서 이모저모로 살피고 있노라니,

"어떠냐? 멋쟁이로 생겼느냐?"

하고 황제께서 물어서,

"예, 폐하!"

하고 이 늙은 제대 병정은 대답했는데요.

"그런데 하늘에서 땅까지는 정말 먼 것인가?"

하고 황제가 또 물어서,

"천둥이 거기서 우르릉우르릉거리면 여기서도 그걸 듣기는 듣습지요."

했더니, 이번에는 또

"그럼 이 땅은 정말 넓은 것인가?"

하고 물어서, 그는

"해가 저기서 떠서 여기까지 두루 비치면 그게 이 땅의 넓이입지요."

하고 대답하였습니다. 그랬더니 또

"그런데 말씀야, 땅은 그 깊이가 깊은 것인가 어떤가를 좀 말해 주게. 아마 자네는 잘 알겠지?"

하여서 이 질문에도 우리 늙은 제대 병정은

"예, 폐하. 저의 할아버지는 90년 전에 돌아가셨다고 하는데요. 한 번 땅속에 묻히고는 아직까지 돌아오시지 않는 걸로 보면 그만큼은 먼 거죠."

하고 자기가 아는 대로 대답하였습니다.

그랬더니 황제는

"자네는 감방 신세를 좀 지는 게 좋겠네."

하면서, 거위 서른 마리를 감방에 넣어 줄 것이니, 그 한 마리 한 마리에서 깃털 하나씩만 뽑으면서 앉아 지내라고 일렀습니다.

물론 늙은 제대 병정은

"좋사와요."

하고 대답을 하였습죠.

그런데요, 황제는 곧 이 나라의 재벌 장사꾼 서른 명을 뽑아 불러들이고는, 늙은 제대 병정에게 물었던 것과 똑같은 수수께끼 질문을 그들에게도 하고, 그들이 하나도 제대로 자신 있게 대답을 못 하자 모조리 제대 병정이 들어가 있는 감방에 집어넣어 버렸습니다.

"왜 들어오셨지요, 재벌님들?"

하고 제대 병정이 물으니까, 재벌들은 황제가 그들에게 낸 수수께끼들을 자세히 알려 주고,

"우리는 교육을 제대로 못 받아서 그걸 제대로 풀지를 못했기 때문이오."

하고 말했습니다. 그래 제대 병정이

"그럼 내가 그 정답을 알려 줄 테니 한 사람 앞에 천 루블씩 나한테 주시겠습니까?"

하고 말했더니,

"여기 있소, 받으시오."

"내 것도 받으시오."

"내 것도요."

하고 그들은 저마다 천 루블씩을 순식간에 모두 내주어서, 제대 병정은 그걸 모두 다 뭉뚱그려 간직하고는, 그가 황제에게 대답했던 그대로를 일러 주었습니다.

이틀 뒤 황제는 이 서른 명의 재벌과 제대 병정을 함께 불러내어, 다시 한 번 그 수수께끼를 재벌들에게 물었는데, 그들이 비로소 제대 병정처럼 대답을 할 줄 알자, 즉시 풀어주어 그들의 집으로 돌려보내고, 제대 병정만 남게 되자, 그에게 물었습니다.

"그래 거위 털은 잘 뽑아 놓았겠지?"

이 말에 그가

"예, 폐하. 그 서른 개의 거위 털들은 모두 천 루블짜리 돈 털이던데요."

하고 대답했더니 황제는,

"그건 또 자네 집하곤 얼마만 한 상관이 있지?"

하고 물었습니다.

"그건 여기서는 잘 안 보입니다, 폐하."

하고 대답하자 황제는 자기 호주머니에서 천 루블을 더 내주며, 어서 가 보라고 하였습니다.

그래 이 늙은 제대 병정은 집으로 돌아가서 편히 살게 되었다나요.

남자와 여자

모로코

오늘은 하도 심심하니 먼 아프리카 이야기나 하나 할까요?

아주 먼 옛날 옛적에, 그러니까 나무에 앉은 새들도 사람이 하는 말을 잘 알아듣고 또 지껄일 수도 있던 시절에, 아프리카의 모로코 에서는 마음이 썩 좋은 임금님이 나라를 다스리고 있었습니다.

이 임금님은 왕비인 아내를 어떻게나 사랑했는지, 왕비의 말이라 면 무엇이든지 다 잘 들어주었습니다.

어느 날은 왕비가

"이불을 좀 갖다 주세요."

하자, 그것도 손수 들어다가 주었습니다. 왕비가 또

"그건 무명 이불 아니어요? 비단 이불을 가져 오세요."

하자, 재빨리 무명 이불을 갖다 치우고 비단 이불로 바꾸어 들고 나왔습니다.

그러나 왕비는 그 비단 이불까지도 싫다고 하며,

"새털로 속을 넣은 새털 이불이라야 가볍고 따뜻하지 않겠어요? 비단 이불도 이제는 싫으니 새털 이불을 만들어 주세요."
하였습니다.

왕은 역시 그 말도 다 들어주기로 하고, 세상의 새들을 불러 모아 그 털을 신하들과 함께 솎아 뽑아내 모으고 있었습니다.

그래 늦가을의 어느 날도 새들을 불러 모아 놓고, 새털 솎아 뽑기를 하고 있었습니다.

세상의 새란 새들은 모조리 불리어 와서 털을 얼마만큼씩 뽑히고 날아갔지요. 그런데 오직 부엉이란 새만은 해가 지도록 나타나지 않다가 밤이 되어서야 왕의 앞에 날아와 앉았습니다.

"왜 그대는 낮에 오지 않았는고?"

마음씨 좋은 왕이 물으니,

"저 말입니까? 저는 종일토록 무얼 좀 깊이 생각하고 있었지요."
하고 부엉이는 천천히 대답했습니다.

"생각한 것이 무엇이었느냐?"

왕이 다시 물으니,

"예, 낮과 밤은 어느 것이 길이가 더 기냐 하는 것이었습니다."
하고 부엉이는 말했습니다.

"내 생각으론 낮과 밤은 길이가 똑같다고 보는데……"

왕이 그의 생각을 먼저 말했더니,

"아닙니다. 밤도 달이 밝게 떠서 비추는 밤은 깜깜한 밤으로는 볼 수가 없으니까요."

하고 부엉이가 대답했는데, 거기에는 왕도 별로 할 말이 없었습니다.

"또 다른 건 생각해 보지 않았느냐?"

하고 왕은 한마디를 더 물어보았습니다.

그랬더니 부엉이는 마치 그 말을 기다리고나 있었단 듯이

"왜, 또 있습지요. 그건 이 세상엔 여자가 더 많으냐, 남자가 더 많으냐 하는 것입니다."

그래 왕이,

"어느 쪽이 더 많다고 생각하느냐?"

하니,

"여잡니다."

하고 부엉이는 말했습니다.

"내 생각으론 부부들은 어쨌거나 똑같은 수이니, 남녀의 수도 같다고 보는데……"

왕이 말하니까, 부엉이는 그 말에 반대하면서,

"남자라도 남자 노릇을 제대로 못하고, 아내한테 쩔쩔매는 사내는 사내 수에 넣어서는 안 되겠지요."

하는 것이었습니다.

왕은 자기 꼴이 생각나 진땀이 났습니다.

거북이와 원숭이 이야기

모잠비크

아프리카의 중부에서 서남쪽으로 뻗어 있는 모잠비크의 니아사 호숫가의 니아사 지방에 거북이 한 마리와 원숭이 한 마리가 이웃이 되어 살고 있었는데요.

어느 날 원숭이가 거북이를 만나,

"내일 점심 대접을 하고 싶으니 초대를 받아 주시기 바랍니다."

하고 그의 집에 점심 초대를 했습니다.

그래 이튿날 점심때 거북이가 원숭이의 집으로 찾아갔습니다. 원숭이는 먹고 마실 것들을 방바닥이나 땅바닥에다 차려 놓은 게 아니라, 아주 높은 나무의 높은 가지에다가 주렁주렁 매달아 놓았습니다.

거북이가 도착하자 원숭이는 제가 먼저 그리로 뽀르르 기어올라 가 앉아서,

"어서 올라오시지요. 여기는 전망도 꽤나 좋은데요, 히히히히."

하고 소리 내어 웃어 댔습니다.

그렇지만 거북이가 어떻게 그 높은 나무를 기어올라 가겠습니까?

거북이는 원래 말수가 적은 동물이라 원망하는 말 한마디 없이 그냥 제집으로 돌아갔습니다.

그러나 약 오르는 마음은 쉽게 가라앉지를 않아, 드디어 자기가 약 오른 만큼은 원숭이에게도 갚아 줄 궁리를 하게 되었습니다.

그래 거북이는 육지에서 나는 맛난 것뿐 아니라 강물 속의 진미까지 골라서 모아, 아주 맛있는 음식을 장만했습니다.

그리고 그의 집과 그 집을 빙 둘러 있는 뜰을 뺀 주변의 풀밭에 불을 질러 누구든지 이 불탄 풀밭을 지나오면 발바닥이 까맣게 더러워지게 만들어 놓았습니다.

거북이는 말이 적은 만큼 마음속으로 궁리하는 것은 꽤나 복잡한 것도 많이 있는 모양이지요?

그런 다음 거북이는 아주 좋게 웃는 낯으로 원숭이를 찾아가서 그의 초대에 응해 줄 것을 간곡히 부탁했습니다.

원숭이는 제가 거북이에게 한 잘못이 있어서, 이건 보복이려니 싶어 마음이 좀 켕기기도 했지만, '거북이의 보복'이란 말은 들어 본 일이 없으므로 믿기로 하고 냉큼 그 초대를 받아들이고 말았습니다.

거북이를 너무나 얕잡아 본 원숭이가 껑충껑충 뛰어서 거북이 집의 산해 진미를 갖춘 음식상 앞에 다다랐을 때, 거북이는 점잖은 목소리로 자기 집 규칙 한 가지를 말했습니다.

"우리 집에 초대받는 이는 누구든지 손과 발만큼은 깨끗이 해 가
지고 와야 합니다."
하는 것이었습니다.

그런데 이 초대받아 온 원숭이의 두 발은 어찌 되었겠습니까?

거북이가 미리 집 주변의 풀밭에 두루 불을 질러 모두 까만 잿더
미로 만들어 놓았던 걸 잊지 않으셨겠지요?

그러니 거기를 거쳐 오지 않을 수 없던 원숭이의 두 발은 까만 재
투성이가 되어 있어서, 이미 이 거북이 댁 식탁에 앉을 만한 자격이
없는 것이었습니다.

"댁으로 돌아가시든지 냇가에서 깨끗이 씻고 오시든지 하시지요."

주인인 거북이의 권고로 원숭이는 가까운 냇물을 찾아가서 깨끗
이 씻기는 씻었습니다만, 불타서 까만 풀밭을 밟고 지나오자면 발바
닥이 또 더러워지기는 마찬가지였습니다.

원숭이는 이 짓을 여러 차례 되풀이하다가, 마침내 이빨을 갈며
고픈 배로 제집으로 되돌아갈 수밖에는 별수가 없었습니다.

원숭이와 악어

인도

머나먼 옛날, 인도의 어느 강가의 나무 위에 원숭이 한 마리가 살고 있었습니다. 그런데 그 나무 아래 강물 속에선 어미 악어와 아들이 살고 있어서, 어미 악어는 나무 위의 원숭이를 볼 때마다 잡아서 염통을 꺼내 먹고 싶어 침을 삼키고 지냈습니다.

어느 날 어미 악어는 그의 아들에게 나무 위에 앉아 있는 원숭이를 손가락질해 가리키면서,

"얘, 저기 저 언덕 나무 위에서 깝신거리고 돌아다니는 원숭이란 놈이 보이지? 고놈 염통을 한번 먹어 봤으면 좋겠는데, 네가 어떻게 이리로 잡아 올 수 있겠니?"

하고 말했습니다.

"그걸 제가 무슨 수로 잡아 와요?"

하고 아들 악어가 머뭇거리니, 어미 악어는

"머리는 쓰라고 있는 것 아니야? 그건 네가 생각해서 수단껏 해볼 일이지."

해서, 아들 악어는 이리저리 머리를 써 본 결과 원숭이를 속여 먹을 꾀를 하나 생각해 내었습니다.

그래 아들 악어는 원숭이가 앉아서 놀고 있는 물가의 나무 밑에까지 가서, 상냥한 소리로 원숭이에게 인사를 했습니다.

"안녕하세요, 원숭이님? 오늘은 참 날씨가 좋은데요."

그래 원숭이가 그 말을 듣고,

"오늘은 웬일인가? 나한테 인사를 다 하다니 무슨 일이야?"

하니까, 악어는 이어서 말하기를

"제가 물가에서 가만히 보아 하니 지금 원숭이님께선 드실 게 모자라는 것 같은데요. 제가 과일들이 아주 득실득실한 섬에다가 원숭이님을 업어다 드리려고요. 그 섬에 가면 무슨 열매든 없는 게 없거든요. 제 등에 타고 가시기만 하면 되는데요."

하였습니다.

원숭이로 말하면 본래부터 물속의 흉물 악어를 좋아하는 것은 아니었지만, '목구멍이 포도청'이라는 말도 있듯이, 우선 당장에 악어가 말하는 섬의 그 풍성한 과일을 먹고 싶은 생각이 그의 작은 머리통 구석구석을 다 차지해 버려서,

"좋지! 좋고말고!"

하면서 얼씨구나 좋다고 앉아 있던 나뭇가지 아래로 사뿐히 뛰어내

려 와 냉큼 그 아들 악어의 등에 올라타고 말았습니다. 그러고는 뜻
밖에 악어를 타고 강물 위를 노니게 되니 기분이 좋아서,

"아! 참 경치 한번 좋구나!"

하는 입 거드름까지 한바탕 피워 보고 있었습니다.

아들 악어는 아직 늙지도 않은 것이 음흉하게도 눈웃음을 치며,

"정말 기분 좋으시지요? 그럼 좀 더 시원하게 한번 해드릴까요?"

하고 원숭이의 몸이 물에 함뿍 잠길 만큼 물속으로 헤엄쳐 들어갔다
가 다시 솟아올랐습니다.

원숭이의 기분이 어떻겠습니까? 원숭이는 악어 등을 꽉 붙들어
잡고 달달 떨면서,

"여보게. 점잖게 놀지, 이게 무슨 짓인가?! 엉, 무슨 짓이야?!"

하는 막다른 소리만을 연발하고 있었습니다.

원숭이의 당황하는 꼴을 본 악어는 비로소 그제야 원숭이를 이렇
게 등에 태우고 가게 된 이유를 사실대로 털어놓았습니다.

"이봐, 원숭이야. 사실은 우리 어머니께서 자네가 나무 위에서 깝
신거리고 노는 걸 보시고, 자네 염통이 맛있을 거라고 가서 데려오
라고 하셔서, 자네를 이렇게 기분 좋게 해 모시구서 가는 중이니 알
고나 있게."

그랬더니 원숭이도 죽을 판이 되면 살려는 꾀를 낼 만큼은 낼 줄
도 아는 것이라, 번개처럼 냉큼 생각해 보고는,

"그래? 그렇다면 내 염통이 필요하다는 말을 떠나기 전에 먼저 말
해 주지 그랬나? 사실 나는 염통을 낮에는 나무 위에다가 내놓고 말

렸다가 밤이라야 다시 속에다 집어넣고 자기 때문에 지금은 낮이라서 내 몸에 없네. 그러니 그게 꼭 필요하다면 나를 다시 강가로 태워다가 내려 주게. 그럼 냉큼 염통이 걸려 있는 나뭇가지에 올라가서 집어 가지고 되도록 빨리 자네 등 위로 돌아올게."

하고 속임수를 썼습니다.

아들 악어는 남을 속이려는 자들이 흔히 그런 것처럼 눈치를 채지 못하고,

"그래요? 그렇다면 가서 찾아 갖고 오셔야지요."

하고 말씨까지 금방 공손해지면서 원숭이가 가자는 대로 그 나무가 서 있는 강 언덕을 향해 다시 헤엄쳐 가기 시작했습니다.

이제 안심한 원숭이는

"여보게, 악어 군. 자네가 말한 그 과일 많다는 섬이 그리 멀지 않다면 거기를 먼저 가 보는 게 어떻겠나? 내 염통 찾으러 가는 건 그다음으로 하고 말쌈야."

하고 능청까지 피웠어요.

그러나 악어가 있지도 않은 과일의 섬으로 어떻게 데리고 갈 수 있겠어요? 악어는 그래,

"아저씨. 모든 일에는 먼저 할 일과 뒤에 할 일이 있는 것이니 먼저 아저씨의 염통부터 저희 어머니에게 갖다가 맛보여 드리고, 과일 섬에 가는 건 그다음으로 해요, 네? 아저씨."

하며 계속 강가의 나무 아래로 헤엄쳐 갔습니다.

원숭이는 땅이 바짝 가까워지자, 인도 사람들의 비유를 써서 말

하자면 '먼지털이로 먼지를 한 번 탁 털어 내는 것보다도 더 빠르게'
땅 위로 성큼 뛰어내려서는 그 나무의 가장 높은 가지에 올라가 앉
으며,

　"악어야 이노옴! 내 염통 맛을 네 어미에게 보여 주고 싶걸랑 이리
올라와 봐라 이노옴! 내 염통은 여기 있으니 어디 한번 여기까지 올
라와 봐!"
하고 제법 모지락스럽게 호통을 쳤습니다.

미련퉁이의 꾀
한국

옛날 옛적에, 사람은 담배를 피우지 않고 호랑이가 그걸 피우던 시절에, 어느 큰 부자네 집 옆에 아주 가난한 과부가 미련퉁이 외아들 하나를 데리고 살고 있었습니다.

이 녀석은 어떻게나 미련하고 게으른지, 어려서는 방 아랫목에서 밥을 먹고는 윗목에 가서 똥을 누기가 일쑤였습니다.

그런데 점점 나이 들어 가면서 옆집 부자네 막내딸이 특별히 예쁜 것을 눈여겨보면서부터는, 그 계집아이에게 장가만 들게 해달라고 홀로 된 어머니를 조르면서 방바닥에 늘펀히 나자빠져 있게 되었습니다.

"이놈아, 속 좀 차려라. 그 잘사는 부자네 집에서 너한테 설마 딸을 맡겨 주겠니? 어서 마음 고쳐먹고 일어나거라."

어머니는 진심으로 타일렀으나 미련퉁이는 부자네 딸 그리운 마음에 마침내는 음식을 먹는 것까지 잊어버리고 끙끙 앓고 누워 있게만 되었습니다.

이 아들 하나뿐인 어머니의 걱정은 이만저만이 아니었습니다.

어느 날 아침이 되자, 이 미련퉁이 늘보는 무엇을 깨달았는지 부시시 자리에서 일어나서 세수까지 깨끗이 하고 난 다음에,

"어머니, 어머니, 나 좀 보소, 어머니."

하고 어머니를 그의 곁으로 불렀습니다.

"어머니, 미안하지만, 어디 가서 창 바르는 창호지 한 장하고, 대나무 토막 한 개만 구해다 주소."

하고 뜻밖에도 간절한 부탁을 하는 것이었습니다.

어머니가 아들의 부탁을 자세히 들어 보자니, 그것들은 창호지와 대나무뿐 아니라 그 밖에 불을 켜는 초가 한 자루, 볏짚 한 다발, 노새나 당나귀의 목에 매다는 방울이 한 개, 그러고는 또 산 사이를 날아다니며 꿩들을 낚아채는 매 한 마리도 들어 있었습니다.

그래 어머니는, 아들이 구해다 달라고 부탁하는 것들을 낱낱이 다 알아차려 듣고 생각해 보니, 그것들을 어디 가서 무슨 수로 다 구해 올 것인지 걱정이 앞섰습니다.

그러나 이웃 부잣집 계집애 그리움의 짝사랑에 밥도 못 먹고 병이 나 누워 있던 자식의 청인지라, 뚝 잡아떼어 버릴 수도 없어,

"무엇에 쓰려고 그러느냐?"

한마디만을 넌지시 던져 보았습니다.

아들은 이번에는 미련퉁이답지도 않게 초롱초롱한 눈으로,

"그거야 두고 보면 알 것 아니에요?"

하고 무슨 꿍꿍이속인지를 드러내기마저 꺼리는지라,

"어쨌든 나가서 그것들을 구해 보긴 구해 보겠다."

하고 집 밖으로 나설 수밖에 없었습니다.

그래 위아랫마을을 두루 돌아다니며, 뒤에 논밭의 일이나 집안일 같은 걸 해 주기로 하고, 아들이 부탁한 것들을 어머니는 간신히 구해 들일 수는 있었습니다. 그러나 아무래도 아들의 계획이 궁금해서, 또 한 번

"이것들을 무엇에 어떻게 쓰려고 그래?"

하고 묻지 않을 수가 없었습니다.

아들은 거기엔 여전히 아무 대답도 없다가 이번에는 슬며시 그 자신이 마을 밖으로 나가서 진펄의 검은흙을 한 바지게 파서 지고 돌아와서는 마당에 뿌려 놓았습니다.

그러고는 방으로 다시 들어와서, 어머니가 마련해 온 것들―창호지와, 대나무 토막과, 불 켜는 초와, 볏짚과, 말방울과, 사냥하는 매 한 마리를 두루 다 한군데 모아 놓았습니다.

그리고 먼저 볏짚을 바짝 그의 가까이 당기어 놓더니 새끼를 꼬기 시작해서 나중에는 꽤나 길게 꼬아 놓았습니다.

또 대나무 토막을 여러 조각으로 쪼개서 그걸로 불 켜는 등의 뼈대를 짜 놓고, 거기에 창호지를 입혀서 아쉬운 대로 쓸 만한 종이 등 하나를 덩그렇게 만들어 놓았습니다.

물론 그 속에다가는 초도 잘 꽂아 놓았습니다.

이렁저렁하는 사이에 해가 저물었는데, 밤이 되자 그는 냉큼 밖으로 나가서 낮에 파다가 놓은 검은흙에 물을 퍼다가 부어, 질게 반죽을 하였습니다.

그리고 입었던 옷들을 모조리 후닥닥 벗어 마루에 올려놓고, 진흙으로 온몸을 까맣게 발랐습니다.

다시 방으로 들어가서, 매의 한쪽 다리를 꼬아 둔 새끼줄의 한쪽 끝으로 묶고 또 거기에 달랑달랑하는 말방울을 매달고, 다른 한쪽 다리에는 등불을 밝혔습니다.

그러고는 이것들을 안고, 거머쥐고, 뽀르르 달려가서 옆집 부자네 집 담장 가에 높이 솟아 있는 큰 감나무 위로 올라갔습니다.

그래서는 아주 점잖게 목청을 돋우어서,

"장자야! 장자야! 내 목소리가 들리느냐? 장자야! 듣고 있거든 대답해라!"

하고 큰소리로 거듭거듭 여러 번을 되풀이해 외쳐 댔습니다.

장자는 이때 마침 안방에서 식구들과 함께 있다가 이 소리를 듣고는, 자기를 그렇게 함부로 불러 대는 것이 괘씸해서,

"거 누구야?!"

하고 창문을 와락 열어젖히며 화가 나서 반말로 거칠게 물었습니다.

그러자 우리 미련퉁이 꾀보는 한결 더 점잖은 말씨로,

"나로 말하면, 하늘에 계신 옥황상제님의 심부름을 온 것인데, 네 집에 예쁘게 생긴 막내딸이 있지? 그 애를 옆집의 미련퉁이한테 시

집을 보내라는 하늘의 옥황상제님 명령이시다. 곧 서둘러서 결혼식을 치러야 한다. 알겠느냐? 만일이라도 네가 하늘의 명령을 어기는 날에는 큰 벌이 내릴 줄 알아라! 그럼 나는 이만 하늘로 돌아간다!"

하며 안고 있던 매를 하늘에 날리니, 매는 한쪽 발에 등불을 달고, 또 한쪽 발에는 딸랑거리는 방울을 달고 깜깜한 밤하늘로 날아가는 것이었습니다. 이 부자는 미련퉁이의 말과 하늘로 날아가는 불을 보고 '이건 틀림없는 하늘의 명령이구나' 믿지 않을 수 없었습니다.

그래 이 부자는 바로 이튿날로 중신어미를 옆집 미련퉁이네 집에 보내, 미련퉁이가 그의 예쁜 막내딸에게 장가들어 주기를 간절히 청혼하였습니다.

이윽고 결혼식 날이 되자 소도 잡고 돼지도 잡아 이 마을에서는 처음 보는 화려한 잔치를 벌이고, 새 사위도 즐거이 맞아들여 몇백 석지기의 논과 밭도 나누어 주었습니다. 그리하여 그 부부가 일생 동안 편히 살게 해 주었다는 이야기인데, 어떻습니까?

미련퉁이로서는 꾀 한번 꼼꼼히 잘 낸 것 아니겠습니까?

솔로몬 왕과 시바의 여왕

이스라엘

옛날, 이스라엘과 유대의 대왕이었던 솔로몬은 호화찬란한 궁전을 예루살렘에 짓고, 이웃 나라의 왕과 왕자를 자주 초대해 잔치를 베풀어 즐기고 지냈습니다.

이 자리에는 또한 새들과 짐승들도 함께 불러들였기에, 솔로몬 왕의 궁전에는 손님이 되어 오는 이들 새와 짐승들이 앉을 자리를 맡아보는 관리까지 있었다고 합니다.

어느 잔칫날, 이 동물 손님들의 일을 맡아보는 관리가 아무리 살펴보아도 늘 단골로 잘 오던 호로호로라는 예쁜 새가 안 보이는지라 걱정이었는데, 솔로몬 왕도 역시 그 새가 없는 걸 알고 신하들더러 나서서 찾아보라고 하였습니다.

그러나 한참 뒤에 그 호로호로라는 새는 스스로 날아들어 와서 솔로몬 왕에게 아뢰었습니다.

"저는 그사이 두루 날아다니며 우리 솔로몬 대왕님의 지배를 안 받는 나라가 어디 있는가를 찾아보고 다녔사온데, 그런 나라가 꼭 한 군데 남쪽 아라비아에 있었습니다. 그곳은 여왕이 다스리는 나라인데 그 나라의 이름은 시바라고 하오며, 여왕은 매우 예쁘더군요. 또 이 나라는 너무나도 부자여서 우리나라의 흙더미처럼 거기는 황금 더미투성이고, 이 나라에는 천지창조 때 생겨난 엄청나게 크게 우거진 나무들도 많이 보였고, 냇물은 모두 옛날의 에덴동산 바로 거기서 흘러나오는 것이라고 들었습니다. 그리고 특히 한 가지 알아 두어야 할 것은 사람들이 싸움도 사냥도 모르기 때문에 아직은 활 같은 것도 가지지 못한 점입니다. 솔로몬 대왕 폐하, 폐하께서 저에게 전갈 편지만 맡겨 주신다면 제가 냉큼 가서 그 여왕님을 이곳에 오시게 하겠습니다."

이 말을 듣고 매우 슬기롭고 힘 있는 솔로몬 대왕은 그 시바라는 나라의 여왕에게,

인사 말씀을 전해 보내오. 하느님께서 나를 이 세상의 왕으로 삼으신 다음으론 어느 나라의 왕이건 내게 문안을 드리지 않는 사람은 없는데, 그대만이 빠져서 섭섭하군요. 되도록 빨리 내 눈에 그대의 그 비둘기같이 예쁜 모습을 보여 주시기만을 바라오.

하는 초청장을 써서 호로호로 새의 날개에 매달아 날려 보냈습니다.

드디어 솔로몬의 초청장을 받아 본 시바의 여왕은 반은 솔로몬의 힘 때문에, 반은 또 호기심으로 곧 길 떠날 채비를 차리고, 금은보석과 기막히게 좋은 냄새의 향수들과 그 밖의 여러 가지 값진 선물들을 마련하여 이 나라에서 가장 크고도 단단한 배에다 그득히 싣고, 아름다운 무지갯빛의 돛을 올려 먼 바닷길을 떠났습니다.

이때는 물론 수에즈 운하가 없던 때라 인도양을 남으로 남으로 가서, 남아프리카의 맨 밑을 돌아서, 다시 대서양을 북으로 북으로 올라가다가, 지브롤터 해협을 거쳐 지중해로 들어가서, 오랫동안을 또 동쪽으로 동쪽으로 항해했어야 할 것이니까 그건 정말로 먼 바닷길이었습니다.

시바의 여왕이 솔로몬의 초청장을 전해 준 호로호로 새 편에 보낸 답장을 보면,

　솔로몬 대왕님, 당신을 찾아가자면 보통 7년은 걸려야겠지만,
　저는 3년만 걸려 뵙도록 하지요.

하고 적었는데, 그는 꼭 3년 만에 예루살렘에 도착했다고 합니다.

시바의 여왕이 예루살렘에 도착했다는 전갈을 받은 솔로몬 왕은 특별히 허우대도 좋고, 말주변이나 붙임성도 좋은 자기의 경호실장 에호야다를 내보내 그를 맞아들이게 했다고 합니다.

솔로몬이 왜 그랬는지 확실히는 모르겠지만, 에호야다를 본 시바의 여왕은 수레에서 내려와 묻기를,

"그대께서 솔로몬 왕이십니까?"

했다고 합니다.

"아니옵니다. 저는 솔로몬 대왕 폐하의 경호실장이옵니다."

하고 에호야다가 대답했더니, 그는 또

"사자는 보지 못했더라도 갈기만 보면 짐작은 할 수 있다는 말이 있듯이, 솔로몬 왕은 아직 안 보이지만 잘생기신 생김새가 짐작은 되는군요."

하고 말했다고도 합니다.

드디어 그 경호실장의 아버지인 제사장 배나야의 안내로 왕궁의 솔로몬 앞에 나선 시바의 여왕은 먼저 그의 지혜 즉 이해력이 얼마나 되는가를 시험하기 위해 몇 가지 수수께끼를 꺼내 놓았다고 하는데, 그건 얼추 아래와 같은 것이었습니다.

"땅에서 솟아나는 물이기는 하지만, 이 물이 먹고 사는 것은 제 자신으로, 집집의 어둠을 밝혀 주는 것은?"

하고 맨 처음의 수수께끼를 그가 내놓자 솔로몬 왕은

"그건 석유요."

하고 바로 알아맞혔습니다. 이걸로 보면 이때 벌써 중동 지방에서는 석유가 생산되어 쓰이고 있었던 것 같습니다.

시바의 여왕은 이어서 또 물었습니다.

"땅 위에서 나는 걸로 만들어졌지만, 땅속에서 나는 것을 먹고 사는 것은 무엇입니까?"

그러자 솔로몬 왕은 또,

"그건요, 석유 등불을 켜는 심지지요."

하고 안 틀리게 잘 알아맞혔습니다.

그다음에 시바의 여왕은

"대왕 폐하, 나무로 틀을 한 우물에서 쇠로 만든 바가지로 돌과 물을 퍼내는 것은요?"

하고 물어서, 솔로몬 왕은 여기에도 막히지 않고,

"그건 입술에 바르는 연지를 담아 두는 그릇이오."

하고 역시 맞게 대답했다는 것인데, 이때 여자들의 입술연지 갑에다가는 단단한 돌 같은 입술연지 원료와 그걸 개는 데 쓰는 작은 물병을 갖추어 담아 두고 썼던 모양입니다.

위에 나온 세 개의 수수께끼는 유대 사람들 사이에 오래 두고 전해 오는 이야기들 속에 보이는 것이고, 성경에 보이는 것으로는 아래와 같은 세 개가 또 있지요.

"하늘의 해가 단 한 번밖에는 보지 못한 땅은?"

이라는 질문에,

"그건 이스라엘 사람들이 이집트에서 빠져나와 홍해 바다를 못 건너 안타까워할 적에 하느님께서 바닷물을 양옆으로 헤치고 내신 그 길의 땅입니다."

하고 대답한 것이 그 첫 번째 수수께끼입니다.

"생겨나 살고 있지만 죽을 줄을 모르는 이는?"

이라는 질문에,

"그것은, 영생을 사시는 예언자 엘리야와 구세주 메시아입니다."

하고 대답한 것이 그 두 번째였습니다. 또

　"죽은 자가 살아 있고, 무덤이 움직이고, 죽은 자가 기도를 하는 것은?"

이란 물음에,

　"그건 예언자 요나의 이야기에 나오는 요나이지요."

하고 대답한 것이 그 세 번째 것입니다.

　여러분도 요나의 이야기는 아시지요? 『구약성경』에 나오는 요나의 이야기를 아직 못 읽은 어린이는 어서 구해 읽어 보세요. 바닷물에 빠져서 죽은 줄 알았는데, 고래가 집어 먹어, 그 움직이는 무덤 속에서 살아 있으면서 구해 주십사고 하느님께 기도를 드린 요나의 이야기를요.

　이렇게 해서 솔로몬 왕이 수수께끼를 다 잘 푸는 것을 들어 보고서야 시바의 여왕은 그에게 복종하게 되었습니다.

스코틀랜드의 짧은 이야기 두 개

영국

까마귀의 새끼 교육

사람들이 지나다니는 길가에 서 있는 나무 위에서 어미 까마귀가 새끼 까마귀에게 교육을 시키고 있었습니다.

"얘야, 정신 차려서 잘 들어라. 한쪽은 편편하고 한쪽은 가느다란 그런 것을 가진 사람이 나타나거든 재빨리 날아서 도망쳐야 한다. 그건 총이라는 것인데, 그걸로 너를 쏘아 죽이려는 것이니 특별히 조심해야 한다. 그리고 돌을 주워 드는 사람도 조심해야 하고말고. 그 돌을 던져서 너를 맞혀 죽이려는 게 뻔하니 말이야. 그렇지만 얘야, 아무것도 안 들고 점잖게 얌전히 뚜벅뚜벅 걸어가기만 하는 사람만큼은 안심해도 좋다. 그런 사람은 너를 해치지는 않을 거니까 말이야."

"그렇지만, 엄마"

하고 새끼 까마귀가 궁금해하며 물었습니다.

"손에 아무것도 안 가지고 뚜벅뚜벅 얌전하게 걷기만 하면서도 남몰래 호주머니에 돌을 숨겨 가지고 가는 사람은 어떻게 하지?"

그래 엄마 까마귀는,

"야! 너 참 빠르구나! 이제는 더 이상 교육을 안 해도 되겠는데!"

했습니다.

술 한 병을 상으로 탄 거짓부렁

스코틀랜드의 어느 구석에서, '거짓부렁을 제일로 잘하는 사람에게는 술을 한 병 주기'로 하는 거짓부렁 대회가 열렸는데요. 마지막으로 로널드 영감이 숭굴숭굴 나와 앉아서 능청스럽게 이야기를 시작했습니다.

"이내 몸이 옛날에 배를 타고 온 바다를 누비고 다니던 때 이야긴데 말씀야. 우리는 이집트에서 바느질하는 바늘들을 한 배에 그득 싣고 우리나라 리버풀 항구로 들어오게 되었는데, 배가 닻을 내리자, 배 안에 있는 사람들이나 배 밖의 부두에 있는 사람들이나 모조리 거들어서 이 많은 바늘들을 삽으로 떠서 부두를 향해 연거푸 연거푸 퍼내 던지고 있었지. 그러신데 이내 몸이 부두 쪽을 자세히 살펴보니, 거기에는 옷 만드는 사내 하나가 혼자 앉아서, 그 많은 바늘마다 하나도 빼지 않고 실을 꿰 놓고 있더군. 우리 스코틀랜드에서도 그만큼 빠른 솜씨는 드물걸."

이렇게 이야기가 끝나자, 로널드 영감은 진짜 스카치위스키를 큰 병으로 한 병을 상으로 받아서 병마개를 빼고는, 병째로 들고, 수염에다 더러 술 방울을 흘리며 꿀꺽꿀꺽 마시기 시작했습니다.

태어남과 죽음

모기는 어떻게 해서 생겨났는가?

미국

미국 알래스카 주의 남쪽과 캐나다의 브리티시컬럼비아 지방이 잇닿는 곳의 지도를 보면 시트카라는 이름의 항구가 보이는데요. 이 시트카 근방 일대가 옛날엔 틀링카 부족의 인디언들이 세력을 부리던 곳입니다.

이 틀링카 인디언들이 만들어 전해 오는 '모기는 어떻게 해서 생겨났는가?' 하는 이야기는 독특하고 재미진 데가 있습니다.

옛날 옛적에 틀링카 인디언들이 가장 무서워하던 악마 거인이 살고 있었는데요. 이 거인은 사람들을 죽이기를 무엇보다도 좋아해 늘 죽여서는 그 살을 먹고 그 피를 마시고 살았습니다.

어느 날 틀링카 인디언들이 모여서 악마 거인을 어떻게 당해 낼 것인가를 상의하게 되었는데요.

그중에는 용감한 젊은이가 있어,

"제가 가서 어떻게 해서든지 악마 거인을 꼭 죽이고 오겠습니다."

하고 나서서 그 젊은이를 보내게 되었습니다.

그래 그 젊은이는 악마가 잠시 어디 나간 틈을 타서 악마가 사는 방에 들어가 반듯이 드러누워 죽은 듯이 숨을 죽이고 있었는데요. 오래잖아 악마 거인이 방으로 돌아와서 누워 있는 용감한 사내를 한 번 만져 보고는,

"음. 이게 웬 떡이냐? 아직도 뜨뜻한 게 먹음직하게 생겼는데……어서 이놈의 심장부터 빼내 구워 먹어야지."

하면서 부엌으로 들어가 불을 일구려고 했습니다만, 마침 불 땔 나무가 동나고 없어서, 그걸 구하러 한참 동안 집을 떠나야 했습니다.

우리 용감한 틀링카의 용사는 재빠르게 악마 거인이 방에 놓아두었던 크고 날카로운 칼을 집어 들고 있었는데요. 이때 마침 악마의 아들인 소년이 볼일이 있어 방으로 들어왔어요.

틀링카의 용사는 재빨리 그의 목에 칼을 들이대며,

"네 아비의 심장은 어디에 달려 있느냐? 바로 대지 않으면 네 목숨은 없는 걸로 알아라!"

하고 위협을 했습니다.

악마의 아들은 죽기가 싫어,

"예, 우리 아버지 심장요? 그건 우리 아버지 왼쪽 발의 뒤꿈치 속에 있는걸요."

하는 것 아닙니까?

그러자 오래잖아 악마 거인의 왼쪽 발이 쑤욱 이 방으로 들어서고 있는지라, 기다리고 있던 용사는 비호같이 달려들어 왼발 뒤꿈치를 여지없이 찔러 대서, 마침내 거인을 그 자리에 쓰러지게 했습니다.

　　이 악마는 곧 숨이 넘어가는 속에서도,

　　"나는 너한테 죽긴 죽지만, 아주 죽는 건 아니니 그리 알아라. 앞으로도 나는 사람이란 것들을 두고두고 먹고 살아야만 하는 팔자인 것이다."

하고 말했습니다.

　　그래 그의 예언을 염려한 틀링카의 용사는 죽은 악마 거인의 몸을 가느다란 가루로 만들고 또 불태워 재로 만들어서 바람 속의 공중에 뿌렸는데요. 이 뿌린 잿가루들이 오래지 않아 모조리 되살아나서 이 세상의 여름 모기들의 시조가 되었다는 것입니다.

왕과 벼룩

그리스

옛날 마케도니아라는 나라의 어느 왕은 거지같이 날마다 옷에서 이만 잡고 지냈는데, 어느 날 벼룩 한 마리를 발견하고는 아주 대견히 여겨 큼직하게 잘 길러서 그 가죽을 덩그렇게 벗겨 놓았습니다.

원래 마케도니아는 여러분도 아시다시피 그리스 통일의 황제로서 한동안 세계를 제패한 알렉산더 대왕을 낳기도 했지만, 이 벼룩의 가죽을 벗긴 왕의 시대 즈음에는 아주 나라가 약했던 때였겠죠.

마케도니아는 지금도 그리스와 유고슬라비아와 불가리아 세 나라에 나뉘어 흡수되어 버린 지 오래지만요.

이야기를 계속하면요, 벼룩 가죽을 잘 벗겨 놓은 그 마케도니아의 왕은 어느 날 이 벼룩 가죽을 내걸고 널리 알렸습니다.

"이게 무슨 가죽인지 알아맞히는 사내를 과인의 사위로 삼으리라."

그래 나라 안의 수재라는 수재는 모조리 모여들어 "쇠가죽이올시다" "말가죽이올시다" "돼지가죽이올시다" "염소가죽이올시다" 재주껏 알아맞히려고 해 보았으나 다 틀리고, 결국은 사람의 가면을 쓴 악마도깨비 한 놈이 늦게야 와서

"벼룩 가죽이구만그래?"

하고 딱 알아맞혀 왕의 예쁜 딸은 그만 그의 아내가 되어 따라가 버렸어요.

그리하여 공주는 자기 남편이 악마도깨비인 것을 알고는, 비둘기의 발목에 편지 쓴 것을 묶어 날려 아버지인 왕에게 그 사실을 알렸더니, 왕은 또 나라 안에 포고를 내렸습니다.

"공주를 악마도깨비에게서 구해 오는 사내는 사위를 삼겠다."

그랬더니 응모자들 중에서 뽑히어 합격한 것은 한 사람이 아니라 여섯 명의 형제들이었습니다.

여섯 형제 중 큰놈은 땅 위나 하늘 말고도 잘 도망 다닐 길을 알고 있었고, 둘째는 제아무리 먼 곳에서 나는 소리라도 즉시 알아들을 수가 있었으며, 셋째는 어미 토끼 옆의 새끼 토끼를 어미에게 발각 안 되게 감쪽같이 훔쳐 내 오는 재주를 가졌으며, 넷째는 어찌나 힘이 좋은지 돌을 주먹으로 눌러서 먹을 물을 짜내기도 하였고, 다섯째는 눈 깜짝할 사이에 저희 형제 여섯 명이 숨을 탑이라도 쌓아 올릴 만하였으며, 막내는 꿩을 채 가는 매를 보면 창으로 맞혀 떨어뜨리고 또 떨어지는 꿩을 두 손으로 받을 수 있는 재주를 지녔습니다.

그래 이들을 보내서 공주를 데려오는데, 처음엔 셋째가 가서 악마

도깨비 몰래 빼내 오고, 그다음엔 첫째가 땅에도 하늘에도 없는 길로 그녀를 숨겨 오고, 도깨비가 쫓아오는 소리가 들리면 먼 데 소리도 잘 듣는 둘째가 알리고, 급하게 되면 다섯째가 탑을 쌓아 그 속에 같이 숨었는데요. 탑에는 밖을 내다보기 위해 손가락 하나가 드나들 만한 구멍 하나를 뚫어 놓았다는군요.

그랬더니 여기까지 뒤쫓아 온 악마도깨비는,

"마지막으로 고 예쁜 것 손가락이라도 한번 만져 보고 가겠다. 그것도 못 들어주겠니?"

하고 야살을 떨어서, 그것쯤이야 괜찮겠지 생각하고 공주한테 그래 주라고 했더니만, 아 이게 또 웬일입니까? 악마도깨비가 공주가 내민 손가락을 힘껏 잡아당기니까 쑤우욱 하고 공주가 그 구멍으로 뽑히어 나가서 또다시 악마의 차지가 되고 말았다고 해요.

그러자 이번에는 창 잘 쓰는 막내가 창을 던져 악마도깨비를 맞혀 죽이고 공주를 되찾아서 왕에게 데려다주었습니다.

왕은 좋아서 어쩔 줄 모르며 딸에게 마음대로 배필을 고르라고 하자 공주는 여섯 형제 중 막내를 골랐다나요.

할 수 없이 된 이야기
영국

옛날 영국에 할 수 없이 된 여자가 있었어요. 할 수 없이 된 마을의 할 수 없이 된 집에서 살고 있었는데요.

어느 날 할 수 없이 된 그 여자는 할 수 없이 된 수건을 쓰고 할 수 없이 된 산책이나 해 보려고 할 수 없이 된 자기 집을 나왔습니다.

할 수 없이 된 여자는 할 수 없이 된 산책길을 걸어가다가 할 수 없이 된 사립문을 만나서 할 수 없이 열고 들어갔더니 거기는 할 수 없이 된 묘지였는데요.

이 할 수 없이 된 여자는 할 수 없이 된 묘지에 들어서자 할 수 없이 된 뼈 하나가 할 수 없이 나뒹굴고 있는 것을 보았어요.

할 수 없이 된 여자는 할 수 없이 된 생각으로 '이 할 수 없이 된 뼈로 할 수 없이 된 내 저녁 식사에 할 수 없이 된 국이라도 끓여 보텔

까 보다' 하고 할 수 없이 된 마음을 먹게 되었어요. 그래서 할 수 없이 된 여자는 할 수 없이 된 그 뼈를 할 수 없이 된 호주머니에 주워 넣어 가지고 할 수 없이 된 자기 집으로 돌아왔는데요.

이 할 수 없이 된 여자도 할 수 없이 된 제집으로 돌아오니 할 수 없이 피곤해졌어요. 그래 할 수 없이 된 제 방에 들어가서 할 수 없이 된 장롱 서랍에 할 수 없이 된 그 뼈를 넣어 두고, 할 수 없이 된 잠에 들었는데요.

그 할 수 없이 된 장롱 서랍에서 외치는 할 수 없이 된 소리에 할 수 없이 된 여자가 잠을 깨어 들어 보니, 그 할 수 없이 된 소리는 말하고 있는 것이었습니다.

"내 뼈를 나한테 돌려줘라! 나한테 돌려줘라!"

그래 할 수 없이 된 여자도 할 수 없이 무서워져서 할 수 없이 된 그 머릿박을 할 수 없이 된 헌 이불 속에다 처박고 다시 또 할 수 없이 된 잠에 빠져들어 갔어요.

이 할 수 없이 된 여자가 할 수 없이 된 동안을 자고 나니까, 할 수 없이 된 장롱 서랍 속에서는 또 할 수 없이 된 고함 소리가 아까보다도 더 크게 들려왔어요.

"내 뼈를 나한테 돌려줘라! 내 뼈를 나한테 돌려줘라!"

하고요.

할 수 없이 된 여자는 할 수 없이 한결 더 무서워져서 할 수 없이 그 머릿박을 한결 더 깊숙이 그 할 수 없이 된 이불 속에 집어넣고 있다가 할 수 없이 된 잠에 또 한 번 더 빠져들어 갔어요.

그러나 이 할 수 없이 된 여자가 그 할 수 없이 된 잠에서 할 수 없이 깨어나자마자, 그 할 수 없이 된 장롱 서랍 속의 할 수 없이 된 외침 소리는 한층 더 거세게 울려왔습니다.

"내 뼈를 나한테 돌려줘라! 나한테 돌려줘라!"

그래 이 할 수 없이 된 여자는 더없이 할 수 없이 무서워져서 할 수 없이 된 그 머릿박을 할 수 없이 된 누더기 이불 속에서 할 수 없이 뻥긋이 내어놓고 목청을 다해 소리쳤습니다.

"네 뼈를 가져가거라. 네 뼈를 가져가거라!"

밤은 어떻게 해 만들어졌는가?

브라질

이것은 남미 브라질에 사는 인디언들이 옛날에 만든 이야긴데요.

이 사람들 이야기를 들으면 이 세상에는 아주 먼 옛날엔 밤이라는 것은 있지도 않았고 오직 밝은 낮만이 언제나 계속되고 있었다고 하는데요. 그때에는 어둠이라는 것은 땅 위엔 깃들지도 못하고 바다와 강물의 깊은 밑바닥에 숨어서 잠만 자고 있었다고 하는군요.

그리고 사람 이외의 동물은 뱀 말고 딴것은 없었고, 또 나무라든지 꽃이라든지 풀이라든지 모든 식물들은 그 나름대로의 말들을 가지고 있었다고도 해요.

어느 날 큰 뱀의 딸에게 장가를 들어 살고 있던 한 사나이가 아내의 방에 들어갔더니,

"여기는 낮뿐이어서 사람들이 근방에서 얼씬거려 내외간에 어디

편안히 한 잠자리에나 들 수가 있어요? 제 친정에 가면 밤이 되게 하는 것이 있으니 가서 얻어 오도록 하세요."

하고 아내가 말해서 사나이는 곧 하인들을 강줄기가 시작되는 곳에 있는 처가에 보내, 밤이 오게 하는 것을 구해 오라고 했습니다.

그래 하인들이 큰 뱀의 집을 찾아가서 주인의 부탁을 전했더니 큰 뱀은 방 한쪽 구석에서 잘 마른 야자열매 하나를 꺼내 왔는데요. 그 야자열매 속에다가는 무엇을 집어넣고 다시 봉한 듯 끈적끈적한 송진이 잔뜩 발라져 있었습니다.

"이 속에 밤이 그뜩이 들어 있으니 필요할 때 꺼내서 쓰라고 하게. 하지만 궁금하다고 가는 도중에 열어 봐서는 안 되네. 알겠나?"

하고 큰 뱀이 신신당부하는 소리를 듣고, 하인들은 그 야자열매를 모시고 길을 떠나서 강에 다다르자 다시 나룻배에 오르게 되었는데요.

조용한 강물 위를 나룻배가 가고 있는 동안에 들으니까 그 야자열매 속에서는 "찍찍찍찍 찍찍찍찍……" 하는 소리가 이어서 나오고 있단 말입니다.

밤에 우는 귀뚜라미 소리를 들어 본 사람 같으면 누구나 그게 귀뚜라미 소리라는 걸 알 수가 있었겠지만, 귀뚜라미는 고사하고 밤이 무엇인지도 모르는 배 안의 사람들은 그저 그 소리가 신기하고 궁금하고 또 겁을 불러일으키기도 해서 숨도 크게는 못 쉬고, 온 마음을 그 야자열매에 모으고만 있었지요.

어디에나 용감한 사내는 있는 것이라, 그들 중에서도 가장 용감한 사내가

"에라, 그놈의 것! 하여간 한번 열어 놓고나 보자!"
하고 와락 달려들어 열어젖히는 바람에 이때부터 밤은 이 세상에 나타나서 낮과 맞먹는 세력을 부리게 되었다고 합니다.

그 야자열매 속에서 이 세상 두 번째의 동물인 귀뚜라미가 나온 것을 시작으로 뱀의 따님은 뒤에 모든 식물들에서 동물들도 만들어 냈다고 해요.

그리고 아까 주인의 명령을 어기고 배 안에서 야자열매를 열어 본 그 하인들은 사람의 집에서 살 자격이 없다고, 나무 위에서 사는 원숭이들로 만들어 버렸다나요.

당나귀와 개와 원숭이와
사람의 수명

독일

이것은 독일에서 전해 내려오는 이야긴데요.

옛날에 하느님께서 처음 이 세상을 만드신 다음, 목숨 있는 것들에게 각기 그 수명을 정해 주시고 계실 때 맨 먼저 하느님을 찾아온 것은 당나귀였다고 합니다.

"하느님, 저는 몇 살까지나 살까요?"

하고 당나귀가 물어서,

"30년이다. 만족하냐?"

하고 하느님이 말씀하시니, 당나귀는

"너무 많습니다요."

하고 대답했습니다.

"생각해 보세요, 하느님. 제가 얼마나 괴롭게 사는가를 생각해 주셔야죠. 날이면 날마다 아침부터 저녁까지 저는 남의 무거운 짐만 뼈가 저리게 나르고 지내지만, 밀 자루를 방앗간까지 실어다 주어도 어디 식은 빵 한 조각이나 차례가 옵니까? 사는 게 즐겁긴커녕 몸 돌볼 겨를도 없습니다. 거기다가 걸핏하면 얻어맞고 발로 차이고요. 그러니 저한테는 수명을 바짝 줄여서 주세요."

그래 하느님께서는 불쌍히 여기시어, 당나귀의 수명을 30년에서 12년이나 줄여 18년으로 정해 주셨습니다.

그다음에 하느님을 찾아온 것은 개였는데요. 하느님이 정해 놓으신 기본 수명인 30년을 또 말씀하시자, 개도 그건 너무나 길다고 앙탈이었습니다.

"제 다리가 그렇게 오랫동안을 쏘다니면서 견딜 것 같습니까? 무얼 물고 늘어질 이빨의 힘도, 또 늘 이어서 짖어 댈 힘도 그렇게 오래는 갈 수가 없겠사와요."

하느님은 또 적당히 에누리를 하여서 개의 수명을 12년으로 해 주셨어요.

이번에는 원숭이가 찾아왔는데요. 하느님께서

"원숭이 너는 당나귀나 개처럼 고단할 것도 없이 늘 놀면서 즐기고만 지내는 팔자니 30년을 받아 잘 살아 봐라."

하시니 그도 역시나 반대하는 넋두리만 늘어놓았습니다.

"아이쿠쿠쿠! 저보고 팔자가 좋다니요? 죽을 떠서 먹으려 해도 제게는 숟갈도 없지 뭡니까? 저보고 억지로 웃으라고 하면 웃기야 하지만 그게 어디 정말 웃음이겠습니까? 그 거짓 웃음 속에 서린 저의 슬픔도 알아 주셔야지요. 그러니 저의 수명은 아주 바짝 줄여 주시옵소서."

그래 하느님은 원숭이의 수명을 딱 열 살로 해 주셨어요.

이번에는 사람이 한 명 찾아들어 왔습니다.

그런데 사람만큼은 아까의 세 짐승들과는 달리, 30년의 수명이 너무나 적다는 것이었습니다. 그래 하느님이

"그럼 당나귀 목숨 18년을 더 보태 주마."

하셔도 모자란다고만 하고,

"그럼 개의 목숨 12년까지 더 보태 주지."

하셔도 모자란다고만 해서,

"그럼 좋다. 마지막으로 원숭이 것까지 더 보태 주지. 더는 없다."

하시고 사람의 수명을 70년으로 정해 놓으셨습니다.

그래서요, 사람들은 서른 살까지는 이게 원래 수명이라 젊고, 건강하고, 하는 일이 두루 기쁘고 좋지만, 당나귀 나이 18년을 보탠 나이가 되면 이것저것 달갑지도 않은 의무 때문에 허덕이기도 해야 하며, 다시 개의 나이 12년을 보탠 나이가 되면 무얼 물어뜯어 먹을 이빨의 힘도 없이 구석에서 낑낑거리기가 예사가 되고, 마지막으로 원숭이 나이 10년을 더한 나이가 되면 머리는 텅 비고 어리석어져서 시원스럽지 않은 짓을 하기가 일쑤고, 아이들의 웃음거리가 되기도 한다는 것입니다.

배고픈 시골 사내와 하느님과 죽음

멕시코

옛날에 멕시코에 사카테카스 시에서 가까운 시골에 가난한 농부가 살고 있었는데요. 해마다 농사지은 걸 거두어들여도 그걸로는 그와 아내와 아이들의 배를 채우기에도 모자랐습니다.

그나마 해마다 농사의 수확은 줄어만 들고 거기다가 아이들은 더 많이 생겨나게 되어서, 이 농부는 가족들을 먹여 살리기 위해서는 자기가 끼니마다 먹는 음식을 점점 더 줄이고 허리띠를 마냥 더 조여 맬밖에는 딴 도리가 없었습니다.

그래 그 너무나한 굶주림에 어느 날 그는 언뜻 잘못된 작정을 하고 남의 집 닭을 한 마리 훔쳐 가지고는 남이 안 보는 데 가서 호젓이 혼자 삶아 먹으려고 자기 집 부엌에서 냄비를 아무도 몰래 꺼내 닭과 함께 보자기에 싸서 들고 사람들의 내왕이 적은 산언저리로 올라갔습니다. 으슥한 곳에 자리를 잡고 가지고 간 닭을 다루어 냄비에 담고 불을 일으켜 보글보글 보글보글 끓이고 앉아 있었습니다. 양념으로는 좋은 산나물 잎사귀도 근처에서 조금 따서 넣구요.

그러신데요, 닭고깃국이 다 익어서 냄비를 불 위에서 땅바닥에 내려놓고 적당히 식기만을 기다리고 있는 판인데, 문득 가까이 다가오는 사람의 발소리가 들려오는 것 아닙니까? 그는 허둥지둥 닭고깃국 냄비를 옆의 덤불 속에다 재빨리 감추자니, 저절로 마음속에선 원한의 소리가 솟아 나왔습니다.

"빌어먹을 것! 이 산언저리에까지 숨어 올라와서도 이걸 제대로 먹을 팔자도 못 되다니! 제기, 참……"

그러나 어느 사인지 그 말소리의 상대인 낯선 나그네는 그의 바짝 앞에 나타나서,

"안녕하세요, 친구?"

하고 반갑게 웃는 낯으로 인사를 하는 것 아닙니까?

그래 이 닭고깃국 감춘 사내도

"하느님께서 당신과 함께 계시기를."

하고 대답 인사를 하지 않을 수 없었습니다.

"그런데 여기서 무얼 하고 계세요?"

나그네가 물어서,

"네, 아무것도 아니에요. 좀 쉬고 있는 중이거든요. 그런데 댁은 어디로 가시오?"

하니,

"그냥 지나가는 참인데요. 뭐 요기할 걸 좀 얻으려고 멈췄는데요."
하고 나그네는 사정하는 것이었습니다.

굶주린 농부가

"아무것도 드릴 게 없는데요, 선생님."
하니까 나그네는 또,

"그럼 여기서 불을 피워선 무얼 하셨나요?"
하고 물어서,

"이 불요? 이걸로 좀 녹이려구요."
하고 농부는 꾸며서 대답을 하게 되었는데요.

그러나 나그네는 그만두지를 않고,

"왜 이러세요? 당신이 아까 냄비를 덤불 속에 감추는 걸 나는 다 본걸요. 냄비 속의 닭고기 냄새가 썩 잘 풍겨 오는데 뭘 그러세요?"
하고 나서는 것 아닙니까?

그래 이 나그네가 닭고기 냄비를 훤히 다 알고 있는 데는 할 수 없이 사실대로 까놓고 나올밖에 없었습니다.

"맞긴 맞았어요, 선생님. 하지만 그걸 나누어 드릴 생각은 나지가 않네요. 제 자식들한테도 몰래 저는 난생처음으로 혼자서 한번 양껏 먹어 보려고 여기까지 숨어 와서 겨우 끓여 놓았거든요. 그걸 당신에게 나누어 주다니요? 천만의 말씀이올시다."

그러나 나그네는 드디어,

"아니야. 당신은 나한테도 그걸 좀 나누어 주어야 할 거야. 내가 누군지를 안다면 말이야."

해서,

"누구신데요?"

하고 오래 굶주린 이 농부가 물으니까,

"나는 너의 하느님, 너의 신이다."

하고 나그네 모습의 하느님은 대답하시는 것이었습니다.

그러자 이 멕시코의 굶주렸던 농부는 누그러지기는커녕 한결 더 뻣세어지면서,

"말씀을 들어 보니 나누어 드릴 마음이 오히려 몽땅 줄어들어 버리는구만요. 당신은 가난한 사람들에겐 너무나 박절하셨지요. 당신은 왜 당신이 좋아하는 사람들에게만 잘해 주셨어요? 잘사는 지주들이나 왕의 궁전에나, 호화로운 수레를 타고 다니는 사람들에게는 늘 잘해 주셨지만, 저 같은 가난뱅이에겐 아무것도 주시지 않았지요. 심지어 먹을 것까지도 제게는 넉넉하게 주신 일이 없습니다. 그런 당신에게 닭고기를 나누어 드리다니요? 천만의 말씀이올시다!"

하고 언성을 높여 항의까지 했어요.

하느님께서는 좀 더 설득해 보셨지만, 이 사내는 끝끝내 국물 한 숟가락도 대접해 주지를 않아 하느님은 그냥 이 자리를 떠나실 수밖에 없었습니다.

그래 이 가난한 시골 농부가 덤불에서 닭고기 냄비를 막 꺼내려고 하는데 뜻밖에도 또 한 사람의 낯선 사내가 나타났습니다. 이 사람은 몹시도 바짝 마르고 또 아주 창백한 얼굴을 하고 있었습니다.

"안녕하신가요, 친구?"

그 사람도 이렇게 인사를 걸면서,

"제가 먹게 뭐 좀 나누어 줄 수 있겠습니까?"

하는 것이었습니다.

그래 이 닭고기 냄비의 임자는 또 물론,

"그런데 선생님, 아무것도 없는걸요."

하고 우선 거절부터 해 보았지요.

그랬더니요, 그 바짝 마른 창백한 얼굴의 사나이는,

"이거 왜 이래? 어서 감추어 둔 닭고기를 좀 내놓지 못할까?"

하고 두 눈을 부라리는 것이었습니다.

그러나 농부는 닭고기가 너무나 아까워서 못 주겠다고 완강히 거절을 했더니만, 그도 아까의 하느님이나 같은 뜻의 말로,

"내가 누군 줄을 알면 안 나누어 주고는 못 배길 텐데그래."

하고 말을 했어요. 농부가 누구냐고 물었더니,

"나는 너를 지금 당장이라도 이 세상에서 사라지게 할 수가 있는 죽음의 신이다. 알겠느냐?"

하는 것 아닙니까?

할 수 없이 농부도 그에게만은 닭고기를 나누어 줄 수밖에 없었어요.

"옳아요. 선생님이 옳아요. 당신은 누구나 공평하게 죽여서 데려가니까, 닭고기도 공평하게 좀 나누어 드려야지요. 아무려면요."

하고 뇌까려 대면서 말입니다.

성모 마리아의 황금 구두

오스트리아

몹시 추운 어떤 겨울날 오후의 어스름 때였는데요. 음악의 나라 오스트리아의 어느 마을길을 가난한 늙은 남자 가수 하나가 터덜터덜 걸어가고 있었습니다. 한 손에 반주용 바이올린이 쥐어진 것이 한결 더 쓸쓸하게 보였습니다.

이 늙은이는 젊었을 때는 꽤나 인기를 얻은 가수여서 살기에는 어려운 것이 없었습니다. 그러나 늙고 인기가 떨어지자 한 끼니의 밥과 하룻밤의 여관 숙박료를 벌기도 어려운 신세가 되어 배고픔과 추위에 떨며 정처 없이 걸어가고 있는 중이었습니다.

그래도 그는 하느님을 믿는 신앙심이 있는 노인이어서, 성당이 나타나자 잠시 추위도 녹일 겸 안으로 천천히 들어섰습니다.

그는 성모 마리아님의 조각이 인자하신 모습으로 서 계시는 것을 보고는 저절로 그 앞에 꿇어 엎드려 자기의 쓸쓸하고도 서러운 심정을 말 없는 하소연으로 정성껏 마음을 다해 기도를 드렸습니다.

그러고는 다시 일어서서 바이올린을 켜기 시작하였습니다. 그걸 반주로 목청을 뽑아 그의 속마음을 꾸밈없이 노래 불러 호소하느라고 늙어 주름진 두 뺨에는 어느 사이 두 줄기 눈물이 흘러내리고 있었습니다.

그러자 바로 이때 기적은 여기에 나타났습니다.

성모 마리아님의 상이 문득 움직이는 듯하더니 그 얼굴에는 부드러운 미소가 마치 산 사람의 얼굴에서처럼 꽃피어났습니다. 그리고 한쪽 발을 번쩍 드시더니 황금 구두 한 짝을 살짝 벗어 불행한 그 늙은 가수의 앞에 떨어뜨리셨습니다.

그래 이 너무나 배고픔에 시달리던 늙은 가수는 그걸 팔아 우선 시장기라도 면해 볼 생각으로 황금 구두를 주워 들었습니다.

그리고 재빨리 금은방으로 달려가서 그걸 사 달라고 했는데, 금은방 주인은 너무나 초라한 꼴을 보고는 그를 도둑으로 의심해서 즉시 경찰에 신고하고 말았습니다.

이 늙은 가수는 억울하게 도둑의 누명을 쓰고 붙잡혀 가서 재판을 받게 되었습니다. 신성한 성당에서 신성한 것을 훔친 죄는 매우 엄하게 벌해야만 한다며 판결은 사형으로 결정되어 버렸습니다.

그래 그 노인을 교수대에 목을 매어 죽이려고 교수대가 있는 외딴 곳으로 그를 이끌어 가고 있는 중이었습니다.

거기로 가는 도중에는 마침 이 늙은 가수가 성모님한테서 황금 신발을 얻은 성당이 있었습니다. 불쌍한 늙은이는,

"죽기 전에 저기 들어가 성모님께 마지막 기도라도 드리게 해 주시오."

하고 사형 집행관들에게 울음으로 호소하였습니다.

이때의 법도 이런 마지막 기도는 승낙하는 것이어서, 늙은 가수는 다시 그 성당에 들어가 성모님의 상 앞에 또 한 번 더 기도를 드리게 되었습니다.

두 번째의 기적은 다시 나타났으니, 이때에도 성모님의 상은 감동한 듯 움직이셨습니다. 성모님은 빙그레 웃으시며, 한쪽 발에 아직도 신고 계시던 황금 신발 나머지 한 짝을 보기 좋게 늙은 가수 앞에 떨어뜨리시는 것이었습니다.

사형 집행원들도, 억울했던 늙은 가수도 모두 함께 꿇어 엎드려 성모님 앞에 기도하고, 그분을 찬양하는 찬송가를 소리를 합쳐 불렀습니다.

사람 삼 형제가 학 세 자매에게
장가를 들어서

러시아

이것은 서양과 동양을 갈라놓고 있는 우랄 산맥의 바짝 동쪽에서 살아온 시베리아 서부 사람들이 옛날에 만들어 낸 이야기인데요.

옛날 옛적에 우랄 산맥 북동쪽의 어느 마을에 산에 올라 사냥을 해서 먹고 사는 총각 삼 형제가 있었는데요.

어느 추운 겨울날 두 아우는 사냥을 나가고 큰형만이 혼자서 집을 지키고 있노라니까, 큰 학 세 마리가 너무나 추워서 굴뚝 구멍을 통해 염치없이 집 안으로 날아들어 와서는 날개들을 모조리 벗어 방안의 걸대에다 척척 걸어 놓고 아주 예쁜 세 아가씨가 되어 부엌에 나가 불을 피워 자기들이 먹을 음식을 만들기 시작했습니다.

그래 이 집의 큰형이란 사내는 그들이 음식을 못 먹게 할 양으로 그릇과 국자 같은 걸 재빠르게 감추고 벽장 속에 들어가서 못나게도 숨어 있었는데요.

그녀들은 이 집의 음식 재료를 모조리 동원하여 솥에다 넣고 부글부글 끓여 가지고는 그 솥을 냉큼 떼어 내 셋이서 부추겨 들어다가 방바닥에 내려놓았어요. 그러고는 벽장 속에 숨어 있는 이 집 큰형을 끌어내서, 배를 위로 내놓고 반듯이 누우라고 하여 그 배 위에다가 솥을 올려놓고 서로 웃으며 맛있게 잡수셨습니다.

그 이튿날은 둘째 형이 집을 지키는 날이었는데요. 이날도 전날처럼 세 학 아가씨들은 여전히 나타나서 또 음식을 만들어 그 솥을 이집 둘째 총각의 배를 상으로 하여 올려놓고 뜨뜻하게 아주 잘 먹고 사라졌어요.

사흘째가 되어서, 이날은 이 집의 막내아우가 집을 지키고 두 형은 사냥을 나갔는데요.

그 세 마리 학이 이날도 굴뚝을 통해 집 안으로 들어와서 날개들을 방 한쪽에 있는 걸대에 걸어 놓고 사람의 여자들이 되어 부엌으로 음식을 만들러 가자, 이 집 막내아우는 숨어 있던 곳에서 나와 그날개들을 모조리 뭉뚱그려서 잘 감추어 두고는 그녀들이 하는 짓만역시 숨어서 살피고 있었습니다.

그런데 이날은 이 집의 부엌 물건들을 아무것도 감추지 않았기 때문에, 그녀들은 먹을 것을 국자나 주걱으로 퍼서 그릇들에 나누어 담아 놓고, 격식을 차려 편안하고 점잖게 자시기 시작했지요.

그녀들이 다 먹고 나서 이 집을 떠나려고 날개들을 찾으러 걸대 앞으로 가 보니 한 벌도 걸려 있지 않는 게 아닙니까?

점잖은 학 아가씨들이기는 하지만 마침내는 할 수 없이 발버둥도 좀 치는 기미가 보이자, 이때를 기다리고 있던 이 집 막내 총각이 슬그머니 나와서,

"이거, 이렇게 된 걸 어떻게 하겠어요? 이 집에도 사실은 세 총각이 살고 있으니 서로 짝지어 고생을 나누고 지내는 것도 괜찮겠는데……"

하고 말해 보았습니다.

그랬더니 그녀들한테서도 싫다는 말은 나오지 않는 것이었어요.

형들이 돌아오자 상의하여 서로 나이 순서로 결합하기로 되어, 이 집 막내는 막냇동생인 학 아가씨와 배필이 되었습니다.

그래 학의 세 자매와 결혼식을 마친 삼 형제는 결혼한 이튿날도 놀고 먹을 수는 없어 수풀 속으로 사냥을 나가게 되었는데요. 불을 일으키는 데 쓸 것으로 요새 같으면 성냥이나 라이터를 가지고 가면 되겠지만 옛날엔 시베리아나 우리나라나 그런 건 없고, 부시와 부싯돌과 부시쑥 세 가지가 다 필요하던 때여서, 삼 형제는 각기 그들의 아내에게 그것들을 마련하게 해서 지니고 나갔습니다.

그런데 그날은 밤 사냥까지 해야 할 형편이 되어서 해가 진 뒤에 불을 피우려고 큰형이 그의 부시쌈지를 꺼내 보니까, 그건 웬일인지 물에 함빡 젖어 있어서 불을 일으킬 수가 없었어요. 둘째 아우의 것을 꺼내 보아도 그렇게 생겼고, 막내의 것도 그렇고 하여 추워 오는 밤에 얼른 불은 피워야겠는데 걱정이었습니다.

그래 막내아우가 얼음토끼라는 별명을 가진 추위를 잘 타는 할머

니네 집에 가면 언제나 불이 피워져 있던 걸 기억해 내고, 큰형에게 부탁해 거기 가서 불을 좀 붙여 오라고 했는데요.

큰형이 가서 그 얼음토끼라는 으시시 춥게 생긴 할머니를 만나 사정사정했더니, 늘 춥기만 하면서도 거짓말로 된 옛날이야기만은 또 무척이나 좋아하는 이 할머니는

"불은 주기는 주겠다마는 그 전에 거짓말 일곱 번쯤 들어가는 옛날이야기는 하나 하고 얻을 걸 얻어 가야지."

하시는지라, 어디 할 이야기가 있어야지요?

그래서요, 이야기 대신 냉큼 불붙은 나무토막 하나를 집어 들고 나서려니까요. 할머니는 짚고 있던 지팡이로 이 사내의 불을 든 팔을 따끔하게 후려갈기는 통에, 그만 불붙은 나무토막을 땅에 떨어뜨려 박살을 내고 말았습니다.

그다음에는 둘째 형이 또 얼음토끼 할머니를 찾아가서 사정해 보았는데요. 여전히 또 거짓말 섞인 옛날이야기만 하라고 해서, 그의 형처럼 공짜로 불붙은 나무토막을 손에 주워 들었다가 또 팔목을 지팡이로 따끔하게 얻어맞고 그냥 돌아오고 말았어요.

그래 할 수 없이 또 마지막으로 막내아우가 그 할머니를 찾아가서 사정해 보게 되었는데요. 이 막내는 그래도 거짓말 옛날이야기도 조금은 할 줄도 알았어요.

"할머니, 할머니, 얼음토끼 할머니. 아까 내가 할머니네 집으로 달려오고 있는데요. 날랜 토끼 한 마리가 내 앞에서 뛰어올랐어요. 나는 한 짐 잔뜩 짊어지고 걷던 판이었는데도 그 토끼 뒤를 마구잡이

로 쫓아갔지요. 마침내는요, 이렇게 쓰윽 그 토끼의 뒷다리를 잡아
번쩍 추켜들었어요!"

하며 두 손에 힘을 주어 얼음토끼 할머니를 향해서 번쩍 치켜들며
두 눈을 부리부리하게 부릅떴습니다. 그 서슬에 얼음토끼 할머니가
겁을 내시어 잠시 뺑소니를 치시는 바람에요, 넙죽 불붙은 나무토막
하나를 들어다가 추위를 막을 수 있었어요.

집으로 돌아오자 그들은 아직도 이런 살림이 비위에 잘 맞지 않는
학 아가씨들을 잘 타일러서 비위가 맞게 만들어 검은 머리가 파뿌리
될 때까지 잘 살았다는 이야깁니다.

나란 호수는 어떻게 해서 생겨났는가?

오스트레일리아

이것은 오세아니아 주에서 가장 큰 나라인 오스트레일리아에 아주 먼 옛날부터 살아온 원주민들이 만들어 전해 오는 이야기입니다.

베이암이라 부르는 늙은 사내가 비라눌루와 쿠난벨리라는 두 젊은 여자를 아내로 데리고 같이 살고 있었어요.

어느 날 아침 식사 뒤에 두 아내를 불러 놓고는,

"내가 벌 한 마리를 잡아 두 뒷다리 사이에다가 흰 새털 조그만 것 한 개를 잘 붙여 놓았으니까, 나는 그 벌이 날아가는 곳을 뒤쫓아가서 벌의 집에서 단 벌꿀을 따 모아 올 테니, 임자들은 같이 나가서 개구리도 잡고 얌(야생 감자)도 캐는 게 좋겠군. 점심때는 쿠리질이라는 샘이 있지 않소? 거기서 만납시다. 정말로 깨끗하고 시원한 그 샘가에서 점심을 같이 들게 말이오."

하고 말했습니다.

　남편과 잠시 헤어진 두 아내는 굴레이라는 바구니에 점심을 담아 들고 그물로 된 구럭과 얌 캐는 막대를 챙겨 가지고 들로 나가서 얌도 캐고 개구리도 잡았어요. 그러고는 남편이 얘기한 맑고 시원한 쿠리질 샘물가로 갔습니다.

　그들이 쉴 자리에 내려쪼이는 뜨거운 햇빛을 가리기 위해 나무의 긴 가지들을 꺾어 모아 원두막도 하나 만들어 놓고요. 고단하고도 끈적거리는 몸들을 시원한 맑은 물에 씻기 위해 쿠리질의 꽤나 넓은 샘물 속으로 발가벗고 뛰어들었습니다. 그래 물장구도 치고 헤엄도 치며 즐거이 온 샘물을 헤집고 다녔어요.

　드디어 이 둘이 샘에서 가장 깊은 곳에까지 헤엄쳐 왔는데요. 문득 피곤한 느낌 속에 두 다리에 쥐가 나면서 그들은 무엇인가에 붙잡히어 아래로 아래로 끌려들어 가기 시작했습니다.

　다른 게 아니라 이 샘의 가장 깊은 곳에는 땅 아래 세상으로 통하는 끝없이 깊은 물구멍이 있고, 그 물구멍을 지나 땅속으로 내려가면 나란이라는 땅 밑의 크나큰 강이 흐르고 있어, 거기에 쿠리아라는 천 년 묵은 큰 이무기가 살고 있었어요. 오늘 이 두 여인을 끌고 간 것은 바로 이무기라는 놈의 짓이었습니다. 용이 되어 하늘로 올라가는 도중에 무언가 자격이 모자라 다시 못물에 떨어져서는 체념하고 숨어 살아 간다는 그 이무기 말이에요.

　그런 줄도 모르는 그들의 남편 베이암은 벌꿀을 따 오기 위해 새털을 뒷발 사이에 붙인 벌이 날아가 앉는 곳만 뒤따라 다니고 있었는데요. 벌이 앉는 곳마다 일일이 눈 주어 살펴보아도 꿀을 쳐 놓은 벌집은 단 한 군데도 보이지 않고, 별 신통할 것도 없는 너절한 풀꽃들 위에만 골라 앉고 다녀서 '이것 참 이상하구나' 생각하게 되었습니다. '벌꿀을 어서 구해서 아내들하고 같이 먹자는 건데, 그걸 못 하게 벌이 저러고 다니는 걸 보니, 아무래도 아내들한테 무슨 안 좋은 일이 생긴 건 아닐까……' 그런 생각 말입니다.

베이암이 부랴부랴 쿠리질 샘가로 달려와 보니, 이상하게도 마르는 일이 없는 샘물은 바닥이 드러나게 말라붙어 있었고, 샘가에는 아내들이 만든 움막과 그들이 남기고 간 물건들만 보일 뿐 아내들의 행방은 도무지 알 수가 없었습니다.

그는 이것이 바로 그전부터 들어 온 쿠리아라는 이무기의 짓인 걸 짐작하고 마른 샘가를 천천히 돌아다니며 이무기가 그의 아내들을 끌고 땅속으로 사라졌을 구멍을 찾기 시작했습니다.

아니나 다를까 마른 샘의 한쪽에서 그는 땅속으로 뚫린 적지 아니큰 구멍을 발견했습니다. 그는 집으로 돌아가서 날카로운 창을 가지고 나온 다음에 그 구멍 속으로 들어가 보았습니다.

들어가면서 보니 구멍 속도 샘이나 마찬가지로 말라 있었는데 그 까닭은 그 못된 이무기 쿠리아가 늘 물이란 물은 저만 가질 것으로 몰아 가지고 다니기 때문에 이번 행차에서도 이 구멍을 통해 쿠리질의 샘물을 모두 거두어 가지고 들어간 때문인 것을 베이암은 쉽게 알아차릴 수가 있었습니다.

그런데 한참 동안 들어가면서 자세히 살펴보니 이 구멍은 곧게 뚫려 있는 게 아니라 딴에는 마음을 써서 꼬불꼬불 곡선을 그으며 뚫고 들어간 것이어서, 베이암은 창으로 이걸 곧게 고쳐 뚫으며 들어가니까 결국은 이무기가 그의 본고장인 나란 강에 도착하는 것보다도 조금 더 앞서서 강의 입구에 닿을 수가 있었다는군요.

결국은 이무기란 놈을 만나서 창으로 찔러 죽이고 혹시나 하여 배를 갈라 보니 배 속에서 두 아내가 나오게 되었다는 이야긴데요.

베이암이 두 아내를 옮겨다가 두 개의 붉은 개미집 사이에다가 눕혀 놓았더니, 붉은 개미들이 두 여인의 몸에 묻은 온갖 더러운 것을 다 핥아 먹었어요. 그러자 두 여인은 다시 가슴을 벌떡거리더니만 냉큼 일어서서 그녀들끼리 서로 단단히 끌어안고는 너무나 기뻐서 울먹울먹하고 있었다는군요.

그리고 땅속의 나란 강은 그걸 독차지하고 있던 이무기 쿠리아가 이제는 죽어서 힘을 못 쓰게 되었기 때문에, 다시 물구멍을 통해 밖으로 쏠리어 나와서 쿠리질의 샘물도 도로 남실남실하게 되었음은 물론 또다시 넘쳐나서는 꽤나 넓은 나란이란 이름의 호수를 이루었다고 합니다. 오래지 않아 이 나란호는 검정 백조들을 비롯해 사다새(펠리컨), 그 밖에 여러 종류의 오리들의 낙원으로 변했다고 해요.

땅속에서 이무기에게 오래 갇혔다가 풀려나온 물이어서 물새들에게는 좀 더 간절한 매력이 있었던 모양이지요?

해님을 올가미로 포박한 이야기

미국

이것은 하와이의 마우이 섬의 영웅 마우이의 이야긴데요. 그가 무엇 때문에 또 어떻게 해서 올가미로 하늘의 해님을 포박했던가, 그래서 무슨 이익을 얻어냈는가 하는 이야깁니다.

언젠가 마우이의 어머니는 옷감의 베를 짜는 원료인 타파나무 껍질을 벗겨 거기서 섬유를 품어 내서 말리고 있었는데, 이것이 다 마르기도 전에 해는 날마다 지고 지고 하여, 매우 짜증이 나 있었습니다. 그래 아들 마우이에게 그 말을 했더니, 마우이는

"그래요? 그럼 해가 빨리 가지 못하게 내가 가서 해의 다리들을 올가미로 옭아 놓아 버리지요."

하고 어머니에게서 열여섯 개의 밧줄을 얻어 가지고 곧 떠나려고 일어서는데 어머니가 아들에게 타일렀습니다.

"너 혼자 그러지 말고 이 길로 곧장 너의 선조 할머니 윌리윌리푸하를 찾아가거라. 그 집 문 앞에는 굉장히 큰 윌리윌리 나무가 무성하게 우거져서 솟아 있으니 찾기가 쉽다. 이 집에서 해가 끼니마다 식사를 하고 다니니, 거기서 옭아 놓는 게 편할 것이다. 그 윌리윌리 나무 밑에 밤늦게 도착해서 새벽닭이 세 홰를 치며 울 때까지 기다리면 엄청나게 큰 너의 선조 할머니가 해한테 아침에 먹일 바나나를 불에 구우려고 밖으로 나올 것이니, 너는 덮어놓고 그 무릎에 가 앉아라. 그분은 앞을 못 보는 소경이니 그리 알고, 그분이 네가 누구냐고 묻거든 당신 자손이라고 대답하고 너의 어머니는 누구냐고 묻거든 내 이름 히나를 대 드려라. 그러면 네가 하고자 하는 일에 도움을 주실 것이다."

마우이가 밤이 깊어서 그의 선조 할머니 집 앞의 윌리윌리 나무 밑에 이르러 이 집 닭이 세 홰를 치며 울 때까지 기다렸더니, 아니나 다를까 그 큰 선조 할머니가 나오셔서 해에게 줄 아침 식삿감으로 바나나를 굽기 시작했습니다.

그건 정말로 너무나 맛이 있어 보여서, 그 선조 할머니가 장님이라는 걸 어머니한테 들어 알고 있는 마우이는 슬쩍 모조리 들어내어 집어삼켜 버렸어요.

그랬더니 할머니는,

"이거 어느 건달 귀신이 벌써 집어 먹었냐?"

하고 혼자 중얼거리면서 또 다른 바나나들을 갖다가 불 위에 또 올려놓았습니다. 그게 또 잘 익으면 또 마우이가 집어 먹어 버리고, 그러면 다시 할머니는 새 바나나를 갖다 불에 얹어 놓고, 그렇게 하기를 여러 차례 계속했는데요. 그의 어머니가 하라던 대로 마지막엔 할머니의 무릎에 가 처억 넉살좋게 앉아 마우이가 그녀 후손인 신분을 댔더니, 아닌 게 아니라 한 핏줄은 물보다 훨씬 진해 그러시는지, 이 몇천 살을 자신 윌리윌리푸하 할머니는 "내 새끼야" 하며, 해를 옭아매고자 하는 마우이의 계획에 동조하기로 했습니다.

그래 마우이는 윌리윌리 나무 옆에 숨을 자리를 파서 만들고 그 속에 들어가 열여섯 개의 밧줄의 올가미를 챙겨 들고 해가 나타나기만을 기다리고 있었는데요. 드디어 해는 바나나 생각에 침을 삼키면서 이 자리에 내리기 시작했는데, 재빨리 마우이가 세어 보니 그 다리는 모두 열여섯 개였습니다.

그래 여부가 있겠습니까? 이때만을 기다리고 있던 마우이는 한 밧줄로 한 다리씩 열여섯 개의 해님의 다리를 열여섯 개의 밧줄로 모조리 옭아서 옆에 있는 윌리윌리 나무둥치에 단단히 감아 묶어 놓았습니다. 그러고는 할 수 없이 된 해하고 둘이서 합의를 했다고 해요. 즉 이제부터 해는 절대로 저 하고 싶은 대로 빨리빨리 가 버리지 말 것, 봄 여름 가을 겨울의 계절에 맞춰서 적당히 다닐 것을요.

이걸 보면 이곳 하와이 섬들의 해는 아주아주 먼 옛날엔 저 가고 싶은 대로 마구 빨리빨리도 다녔던 모양이죠?

천둥 벼락의 신

미국

이것은 미국 동남쪽의 조지아와 앨라배마 두 주에서 옛날에 살던 크리크 족 인디언들이 만들어 낸 이야기입니다.

크리크 족 인디언의 한 소년은 일찍이 부모를 여의고 친척의 도움으로 살면서 마을 사내들이 사냥을 가면 따라다니며 잔심부름을 하며 지냈는데요. 어느 날 그는 인디언의 항시 휴대품인 활과 살을 지니고 수풀 속의 개울가에 친 그들의 천막에서 그리 멀지 않은 곳에서 떨어져 내리는 맑고도 장엄한 폭포 앞에 혼자 서 있었습니다.

이때 폭포에서 크게 외치는 소리가 들려 자세히 살펴보니, 폭포의 한가운데쯤에는 아주 잘생기고도 늠름해 보이는 젊은 사내가 그의 목을 칭칭 감고 조이며 아가리를 벌려 그를 물려고 대드는 큰 독사의 모가지를 두 손으로 있는 힘을 다해 잔뜩 붙들어 잡고 있었습니다.

"여보게! 나 좀 도와주게. 잠깐 내가 한눈을 판 사이에 이 독사란 놈한테 이렇게 당하게 되었네. 자네는 아직 소년이지만 활 쏘는 솜씨가 보통이 아닌 줄은 나도 잘 아니, 자네 손에 쥐고 있는 그 활로 이 독사를 좀 쏘아 죽여 주게. 독사의 모가지 밑을 보면 흰 점이 보일 거야. 그 속에 바로 이놈의 심장이 있으니 그 흰 점만 겨냥해 맞혀 내면 되네. 은혜는 반드시 갚을 테니, 여보게, 어서 날 좀 살려 주게!"

무척 어려운 형편에 놓인 이 사내는 목청을 다해 외치며 간절히 소년에게 구원을 요청하고 있었어요.

소년은 이 딱하게 된 사내를 기어코 구해 내야겠다는 생각 하나로 가지고 있던 활에 살을 꽂아 온 힘을 다해 그 흉악한 독사의 목 아래 흰 점을 겨냥해 용하게도 명중시켰습니다.

그래 그 지독한 독사가 사내의 모가지를 풀고 폭포 아래로 떨어져 내리자, 사내는 그야말로 번개와 같이 소년 앞으로 다가와서 빙긋 웃고 있었는데요. 그 사내가 자기소개를 하며 소곤거린 말씀은 얼추 아래와 같은 것이었습니다.

"너만 알아 두어라마는 나는 사실은 하늘의 천둥 번개와 벼락의 신이다. '한 번 실수는 병가상사'라는 말이 있긴 하지만 이런 실수를 네게 보이다니, 부끄럽게 됐구나. 네 힘을 아니까 말이지만, 이제부터는 내가 하고 있는 구실을 너하고 둘이 나누어서 하자. 내가 너도 되고, 네가 나도 된다는 말씀야. 너는 굉장한 놈이니까, 잘 해낼 줄 믿는다. 언제든지 내 힘이 필요한 때는 마음속으로 나를 생각만 하면 돼."

이때부터 이 크리크 부족의 인디언 소년은 하늘의 천둥 번개 벼락의 신과 일심동체가 되었는데요. 그는 밤에 부엉이가 어디서 우는 소리만 듣고도 이튿날 큰 곰을 어디서 잡을 수 있는가를 미리 틀림없이 알아낼 만큼 뛰어난 슬기를 가진 사내가 되었고, 마침내는 어느 싸움에도 져 본 일이 없는 용사가 되었다가, 또 뒤에는 크리크군 전체를 지휘하는 총사령관도 되었습니다.

그가 싸움터에 나서면 언제나 천둥과 번개와 벼락이 늘 함께 따라다니며 시중을 들어서 그의 앞에 맞설 적은 아무도 없었다고 하는데요. 그러나 드디어 어느 날 문득 그는 천둥과 번개와 벼락에 한 몸이 되어 산 채로 하늘 속으로 사라져 버렸다고 합니다.

예언자 요나의 이야기

이스라엘

옛날의 이스라엘이 아시리아(지금의 이라크 북쪽)의 압박을 받고 지내던 때의 일이었습니다.

이스라엘 사람들의 하느님 야훼는 '아시리아 사람들까지도 뉘우치게 하여 바로 살게 해야 한다'는 생각을 내어, 어느 날 예언자 요나에게 간절히 명령을 내렸습니다.

"요나야, 아시리아의 수도 니네베로 가서 죄 많은 사람들을 깨우치게 하는 것이 너의 책임이다. 어서 그리로 출발하여라."

그러나 아시리아는 적의 나라고, 니네베는 적국의 수도인데, 그들에게 압박받고 사는 자기 형편을 탐탁지 않게 여기고 지내는 요나에게 쉽사리 순종할 마음이 생기겠습니까?

그래 요나는 하느님 몰래 다시스라는 딴 곳으로 도망쳐 버리려고 그곳으로 가는 배를 타기 위해 욥바라는 항구로 나갔습니다. 거기서 여러 사람들과 함께 뱃삯을 내고 다시스로 가는 배를 탔습니다.

그러나 하느님은 이런 요나를 그대로 두지 않고, 거센 바람을 보내 요나가 탄 배를 되게 흔들어 위태롭게 만들었습니다.

배를 탄 사람들은 배가 너무 무거워서 뒤집힐까 봐 짐짝들도 무거운 건 바다에 내던지기도 하고, 모여서 하느님께 기도도 올리고 했습니다만, 요나는 하느님의 당부를 어기고 피해 가는 판이라 영 모른 체하고, 배의 한쪽 구석에 처박혀서 졸고만 있었습니다.

하느님은 사람들의 기도에도 아랑곳없이 바람을 점점 더 거칠게만 불어 보내는지라, 이리저리 마음을 써 본 사람들은

"하느님의 명령을 되게 어긴 자가 배에 타고 있기 때문일 것이다." 하고 의견을 모으고는, 그가 누군지를 알아내기 위해 제비를 뽑기로 했는데 마침내 요나가 뽑히고 말았습니다.

요나는 사람들의 결정에 따라 할 수 없이 깊은 바다에 내던져지고 바다는 비로소 잠잠해졌습니다만, 하느님은 요나를 한번 택한 바엔 그대로 물에 빠져 죽게 내버려 두지도 않았습니다.

하느님은 큰 고래를 시켜 그 큰 입으로 요나를 통째로 삼키게 하였기 때문에 요나는 큰 방처럼 넓은 그 고래의 배 속에서 다시 살아나와야만 했던 것입니다.

사람이 이쯤 되면 마지막 할 것은 기도뿐인지라, 요나는 '구원해 주소서' 하고 그저 열심히 하느님께 기도만 드리고 있었지요.

그랬더니 하느님은 고래를 시켜 어느 바닷가의 모래밭에다가 그

를 토해 내놓게 하고는,

"지금부터 걸어서 아시리아의 수도 니네베로 가서, 죄를 뉘우치라고 큰 소리로 외쳐 사람들을 가르쳐 내라. 뉘우칠 줄 모르면 앞으로 40일 안에 아시리아는 멸망한다는 걸 똑똑히 알려라."

하고 요나를 재촉하였습니다.

그래 요나는 여러 날을 내키지 않는 먼 길을 터덕터덕 걸어서 드디어 니네베에 도착하여, 하느님의 명령대로 그들에게 죄를 뉘우칠 것을 큰 소리로 외치며 가르쳤습니다. 그리하여 적국 아시리아의 황제를 비롯한 온 백성들은 밥을 굶고 단식하며 하느님께 용서를 빈 결과, 하느님의 관대한 용서를 받게 되었습니다.

그러나 사람인 요나는 자기 조국의 원수들이 용서받는 게 마음에 들지 않아 죽고 싶은 생각뿐이었는데요. 햇빛이 너무나 뜨거워 눈도 제대로 못 뜨고 쭈그리고 앉아 있는 요나의 옆에 하느님은 키 큰 피마자를 한 그루 자라게 해 그 무성한 잎들의 그늘로 하룻낮 동안은 그를 시원하게 해 위로해 주더니, 그 이튿날은 또 그것도 시들게 하고는 이르는 것이었습니다.

"나의 종 요나야. 피마자가 시드니, 더워져서 그 피마자가 아쉽지? 그렇지만 이 아시리아의 철모르는 아이들까지 죄에 젖어들어 가는 것은 더욱더 안타까운 일이다. 그걸 잘 알기 바란다."

그래 요나도 이때부터 비로소 하느님의 마음을 바로 알게 되었습니다.

어부 우라시마의 이야기

일본

　옛날 옛적에 일본의 단고라는 지방의 쓰쓰가와라는 바닷가 마을에 어부 우라시마가 살고 있었습니다.

　어느 맑은 가을날 그는 혼자서 배의 노를 저어 바다로 고기잡이를 나갔는데요. 사흘 동안이나 아무것도 잡히지 않아 허탕만 치고 다니다가 드디어 한 마리가 그물에 걸려 잡기는 잡았는데, 그것은 다섯 가지의 아주 예쁜 빛깔을 내는 이상한 거북이였습니다.

　그래 그는 거북이를 배 안에다 들여놓고 한잠 잘 양으로 활개를 뻗고 번듯이 누워 있었는데, 거북이가 눈이 부실 정도로 아름다운 아가씨로 쓰윽 둔갑해 나타나는 데에는 그만 넋을 잃고 어리벙벙할 밖에 없었습니다. 홀딱 반해 버린 것이죠.

　"거 누구시오?"

하고 우라시마가 물었더니, 거북이가 둔갑한 아가씨는 말하기를

"저는 당신이 바다에 혼자 있는 걸 다 보았어요. 저는 저 하늘의 구름과 바람을 타고 왔는데요."

하고 향긋하게 미소하는 것이었습니다.

"구름을 타고 어디서 오셨지요?"

하고 우라시마가 궁금해서 또 물었더니,

"하늘나라에서요. 저는 거기서 영원히 사는 선녀랍니다."

하고 대답했어요. 그녀는 우라시마를 사랑하게 되었다는 것과 그녀의 사랑은 하늘의 해와 달이 있는 날까지는 늘 한결같으리라는 것도 나직한 소리로 말했습니다.

그래 우라시마도

"나도 같은 생각이구만요."

하고 맞장구를 쳤지요. 그랬더니 선녀는

"그럼 당신이 젓던 노에 엣비슷이 기대어 두 눈을 감으세요. 우리는 곧 영원히 사는 신선 선녀들의 고운 섬에 가서 닻을 거니까요."

해서 그대로 했더니, 오래잖아 그들은 정말로 꿈같이 아름다운 어느 큰 섬에 가서 닿았는데요. 거기는 땅이 모두 비취 같은 옥으로만 되어 있었습니다.

선녀는 그를 마침내 어느 궁궐 같은 집 앞으로 안내했는데, 그 큰 집도 빛나는 푸른 비취로 지어져 있었습니다.

선녀와 그는 손에 손을 마주 잡고 궁궐의 대문 앞에 다다랐는데요. 선녀는 거기까지 마중 나온 신선들을 따라 안으로 들어가며 우

라시마에게는 잠시 대문 밖에서 기다리라 했습니다.

그래 여기서 한동안 기다리고 있었는데, 그동안 일곱 명의 선녀의 무리와 또 여덟 명의 선녀의 무리가 그의 곁을 지나 밖으로 나가며,

"저기 좀 봐요. 저건 거북이란 선녀의 남편이야!"

하고 그를 손가락질하면서 소곤거렸습니다.

이걸 보면 그의 애인인 선녀의 이름은 거북이인 것이 틀림없었습니다. 드디어 그의 애인이 다시 밖으로 그를 데리러 나왔기에 그 선녀들이 누군가 물었더니 먼저 나온 일곱 명은 칠성의 별님들이고, 뒤에 나온 여덟은 또 팔성이라는 별님들이라고 했습니다.

우라시마는 애인에게 안내되어 궁궐 안 그녀의 부모님과 형제자매들이 있는 곳에 들어가게 되었는데요. 이곳의 주인인 선녀의 부모는 우라시마를 아주 반가이 맞이하며, 영원히 사는 선녀와 언젠가는 죽어야 하는 사람 사이의 드문 사랑의 결합을 칭찬하고 축복해 주었습니다.

그들이 결혼한 지 3년 동안의 이 낙원에서의 생활은 우라시마에게는 지난날을 완전히 잊어버리게 할 만큼 즐겁고도 행복한 것이었습니다. 그러나 3년이 지난 뒤의 어느 날 문득 고향과 부모님이 그리워지자 그 생각은 나날이 점점 더 간절해지기만 해서, 잠재워 버릴 길이 없었습니다.

이를 눈치챈 선녀 아내는 어느 날 그에게,

"당신은 요새 뭘 생각하셔요? 뭘 잘못 생각하시는 것 아닐까요?"

하고 물었습니다. 그래 우라시마도 속일 수는 없어,

"집 떠난 여우도 죽을 때는 제집 있는 쪽을 향해서 머리를 돌리고 죽는다고 합니다. 아무리 하찮은 사람이라도 고향 그리운 생각은 다 가지는 것인데 나라고 그것이 없겠소? 얼마 전까지만 해도 나는 내가 이렇게 되리라고는 상상도 못 했는데……"

하고 그의 고향 그리운 생각을 솔직히 털어놓았습니다.

그의 아내는 향 맑게 흐르는 눈물방울을 손등으로 씻으면서,

"우리는 하다못해 적어도 순금이나 산의 바위만큼은 서로 오래 견디는 사랑을 이어 가기로 단단히 언약을 했는데, 그까짓 고향 생각쯤으로 저를 버리고 떠나실래요?"

하고 그녀의 변함없는 마음속의 사랑을 털어놓았습니다만 그의 뜨겁기만 한 고향 그리움이 어쩔 수 없음을 알자, 그의 머리를 어린아이 끌어안듯이 한번 정을 다해 끌어안아 보고는, 장롱 속에서 한 개의 자그마한 보석 상자를 꺼내다가 안겨 주며 말했습니다.

"저를 그리워하는 마음이 있는 날까지는, 그리고 이곳으로 돌아올 생각이 남아 있는 날까지는 이 상자를 잘 간직하세요. 그렇지만 이걸 열어 보면 절대로 안 됩니다."

그러고 나서 장인 장모와 식구들에게 작별 인사를 한 다음에 그가 전에 타고 온 배에 올랐더니, 그들은 "두 눈을 감으라" 해서 그대로 했는데요.

잠시 눈을 감았다가 떠 보니 벌써 그의 고향 쓰쓰가와였습니다.

그러나 그곳은 3년 전에 그가 알던 쓰쓰가와는 이미 아니었습니다. 모든 것이 너무나 많이 변해서 그전 모습은 도무지 찾아보기가

어려웠습니다.

그래 그의 옆을 지나가는 마을 사람에게,

"여기가 쓰쓰가와가 맞습니까? 3년 전에 이 마을에 우라시마라는
어부가 살고 있었는데 그의 가족들은 어디로 갔습니까?"

하고 물었더니요. 그 마을 사람은

"당신은 누구요? 어디서 오셨소?"

하고 되물으면서,

"우라시마 씨 말입니까? 그 이름을 마을 늙은이들 이야기 속에서
들은 적은 있습니다만, 그 사람이 이 마을을 떠난 것은 벌써 3백 년
전의 옛날 일이라던데요."

하고 대답하는 것이었습니다.

그는 혹시나 하여 여러 날을 마을의 여기저기로 가족들의 행방을
찾아 다녀 보았으나 소용이 없었어요. 마침내는 답답하고 서러운 나
머지 선녀 아내와의 약속도 잊어버리고 그녀에게서 받아 온 보석 상
자를 덜커덩 열어 버렸습니다.

그의 눈앞에는 낙원에 두고 온 선녀 아내의 향기로운 모습이 잠시
아물아물하더니만 이내 바람과 구름 사이로 사라져 갔습니다.

그리고 그에게는 슬픔만이 겹겹이 쌓여 남았습니다.

선녀

한국

옛날 신라에서는 그 시조인 박혁거세 왕이 나라를 맡아 다스리기 전부터, 신선과 선녀의 도리를 배워 실천하면서 사는 사람들의 길이 열려 있었던 걸로 보입니다.

남자면 신선, 여자면 선녀가 되는 길이지요.

가령 어떤 부모가 건강하고 총명하고 어여쁜 딸을 가지면, 물론 그들은 먼저 집안 살림살이에 필요한 일들과 세상에서 바른 사람 노릇하는 일들을 먼저 가르쳤고, 그 밖에도 사는 재미를 위해서 꽃밭 가꾸기라든지 노래 부르기, 악기 다루기, 말 달리기, 활쏘기, 매 사냥 등도 빈틈없이 가르쳤습니다.

또 한 가지 더 중요한 것은, 그런 집안에서의 공부가 끝나면 이번 에는 그 귀여운 딸을 사람이 안 사는 멀고 험한 산으로 보내 선녀 수업을 시키는 일이었습니다.

사람의 세상에서뿐만이 아니라 자연과 더불어서도 기운을 같이 하며 능히 잘 개척해 갈 만한 능력을 길러 주는 수업 말입니다.

그런 딸이 먼 산으로 선녀 수업을 떠나는 마당이 되면, 아버지는 딸이 손수 가꾼 꽃밭 모서리 같은 데에 딸을 불러 세우고,

"딸아, 너는 사회에서 바른 사람 노릇하는 건 다 배웠으니 이제부터는 험한 산으로 들어가서 자연과 함께 사는 공부를 하도록 해라." 하고 당부해 떠나게 하는 것이었습니다.

그리고 그런 처녀의 단 하나의 길동무로는 눈이 밝아 사냥을 잘하는 용감한 매 한 마리가 그 처녀의 손에 들리어지는 것이었습니다.

이 매는 물론 꿩 같은 새들이나 토끼 같은 것도 사냥해서 처녀의 반찬거리를 마련하기도 해야 하려니와, 또 한 가지 중요한 임무는 이 처녀와 그의 집 사이를 날아서 오가며 서로 소식을 알리는 편지를 전하는 일이었습니다. 비둘기의 발목에 편지를 매달아 소식을 전한다는 걸 우리는 잘 알고 있지만, 이때의 우리나라에서도 매가 그런 우체부 아저씨 노릇을 대신했던 것 같습니다.

그래 이 처녀가 아프리카 밀림 속의 타잔 못지않게 산의 생활에 두루 익숙하게 될 무렵이 되면, 고향 집의 아버지는 집에 돌아온 그 처녀의 매의 발목에 매달아, 대략 다음과 같은 격려의 편지를 붙여 보내기도 했던 것 같습니다.

딸아. 이제부터는 자연을 또 하나의 너의 집으로 삼고 살아라.

이렇게 해서 이 처녀인 선녀는 비로소 무한한 자연을 또 하나의 큰 고향으로 삼아 살 줄 아는 진짜 선녀가 되는 것이지요.

우리 신라의 시조이신 박혁거세 왕의 어머니인 사소, 그분도 처녀 때 산에서 선녀 수업을 쌓았던 분으로 짐작되는데, 옛 중국인들 중에 거드름이나 빼기 좋아하던 모자라는 자들은 그분이 중국의 어떤 황제의 딸이었다고 하면서,

"그 중국 공주가 처녀로 애를 뱄기 때문에 신라의 산으로 귀양살이를 보냈더니 거기서 낳아 기른 애가 커서 신라 시조 박혁거세가 된 것이다. 어쩌고……"

별 근거도 없이 지껄여 대고 있었던 것만큼은 아무래도 그대로는 인정해 줄 수가 없네요.

저승에 다녀온 여신 이난나

이라크

지금의 남쪽 이라크에서는 약 5천 년 전에 수메르라는 종족이 나라를 꾸미고 글자도 만들어 그들의 이야기들을 진흙판에 새겨서 오늘날까지 전해 오는데, 그중의 한 가지 이야기입니다.

여신 이난나라고 하면 하늘의 별들 중에서도 금성을 맡아 다스리던 수메르 사람들의 여신으로서, 사랑과 농사의 풍년을 가져오게 하는 여신이기도 했는데, 그는 어느 날 뜻밖에도 사랑하는 남편을 잃어버리게 되었습니다.

하늘과 땅을 두루 다 찾아보았으나 두무지라는 이름의 남편은 자취도 보이지 않아, 혹시 저승에 가서나 숨은 것 아닌가 하여 저승까지 찾아가게 되었습니다.

출발 전에 그는 평소에 가장 믿고 지내던 시녀 닌슈부르에게,

"내가 저승에 가서 만일에 무슨 변을 당하거든 우리와 가까운 엔키라는 신에게 구제해 달라고 잘 부탁 말씀 드려라. 그분이면 저승에까지 힘이 미치는 형편이니 나를 구제할 수 있을 것이다."

신신당부를 하고는 그가 늘 차리고 지내던 대로 보석의 왕관과 보석 목걸이, 황금 팔찌, 그 밖의 값진 여러 가지 장식품에 귀부인용의 긴 비단 옷, 보석 손잡이를 한 지팡이에, 미묘하게 향긋한 향수로 몸을 단장하고 길을 떠났습지요.

그런데 저승의 관습은 또한 묘한 것이어서, 첫째 문을 들어가려고 이난나가

"문 열어라. 문 열어라."

하니, 문지기가 앞을 가로막아 서면서

"이 문을 들어가려면 먼저 그 왕관을 벗어 놓아야 합니다."

하고 왕관을 벗기는 것이었습니다.

그다음 둘째 문으로 들어가려 하니 거기에서는 그의 지팡이를 빼앗고, 셋째 문에서는 보석 목걸이를, 넷째 문에서는 허리에 찬 노리개를, 다섯째 문에서는 팔찌를, 여섯째 문에서는 가슴의 장식품을, 일곱째 문에서는 그가 입고 있던 옷까지 모두 벗기고 말았습니다.

빨가벗은 몸으로 이난나가 일곱째 문을 들어가니 저승의 궁전 옥좌에는 여왕인 에레슈키갈이 오만스럽게 버티고 앉아 있었는데, 그는 곧 일곱 명의 재판관들을 불러들이고, '저승으로의 무단 침입죄'로 냉큼 사형선고를 내리고 말았습니다.

사형선고가 내리자마자 이난나는 까무러쳐 나자빠지면서 숨을

거두고 말았는데, 무자비한 죽음의 여왕 에레슈키갈은 다시 이난나의 시체를 까만 벽에다가 대롱대롱 매달아 놓게 했습니다.

수메르 나라 이난나의 신전에서 그의 시녀 닌슈부르는 이난나가 저승에서 돌아오지 않자, 그가 저승으로 출발할 때 당부하던 말을 이행하기 위해 엔키 신을 찾아가서 사정했습니다.

"우리 샛별의 여신인 이난나님께서 저승에 가신 지가 꽤 오래되었는데, 아직까지 돌아오시지 않는 걸 보면 무슨 변을 당하신 것만 같습니다. 떠나실 때 말씀하시기를 '무슨 일이 생기면 엔키 신께 도와 달라고 하라' 하셔서 찾아왔사오니, 어찌 되었는지를 알아보셔서 잘 좀 손써 주시옵소서."

그랬더니, 엔키 신은 잠시 저승의 일을 살피느라고 자기 손톱들을 바라보고 있다가 그 손톱 중의 하나에 낀 때를 후벼 내 가지고는 그걸 비벼서 참하게 생긴 심부름꾼 둘을 만들어 냈습니다.

그리고 그 하나에겐 쿠르가라라고 이름을 지어 붙이고, 또 다른 하나에겐 갈라투르란 이름을 붙여 주었습니다.

그리고 쿠르가라에게는 죽은 사람을 살리는 먹을 것 한 주먹을, 갈라투르에게는 죽은 목숨을 소생시키는 물 한 병을 주면서,

"이것들을 가지고 너희는 어서 빨리 저승의 여왕 에레슈키갈을 찾아가거라. 가서 내 말을 하면 잘 들어줄 것이다. 그런데 지금 그는 병을 앓고 누워 있으니 먼저 병부터 고쳐 주어라. 그러고 나서 이난나의 시체를 달라고 하면 곧 내줄 것이다. 시체를 받거든 너희들이 가지고 간 두 가지 약을 그 시체에 뿌려라. 그러면 다시 살아날 것이니

이곳으로 데리고 오너라."

하고 말했습니다.

그래 쿠르가라와 갈라투르는 멀리 저승에 들어가서 앓고 있는 저승의 여왕 에레슈키갈을 만나 엔키 신의 부탁을 전하고 병을 고쳐 주었더니 선선히 이난나의 시체를 내주었습니다.

엔키 신의 두 사자는 엔키 신의 지시대로 가지고 간 두 가지 약을 이난나의 시체 위에 뿌려 그를 다시 살려 냈습니다. 이난나는 언제 죽은 일이 있었느냐는 듯이 다시 꽃다운 숨을 쉬며 일어서는 것이었습니다.

그는 죽었다가 다시 살아나자, 자기에게서 달아난 남편이 여기 저승에 혹시 와 있지 않느냐고 물었습니다만, 에레슈키갈은 저승에도 온 일이 없다는 대답이었습니다.

그래 이 지긋지긋한 저승을 한시바삐 떠나는 것만이 이난나의 소원이어서 갈 길을 재촉하여 떠나려 하는데, 거기에는 이난나 여신도 지켜야 할 또 한 가지 규칙이 남아 있어서 저승의 신들은 이난나를 멈추게 하는 것이었습니다.

"샛별의 여신 이난나시여! 당신이 다시 별의 여신이 되어 가시는 건 좋지만, 당신 대신 적당한 다른 한 명의 신을 골라 저승으로 보내 주셔야만 됩니다. 그리고 여기 오실 신을 모시러 우리 쪽에서 몇 명의 저승사자가 따라가게 되는 것을 양해하십시오."

하면서, 그녀가 돌아가는 길에는 몇몇 기분 좋지 않은 저승의 사자가 또 그 뒤를 따르고 있었습니다.

저승에서 이난나가 땅 위의 신전으로 돌아온 것을 보고 누구보다도 먼저 반가워한 것은 시녀인 닌슈부르였습니다.

그는 이난나를 진심으로 존경하고 사랑해서, 이난나를 저승의 죽음에서 다시 살려 내 오려고 앞장을 서서 노력했던 여신이었으니까요.

닌슈부르는 이난나가 저승에서 오래 돌아오지 않자 죽은 걸로 알고 상복을 입고 있었는데, 저승에서 따라온 사자들은 그녀를 보자,

"이 여신을 당신 대신 데려가는 게 어떨까요?"

하고 이난나에게 물었습니다만 샛별의 여신 이난나는,

"내 목숨을 살려 낸 은혜를 베푼 게 이 여신이다. 절대로 그럴 수는 없다."

하고 완강하게 거절했습니다.

그러고 나서 이난나는 자기 대신 저승으로 보낼 적임자를 찾아 저승에서 따라온 사자들과 함께 여기저기를 살피고 다니다가 마침내 쿨랍이란 이름의 벌판에 접어들었는데, 거기서 뜻밖에도 그렇게도 그리워 찾아 다녔던 남편—그의 사랑을 배신하고 달아나 버렸던 남편 두무지와 딱 마주치게 되었습니다.

그러나 전에는 이난나와 서로 깊이 사랑했던 이 사내는 지금은 자기 아내 일은 깡그리 다 잊어버리고 이난나의 죽음을 애도해 딴 신이나 여신들은 상복을 두루 입었는데도 그는 상복이 아닌 멋쟁이 옷으로 차리고, 아주 신바람 난 얼굴을 하고 있었습니다.

그래 이것을 보니 이난나는 그립던 생각은 다 어디로 가고, 사랑에 배신당한 분노만이 사무쳐서 벼락같은 소리로,

"바로 이자를 내 대신 잡아가라!"

하고 뒤를 따르던 저승의 사자들을 향해 외쳤습니다.

이 소리에 저승의 사자들은 물론 눈 깜짝할 사이에 이난나의 남편 두무지를 꼼짝달싹 못하게 사방에서 달려들어 붙들어 잡았습니다.

그러나 이때 공평해야 할 신들 사이에서도 사사로운 정실 같은 것이 더러 통했던 것인지, 할 수 없이 된 두무지가 두 손을 하늘로 번쩍 치켜들고 태양의 신에게,

"잘 좀 봐 줍소서, 해님이시여! 저를 즉시 딴 동물로 둔갑시키사 이 자리에서 숨게 하여 줍소서."

하고 외치니, 해님은 바로 그를 한 마리의 뱀으로 변신시켜서 두무지의 누나인 게슈티난나의 집으로 기어 도망쳐 가서 숨게 해 주었습니다. 이 게슈티난나는 하늘의 포도나무의 일을 맡아보고 있는 여신이었습니다.

그래 저승에서 온 사자들은 바로 기어간 뱀의 자취를 더듬어 게슈티난나의 집에까지 들어가서 게슈티난나를 윽박지르며 집 안을 샅샅이 다 뒤져 보았습니다만, 어느 사이 어떻게 빠져나갔는지 뱀은 거기엔 벌써 없었습니다.

저승의 사자들은 다시 들판으로 나와, 그 한쪽에 있는 어떤 양 떼의 우리 속을 자세히 살펴 들여다보았더니, 양 떼들 틈에 움츠리고 숨어 있는 두무지가 보여 붙잡아 끌고 가서 어둡고도 서럽기만 한 저승에서만 살게 했다는 이야기입니다.

헝가리의 홍길동 야노쉬 쵸르하

헝가리

옛날 헝가리에 야노쉬 쵸르하라는 어린이가 있었는데 이가 망아지 이빨같이 나서 요술을 잘하게 생겼었지요.

열두 살 때에 어디를 가거나 무엇을 보거나 모두 마음에 들지 않아서 아버지에게 작별 인사를 하고, 산을 넘고 물을 건너 끝없이 가다가 요술쟁이들이 많이 모여 사는 호숫가에 이르게 되었는데요.

요술쟁이들은 이 아이가 아직은 너무 어리다고 받아들이지 않고, 다만 그 우두머리가

"열두 해가 더 지나거든 찾아오너라."

타이르고는 이어서 말했습니다.

"옆집 당나귀가 곧 노새를 낳을 테니 그건 가져라. 그건 네 것이다."

그러나 그 노새는 생겨나자마자 어디로 도망쳐 달아났다가 꼭 열

두 해가 지나서야 겨우 돌아와서 비로소 우리 야노쉬 쵸르하보고 등에 타라고 했다나요. 그러면서 쇠로 만든 머리빗 한 개와, 옷솔 한 개와, 털옷감 한 조각을 주면서 말했습니다.

"이것들이 긴히 쓰일 때가 있을 것이니 꼭 쥐고 있다가 내가 하라는 대로만 해라."

그러고 나니 바라다보이는 하늘가에는 둥실둥실 흰 구름이 일어나고 있는지라, '에라 모르겠다'고 그 노새를 타고 달려가는데, 무서운 마녀의 일당이 초승달 모양의 칼을 휘두르며 말들을 달려 뒤쫓아 오는지라, 노새가 가만히 귀띔하는 소리를 듣고 냉큼 그가 가진 세 가지 것 중에서 쇠로 만든 머리빗을 획 하고 뒤로 내던졌습니다.

그랬더니 그의 뒤로는 빗살들처럼 빽빽한 수풀이 금세 돋아나서, 그 몹쓸 마녀의 일당이 여기를 헤쳐 나오느라고 진땀을 빼며 시간을 끄는 사이에 야노쉬와 노새는 꽤나 멀리 도망갈 수가 있었습니다.

그러나 착한 일도 끝이 없는 것이지만 악한 자들의 악한 일도 아주 끝나 버리지는 않는 것이라, 또 다른 악마들이 그들의 뒤를 또 쫓아오면 이번에는 옷솔을 내던져서 옷솔의 털들같이 빽빽이 우거진 수풀을 만들어 악마들을 그 속에서 헤매게 하고, 또 다른 악마들이 뒤쫓아 오면 이번에는 또 옷솔보다 더 촘촘한 털옷감 조각을 내던져서 더 촘촘한 수풀을 만들어 그 못된 악마들을 골탕 먹이면서 드디어 어쩔 수 없는 악의 세계를 간신히 빠져나왔습니다.

그러고 나서 어디로 가겠느냐는 노새의 물음에, 야노쉬 쵸르하는 인도로나 가겠다고 노새와 헤어진 후 사뿐사뿐 걸어서 인도 땅으로 들어갔어요.

　인도에 갔더니, 북을 둥둥둥둥 울리면서 광고를 하는 사람들이

　"누구든지 우리나라 공주님 몰래 숨어 있을 수가 있는 사내면 공주님의 신랑으로 맞이합니다."

하는 것이어서, 야노쉬도 거기에 응모하게 되었는데요.

　야노쉬가 바다로 가서 고래 배 속의 밥통 속에 들어가 숨어 있었더니, 인도의 공주는 족집게로 집어내듯이

　"당신, 고래 밥통 속에 가 숨었군요!"

하고 영락없이 알아맞히고, 또 야노쉬가 높은 산에 올라가서 해님의 등에 올라타고 허리를 구부리고 있어도 또,

　"당신, 해님 등에 업혀 있군요!"

하고 알아맞혀서, 이번에는 한 마리의 벼룩이 되어 장미꽃 수풀 속의 어느 장미꽃 속에 들어가 숨어 있었더니만, 이게 웬일이야 글쎄, 공주는 벼룩이 든 장미꽃 가지를 잘라서 꽃관을 만들어 머리에 쓰지 뭡니까?

　그래 요때만큼은 알아맞히지를 못해서, 머리를 득득 긁고 할 수 없이 야노쉬 쵸르하의 마누라가 됐다는 이야깁니다.

엿보지 말아야 하는 일

한국

전라북도 부안군에 있는 변산 안쪽에 내소사라는 절이 있는데요. 신라 때에 이 절의 가장 큰 건물인 대웅전을 세워 놓고 나서 화가들을 불러 벽화를 그리게 하고 있을 때의 일이었습니다.

벽화도 거의 다 그려 놓고, 서쪽 안벽의 맨 위쪽에 말없이 앉아서 참선을 하고 있는 스님의 모습까지도 그린 다음, 그 스님의 눈앞에 무엇을 한 가지 더 그려야만 하게 되었습니다.

세상의 화가라는 화가는 다 불러들여 이 일을 맡겨 보았지만, 여기에 맞는 그림을 그릴 수 있는 사람은 아무도 없었습니다.

그래 이 내소사를 짓고 있던 이들은 마지막으로 이것 한 가지를 마저 끝내지 못해 적지 않은 걱정이었습니다.

그러던 어느 날 이 절에는 생김새가 아주 의젓해 보이는 한 나그네 스님이 찾아들었습니다.

　"제가 그 선사님 앞의 빈자리를 채울 그림을 그려 보겠습니다."
하고 그 나그네가 말했습니다.

　물론 그러라고 승낙하고, 이튿날부터 그 화가인 스님 나그네는 그림 그리기에 착수하게 되었습니다. 그걸 그리려고 대웅전에 들어가기 전에 그 나그네 스님이 신신당부한 부탁이 한 가지 있었으니,

　"내가 그림을 그리는 동안에는 무슨 일이 있어도 절대로 대웅전 문을 열거나 그 안을 엿보아서는 안 됩니다."
하는 것이 그 유일한 당부였습니다.

　그러고 나서 이 나그네 화가는 그림 그릴 붓과 물감을 챙겨 들고 대웅전 안으로 들어갔습니다.

　그런데 자발머리없는 사람들은 어느 나라 어느 때건 얼마만큼씩은 있는 것입니다.

　그래서 누군가가 이 나그네 화가의 당부를 무시하고 대웅전 문구멍으로 안을 슬그머니 엿보는 일이 생기고 말았습니다.

　그 안을 들여다보았더니, 거기에는 나그네 화가의 자취는 간 곳이 없고, 난데없는 웬 아름다운 새 한 마리가 공중을 날아다니며 부리에 물고 있는 붓으로 쉬엄쉬엄 그림 그릴 자리에 정성껏 그림을 그려 가고 있는 중이었습니다.

　그러나 그 새는 누가 자기를 엿보고 있는 것을 느끼자 바로 큰 소리로, "어흥!" 하고 호랑이 소리로 울부짖으며 방바닥에 떨어져 죽어

버리고 말았습니다. 죽어 있는 모양을 보니 그건 또 뜻밖에도 아주 큰 한 마리의 호랑이였습니다.

이때 내소사에 있던 스님들은 화가인 나그네 스님이 전에 도를 잘 닦은 호랑이였던 것을 알고,

"호랑이 스님! 호랑이 스님!"

하며 연거푸 불러 보았으나 그는 영영 소생하지 못하고 말았습니다.

그래 그 뒤에 사람들은 호랑이였던 이 스님 화가가 내생에서나 다시 소생하기를 바라는 뜻으로 이 절 이름도 내소사라고 하게 되었다는 것입니다.

그런데 여기 큰 문제가 되는 것은, 그 참선하고 있는 선사 스님 앞의 빈자리에 무엇을 그려 넣느냐, 안 그린 채 두느냐 하는 것이었습니다. 불교에서는 사람이 사는 데는 비워 두는 여유도 있어야 하는 것이니 아무것도 안 그리는 게 좋다 하여 지금도 그대로 그 자리를 비워 두고 있습니다.

뱀의 볏

핀란드

옛날 핀란드에서는 '뱀의 머리에 난 볏을 먹으면 하늘을 날아다니는 동물의 말을 알아들을 수가 있다'는 속담이 있었던 걸로 보아 어떤 뱀은 보통 뱀과는 달라서, 머리에는 수탉의 머리에 돋아난 빨간 볏과 같은 것이 달려 있었던 것 같은데요.

어느 날 한 사냥꾼이 총을 어깨에 메고 사냥을 하러 숲속으로 들어갔다가 빨간 볏이 머리에 달린 뱀과 딱 맞닥뜨리게 되었습니다.

사냥꾼은 놀라서 엉겁결에 총을 마구 쏘았습니다만 뱀은 죽지 않고 살아서 새빨간 아가리를 벌리고 꿈틀대며 덤비려 할 뿐 아니라, 어느 사이엔지 그의 앞에는 이 뱀의 새끼들로 보이는 작은 뱀 떼가 수없이 모여 들었습니다.

사냥꾼은 처음에는 몽둥이로 후려갈겨 댔으나 그것도 별 효과가 없어, 꾀를 내어 웃옷을 벗어 던졌더니 뱀들은 그리로 모두 모여드는지라, 그 틈을 타서 재빨리 도망쳐 나올 수밖에 별 도리가 없었습니다.

　그 이튿날 사냥꾼이 다시 그곳으로 나가 보았더니, 붉은 볏을 단 뱀은 아직도 반죽음 상태로나마 살아 그 자리에 질펀히 누워 있었습니다. 그래서 그는 '뱀의 볏을 먹으면 동물의 뜻을 모두 알아들을 수 있다'는 속담이 맞는가를 몸소 실험해 보기 위해 그걸 주머니칼로 잘라 가지고 집으로 돌아와 냄비에 넣고 끓여 먹었습니다.

　그러고 나서 그는 산책을 나가 보았는데요, 이게 웬일입니까? 마침 그의 곁으로는 까마귀 한 마리가 까욱까욱 울며 날아가고 있었는데, 그는 그 까마귀의 울음소리에 담긴 생각을 그대로 다 알아들을 수가 있었습니다.

　그 이튿날 저녁때는 두 마리의 사냥개를 데리고 숲속으로 사냥을 갔는데 그중의 하나가 몹시 짖어 대자, 그것이 '오늘 저녁 우리 집에 도둑이 들 것 같다. 나는 집으로 먼저 가서 도둑이 들지 못하도록 지켜야겠으니 너만 여기 남아서 주인어른을 도와 드려야겠다' 하는 뜻인 것도 알아들을 수가 있었습니다.

　그래 그 개는 바로 집으로 가서 짐작한 대로 도둑이 숨어 들어오는 것을 용감히 짖으며 대들어 멀리 쫓아 버릴 수가 있었는데요. 이 집의 부인은 이런 개에게도 고마움을 느끼지 못해서, 먹을 것을 준다는 게 구정물에 밀가루 탄 것만을 귀찮은 듯이 줄 뿐이었습니다.

이 개는 다시 남자 주인이 있는 사냥터로 뛰어가서 그의 안주인이 궂은 음식을 주더라는 이야기를 친구 개에게 가만히 하소연을 했는데, 그것도 사냥꾼은 잘 알아들을 수가 있었습니다.

사냥꾼은 개들을 데리고 집으로 돌아가자 이내 아내더러,

"충성을 다하는 개에게 더러운 구정물을 먹여서야 되겠소?"

하고 야단을 쳤습니다.

그의 아내는,

"누가 그래요? 설마 개가 말을 했을 리는 없을 텐데요."

하고 딱 잡아떼었습니다.

이 말을 들은 사냥꾼은,

"그 구정물 대접을 받은 개가 그럽디다."

하고 아내에게 한마디를 더 하고는 그만 쓰러져서 숨을 거두고 말았습니다.

핀란드의 뱀의 볏이라는 것, 그것참 알 수 없는 것이로군요.

곰의 딸로 다시 태어나서

러시아

아주 먼 옛날 옛적에 시베리아 지방의 서쪽 오브 강과 이르티시 강이 만나는 곳에서 그리 멀지 않은 데에 모스 족의 아름다운 처녀가 쓸쓸히 혼자서 살고 있었는데요. 이 모스 족으로 말하면 서쪽 시베리아에 사는 여러 족속들 가운데서도 가장 존경받는 신성한 족속이었습니다.

어느 날 신성한 모스 족의 이 쓸쓸한 처녀가 그녀의 가장 중요한 재산인 털가죽 외투 한 벌을 바깥의 햇볕에 내다 말리고 있었는데요. 이 털가죽 외투는 깃과 소매에 고운 수를 놓고 또 장식을 붙인 것으로 25년 전에 처녀의 어머니가 손수 만든 것이었는데, 그녀의 어머니는 벌써 세상을 뜬 지가 여러 해 되었습니다.

해 질 무렵 털가죽 외투를 걷어 들이려고 밖으로 나가 보았더니요, 사람 만나 보기란 정말로 어려운 이 시베리아의 거칠고 넓은 땅 위에서 어느 네발 달린 짐승이 물어 간 것인지, 어느 새가 채 간 것인지 햇볕에 널어놓았던 그녀의 귀중한 외투는 감쪽같이 없어지고 말았어요.

그래 이 처녀는 울면서 그날 밤을 밝힌 뒤에, 이튿날 아침 일찌감치 일어나 목도리로 덜 춥게 머리를 싸맨 다음에, 그녀의 두 눈이 가는 곳을 따라 외투를 찾으러 한정 없는 나그넷길에 나섰습니다.

며칠을 터벅터벅 걸어서야 굴뚝에서 연기가 나는 집 한 채를 겨우 발견하고, 그 집을 찾아가 하룻밤 재워 주기를 부탁했는데요! 집을 받치고 있는 여섯 개의 기둥 가운데 세 개는 땅에 박혔지만 나머지 세 개는 하늘로 솟아 있는 이 묘하게 생긴 집의 안주인은 우리 모스의 처녀보다는 나이가 조금 들어 보였는데,

"동생아, 춥겠다. 어서 들어와서 쉬려무나."

하고 친절히 맞이했습니다.

이 시베리아의 서부에는 사람이 너무나 적게 살아서 그런지 사람들은 서로 이렇게 친절했습니다. 그래 하룻밤 동안 모스의 처녀는 먹을 것도 충분히 얻어먹고 또 눈물을 흘려 울 것도 충분히 실컷 울고 났는데요.

이튿날 처녀가 다시 길을 떠나려 하자, 기둥 세 개를 하늘에다 심은 묘한 집의 안주인은 좋은 담비의 털가죽 외투 한 벌을 선물로 주었고, 이 집의 바깥주인은

"당신의 외투를 마지막으로 찾으러 갈 때 이 외투를 입으시오."

하며 그 잃어버린 외투가 있는 곳을 아는, 그의 처제가 사는 곳은 아주 먼 쓸쓸한 나라니까 조심해서 찾아가라고 신신당부했습니다.

우리 모스의 처녀는 얼마나 많이 걸었는지 그것조차 알아차리기 어려울 만큼 한참을 걷고 또 걸어서, 드디어 또 그 목적하던 집을 기진맥진하여 찾아들게 되었는데요. 이 집도 역시 세 개의 기둥은 땅에 박혔지만 나머지 세 개는 하늘을 향해 뻗어 있기는 그의 언니의 집과 마찬가지였습니다. 물론 이것은 '사람은 땅에다가만 뿌리를 박고 사는 게 아니라 하늘에다가도 똑같이 뿌리를 박고 살아야 하는 것이다' 하는 뜻을 나타낸 것이겠습죠.

처음 보는 이 집의 안주인도 모스의 처녀를 보자,

"동생아! 잘 왔다."

하고 반겨 맞이해 들이고는 지쳤으니 좀 쉬라고 잠자리부터 마련해 눕히고 맛있는 음식을 마련해 오랜만에 보는 친동생을 대하듯 정성을 다해 대접해 주었습니다.

음식을 먹은 뒤에도 모스의 처녀가 이어서 누워 있노라니까 이 집 사내가 돌아왔는데요. 곰의 털가죽을 입은 이 사내는 무슨 인사말 대신에 처음 보는 처녀가 누워 있는 가장자리를 두어 바퀴 뱅뱅 돌아다니면서 씩씩 소리를 내며 그녀의 냄새를 맡고 있었습니다. 이렇게 하는 것도 그들의 풍습인 듯했습니다. 사내는 생기기는 아주 썩 잘생겼는데 그럽니다.

"날으는 새도 찾아들기 힘드는 데를 어떻게 용하게 찾아왔군."

이것이 그 사내가 우리 처녀에게 처음 거는 인사말이었습니다.

그래 이날 밤 우리 모스의 처녀는 이 집의 주인 부부에게 그녀의 여행 목적을 자세히 들려주었는데요.

이튿날 아침에 일어나자 주인 사내는 나그네 처녀에게,

"여기서 여러 날이 걸려 가다가 보면 당신은 오브 강을 만나게 될 것이고, 그 강가에 모여 있는 사람들도 보게 되겠지만 그들에겐 말도 걸지 말고 물론 쳐다보아서도 안 됩니다. 그곳을 지나서 또 한참을 가면 어떤 마을에 당도하게 되는데요. 마을 끝에 가면 커다란 나무 한 그루가 솟아 있는 게 보일 것이고 그 나무 위에다가 지어 놓은 조그만 집도 한 채 보일 겁니다. 그 집의 창 밑의 걸대에 당신이 잃은 그 외투는 지금도 걸려 있지만, 이 나무 밑에는 사람도 잘 물어 죽이는 여러 마리의 개가 지키고 있으니 아주 조심해야 돼요. 전날 내 처형이 주었다는 담비 털가죽 외투를 입고 가면 그 개들 사이를 지나서 나무에 올라갈 수가 있으니, 그렇게 해요."

하고 말하여 잃은 외투를 되찾아 올 길을 가르쳐 주었습니다.

그러고는 아내를 시켜 흰 다람쥐 털가죽 외투 하나를 가져 오게 해서 선물로 주며,

"이건 당신 외투를 되찾아 가지고 개들 사이를 헤쳐 나올 때 바꿔 입어야 합니다. 또 한 가지 꼭 명심해야 할 일은, 그 외투를 되찾은 기쁜 마음 때문에 '야! 이제는 됐다' 하고 마음속에서도 외쳐서는 안 됩니다. 당신이 그걸 참지 못하면 개들은 눈 깜짝할 사이에 당신을 발기발기 찢어 죽일 테니까요. 그렇지만 개를 너무 겁낼 건 없어요. 그 개들은 모두 장님이니까요."

하고 또 당부했습니다.

그래 우리 모스의 처녀는 친절한 이 내외의 집을 떠나 그 주인 사내가 하라는 대로 해서 마지막에는 그 높은 나무에 올라가 잃었던 외투를 되찾아 가지고 나무 아래로 내려와서 막 흰 다람쥐 털외투로 갈아입던 중이었는데요.

너무나도 좋아서 마음속으로만 '야! 이제는 되었다!' 하고 단 한마디를 느끼고 있었더니요. 아! 이게 웬일입니까? 눈 깜짝할 사이에 그 흉악한 개들이 몰려와서 우리 모스의 처녀를 물어 죽였어요. 다만 눈에 안 보이는 넋만이 그녀의 몸을 떠나서 하늘과 땅 사이를 헤매며 떠돌아다니게 되었습니다.

그래 우리 모스 족 처녀의 신성한 넋이 땅 위를 헤매고 다니는 동안에 긴 겨울은 다 가고 새봄이 되었는데요.

그녀의 넋이 봄의 땅이 그리워서 땅속으로 스며들어 갔더니만 그 자리에서 새빨간 고운 풀꽃이 피어나서 하늘의 봄 햇빛을 땅 위의 어느 목숨보다도 더 반가워하고 있었습니다.

마침 그 꽃을, 그 곁을 지나가던 어떤 암곰 한 마리가 좋아서 따 먹었는데요. 그 암곰은 오래잖아서 아이를 배어 낳기 시작하여 아들 둘과 마지막으로 딸 하나를 이어 낳았는데, 두 아들은 곰이었지만 막내인 딸만은 세상에서도 아름답고 착한 사람이었어요. 엄마 곰은 그 딸을 하늘의 따님이라고 이름 붙여 부르게 되었습니다.

아주 빠르게 흐르는 것인지 아주 느리게 흐르는 것인지 모를 시베리아의 세월은 흐를 만큼 흘러서 이 하늘의 따님도 드디어 아주 그리운 모습의 처녀가 되었는데요. 그녀는 특히 맑은 샘물에서 물을 길어다가 마시기도 하고 또 식구들을 깨끗하게 씻기기를 좋아했어요. 물을 길어 나르는 물통도 그녀의 것은 흰 자작나무 껍질들을 붙이고 꿰매 손수 만들어 낸 것으로, 이런 아름답고 특수한 물통을 가진 사람은 시베리아의 여러 종족 중에서도 그녀 하나뿐이었습니다.

날씨가 아주 좋은 어느 날 이 하늘의 따님의 어머니인 암곰은 그의 딸을 조용히 앞에 불러 놓고 하는 말이,

"내 이승의 목숨도 인제는 거의 다 되어 간다. 그리고 내 두 아들도 바로 이어서 내 뒤를 따르고 너만 남을 것이다. 우리 셋은 다시 생겨날 땐 하늘의 북두칠성의 일곱 별 중의 세 별이 될 것이니 그리 알고 이것을 사람들에게도 알리기 바란다. 내가 가서 될 별은 일곱 별들 중의 맨 마지막에 놓인 별이다. 너한테 마지막으로 부탁할 것이 하나 있으니 잘 들어 두었다가 꼭 그대로 해 주기 바란다. 사람들은 머지않아 나와 내 두 아들을 죽여서 삶고 구워 먹고서, 우리들의 손과 발의 손톱과 발톱들은 더러운 곳에 내던져 버릴 것이니 너는 마음 써서 이걸 살피고 있다가 우리들의 그 버려진 손톱들과 발톱들을 주워 모아서 깨끗한 곳에 정성껏 묻어 달라는 것이다."

하는 것이었습니다.

그 말이 막 끝나기가 바쁘게 이들의 곰 굴 밖에서는 왁자지껄한 사람들의 소리가 들리더니, 곰 사냥꾼들이 무기를 들고 굴속으로 몰려들어 와서 어미와 두 아들 곰을 죽여 밖으로 끌고 나가 버렸습니다. 그리고 울고 몸부림치다가 지쳐 쓰러져 있는 우리 하늘의 따님

만큼은 이 사냥꾼 중의 하나인 마을의 우두머리의 젊은 아들의 눈에 들어 그가 썰매에 태워 데리고 갔습니다.

이 사내는 아직 총각이어서, 그의 아버지에게 사정하여 이내 서둘러서 둘이는 결혼식을 치르게 되었습니다.

결혼식 뒤에는 곧 또 음식을 걸게 차려 놓고 먹고 마시는 잔치가 한바탕 열렸는데요. 이 자리에는 하늘의 따님의 어머니인 곰과 두 오빠 곰들의 고기도 내놓아져 있어 우리 신부를 울게 했습니다만, 그녀는 꾹 참고 기다리다가 그들이 다 먹고 버리는 것들의 뒤를 쫓아가서 어머니 곰의 유언대로 그들의 손톱과 발톱들을 빠뜨리지 않고 주워 모아 수풀 속의 깨끗한 땅에 묻어 주었습니다.

그러고 나니 마침 초저녁이 되었는데요. 하늘에 뜬 북두칠성에서는 엄마 곰의 말소리가 맑게 울리며 들려왔습니다.

"딸아! 하늘의 딸아! 네 덕분에 우리 셋은 이렇게 별이 되어 다시 돌아왔단다!"

바다의 좋은 생선을 먹고 낳은 두 아들

칠레

이것은 사람이 신도 되고, 신이 사람도 되고, 사람이 동물이나 식물도 되고, 또 동식물이 사람도 되고 하던 시절에 남아메리카의 칠레라는 나라에서 생긴 이야기입니다.

어느 대단히 맑은 날에 아직도 자녀를 가지지 못한 중년의 한 어부가 남태평양의 깨끗한 바닷가에서 서성거리고 있노라니까 하늘과 바다가 너무나 맑아서 그런지, 자비심이 많아 보이는 크고 좋은 바닷고기 한 마리가 이 어부의 자식 없음을 동정하여 물 위로 고개를 내놓고 하는 말이,

"아저씨, 저는 아저씨의 아들이 되어 아저씨를 돕고 싶은 생각이 났거든요. 그러니까 저를 잡아다가 국을 끓여서 댁의 아주머니한테 많이 먹여 드리세요. 그러면 훌륭한 아들을 이어서 둘이나 낳을 거

예요. 제 뼈는 댁의 암캐에게 먹이고, 국물은 댁의 암말에게도 나누어 먹여 주세요. 그러면 그 암캐와 암말도 이어서 두 마리씩 아주 좋은 새끼를 낳을 겁니다. 또 제 꼬리와 지느러미는 땅에다 따로따로 묻어 주세요. 그러면 그 꼬리 묻은 데서는 두 그루의 올리브 나무가 생겨나 자라 오를 것이고, 지느러미를 묻은 곳에서는 뒤에 두 자루의 좋은 긴 칼이 나올 것입니다. 이 올리브 나무가 언제나 싱싱히 살아 있으면 당신의 두 아들은 언제나 무고할 것이지만 이 나무가 시들면 당신의 아들들은 목숨이 위태롭게 됩니다. 그 새로 생겨날 두 마리씩의 말과 개와 두 자루의 긴 칼은 물론 장차 아저씨의 훌륭한 두 아드님을 늘 꾸준히 도와줄 것들입니다."

하는 것이었습니다.

날씨가 너무나 아름답게 맑았던 옛날의 남태평양의 꽃다운 바닷속에서는 이렇게까지 앞날을 미리미리 내다보고, 이렇게도 동정심이 많은 물고기도 살고 있었던 것입죠.

물론 이 어부는 바닷고기가 일러 준 대로 고스란히 다 그대로 해냈지요. 그랬더니 그 예언대로 두 명의 좋은 아들을 이어서 가지게 되었고, 그의 집의 암말과 암캐에게서도 각각 두 마리씩의 새끼를 얻게 되었고, 두 그루의 올리브 나무와 두 자루의 좋은 긴 칼도 가지게 되었습니다.

세월은 이 집에 복되이 흘러서 그의 두 아들은 늠름한 대장부들로 다 자라나게 되었는데요.

어느 날 큰아들이 부모님 앞에 나와서 간절히 사정하기를,

"저도 이제는 세상일을 알아보러 떠날 때가 되었습니다. 승낙해 주십시오."

하는 것이었습니다.

그의 부모도 그리 못난 사람들은 아니어서 "그래라" 하니 큰아들은 두 자루의 긴 칼 중의 한 자루를 허리에 차고 그의 출발을 기다리고 있던 두 마리의 하이얀 말 중의 언니가 되는 말의 등에 올라탄 다음에, 두 마리 검은 개 중의 형이 되는 개를 끈을 달아서 이끌고, 어디라 정처도 없는 이 세상 경험의 나그넷길에 선선히 올랐습니다.

"내게 무슨 좋지 않은 일이 생기면 저 두 그루 올리브 나무 중의 하나가 시들 것이니 그때는 나를 찾아 나서서 날 좀 도와주어야겠다."

이것이 출발 직전에 이 청년이 아우에게 남긴 부탁이었습니다.

그래 바닷고기의 소원으로 그 고기를 먹고 낳은 두 아들 중의 큰아들이 백옥같이 흰 말을 타고 말보다도 더 빠른 검은 개와 함께 여러 날을 여행해 달린 끝에, 어느 나라 왕의 궁전에 이르렀어요.

이곳의 왕은 그를 만나 보자, 의젓하고 사내다운 잘생긴 모습에 호감을 갖게 되어서 왕궁에 있게 했고, 그는 이 왕의 두 공주님 중의 맏공주와 눈이 맞아 서로 사랑하는 사이가 되어서 결혼까지 하게 되었습니다.

그런데 어느 날 아침에는 그들 부부의 2층 침실에서 잠이 깨어 유리창 밖을 자세히 살펴보니 끝없이 뻗어 나간 푸른 벌판 저편에 큰 호수가 있는 것이 어렴풋이 보여서 호기심 많은 공주의 신랑은,

"저기까지 잠시 가 보고 오겠소."

하고 공주에게 말했습니다. 그랬더니 공주는,

"그런데 호수 저켠에는 아주 위험한 마법의 세계가 있다고 해요. 그 호수를 넘어갔다가 돌아오지 못한 사람들이 많다고 들었으니 조심하세요. 호수 너머로는 안 가시는 게 좋겠어요."

하고 말했습니다.

그러나 이 하늘 밑에 겁나는 것이라곤 하나도 없는 이 신랑이 망설이고만 있겠습니까?

그는 바로 방 안에 놓였던 큰 칼을 집어 들고는 밖으로 나가서, 그의 흰 말을 잡아타고는 검은 개를 데리고 활줄을 떠난 화살처럼 우선 그 호수를 향해 먼 초원 위를 달려갔습니다. 드디어 그 호숫가에 당도하자 그냥 돌아오지를 못하고 호수의 둘레를 돌아, 호수 저쪽의 위험하다는 곳을 향해 거침없이 말을 몰아갔습니다.

한참 동안 꽤나 멀리 달려갔는데요. 문득 코에 쌍긋한 불고기 굽는 냄새에 여기저기를 두리번거리며 살펴보니 어디 가까운 곳에서 쇠고기를 긴 쇠꼬챙이에 꿰어 불에 굽고 있는 모습이 보여, 잠시 말에서 내려 몇 점 맛보려고 바짝 가까이 갔더니요. 쇠꼬챙이에 꿰어져 지글지글 익고 있던 그 고깃덩이들이요, 밤중의 도깨비 방망이들처럼 모조리 튀어나와서 그의 얼굴과 온몸을 치는 것이었습니다.

그래 모처럼 생긴 입맛을 미루어 두고 그저 입맛만 다시며 여전히 앞으로 말을 달려갔는데요. 그의 뒤에서는 뜻밖에도,

"이놈, 거기 있거라!"

벼락같이 외치는 소리가 들려서 '저게 뭐야' 생각하며 잠시 뒤를 돌

아다보는 순간 그는 꼼짝달싹도 할 수 없는 바윗덩어리가 되어 버리고, 그의 말과 개도 역시 그렇게 되어 버리고 말았습니다.

그러신데요, 이때 이 바위가 된 청년의 고향 집에서는요, 아우가 언뜻 뜰 앞의 두 그루의 올리브 나무에 눈을 주어 보았더니 어느 사이엔가 그중의 한 나무가 시들시들 시들어 가고 있었어요.

'이거 아무래도 형님한테 크게 위험한 일이 생긴 것이로구나' 생각하고, 아우는 형을 구하러 길 떠날 것을 부모님께 말씀해 승낙을 얻은 뒤에, 또 한 자루 남은 긴 칼을 옆에 차고, 또 한 마리 남은 하이얀 말의 고운 갈기털들을 좋은 빗으로 빗겨서 타고, 또 한 마리 남은 윤이 번지르르한 검둥개를 앞세우고 끝없는 먼 길을 또 떠났습니다.

그래 또 이 아우도 말이 달려가는 대로 여러 날을 갔는데, 마침내 당도한 곳은 그의 형이 맨 처음 이르렀던 데와 마찬가지인 그 궁전 앞이었습니다.

이 아우로 말하면 얼굴 생김새나 태도나 말씨까지가 그의 형과 분간을 할 수 없을 만큼 너무나 똑같이 생겼어요. 그 궁전에 들러 혹시라도 형의 소문을 알아볼 수 있지 않을까 싶어 왕의 배알을 요청했더니, 이 궁전 사람들은 이 아우가 왕의 부마인 줄만 알고 모두 반겨 맞이하며,

"왜 이렇게 늦으셨사옵니까, 부마님?"

하는 것이었습니다.

머리가 좋고 눈치도 빠른 형과 똑같이 생긴 아우는 형의 간 곳을 알아내자면 어차피 여기서 잠시 형의 행세를 해야 할 것을 알고, 왕

의 앞에 나가 먼저 늦게 돌아온 인사 말씀을 꾸며 여쭙고 따라다니는 시녀들의 안내를 받아 형수만이 있는 형의 처소로까지 들어가야 했습니다.

형과 형수가 같이 지내는 처소에 들어서니 형수는 이제 자기 남편인 줄만 알고,

"당신 왜 그리 늦으셨어요? 어쨌든 다시 돌아오셔서서 기뻐요."

하고 옆에 와 반가워서 손을 잡는 것을 아우는 어름어름하며 또 왕한테처럼 늦은 핑계나 꾸며 댈 수밖엔 없었습죠.

그런데 딱 질색은, 밤이 되어 형수와 함께 한 침실에 들게 되었을 때였습니다. 그래 참 딱하게 된 이 아우는 임기응변으로 형수와 함께 누워 자게 된 침대의 한가운데에다가 그의 긴 칼을 세로로 반듯하게 눕혀 놓고 말하기를,

"오늘 밤부터 며칠 동안 내가 당신과 조금도 살을 대서는 안 되는 마음의 수도를 하기로 작정했으니 그리 아시오."

하고 단정하게 누워 잠이 들었습니다.

이튿날 아침 식사가 끝난 다음에는, 전날 밤 형수에게서 이리저리 말을 돌려 겨우 알아낸 초원의 호숫가를 향해 말을 달려 갔습니다. 물론 그의 칼과 개도 함께요.

이 아우도 형처럼 호수를 끼고 돌아서 호수 저켠으로 나가 한참을 쉼 없이 말을 몰아가고 있었는데요. 그의 형이 겪던 것처럼 어느 곳에 당도하니 쇠고기를 맛있게 굽고 있는 냄새가 역시나 그에게도 쌍긋하게 풍겨 왔어요. 사방을 두리번거려 살펴보니 역시나 그의 형이

전에 보던 것과 같은 큼직큼직한 쇠고기 산적을 쇠꼬챙이에 꿰어 불에 굽고 있는 것이 보였어요. 그래 이런 데서는 저절로 당기는 입맛으로 그것 한 점을 입에 넣어 보려고 석쇠에 막 손을 갖다 대려고 했더니만 그 고깃덩이들은 전날의 형에게처럼 밤중의 도깨비 방망이들같이 그의 얼굴과 몸을 마구 쳐 대는 것이었습니다.

그래 이 아우는 재빨리 몸을 피해 또 얼마만큼 말을 달려 갔는데, 어느 외진 곳에 오자 이번에도 그의 형에게 들리던 것과 같이,

"이놈! 거기 있거라!"

하는 우렁찬 고함 소리가 뒤에서 들려왔어요.

그러나 슬기로운 이 아우는 '고함 소리가 나는 뒤를 돌아다보다가 돌이 되고 말았다는 이야기는 옛날이야기에도 있는 거니까 돌아다보지 말자' 생각하며 그대로 꼿꼿이 앞만 보고 말을 달렸습니다.

한참을 그렇게 달리다 보니 앞에서 길을 걸어가고 있는 머리가 하얀 늙은 할머니 한 분이 보였는데, 그 할머니는 꽤나 많이 길을 걸어온 듯 지친 발걸음을 겨우 옮기고 있었습니다.

그런데 이 노파가 말의 앞을 막아서며,

"그냥 돌아가세요. 당신 형님이 이 근방에서 바윗돌이 됐어요."

하고 그래도 소리만은 꽤나 우렁차게 말하는 것이었습니다. 그러고는 잘생긴 장미꽃 한 송이와 물병 하나와 갯솜 한 덩이를 건네주며,

"이것들이 이제 긴히 쓰일 거예요."

하는 말을 남기고는 어디론지 안개 사라지듯 자취도 없이 사라져 버렸습니다.

그래 아우는 할머니의 말만 믿고 그 근처를 샅샅이 찾아보니, 할머니를 만난 곳에서 그리 멀지 않은 길에는 무수한 바위들이 여러 모양을 하고 널려 있는 것이 보였습니다.

그는 또 지혜를 써서 할머니가 준 물병의 물을 바위에 조금씩 뿌려 보았더니 그 돌들은 모조리 남녀노소의 사람들이 되어 되살아나는 것이었습니다. 그 속에는 왕도 있고, 왕비도 있고, 공주도 있고, 왕자도 있었습니다.

물론 그의 그리운 형도 부시시 눈을 비비며 다시 살아 일어나서, 두 형제는 얼싸안고 다시 만난 걸 하늘에 감사한 뒤에, 형도 다시 살아난 그의 흰 말에 올라타 되살아난 개와 함께 아우와 나란히 말을 몰고 귀로에 올랐는데요.

도중에 아우가,

"우리 집 올리브 나무 한 그루가 시드는 것을 보고 형을 찾아 나섰는데요. 형의 처가인 왕의 집에 들러선 내 얼굴이 형과 아주 똑같은 죄로 어젯밤엔 형수하고 한 침대에서 자게까지 됐으니 나 참 세상에 별일도 다 당했지. 어허허허허허허……"

하고 웃어 젖히며 지난 이야기를 막 꺼내자, 그 말을 다 들어 보기도 전에 그만 오해로 발끈 달아오른 형은 허리에 차고 있던 긴 칼을 빼어 즉시 아우의 목을 쳤습니다. 그러고는 아우의 손에서 죽은 목숨을 되살리는 약인 물병과 장미꽃과 갯솜을 뺏어 들고 아내가 있는 왕궁을 향해 말을 몰아갔습니다.

그러나 이날 밤 잠자리에서 아내가

"당신, 어젯밤에는 저하고의 사이에 당신 칼을 빼 놓으시더니 왜 오늘은 벌써 그만 치우셨어요? 며칠간은 그렇게 칼을 사이에 두고 나하고 서로 살을 대지 않는 수도를 하시겠다더니요?"

하고 말했을 때에는 그만 온 천지가 그저 깜깜해지는 것만 같았습니다. 그는 죽어서는 절대로 안 될 착한 아우를 오해로 목을 베어 죽였다는 것을 비로소 알게 되었으니까요.

이튿날 새벽이 되자, 형은 아우의 손에서 뺏어 온 물병과 장미꽃과 갯솜을 가지고 아우가 죽어 있는 곳을 찾아가 울면서 갯솜으로 먼저 시체에 묻은 피를 씻고, 그 머리와 몸을 이은 다음에 물병의 물을 뿌리며 장미꽃으로 목과 몸이 이어진 곳과 코와 입에 대고 가벼이 문질렀더니, 아우는 금방 잠에서 깨듯 깨어나며,

"형님! 나요!"

하고 반가이 형을 부르는 것이었습니다.

그래 형은 그 죄를 일생 동안 뉘우치고 살기로 작정하고, 아우는 왕과 왕의 둘째 따님의 눈에 들어 둘째 공주에게 또 장가를 들어서, 고향의 부모님도 모셔다가 잘 살게 되었더라는 이야깁니다.

꽃들을 데려다가 아들딸을 삼았더니

본데이 족

아프리카 본데이 족의 어느 늙은 과부는 아들딸도 하나 없는 데다가 또 너무나도 가난했어요. 날이면 날마다 수풀 속에 들어가서는 땔나무를 조금씩 해다가 팔아 목구멍에 풀칠을 하고 근근이 살아가고 있었습니다.

어느 날도 역시 도끼를 가지고 땔나무를 하러 수풀 속으로 들어갔지만 땔나뭇감이 쉽게 잘 보이지 않아 꽤 먼 곳까지 발걸음을 옮겨 들어갔는데요.

마침 거기에는 무시와라고 부르는 고운 꽃이 만발한 그리 크지 않은 꽃나무가 한 그루 서 있는 게 보였어요. 그거라도 찍어 내다가 잘라서 땔나무를 만들어 팔려고 도끼를 그 뿌리께에 갖다 대었는데요.

그러자 그 무시와 꽃나무는

"할머니, 할머니. 저를 죽이지 마세요. 저를 안 베고 살려 놓아 주신다면 제 꽃들을 일 잘하는 아들딸로 둔갑시켜, 늘 할머니 대신 일을 해서 할머니를 편히 살게 해 드리겠어요."

하고 간절히 사정을 하는 것이었습니다.

그래 이 할머니가 거기 찬성을 했더니요, 무시와 꽃나무는 다시 말을 계속하여

"그렇지만 꽃들은 꾸지람을 듣는 일도, 매를 맞는 일도 없는 것이니, 제 꽃이 할머니의 아들딸이 되어서 살더라도 절대로 때리거나 꾸지람을 해서는 안 됩니다. 이것만큼은 꼭 지켜 주셔야지 안 그러면 뒤에 후회하게 돼요."

하고는 바로 그 자리에서 여러 송이의 꽃들을 여러 형제자매의 귀여운 아들딸들로 둔갑시켜 가난한 할머니를 따라가게 해 주었습니다.

할머니는 꽃같이 잘생긴 새로운 아들딸들을 데리고 오막살이로 돌아왔는데요. 한 아들은 논과 밭을 갈아 농사를 잘 짓고 어떤 아들은 사냥을 잘하고 또 딴 아들은 물고기 낚시질을 잘하고, 또 그 딸들 중에는 땔나무를 잘 해 오는 사람 나물을 잘 뜯어 오는 사람 또 곡식 가루를 잘 빻아 떡이나 죽을 잘 만드는 사람이 골고루 끼어 있어, 그들의 양어머니가 된 할머니는 더 이상 고단한 일을 하지 않고도 아주 평안하게 잘 지낼 수가 있었습니다.

그래 이 할머니는 아직 일할 나이가 안 되는 어린아이 하나만을 데리고 재롱을 위안 삼아 살아가고 있었지요.

그런데 어느 날은 그 어린 꽃이 둔갑해 된 어린아이가 끼니때가

되어 먹을 것을 달라고 하다가 늦어지자 조르고 떼를 쓰며 고함을 쳐 우는 바람에, 할머니는

"요 꽃나무가 까 놓은 새끼야. 네 밥그릇 들고 어서 꺼져 버려!"
하고 성이 나서 꾸지람을 한마디 했는데요.

저녁때 형들과 누나들이 모두 일터에서 돌아왔을 때, 이 아이가 나서서 할머니한테 먹을 걸 달래다 '밥그릇 들고 꺼져 버려' 하는 역정을 당한 사실을 낱낱이 다 알려 주자, 그걸 들은 형들과 누나들은 할머니 앞에 모여 가서 입을 가지런히 하여,

"그래요. 우리는 꽃나무의 새끼들이에요. 밥그릇 들고 꺼져 버리라고 하셨다니, 예, 물론 다 나가서 그전대로 꽃들이 되어 부당한 꾸지람 안 듣고 다시 평화롭게 살겠어요."
하고는 모두 한꺼번에 이 집을 떠나 버렸어요. 할머니의 뒤늦은 애원도 아무 소용이 없었어요.

한 꽃나무의 꽃들같이 평화롭게 살기로 한다면 아이들에게도 매질은 물론, 부당한 꾸지람도 해서는 안 되겠지요.

학에게 시집간 처녀

괌

여러분의 지도책에서 보면 적도의 서북쪽에 자그마한 많은 섬들이 보이지요? 이 섬들에선 미크로네시아 종족의 사람들이 살고 있는데요. 이 이야기는 그중의 한 섬인 괌이라는 섬 사람들이 만들어 전해 오는 이야기입니다.

옛날 옛적에 리크와리크리크라는 이름의 아름다운 처녀가 부모와 함께 살고 있었는데요. 그녀의 부모는 딸의 신랑감을 아직도 정하지 않고, 앞으로 골라서 뽑기로 하고 여기저기 물색하는 중이었습니다.

어느 날 그녀의 부모는 바닷가의 과수원에서 과일을 따고 있었고, 그녀는 과수원 바짝 곁의 바닷가 모래밭에서 한가히 거닐며 놀고 있었는데요.

작은 배 한 척이 문득 가까이 대어 오더니, 거기서 어느 새보다도

비 올 것을 잘 알아 알리는 왜가리 한 마리가 괜찮은 미남자로 쏙 둔 갑해 나타나며,

"여봐, 여봐, 자기. 자기한테 장가들 사내를 구한다기에 왔지."
하는 것이었습니다.

처녀는 부끄러워 그 사내에겐 대답을 않고, 그 옆 과수원에서 과일을 따고 있는 아버지를 향해,

"배가 한 척 들어왔는데요. 저한테 청혼을 하러 왔다고 해요."
하고 큰 소리로 알렸습니다.

그녀의 아버지는 과일나무들 사이에서 힐끗 그 왜가리가 둔갑한 사내를 살펴보고는,

"얘, 글렀다. 퇴짜를 놓아 버려!"
하고 고함을 쳐서 그걸 알아들었는지라, 그 왜가리 사나이는 그만 섭섭한 대로 뱃머리를 돌려 물러가고 말았어요.

그리 오래지 않아서 또 한 척의 작은 배가 처녀 곁의 바닷가로 노를 저어 왔는데요. 이번 배에는 도요새 수컷이 둔갑한 겸손한 체하는 사내가 타고 있다가 말을 걸기를,

"댁에서 신랑감을 구하신다 하기에 찾아왔는데요. 저라도 괜찮을는지 모르겠네요."
하는 것이었습니다.

그래 처녀가 또 아버지에게 그 말씀을 전했더니, 아버지는 이번에는 쳐다보지도 않고 청혼자가 한 말만을 가지고 트집을 잡아,

"말하는 게 그게 뭐냐? 그것도 퇴짜해라, 퇴짜해!"

하여 이 사내도 그냥 돌려보냈습니다.

그다음에 배를 타고 온 것은 염치를 잘 모르고 대들기 좋아하는 날쌘 갈매기 수컷이 둔갑한 사내였는데요. 이것도 아버지는 한 번 척 거들떠보고는,

"어디 믿음직한 데가 눈곱만치라도 있어야 말이지."

하며 역시나 퇴짜를 놓으라고 했습니다.

그러고 나서 다음 배를 타고 온 것은 점잖고 깨끗한 한 마리의 학이 둔갑한 얌전한 샌님이었는데요. 그가 왔다는 말을 딸에게서 전해 듣자 그녀의 아버지는 이번에는 과일나무 사이로 한참 동안을 일손을 놓은 채 이모저모로 훑어보더니,

"응. 인제야 올 만한 놈이 왔구나. 옜다. 이 돈주머니 받아 가지고 따라가서 살아라."

하고 비로소 그들의 결혼을 승낙했습니다.

그런데요, 이곳의 학은 성질이 좋지 않은 듯 그 처녀와 함께 결혼 생활을 하면서 어디 가서 도마뱀을 먹을 것으로 잔뜩 잡아 와 먹으라고 아내에게 권하기에,

"아이고, 이걸 어떻게 먹어요? 이런 것만 먹으라면 난 친정으로 가고 말겠어요."

했더니, 그만 그녀를 죽여 그 시체를 친정으로 돌려보냈다고 해요.

그러나 우리는 이 학을 우리나라의 학으로 생각해서 이야기 끝부분을 고쳐 주었으면 좋겠어요. 즉 그 학과 아내는 서로 점잖게 사랑하며 사는 동안에 아이를 낳아 그 아이에게 신선의 옷 같은 우리나

라의 모시 베옷이나 선선하게 입혀 데리고, 내외가 그의 장인 장모
님을 함께 뵈러 갔다던가 그런 정도로요.

거기는 매우 더운 곳이니까 아이에게도 모시옷이 좋겠지요?

해님을 기러기에게서 찾아낸 이야기

브라질

이것은 남아메리카 브라질 인디언들의 이야기입니다.

옛날 옛적 아주 먼 옛날에는 사람의 세상에는 아직도 햇빛이 내려 쪼이지 않았는데 그것은 하늘을 멀리멀리 날아다니는 큰 암기러기 한 마리가 해님을 독차지하고 있었기 때문이었다고 해요.

이 큰 암기러기는 해님을 너무나 사랑한 나머지 한동안은 그녀의 등에다 해님을 업고 다니다가, 실수로 땅에 떨어져서 다칠 것을 염려해 마침내는 등의 살 속에다가 해님을 편안하게 모시고 날아다녔다는 것인데요.

그녀와 그녀의 남편인 해님과의 사이에서 생긴 새끼들의 먹이를 찾기 위해 눈을 크게 뜨고 날아다녀야 할 때에는 암기러기 등 속에 들어 있는 해님은 햇빛을 잘 비춰 주어서 제아무리 깊은 바닷속의 물고기라도 맛있어만 보이면 영락없이 들어가 부리로 물어 내거나 발톱으로 채 낼 수가 있었다고 해요.

그래 이 암기러기도 해님도 그들의 햇빛을 남에게 빌려주는 일만큼은 절대로 하지 않고 지냈습니다.

그런데 드디어 이 사실을 알게 된 어떤 사람이 있어서요. 기러기 등 속의 해님을 뺏어 내기로 작정하고, 어느 날은 많은 친구들과 함께 그 기러기를 잡으러 나서게 되었어요.

그들은 이 기러기가 내려와 밤잠을 자는 풀섶에는 물론 가끔 쉬러 오는 곳이나, 물고기를 낚아채러 잘 내려앉는 물가에까지 많은 올가미들을 감추어 두었고, 또 그물로 된 함정도 길목마다 마련해 놓고 그녀가 걸리기만을 기다리고 있었습니다. 뿐만 아니라 그 암기러기가 막 땅에 내려앉으려고만 하면 그들은 '와! 와!' 고함 소리를 함께 지르며 이어 몰아대서, 그녀는 갈팡질팡해야만 하게 되었습니다.

북으로 날아가 내려앉으려 하면 북쪽 땅에 마련해 둔 올가미들과 그물 함정과 고함 소리 때문에 다시 남으로 날아갈 수밖에 없었고, 남으로 가도 또 똑같은 올가미들과 함정과 고함 소리가 그녀를 못살게 기다리고 있었고, 동으로 날아가 보아도 그랬고, 서으로 가 보아도 역시 마찬가지로 그랬고 하여, 그녀는 끝없이 헤매는 동안 점점 피곤에 지쳐 기진맥진하게 될밖엔 딴 도리가 없습니다.

마침내 심한 배고픔에까지 시달려서 더 이상 날아다닐 힘이 없어지자 어느 갈대 숲가에 가슴을 부딪치며 '쾅!' 하고 떨어져 내려 나동그라지면서, 두 발을 하늘로 꼿꼿이 뻗고 숨이 넘어가 버렸습니다.

그래 사람들은 암기러기 등을 가르고, 그 속에 들어 있는 그녀의 님인 해를 송두리째 꺼내서 이때부터 그 해님을 사람들의 해님으로 삼아 세상은 밝아지게 되었는데요.

그로부터 오래지 않은 어느 해 질 무렵, 북쪽 하늘에는 처량히 울며 북으로만 이어 날아가는 한 떼의 기러기들이 보였으니 이들은 물론 아까의 그 어미 기러기와 해님 사이에서 생겨난 기러기들이었습니다. 물론 오늘날 우리가 북쪽 하늘에서 보는 기러기 떼들은 모두 그 후손들이구요.

파리아카카 신과 그 아들의 이야기

페루

이것은 남아메리카의 서쪽 가운데에 있는 페루에서 전해 내려오는 이야기입니다.

파리아카카라는 신은 이 나라에 내려왔던 해의 아들 중에서는 다섯 번째로 나타난 힘 있는 신이었는데요. 하늘에서 햇빛을 타고 내려올 때는 다섯 개의 큰 알 중의 하나 속에 들어서 콘도르코트라는 산 위에 내려왔는데 이상한 것은 그가 알을 깨고 이 세상에 나타나기 전부터 그의 아들이라는 거지 차림을 한 사내가 이미 이 콘도르코트 산 밑에 살고 있었다는 사실입니다. 그때 그를 아는 사람들은 그의 이름을 와티아쿠리라고 불렀다고 해요.

그러신데 이 콘도르코트 산 밑의 마을 안치코차에는 매우 재산이 많은 부잣집이 있어서 그 집 지붕은 노란빛과 붉은빛의 온갖 새털들로 덮여 있었고, 라마라는 짐승도 너무나 많이 가졌으며, 이 라마는 요즘의 라마와는 달라서 붉은 털이 난 것, 푸른 털이 난 것, 노란 털이 난 것, 그 밖에도 여러 가지 빛깔들을 하고 있었기에 요즘처럼 털에 물을 들일 필요가 없어 좋았습니다.

이 부잣집 주인 사내는 자기를 신이라고도 하고 또 조물주라고도 했는데요. 언제부턴가는 웬일인지 몹쓸 병에 걸려서 끙끙 앓고 누워 있었고, 무슨 약을 써도 소용이 없어서 언제 죽을지 모르는 불쌍한 인간의 신세가 돼 있었어요. 자기가 신이라고 한 건 멀쩡한 거짓부렁이었지요.

이 무렵의 어느 때 우리 파리아카카 신의 이상한 거지 차림의 아들 와티아쿠리가 산 밑의 바닷가를 산책하고 있노라니까 두 마리의 여우가 호젓한 곳에 같이 앉아서 소곤소곤 가만히 이야기하고 있는 말이 귀에 담기어 들려왔습니다.

"얘, 세상엔 별일도 다 있지 뭐니? 그 신이라고 자칭하는 부자라는 작자의 여편네 말이야. 글쎄 그 여편네가 옥수수알을 까고 있는데, 그 알 한 알맹이가 제 허벅지에 떨어진 걸 마침 옆을 지나던 남편 아닌 딴 사내에게 먹여 주었대. 그러고는 남편 몰래 서로 좋은 사이가 됐다지 뭐니? 그 때문에 더럼을 타서 그 부자 사내는 병이 난 것인데, 그것도 모르고 앓고만 있어. 지금 그자가 누워 있는 방의 지붕 밑에는 큰 독사가 그자를 먹으려고 죽을 날만 기다리고 있고, 또 마당의 맷돌 밑에선 머리가 두 개 달린 독두꺼비가 역시나 또 마찬가지로 노리고 있는데 그것도 영 모른단 말씀야. 그 병의 원인이 된 이 세

가지만 제거해 버리면 그 병도 씻은 듯이 나을 건데 말씀야."
하고 두 여우 중의 하나가 소곤거리는 것이었습니다.

　그래 우리 파리아카카 신의 아드님인 거지 모습의 와티아쿠리는 곧바로 병들어 누운 부자의 집으로 갔습니다. 병든 부자에겐 두 딸이 있어 하나는 시집가고 하나가 아직도 처녀로 있었는데, 그녀는 매우 어여쁜지라 그 부자의 병을 낫게 해 주는 대가로 이 처녀를 자기의 아내로 달라고 할 생각이었습니다.

　그래서 우리 파리아카카 신의 거지 차림의 아드님은 병석에 누운 부자를 만나서,

　"당신이 병든 것은 당신이 신도 아니면서 거짓으로 신이고 조물주라고 자칭하고 산 때문이오. 그 때문에 당신 아내는 허벅지에 떨어진 옥수수 알맹이를 딴 사내에게 주고 그 사내와 좋아하게 되었고, 그 때문에 당신의 집 지붕 밑으로는 큰 독사가 기어들어 가 당신을 먹어 보자고 당신 죽기만을 기다리고 있게 되었고, 또 그 때문에 당신 집 마당에 있는 맷돌 밑에서도 무서운 독두꺼비가 당신 죽은 뒤에 시체를 먹어 보자고 기다리고 있는 중이오. 그러니 이 세 가지 것들만 없애 버리고 머지않아서 나타나실 내 아버지 파리아카카 신 앞에 잘못을 빌고 그분을 믿으면 당신 병은 저절로 나을 것이오."
하고 그 병이 생긴 이유와 고칠 방법을 말해 주었습니다.

　"뭐가 어쩌고 어째, 거지야? 그 증거를 똑똑히 대 봐!"

　파리아카카 신의 아드님 말씀에 되게 반대하며 발끈하고 나선 건 부자의 아내였어요.

그렇지만 파리아카카 신의 아드님이 이 집 지붕을 걷게 하여 큰 독사를 찾아내 죽이게 하고, 또 마당가에 놓인 맷돌 밑에서 독두꺼비를 찾아내게 하자, 그 여자는 그만 할 수 없이 사실대로 죄를 털어놓지 않을 수가 없게 되었고, 그래서 죽임을 당하게 되었습니다.

부자 사내의 병은 그만 물로 씻은 듯이 감쪽같이 나았어요. 물론 이때를 기다리고 있던 이 거지 차림의 신의 아들은 즉시,

"그럼 당신의 남은 따님은 제 아내로 주실까요?"

하고 병이 나은 부자에게 요구해서 승낙을 얻어 차지해 데리고 그의 아버지 신 파리아카카가 있는 콘도르코트 산으로 인사하러 올라갔다고 해요.

그러신데요, 이 부자의 시집간 큰딸과 그의 남편은 새로 동서가 된 이 거지 차림의 신의 아드님을 적이 못마땅하게 업신여겨서, 어느 날 큰딸의 남편은 와티아쿠리 옆으로 성큼 다가와 옆구리를 손가락으로 쿡 찌르며 자신만만하게 말하기를,

"우리 누가 술을 더 잘 마시나, 또 누가 춤을 더 잘 추나, 그거나 한 번 시합해 볼까?"

하는 것이었습니다.

그래 와티아쿠리는 "좋소" 하여 승낙하고 이 시합에 이길 방법을 묻기 위해 콘도르코트 산 위의 다섯 개의 알 중의 하나 속에 아직도 몸 담아 있는 아버지 파리아카카 신을 다시 찾아갔는데요.

그의 아버지는 알 속에서 말소리만을 내보내 말씀하시기를,

"아들아, 마침 잘됐구나. 지금 이 산 밑을 남쪽으로 내려가 보면,

암수의 두 여우가 암컷은 옥수수 술 단지를 머리에 이고 수컷은 두 손에 피리와 북을 나누어 들고, 얼굴에 땀이 송알송알하여 오고 있는 모양이 보일 것이다. 이 두 여우는 사실은 모처럼 나를 위로해 주려고 오고 있는 것이다마는, 좋다, 아무리 떠 마셔도 끝없이 새로 솟아나는 그 술 단지와 세상의 무엇이나 다 신바람에 젖게 하는 그 피리와 북을 네게 줄 터이니, 내 얘기를 하고 그 여우들한테서 그것들을 가져가거라.”

하시는 것이었습니다.

와티아쿠리는 아버지 신이 시키는 대로 콘도르코트 산을 남쪽으로 내려갔더니 마르지 않고 끝없이 나오는 옥수수 술 단지를 이고 피리와 북을 들고 오는 여우 부부가 보여, 그들에게 아버지의 말씀을 전하고, 그것들을 받아 가지고 큰딸의 남편과 벌이기로 한 술과 춤의 시합장으로 나아갔습니다.

시합장은 벌써부터 야단법석이었어요. 와티아쿠리의 동서 부부는 2백 명의 예쁘장한 젊은 여자들을 동원하여 북을 울리면서 제 친구 사내들을 많이 불러들여 함께 술을 한 잔씩 마시고는 춤추고, 춤추고는 또 마시며 떠들어 대고 있는 것이었습니다.

와티아쿠리도 아내와 함께 여기 끼어들어 며칠 동안을 낮이나 밤이나 끝날 것 같지 않은 술과 춤의 시합 속에 말려들었는데요. 그러나 그의 동서가 마련한 술에는 한도가 있어 드디어 바닥이 났어요.

그러자 와티아쿠리는 비로소 여우에게서 얻어 온 술 단지를 한복판에 내어다 놓고,

"자, 이제는 제 술을 드시며 더 춤추고 놀아 봅시다."

하며 여우에게서 얻어 온 북을 둥둥둥둥 울려 댔습니다. 이 북소리에 하늘과 땅 사이에 있는 모든 것들은 사람이건 길짐승이건 날짐승이건 나무들이건 꽃들이건 구름들이건 물결들이건 모조리 신바람이 나 껑충거리며 춤을 추기 시작했어요. 이 시합 자리에 온 사람들도 두루 다 저절로 어쩔 수 없이 춤 미치광이가 되어 버렸습니다.

그들은 춤추다 지치면 그 바닥 안 나는 술 단지에서 술을 따라 마시고 마시고 하면서 또다시 끝없는 술과 춤의 시합 속으로 잠겨들어 갔는데요.

또 며칠이 지나는 동안에는 여기 모인 사람들은 사내나 여자나 너무나 지친 나머지 모두 다 쓰러져 곯아떨어져 버리고 오직 와티아쿠리만이 홀로 이 세상의 가장 힘센 구름들이나 물결들과 함께 아직도 춤추며 마시며 하고 있는 것이었습니다. 그래서 누가 보거나 이 시합의 승리는 저절로 와티아쿠리의 것이 되었지요.

그런데도 그의 손위 동서는 지기가 싫어서 이것저것 여러 가지 시합을 또 걸어왔어요. 그러나 그것들을 하는 족족 무엇이건 와티아쿠리가 다 이겨 내니까, 마지막으로는

"누가 더 빨리 더 좋은 집을 지어 내는지 그걸 시합해 보자."

하고 나섰습니다.

그래 재산이 많은 손위 동서는 마을 사람들을 모조리 동원해서 낮에 집을 짓고 있었습니다만 자기 외에 손댈 사람이라고는 아내밖에 없는 와티아쿠리는 주로 밤에 새들과 뱀, 도마뱀 같은 동물들의 도

움을 받아 집을 지어 갔는데요.

마침내 이 두 집이 다 지어졌을 때 그걸 본 사람들의 평가는 와티아쿠리의 집이 훨씬 더 좋다는 것이었습니다.

이때 이곳의 산에서 많이 살고 있던 오스코료라는 이름의 시라소니들이 와티아쿠리의 편을 들어 그 부자 동서의 집을 짓는 데 쓰려고 라마들이 등에 싣고 오는 것들을 못 가져오게 했다는 이야기도 있습니다. 시라소니가 그 크고 무서운 소리로 라마들에게 겁을 주었다나요.

집 짓는 시합이 끝나자 그의 손위 동서가 이 이상은 더 시합을 걸어오지 못하게 하기 위해서 와티아쿠리는,

"형님, 마지막으로 이번에는 제가 제안하는 한 가지 시합만 더 하고는 모든 시합을 끝내기로 합시다."
하며 처음으로 한 가지 시합을 제안했는데요.

그것은 판초라고 여기 사람들이 외투로 입고 다니는, 담요에 머리 내놓는 구멍만 하나 동그랗게 뚫린 것을 입고, 흰 무명으로 만든 사타구니 가리개만을 하고 누가 더 춤을 멋있게 잘 추나 겨루어 보자는 것이었습니다.

그런데 모든 준비가 다 되어서 와티아쿠리가 그의 동서보다도 좀 늦게 이 시합 자리에 힘을 다해 크게 외치면서 들어서니 동서는 늘 시합에 지기만 한 나머지 그만 그 소리에 겁을 잔뜩 집어먹고 와르르 떨면서 제 아내의 손을 이끌고는 냉큼 뺑소니를 치기 시작했어요. 그는 한참을 도망가다가는 더 빨리 달려가려고 사슴이 되어 뛰

어가 사라져 버렸고 뒤떨어진 아내는 와티아쿠리에게 붙잡혔는데,
와티아쿠리는 '남편을 늘 충동질한 건 이 여자다' 생각하여 이 여자
를 그 자리에서 바위로 만들어 버렸다나요. 머리를 땅에 대고 두 발
을 하늘로 치켜들고 있는 물구나무선 모습으로요.

그러자 이때 하늘에서 콘도르코트 산으로 내려왔던 다섯 개의 알
에서는 파리아카카 신, 즉 와티아쿠리의 아버지를 비롯해 다섯 명의
신들이 탄생해 나왔는데요. 파리아카카 신을 우두머리로 하는 이 다
섯 명의 신들은 하늘에서 폭풍우를 불러내어 퍼붓게 해서 자기가 신
이라고 으스대던 이곳의 부잣집과 그 가족들을 모조리 휩쓸어 먼 바
다로 떠내려가게 해 버렸습니다.

그러고 나서 파리아카카 신은 콘도르코트 산을 넘어 한참 가다가
와로치리라는 잘살고 못돼 먹은 사람들이 날마다 술잔치만 벌이는
마을에 이르렀는데요. 때마침 어느 인심 사납고 못돼먹은 부잣집에
서 흐드러진 술잔치가 벌어지고 있었는데, 그 자리에 우리 파리아카
카 신은 꾀죄죄한 거지 차림으로 들어가서 끝자리에 웅크리고 앉아
있었습니다.

거기 모인 잘사는 사람들은 흐드러지게 퍼먹고 마시면서도 이 초
라한 나그네에게는 떡 한 조각 먹어 보라고 권하는 사람도 없었는
데, 그중에 한 젊은 여자만이 그를 깔보지 않고 그 법석 속에서도 음
식을 차려다가 친절하게 대접해 주었습니다.

그래 이 파리아카카 신은 이 젊은 여자에게 가만히,

"닷새 뒤에는 이 마을 전부가 큰 홍수로 망하게 될 것이니 그 전에

가족들을 데리고 피난하시오."

하고 일러 주어 이 여자의 식구들만을 살려 주고 나머지 마을 사람들은 모조리 닷새 뒤의 폭풍우에 휩쓸려 죽게 했다는 것인데요. 이것은 옛날 그리스의 신화에 나오는 신의 우두머리인 제우스가 나그네를 막 대한 사람들을 벌했던 것과 비슷하군요.

그는 이 마을을 홍수를 일으켜 망하게 한 뒤에 여기를 떠나 세나카카라는 산 밑을 지나가고 있었는데요. 밭에다가 산에서 내려오는 물줄기로 물을 대 주고 있는 아름다운 처녀 초케스를 발견하고 물 대는 일을 도와준 다음에 그녀를 아내로 삼았습니다.

초케스는 그와의 피할 수 없는 이별을 사람으로선 못 견디겠다고 해서, 할 수 없이 그녀의 소원대로 서 있는 바위로 만들어 주었다고 해요.

그리고 아직도 살아서 행세를 하고 다니며 자기에게 산 사람을 먹이로 바치게 하던 지난날의 악한 신 와라로를 없애 화산을 만들어 버리고, 파리아카카 자신에게는 이곳에만 있는 라마라는 짐승만을 바치게 했다고 합니다.

검정개 귀신 이야기
콜롬비아

이것은 옛날 콜롬비아에 살던 코르디예라 인디언들의 이야긴데요.

어떤 과부의 외아들인 갓 젊은 총각 하나가 어머니의 급한 심부름으로 말을 타고 산을 넘어 며칠 동안의 예정으로 여행을 떠났습니다. 그는 예정보다 훨씬 늦게 일주일 뒤에야 돌아오고, 또 타고 간 말도 어디에다가 어떻게 하고 온 것인지 말도 없이 돌아와서는,

"타고 간 말은 어쩌고 왔느냐?"

하고 어머니가 궁금해 물어도 거기에는 한마디의 대꾸도 없이 몹시 흥분한 얼굴로 꿍얼꿍얼 영문을 모를 잠꼬대 같은 소리만 하고 있는 것이었습니다.

그 까닭이 궁금하시죠? 그것은 다름이 아니라, 다음과 같은 일을 겪고 왔기 때문이었습니다.

이 총각이 산속에 접어들어 험한 바위들로만 된 어느 낭떠러지 밑을 말을 달려 지나가고 있었는데요. 문득 뒤에서 무엇이 절커덕절커덕, 무슨 쇠사슬을 끌고 따라오는 소리가 들리더니, 드디어 나타나는 걸 보니 무섭게 생긴 검정개 두 마리였고, 절커덕 소리는 개들이 목에 맨 쇠사슬이 길게 땅에 늘어져서 끌리는 소리였습니다. 개들의 눈에서는 이상하게 푸른빛의 불이 뿜어져 나왔으며, 입에서도 똑같은 불이 거세게 풍겨 나오고 있었습니다.

총각은 급히 서둘러 그 괴물 개들을 피해 가려고 말에게 되게 채찍질을 해 달려갔는데, 개들은 그의 말보다 훨씬 더 빨리 달려가서 그가 지나려는 길목에 미리 쓰윽 버티고 서 있어서 그것들을 피할 길이 영 없었습니다. 또 그것들은 마침내 괴상한 힘으로 이 총각을 말에서 끌어내리고, 그의 말을 끌고 가서 절벽의 바위를 와락 열더니만 그 속으로 말과 함께 들어가 버리고 말았습니다. 그래 그는 얼이 빠져 어머니에게로 돌아왔던 것인데요.

어떻게 어떻게 여러 날 만에야 그 아들이 겪은 일을 겨우 들어 알아낸 어머니는 영특한 점쟁이를 찾아가 그 사실을 말한 뒤에 조언을 청했습니다.

점쟁이는 즉시 자기와 함께 말을 타고 거기로 가 보자고 총각에게 말해서, 둘이는 말을 나란히 몰아 다시 그 이상한 곳으로 갔는데요.

역시 이때에도 이 괴물 검정개 두 마리는 그들 앞에 나타났는데, 점쟁이에게 알아보니 이것은 사실은 이 바위산의 낭떠러지 속에 숨겨져 있는 어마어마한 금은보석의 재산을 지키는 사람이 잠시 둔갑한 것으로, '이렇게 흉한 꼴을 한 짐승이라야 도적들이 여기 함부로 침범을 못 할 것이다' 하는 생각으로 그런 모양을 하고 있게 된 것이라고 했습니다.

그래 이 총각은 점쟁이가 시키는 대로 두 마리의 검정개의 뒤를 따라 바위 낭떠러지 속으로 들어가서 거기 편안히 묵고 있던 그의 잃었던 말도 찾고 또 물론 콜롬비아의 갑부가 될 만한 금은보석들도 말 등에 그득히 싣고 나오게 되었는데요.

바위 낭떠러지 속의 보물은 사실은 이 과부의 외아들의 선조 한 분이 마련해 살았던 재산으로, 좋은 상속자가 될 이 총각이 생겨나 장성하기만을 여태껏 기다리고 있다가, 이때에야 이렇게 겨우 그에게 바로 주어진 것이라고 합니다. 이 세상의 이런 데에는 참 묘한 상속법도 다 있었던 것이죠.

선녀의 춤

인도

먼 옛날 인도의 하늘에는 춤을 아주 잘 추는 선녀가 살고 있었습니다. 인드라라는 위대한 신은 이 선녀의 춤을 너무 좋아하여 하늘나라에서도 매우 아름다운 브샤라푸리라는 마을의 신성한 집에 선녀를 살게 하고, 날마다 그 춤의 힘으로 하늘과 땅을 두루 좋게 하라고 하였습니다.

그리하여 선녀는 그가 늘 춤의 기도를 올리며 살게 될 아름다운 브샤라푸리 마을의 춤추는 집으로 옮겨 갔습니다. 그 집 대문 앞 양쪽에는 크고 순한 코끼리가 한 마리씩 머리를 숙이고 서 있었고, 넓은 방에 들어가 보니 그림에 그려진 것 같은 두 시녀가 조용히 그를 도우려고 기다리고 있었습니다.

이튿날부터 선녀는 하늘과 땅이 두루 잘되는 이치에 어긋나지 않을 뿐만이 아니라, 하늘과 땅의 모든 목숨을 잘 감동시키는 춤을 날마다 추며, 그 춤으로 기도를 삼고 지내게 되었는데요.

하루는 그만 그 예쁜 매력을 좀 지나치게 발산하다가 보니, 늘 하늘다워야 할 마음에 얼마만큼의 구김살이 생기게 되었습니다.

그를 여기 보낸 인드라 신은 그 어디든 안 보이는 곳이 없는 마음의 눈으로 즉시 선녀 마음의 구김살을 알아보고, 그의 곁으로 날아왔습니다. 인드라 신은

"너는 마음의 맑음보다도 육체의 매력을 더 중요시하기 쉬운 사람들 속에 가 끼어 한동안 살아야 할 운명이다."

하고 그 자리에서 그를 선녀로서는 죽어 쓰러져 눕게 만들고, 그 마음은 빼내서 때마침 새로 태어나게 된 인도의 어떤 왕의 딸의 몸속에다 담아 놓았습니다.

그래 선녀의 넋이 들어가서 생긴 공주는 무럭무럭 자라서 드디어 예쁘고 의젓한 처녀가 되었습니다.

인도 여러 나라의 왕이나 왕자들이 이 공주에게 결혼 신청을 해왔지만, 그때마다 공주는 번번이 다 거절을 하고 오직 한 가지 주장하는 것이 있었으니, 그것은

"내가 전생에 무슨 죄를 짓고 사람으로 태어났는지 그걸 아는 사내에게 시집을 가겠다."

하는 것이었습니다.

옛날이나 지금이나 인도에서는 '마음이 맑고 밝은 사람은 자기가이 세상에 태어나기 전의 전생에서는 무엇이었는가도 잘 짐작한다'

는 생각을 많이 해 오고 있어서, 이 공주도 짐작이 가는 데가 있어 그런 것이지요.

그랬더니, 너무나 여러 군데를 떠돌아다녀서 발바닥이 매우 두터운 어느 떠돌이 사내가 그 소문을 듣고, 사람들에게 행운을 잘 선사하는 라크슈미라는 여신의 사당 앞에 가 사정사정하였습니다.

그 결과 떠돌이 사내는 여신이 꺼내 주는 특별한 신발 한 켤레를 얻어 신고, 처음에 선녀가 죽어 나자빠졌던 브샤라푸리의 집을 찾아가게 되었습니다.

이 떠돌이가 가서 보니, 대문 앞의 두 마리 코끼리도 그대로고, 춤추는 방의 두 시녀도 그대로여서 공주가 전생에 여기서 무슨 죄로 죽었는가를 말해 주었으며, 공주의 옛 몸이었던 선녀의 시체도 썩지 않고 고스란히 그대로 누워 있었습니다.

그래 이 행운만을 바란 떠돌이 사내는 공주를 찾아가 보고 듣고 온 이야기를 자세히 말하고, 그의 신랑이 되려고 했습니다만, 아깝게도 공주의 죄는 공주가 그것을 확실히 알아차린 순간에 고스란히 용서되어, 공주는 다시 하늘의 춤추는 선녀로 되돌아가 버리고 말았습니다.

그리하여 하늘과 땅의 모든 목숨의 조화를 만드는 이 선녀의 춤은 계속되어서 영원하게 되었습니다.

지금도 그 선녀의 춤은 우리의 눈에는 안 보이지만 하늘의 어디엔가 펼쳐지고 있을 겁니다.

여우꼬리꽃

칠레

남아메리카 대륙에 있는 칠레라는 나라에 가면, 남태평양의 바닷가에 발파라이소라는 아름다운 항구가 있는데요.

이 나라 국어이자 또 스페인 말이기도 한 이 발파라이소라는 뜻은 하늘나라 즉 낙원으로 들어가는 입구라는 것이니, 여기가 하늘의 천당에 들어가기 위해서는 다른 어디보다도 제일 적합한 아름다운 곳이라는 것이지요.

이 나라에서는 어느 나라보다도 부는 바람결이 곱다고 하여 그걸 자랑으로도 내세우고, 또 여자들이 특별히 예쁘다고 해서 그것도 내세우고, 또 포도주가 맛이 좋다 해서 그것도 자랑으로 삼고 있습니다.

그러나 이 나라의 어느 곳보다도 발파라이소라는 항구가 그 세 가지보다 더 뛰어나게 좋아서, 천당 입구라는 이름까지 붙게 된 것이라고 합니다.

이 글을 쓰고 있는 이 사람도 그 소문을 듣고 여기를 한 번 찾아가 보았는데 위에 말한 세 가지뿐이 아니라 모든 게 정말 아름다운 곳이더군요.

수풀의 나무들과 꽃밭의 꽃들, 과수원들도 참으로 곱고, 또 아마 이 세상에서는 제일 맛 좋은 참외를 가꾸어 내는 참외밭도 좋으려니와, 너무나 맑아 그 속이 꽤나 잘 들여다보이는 바닷가의 모래도 가늘고 부드러웠습니다. 그래서 여기는 해수욕장으로도 아주 좋은 곳이더군요. 물론 이 바다에서는 맛있는 물고기와 조개 종류들, 새우 같은 것도 많이 잘 잡힙니다.

옛날 옛적에는 여기가 바로 그 좋다는 천당으로 들어가는 입구였는지라, 앞으로 죽어서 천당에 들어가기를 지망하는 사람들은 물론, 짐승들까지도 몰려들어 야단법석을 떨었다는 이야기입니다.

하얀 빛깔의 백여우의 무리들도 이 소문을 듣고 여기 몰려들어 손이 발이 되도록 싹싹 비벼 하느님께 빌며, 어서 자기들도 천당에 들어가게 해 달라고 사정사정하고 있었다고 합니다.

손이 발이 되도록 거듭 비비며 비는 것만으로는 효력이 모자라지 않을까 염려가 되자, 그들은 또 물구나무서는 재주까지를 다 해 보이며, 하늘에다 대고 하얀 꼬리들을 정성을 다해 흔들어 대기까지 했습니다.

이것을 보신 하느님의 느낌이 어떠셨겠습니까?

하느님께서는 백여우들이 하고 있는 그 광경을 내려다보시고 잠시 생각에 잠기셨습니다.

'조것들은 잔꾀가 많아서 늘 남을 잘 속여 먹고 사는 것들이니 천당에다 들여놓으면 천당이 어수선해져서 안 될 것이다. 그러나 조것들도 목숨을 얻어 땅 위에 생겨나 살면서, 어디서 천당이 제일 좋다는 말은 듣고 저리도 애걸복걸이니 불쌍키야 불쌍타. 그러니 분수를 모르고 자발머리없이 굴기는 하지만, 그렇다고 저 불쌍한 것들에게 벌을 내리는 것도 가혹한 일이겠다. 또 저 백여우의 목숨을 저대로 두면 항시 저렇게 귀찮게만 굴 터이니, 에라, 차라리 조용한 무슨 풀꽃의 목숨으로나 바꾸어 놓는 것이 좋겠다.'

이렇게 생각하신 하느님께서는 그 백여우들이 꼬리를 위로 쳐들고 물구나무서 있는 바로 그 모양대로 모조리 여우꼬리꽃이라는 풀꽃들을 만들어 놓으셨습니다.

그래 흰 여우 꼬리의 빛과 모양을 한 이 꽃은 널리 퍼져서 칠레에서는 해마다 많이 피어나게 되었습니다.

벚꽃 아가씨를 좋아하여
아들 삼 형제를 낳았더니만
일본

아주아주 먼 옛날 옛적에 일본의 여자 하느님인 아마테라스오미카미의 손자인 아마쓰히코히코호노니니기노미코토가 일본에 가서 다스리라는 할머니의 명령을 받고 일본의 노미사키라는 곳에 막 처음으로 내려왔을 때의 일인데요.

때마침 봄날이어서 벚꽃들이 한창 잘 피고 있는 가운데 벚꽃 아가씨(고노하나노사쿠야히메)가 빵긋 웃고 서 있는 아름다운 모습이 보여서,

"너한테 장가들겠다."

하고 하느님의 손자가 대뜸 말씀했더니요.

"우리 아버지한테 물어봐야지요."

하고 그 아가씨가 대답했어요.

그래 그 벚꽃 아가씨를 앞세우고 그녀의 아버지란 사내를 찾아가 사정해 보았더니만, 그녀의 아버지는

"나에게는 이 계집애 말고도 이 아이의 언니인 딸이 또 하나 있으니 이왕이면 둘 다 그냥 맡아 주시오."

하는 바람에, 좋다고 하고 그 자매를 둘 다 맡기로 했습니다.

그러나 그 둘을 그의 처소로 데리고 가서 얼굴 생김새를 잘 비교해 살펴보니 언니 쪽은 너무나도 못생기기만 했는지라, 사실은 동생쪽보다 훨씬 더 오래 살 만한 아들들을 낳을 수가 있었는데도 겉만보고 그만 저의 집으로 되돌려보내 버렸어요.

그리고 그 꽃 목숨이 짧은 벚꽃이 금방 핀 것만 같은 고노하나노사쿠야히메하고 결혼해 아이들을 낳았기 때문에 그녀의 자손인 일본의 왕들은 대개 수명들이 짧았다고 합니다.

이 벚꽃 아가씨와 일본 하느님의 손자 사이에선 세 아들이 생겨났는데요. 큰아들의 이름은 호데리노미코토라고 했고 둘째의 이름은호스세리노미코토이고 셋째는 호리노미코토라고 했습니다. 둘째는그다지 신통치 않은 아들이었고, 첫째와 셋째만이 그 능력을 서로겨루는 사이가 되었습니다.

큰아들 호데리노미코토는 주로 바다에 나가 바닷고기 잡기를 좋아했고, 셋째인 호리노미코토는 산을 돌아다니며 산짐승을 사냥하기를 즐겼는데요.

어느 날 셋째 아우인 호리노미코토는 큰형인 호데리노미코토를찾아와서,

"심심하니까 우리 서로 사냥하는 터전을 한번 바꾸어서 해 봅시다. 나는 바다로 나가고 형님은 산으로 가세요."
하고 제안을 했습니다.

형은 처음에는 응하지 않았으나 아우가 하도 간절히 사정하는 바람에,

"그럼 잠깐 동안만 바꾸어서 해 보자."
하고 그의 바다낚시를 아우에게 빌려주었는데요.

형의 낚시를 가지고 바다에 나가 고기잡이를 하던 아우 호리노미코토는 물고기를 한 마리도 잡지 못했을 뿐만 아니라 형의 낚싯바늘까지도 고기에게 먹혀 버리고 말았습니다.

그래 그것이 미안해 동생은 허리에 차고 다니던 칼을 망가뜨려서 천 개의 낚싯바늘을 만들어다가 형에게 주었습니다만, 형은 그것을 거절하고 고기가 먹었다는 자기 것만 기어코 찾아오라고 명령을 했습니다.

실망에 빠진 아우 호리노미코토가 바닷가로 나가 우두커니 바다만 굽어보고 앉아 있노라니까 바다의 힘을 맡아보는 시호쓰치노가미라는 물귀신이 옆으로 오더니,

"웬일이십니까? 하느님의 증손자님이시여."
하고 물었습니다.

호리노미코토는 형의 낚싯바늘을 바다의 고기가 따 먹어 버려서 그런다는 이야기를 자세히 말해 주었더니, 그 말을 귀 기울여 듣고 난 물귀신은

"제가 도와 드리지요."

하고 금세 대나무로 엮은 작은 배를 하나 만들어 호리노미코토를 거기 홀로 태운 다음에,

"이 배를 타고 한참 바다를 건너가시면 깨끗한 육지의 길이 나타날 겁니다. 그 길로 들어서서 또 한참을 걸어가세요. 그러면 고기비늘같이 다닥다닥한 바다의 왕의 큰 궁전이 보일 것이고, 대문 앞에 맑디맑은 샘물이 고여 있는 것도 보일 겁니다. 그 샘 옆에는 큼직한 계수나무가 한 그루 서 있으니 그 나무 위로 올라가서 기다리고만 계세요. 그러면 일은 다 잘될 것입니다."

하고 호리노미코토가 앞으로 어찌할 것인가를 가르쳐 주었습니다.

그래 호리노미코토는 그 물귀신이 하라는 대로 해서 마침내 바다의 왕의 궁전 대문 앞 샘가의 계수나무에 올라가서 놀놀하게 기다리고 있었는데요.

조금 있으니까 마침 이곳 바다의 왕의 궁전에서 공주인 도요타마히메의 시녀 하나가 이 샘물로 물을 길러 나오게 되었어요. 옥 항아리에다가 옥그릇으로 샘물을 퍼 담으면서 보니, 호리노미코토의 몸에서 나는 눈부신 빛이 샘물 위에 찬란하게 비치어 내리는지라, 언뜻 눈을 들어 계수나무 쪽을 우러러보다가 거기 있던 호리노미코토와 눈이 마주치게 되었어요. 그래서 호리노미코토가

"나 물 좀 줄래요?"

했더니, 그 시녀는 물을 푸던 옥그릇에 샘물을 깨끗이 퍼 담아서 공손히 갖다가 드렸는데요.

호리노미코토는 그 물은 마시지는 않고 자기 목걸이의 구슬 하나를 빼어 입에 넣어 잠시 머금은 다음에 그걸 옥그릇 속에 다시 뱉어 넣어 가지고 기다리고 있던 시녀에게 전해 주었습니다.

　　그런데 그걸 받은 시녀가 그 구슬을 건져서 한번 만져 보려 했지만 구슬은 옥그릇 속에 꽉 달라붙어 절대로 떨어지지를 않았어요. 구슬이 달라붙은 그대로 옥그릇을 도요타마히메 공주에게 갖다가 드리면서 그사이에 그녀가 겪은 일을 자세히 말씀드렸지요.

　　그 말을 잘 알아들은 도요타마히메는

　　"어디 내가 한번 나가서 봐야지."

하고 시녀를 앞세우고 나가, 계수나무 위의 그 빛나는 사내를 눈여겨서 쳐다보게 되었는데요. 어떻게나 마음에 들었던지, 자기도 몰래 두 눈을 깜짝깜짝하여 은근한 눈짓까지 만들어 보냈다고 해요.

　　도요타마히메는 이 일을 아버지인 바다의 왕께 알려 드리는 게 옳다고 생각해서 그렇게 했는데요. 바다의 왕은 공주의 말을 듣고 계수나무 앞으로 나와 단 한 번 눈을 주어 이 사내를 척 보고는 호리노미코토이신 걸 바로 알아차리고,

　　"하느님의 증손자님, 어서 납시옵소서!"

하며 허리를 굽혀 절을 한 다음에 호리노미코토를 정중히 궁궐 안의 가장 좋은 방으로 모셔 들였습니다.

　　그러고는 바다사자의 가죽 여덟 장을 포개 놓은 자리 위에 다시 고급 비단 여덟 겹을 더 포개 올려놓은 자리에다가 모셔 앉히고서 바다의 온갖 값진 보물들을 예물로 내어놓고 또 갖가지 바다의 진미

를 모조리 차려 놓은 가운데 이 두 남녀의 성대한 결혼식을 치러 주었습니다.

호리노미코토는 바다의 왕의 궁전인 처가에서 꼬박 3년 동안을 사랑하는 아내와 함께 지난날을 깡그리 잊어버릴 만큼 행복하게 지냈는데요. 3년이 지난 뒤 어느 날 문득 잃어버린 낚싯바늘 때문에 여기로 오게 된 때의 일을 기억해 내곤 그것이 마음에 걸려 한숨을 짓기 시작했습니다.

그의 한숨 소리를 들은 아내 도요타마히메가 그 이유를 물었어요. 그는 형의 낚시를 빌려 가지고 낚시질을 하다가 그 낚싯바늘을 바닷고기에게 따 먹힌 이야기로부터 시작하여 잃어버린 낚싯바늘 대신 천 개나 되는 낚싯바늘을 만들어 형에게 갖다 주었어도 형은 그건 받지를 않고 꼭 자기 낚싯바늘만 되찾아 오라고 화를 내서 사실은 그 낚싯바늘을 따 먹은 고기를 찾아볼까 하고 여기까지 오게 되었다는 이야기를 쫙 아내에게 들려주었습니다.

아내는 그 말을 듣자마자 아버지인 바다의 왕에게 가서 역시 쫘악 털어놓았어요.

사랑하는 딸에게서 이 말을 전해 들은 바다의 왕은 사위의 걱정거리를 풀어 주기로 작정하고 곧 명령을 내렸습니다.

"바다의 모든 고기들 중에서 지난 3년 남짓한 동안에 낚싯바늘을 따 먹고 불편하게 된 일이 있는 고기는 모조리 신고하라."

그러자 오래지 않아 큰 대구 한 마리가

"3년보다 조금 더 전에 누가 드리운 낚싯밥을 따 먹다가 잘못하여 그만 낚싯바늘까지 삼켜 버렸는데요. 아직도 그게 목에 걸려 있어 음식을 제대로 못 먹사옵니다."

하고 알려 왔는데요.

바닷속의 의사를 불러 대구의 목 속에서 낚싯바늘을 꺼내게 해 호리노미코토에게 보여 드렸더니, 그게 바로 호리노미코토가 잃었던 그 낚싯바늘이었습니다.

그래 호리노미코토는 비로소 되찾은 낚싯바늘을 형님에게 돌려주고 육지에서 새 생활을 시작하기 위해 바다의 왕의 궁전을 떠나게 되었는데요. 작별에 즈음하여 바다의 왕은 사위인 호리노미코토에게 말씀하기를,

"되찾은 낚싯바늘을 형님에게 돌려드릴 때 '이 낚싯바늘은 마음이 따분해지는 낚싯바늘, 마음이 달아오르는 낚싯바늘, 가난해지는 낚싯바늘, 어리석어지는 낚싯바늘'이라고 그렇게 꼭 말씀하세요."

하는 것이었습니다.

그러고는 푸르고 흰 두 개의 자그마한 구슬을 주며,

"푸른 건 언제든지 홍수를 일으킬 필요가 있을 때 꺼내 들고 있으면 되고, 흰 것은 그 홍수의 물들을 물러가게 할 필요가 있을 때 꺼내 들고 있으면 됩니다."

했습니다.

호리노미코토는 큰 악어를 타고 꼭 하루 만에 원래 살던 곳으로 돌아와서, 그의 형님에게 바다의 왕이 하던 말씀을 붙여 그 낚싯바늘을 돌려주고 새살림을 시작하게 되었는데요.

형 호데리노미코토는 아우가 돌아온 뒤부터는 농사를 비롯해서 무슨 일이든지 아우만큼 성공을 못 하게 되자, 시새워하는 마음에 발끈 달아올라 마침내 패를 지어 싸움을 걸어오기까지 했습니다.

이런 때는 호리노미코토가 바다의 왕인 장인이 준 두 구슬 중의 푸른 것을 꺼내어 손에 들었지요. 그러면 큰 홍수가 금세 일어나 땅을 덮쳐서 형은 물속에서 허우적거리며 "살려 다오!" 하고 외쳤고요. 그래 아우가 흰 구슬을 꺼내 들고 그 홍수를 물러가게 해 주면 형은 또 할 수 없이 "고맙다, 아우야" 하게 되었습니다.

이렇게 하여 마음이 거친 형을 다스려 나가는 동안에 형 호데리노미코토는 마침내 아우의 부하가 될 수밖에 없었습니다.

그래 호리노미코토는 일본의 맨 처음 천황인 진무 천황의 좋은 할아버지가 된 것입니다.

벼락 맞은 사람의 이야기

미국

    세계 여러 나라 특히 영국이나 프랑스를 비롯한 유럽의 여러 나라에서 '새 세상'이라는 별명으로 통하던 미국 땅에 많은 집단 이민을 보내던 시절인 1673년 5월 18일의 일인데요.

    미국의 웨넘이라는 곳의 교회에서 안식일 행사를 마친 교인들이 오후에 이 교회의 목사님인 뉴먼이란 분의 댁에 가서 하느님의 말씀과 하시는 일에 대해 서로 주거니 받거니 의견을 나누고 있었는데, 하늘에서 천둥 번개와 함께 소나기가 쏟아지기 시작했습니다.

    얼마 뒤에는 천지를 뒤엎는 것 같은 벼락 치는 소리가 뉴먼 목사님 집을 내리치면서 여럿이 앉아 이야기하고 있는 방까지 쳐들어왔습니다. 방 안에 있던 그들은 모두 그 벼락 치는 소리에 귀머거리가 되는 듯 귀가 멍멍해져 어쩔 줄을 몰랐는데요.

뒤이어 방 안은 벼락 친 연기가 그득해지고 코에 독한 유황 냄새 같은 메스꺼운 냄새가 견디기 어렵게 풍겨 났습니다. 벼락 치는 소리와 함께 방 안으로는 꼭 큰 사냥총의 총알만 한 불덩이가 새어 들어와서 마지막에는 벽난로를 통해 굴뚝으로 빠져나갔습니다.

그런데 이 벼락의 불덩이는 굴뚝으로 나가기 전에 벽난로 가까이 가죽 의자에 앉아 있던 골드스미스라는 사나이의 두 발 언저리에서 머뭇거리는 것 같았는데요. 그러는가 하고 사람들이 이어 보고 있자니 골드스미스 씨는 어느 사인지 쿵 소리를 내며 앉았던 의자에서 방바닥으로 굴러떨어지고 말았습니다.

방 안의 벼락 연기가 사라진 뒤에 사람들이 그가 쓰러져 누운 곁으로 달려가 부축해 일으키려 하면서 보니 그는 이미 숨이 완전히 넘어간 시체가 되어 있었습니다. 그를 따라와서 그가 앉은 의자 밑에 엎드려 있던 그의 개도 역시 뻣뻣한 송장이 되어 있었지만, 골드스미스 씨가 앉아 있던 의자만큼은 조금도 다친 데가 없었어요.

사람들이 좀 더 자세히 그의 죽은 몸을 살펴보니 그의 한쪽 귀 옆의 머리털이 벼락불에 타 있는 것이 눈에 뜨였습니다.

또 이상한 것은 이 방에는 일곱 명인가 여덟 명의 사람이 있었고, 또 옆방에도 더 많은 사람들이 들어 있었는데도, 하느님의 섭리는 그들만큼은 두루 털끝 하나도 상하지 않게 하신 점이었습니다.

그런데 벼락에 죽은 골드스미스 씨로 말하면, 가죽 구두를 만들어 파는 가게의 주인으로 좋은 사람이라고 알려진 사람이었지만, 한 사람의 기독교인으로서는 자주 하느님과의 약속을 어기는 사람이었다고 하는군요.

앞일을 두고 약속은 아무렇게나 쉽게 해 놓고는 뒷구멍으로 이걸 어기는 꾀를 잘 꾸며 내는 그런 사람이었다고 해요. 이런 좋지 않은 버릇은 그의 죽음 반년 전부터는 부쩍 늘어나고 있었다고도 하고요.

그래도 그가 벼락을 맞아 숨넘어가기 전에 마지막 남긴 말은, '하느님을 찬양하라!'였다는군요.

힘
중국

    아주 먼 옛날 옛적, 하늘의 해와 달과 별들과 이 땅이 만들어진 지 얼마 안 되는 옛날에, 이 세상에서 가장 힘이 세다고 자신하고 사는 어떤 사내가 있었습니다.

    어느 날 아침 해돋이 때 이 사내는 하느님 앞에 나가 서서 소원을 말씀드렸습니다.

    "하느님, 저는 이 땅 위에서는 힘도 제일 세고, 또 욕심도 끝이 없습니다. 그러니 오늘은 하늘의 해와 겨루어 이겨 보고 싶습니다. 저 해가 지기 전에 제가 이 땅을 한 바퀴 다 돌아 이 자리에 다시 달려오게 되면 이 땅을 모조리 저한테 주십시오."

    하느님은 물론, 누가 무엇을 해 보겠다고 하더라도 그걸 못 하게 하시는 일은 없으신 분이라,

"좋다. 해 보아라."

하셨습니다.

그래 이 힘세다는 사내는 즉시 하늘의 해보다도 더 앞서야겠다는 욕심 덩어리가 되어, 온몸과 마음의 힘을 다해 달려가기 시작했습니다. 아닌 게 아니라 그의 달리는 힘은 이날 이 땅 위에서는 으뜸인 것 같았습니다.

그는 오래 달려가다가 목이 마르면 냇가로 가서 마셔 댔는데, 힘이 워낙 세어서 그런지 그 냇물이 바닥이 나도록까지 송두리째 마셔 버렸습니다.

그러고는 또 해에게 뒤질세라 마구 달려가서, 해가 서쪽 산마루 위에 걸려 있을 무렵에는 아침에 하느님 앞을 떠나던 자리 가까이에 까지 와 있었습니다.

그는 또 목이 너무나도 말라서 이번에는 큰 호수를 찾아가 마시려고 그곳을 향해 줄달음을 쳤습니다.

그런데 힘이란 슬기롭게 마무리를 잘해 내야만 하는 것인데도, 미련한 욕심을 다스리지 못하던 이 사내는 호수에 닿기 전에 견딜 수 없는 목마름으로 길 위에 나동그라져, 팔다리를 뻗고 숨을 거두고 말았습니다.

이때 이 힘센 사나이가 오른손에 쥐고 있던 막대기에서, 뒤에 내린 비로 싹이 돋아났습니다. 그게 새싹을 내어 번져, 수풀이 없는 황야였던 이곳이 아주 기름지고 무성한 큰 수풀을 이루었다고 합니다.

하느님은 누가 무엇을 해 보겠다고 하면 반대하는 일이 없는 것처럼, 또 누가 무엇을 잘못했다 하더라도 감싸고 나서지도 않으십니다.

스스로의 힘이 넘쳐 나서 스스로 거꾸러져 죽어 간 사람의 책임은 죽어 간 그 자신에게만 있을 뿐입니다.

그가 쓰러질 때 내던진 막대기에서 싹이 나 이루어진 수풀과 한밤중의 하늘의 별들이 소곤거릴 때도 이렇게 이야기할 것입니다.

저승에 간 아내를 만난 이야기

파푸아뉴기니

이것은 오스트레일리아의 북쪽 바다 건너에 있는 파푸아뉴기니에서 옛날에 생겨난 이야기입니다.

옛날 옛적부터 여기 사람들은 사람이 죽어서 가는 저승의 이름이 롤로아라는 것만큼은 알면서도 그게 어떻게 생긴 곳인지는 가 본 사람이 하나도 없어 까마득히 모르고 있었는데요.

어느 날 사랑하던 아내의 제사를 지내려고 그 제사에 쓰이는 쿠스쿠스라는 짐승을 사냥 나갔던 한 홀아비 사내가 뜻밖에도 이곳을 발견하게 되어 그가 보고 들은 대로 사람들에게 이야기해 놓아서, 그것을 다시 전해 드리려 합니다.

이 사내는 이곳의 와미라와 디바리 지방 사이의 바다로 흘러내리는 우루암이라는 강의 근원지인 언덕에서 살고 있었는데요. 그가 더

없이 사랑하던 아내가 어느 날 병으로 세상을 떠나자 날마다 참기 어려운 슬픔 속에서 지내다가, 드디어 그녀의 제삿날이 되자, 여기 사람들이 흔히 제물로 쓰는 쿠스쿠스라는 들짐승을 사냥하기 위해 산으로 갔습니다.

이 쿠스쿠스라는 짐승은 낮에는 실컷 자고 밤에만 먹이를 찾는 습관이 있어서, 자고 있는 걸 잡자니 별로 힘드는 일은 아니었어요. 잠자는 두 마리의 쿠스쿠스를 손쉽게 잡아 놓고 세 마리째를 발견해 바야흐로 그것도 잡으려는 참이었는데요. 이 세 번째의 쿠스쿠스는 재빨리도 피해 달아나더니, 어느 곳에 닿자 구멍을 통해 땅속으로 슬그머니 사라져 버리는 것이었습니다.

그래 쿠스쿠스가 들어간 구멍이 있는 곳으로 이 사내가 그의 개와 함께 쫓아가 보았더니 여기에 나 있는 구멍은 꽤나 큰 것인 듯 거의 전부를 한 개의 넓은 바위가 가려 덮고 있었고, 쿠스쿠스가 들어간 곳은 바위가 덮고 남긴 나머지 부분이었습니다.

그런데 그와 같이 간 그의 개가 그만 그 구멍으로 쿠스쿠스의 냄새를 쫓아 냉큼 들어가 버렸어요. 사내는 개가 쿠스쿠스를 따라갔다가 돌아올 때 이 구멍을 쉽게 알아보게 해 줄 양으로, 구멍을 막은 바위를 힘을 다해 한쪽으로 잡아당기어 옮기어 놓고 보니 꽤나 큰 구멍이었고요. 그 큰 구멍을 통해 아래를 굽어보니 저만큼의 먼 곳엔 큰 야자나무들이 우거져 있는 게 마을도 있는 듯했습니다.

이 사내는 곰곰이 생각해 보았는데, 이 구멍이 바로 옛날부터 이야기로 전해져 오는, 저승으로 들어가는 바로 그 구멍이 틀림없는 것 같았습니다.

그래 그는 그 속으로 천천히 걸어 들어가다가 그의 개를 발견하자 껴안고 주춤거리며 마을인 듯한 곳을 향해 갔는데요. 마을에 당도해 보니 여기저기 사람의 해골과 뼈들만이 어지럽게 흩어져 널려 있는 속에서 모습은 보이지 않는 사람들의 소리만이 들려오고 있었습니다.

"응, 이것은 내 팔뼈로군!"

"옳지, 이것은 내 해골이군!"

"그래, 이게 내 정강이뼈로구나!"

하는 따위의 소리들이 연달아서 나는 걸로 보아, 밤이 거의 다 된 이때는 이곳에 있는 모양은 안 보이는 귀신들이 각기 자기의 해골과 뼈들을 찾아 맞춰 가지고 다시 이전의 사람 모습으로 나타나 밤 동안 살게 되는 바로 그때가 시작되는 무렵인 듯, 여기저기서 사람 모습을 하고 나타나는 수들이 점점 늘어나고 있었습니다. 그리고 그 속에는 한 해 전에 죽은 그의 그리운 아내의 모습도 보였습니다.

그러자 귀신이 된 그의 아내 쪽에서도 그가 여기에 있는 것을 눈치챈 듯 사뿐사뿐 곁으로 다가오더니만 손톱 끝으로 그의 팔의 한 군데를 슬쩍 찔러 피가 조금 비쳐 나오게 하고는,

"아직 죽지도 않았으면서 여기는 웬일이에요?"

하고 나직이 물었습니다.

그래 그의 남편이 여기까지 오게 된 까닭을 역시 가만가만한 소리로 설명해 주었더니만, 비로소 그녀는 소리 없이 웃으며

"그럼 어서 그 개를 단단히 끌어안고 제 뒤를 따르세요. 만일에 그

개를 놓쳐, 그 개나 우리가 발각되는 때는 당신이 여기 오신 게 드러나게 될 것이고, 그리되면 당신은 살아남지는 못할 것이니, 여기 계실 동안은 저를 따라가 개와 함께 숨어 있어야 합니다."

하고 소곤거려 말하는 것이었습니다.

그리고 그녀는 남편이었던 사내와 그의 개를 그녀의 처소로 슬그머니 데리고 가서 아무 소리도 하지 말라고 하며 숨겨 주었는데, 그건 물론 이때가 이 저승에서는 모든 모양 없는 귀신들이 사람이었던 때의 그전 모양을 빌려 가지고 활동을 시작하는 초저녁이었기 때문이었습니다.

그래 그와 그의 개는 죽은 아내와 함께 구석진 곳에 숨어서 밖에서 일어나는 동정만을 살피고 있었는데요. 밤이 이슥해지자 귀신들은 서로 어울려 춤을 추기 시작했습니다. 또 북도 여러 군데서 둥둥둥 울리고요.

그는 옛날 아내와 같이 살던 때의 일을 곰곰이 생각해 보니 문득 서러운 느낌이 왈칵 일어나서 울음을 터뜨리며,

"내가 여태껏 당신을 얼마나 보고 싶어 했는지 당신은 모를 거야!"

했습니다.

그러나 그녀는 그 말에는 아무 대답도 하지 않고,

"당신, 이렇게 여기서 머물고 있다가는 발각되어 죽임을 당할 테니 아무래도 서둘러서 여기를 떠나셔야만 하겠어요. 앞으로 사흘 밤이 더 지나면 다시 잠깐 동안 만나도 될 것이니 그때 또 찾아오세요."

하고 말하는 것이었습니다.

그래 할 수 없이 그리운 아내를 홀로 남겨 두고 그는 다시 사람의 세상으로 돌아가야만 하게 되었어요.

사람의 사곳거리는 헛욕심이라는 바로 그것이라, 그도 그냥 조용히 빠져나왔더라면 될 것을 그러지 못하고 저승의 길가에 있는 신기한 과일들이니 향기로운 풀잎들이니 특히 아름다운 무엇들이니 그런 것들을 모아 가지고 가서 마을에서 으스대 보고 싶은 허욕을 어쩌지 못하여 그것들을 따고 꺾고 주워 모으고 있다가요. 그만 저승의 파수꾼들에게 들키어, 그 파수꾼들이 무더기로 잡으러 오는 바람에 모은 것을 거기 다 놓아두고 몸 하나만 겨우 뺑소니를 쳐서 개와 함께 간신히 저승으로 들어가는 구멍을 벗어나게 되었는데요.

뒤쫓아 오던 저승의 파수꾼들이 이번에는 저승으로 들어가는 구멍을 누구도 눈치 못 채게 크고 넓은 바위로 꽉 막아 놓아 버렸어요. 이 사내는 저승의 아내와 만나기로 한 날 저녁때 그 구멍을 찾으려고 무척 애쓰며 찾아 헤매었지만 그냥 허탕을 치고 말았다는군요.

길가에 선 예쁜 아가씨

미국

언제던가 미국의 젊은 백인 사내가 말을 타고 길을 가고 있었는데요. 밤이 되어 어두워지고 비까지 퍼부어서 말을 몰고 가기가 힘이 들었습니다.

이때 그는 어여쁜 아가씨가 길가의 어둠 속에서 내리는 비를 우산도 없이 맞고 서 있는 것을 발견했습니다. 그리고 그녀의 뒤로는 불에 타서 폐허가 된 집터가 보였는데, 굴뚝만이 우뚝 솟아 남아 있었습니다. 자세히 보니 이 키가 큰 날씬한 아가씨는 챙이 달린 모자를 머리에 쓰고 있었으며 챙 아래로 보이는 그녀의 얼굴은 아주 순진하게 아름다워 보였습니다.

그는 잠시 말을 멈추어 세우며,

"어디를 가시려는 분인지, 모셔다가 드릴까요? 제 말은 두 사람이 타면 더 좋아합니다."

하고 말을 걸어 보았습니다.

그랬더니 그 여자는 자기 성은 스테이플턴이라고 하며, 가족들은 길 아래 멀지 않은 곳에서 살고 있다는 걸 간단히 소개해 말하고는 냉큼 그 사내가 앉은 바짝 뒤에 날개처럼 가볍게 뛰어올라 앉았는데요. 그가 말을 더 빨리 몰고 달리자, 그녀는 떨어지지나 않을까 염려하는 듯 그의 허리를 두 팔로 꼭 끌어안았습니다.

그로부터 1마일쯤을 달려가는 동안에 그는 그녀의 이름이 루시라는 것과, 그녀가 아직 미혼의 아가씨라는 것도 물어서 알아냈습니다. 그와 그녀가 서로 말을 주고받을 때 그녀의 입에서 풍겨 나오는 부드러운 숨결이 그의 목 뒤에 닿아 오는 것이 아주 기분 좋게 느껴지면서 그는 그 아가씨가 아주 좋아지기 시작했습니다. 이런 아가씨라면 그가 알고 있던 어느 아가씨보다도 결혼 상대로는 가장 좋겠다는 생각도 하게 되었습니다. 그는 아직 총각이었거든요.

이 두 남녀가 말을 같이 타고 1마일쯤을 달려오자 그들의 앞에는 공동묘지가 나타났는데요. 저쪽에는 창마다 불빛이 반짝이는 큼직한 집이 한 채 솟아 있어서, 그 집을 보자 아가씨는

"저쪽에 보이는 게 우리 식구들이 사는 집이에요."

하며 이제 말에서 내리겠다고 하면서 땅 위로 뛰어내렸습니다.

이 사내의 속마음으론 '집의 대문 앞까지 가기 전에 그녀가 여기서 내리는 건 낯선 사내와 함께 말을 타고 온 걸 가족들에게 보이지 않으려 함이거니……' 생각하고,

"기다릴 테니 곧 다녀 나오시오. 여기서 기다리겠소."

하고 그녀를 보내 주었습니다.

그러나 한동안을 기다려도 그녀는 돌아오지를 않아, 그는 말을 몰아 그 큰 집의 대문 앞쪽으로 달려가 보았는데요. 그의 앞에 나타난 것은 그녀가 아니고, 낯선 사내가 타고 오는 말을 보고 짖어 대는 개 소리에 놀라서 나온 이 집의 주인 영감이었습니다.

"저는 스테이플턴이라고 합니다."

그 영감은 먼저 자신의 성을 알린 다음, 말을 이었습니다.

"어서 우리 집으로 들어가십시다. 당신을 환영합니다. 우리 집엔 빈 방도 꽤나 많이 있으니 우리하고 같이 저녁 식사를 하고 하룻밤 쉬어 가시지요."

그러고는 심부름꾼을 불러, 이 손님이 타고 온 말을 맡아 먹이고 재울 것도 당부했습니다.

나그네는 그 이상한 집주인 영감의 안내를 받아 그 집에 들어가서 아주 좋은 저녁 식사 대접을 받았습니다. 그러나 그 식사 자리에는 이 집주인 영감 부부만 앉아 있을 뿐, 나그네가 아무리 기다려도 아까 헤어진 길가의 예쁜 아가씨는 나타나지를 않았습니다.

그래 이리 생각 저리 생각 하면서 나그네는 식사를 마친 다음에 안내해 주는 좋은 침실에 들어 잠자리에 누웠습니다만, 영 잠이 오지를 않았어요.

이튿날 아침 나그네가 주인 부부와 함께 식사를 들고 나자, 노부인은 일찍이 그 자리를 비우고, 주인 영감은 나그네에게 비로소 자기 집안 이야기를 간단히 해 주었는데요. 이 영감님으로 말하면 이 지방 재판소의 판사님으로서, 아내의 소원을 따라 한 해쯤 전 이 공동묘지 옆의 집으로 이사를 왔다는 것이었습니다.

"우리는 한길에서 2마일쯤 떨어진 곳에 있는 집에서 살고 있었는데요."

하고 판사라는 영감님은 말을 이었습니다.

"한 해 전쯤의 어느 날, 지독한 폭풍우 속에 내려친 벼락으로 우리 집은 거의 완전히 불타 버리고, 오직 굴뚝만이 남아 있게 되었어요. 외동딸은 그때 마침 병으로 자리에 누워 지내고 있었는데 할 수 없이 업어다가 문밖에다 눕혀 놓았더니, 집이 벼락으로 불탄 충격이 너무나 컸던지, 바로 그 자리에서 숨을 거두고 말았습니다."

이 판사 영감님이 불타고 남았다는 그 굴뚝을 말하고 있을 때, 나그네는 그게 어젯밤 빗속에서 아가씨 뒤쪽으로 나타나 보이던 불타고 남은 집터의 그 굴뚝이 아닐까 싶어 "예?!" 하고 외마디 소리를 쳤지만, 영감님은 이에 아랑곳없이 다시 말을 이었습니다.

"제 외동딸 아이는 참 예쁘고도 착한 계집아이였지만, 죽어 버린 걸 어찌합니까? 남아 있는 우리가 못 견디는 것만 문제지요. 그 아이가 그렇게 죽어 묻힌 뒤로 제 아내는 날마다 밤낮으로 울며 그 아이 생각에 찌들어 가다가 마침내 아이의 무덤 가까이라도 있고 싶다고 저를 졸라서 또 할 수 없이 지금 사는 이 집을 구해 이사를 온 것입니다. 그래 제 늙은 아내는 비가 오나 눈이 오나 하루도 빠지지 않고 날마다 그 아이의 무덤을 찾아가서는 한동안씩 그 근방에서 서성거리고 지내는 게 일과가 되었답니다."

늙은 판사 영감님의 이야기는 여기서 끝나고 그 이야기를 하던 사람과 듣던 사람의 침묵은 한동안 점점 더 그 깊이를 더하며 깊어져만 갔습니다. 그러다 침묵의 무게를 견디지 못하고 나그네가 먼저 입을 열어 물었습니다.

"댁의 따님의 이름은 뭐라고 부르셨지요?"

"그 아이의 이름은 루시였소……"

늙은 판사 영감님이 나직이 떨리는 소리로 대답하자, 이 세상 것만은 아닌 것 같은 묘한 성큼함이 풍겨 나왔습니다.

나그네도 지난밤 자기 말의 등에 함께 타고 왔던 길가의 예쁜 아가씨 루시의 모습과 숨결 소리를 똑똑히 기억해 내면서 온몸에 소름이 쫙 끼쳐 오는 것이었습니다.

햇빛 이야기

한국

옛날에, 햇빛이 지금보다는 몇 갑절 더 밝게 비치던 시절, 삼국시대였습니다. 신라 초기의 동쪽 어느 바닷가에, 연오라는 남편과 세오라는 아내의 부부가 살고 있었는데요.

그들은 비단을 짜는 솜씨가 신라에서 첫째로 훌륭해서 날마다 그것을 집에서 짜서 생활하고 지냈습니다. 그래도 가난하여, 틈만 생기면 바닷가에 나가 낚시질도 하고 바다나물들도 뜯어다 생활에 보태기도 했습니다.

어느 날은 남편인 연오가 혼자 바닷가에 나가서 바다나물을 뜯다가 피곤하여 물가의 큼직한 바위에 올라앉아 잠시 쉬고 있었습니다.

그런데 뜻밖에도 이 바위는 갑자기 움직이기 시작하여 눈 깜짝할 사이에 깊은 바다에 떠서 멀리멀리 달려가는 것이었습니다.

그래 얼마를 달려갔던지 연오가 정신을 차려 살펴보자니, 그는 어느 사이 낯선 땅에 닿아 있었는데, 뒤에 알아보니 거기는 일본이란 나라였습니다.

일본 사람들은 연오가 인물이 잘생기고 태도가 점잖은 것을 존경하여, 환영해 맞아들였습니다. 또 그가 비단을 잘 짜는 솜씨가 있는 걸 알고는 그것도 열심히 배우기 시작했다고 하는데, 아마 이때부터 일본은 그 비단이라는 걸 처음으로 만들 수 있게 된 것 같아요.

물론 그런 연오를 일본 사람들은 왕을 모시듯 모시었겠지요.

그러나 많이 서럽게 된 건 뜻밖에도 본국에 홀로 떨어져 남게 된 아내 세오였습니다. 세오는 남편이 잘못하여 바다에 빠져 죽지나 않았나 그것만을 걱정하며 날이면 날마다 바닷가를 헤매 다니고 있었습니다.

어느 날은 바닷가의 어떤 큰 바위 아래를 문득 보니, 거기에는 남편이 신고 다니던 신발 두 짝이 그대로 놓여 있었습니다. 너무나 반갑고도 서러워서 그걸 가슴에 안고 울고 있다가 지쳐 그 바위에 잠시 올라가 앉아 보았습니다.

그랬더니 이 바위도 역시 연오에게 했듯이 눈 깜짝할 사이에 바다 위로 떠가서, 한참 시간이 흐른 뒤에는 또 일본 땅에 내리게 했습니다.

그래 이 부부는 비로소 다시 만나게 되어 조국을 떠난 아쉬움을 안고 서로 사랑하며 살게 되었다는데요.

그러나 이상하게도 연오와 세오 부부가 일본으로 실려 가 버리자, 신라에서는 뜻밖에 하늘의 햇빛이 제대로 밝아 보이지를 않고 날씨가 늘 침침해 보이기만 하여 아주 큰 걱정거리가 되었습니다.

그래 하늘과 땅과 사람 사이의 관계를 가장 잘 아는 분에게 물어보았더니,

"그건 이 나라에서 비단을 제일 잘 짜는 연오와 세오 부부를 일본에 빼앗긴 때문이다. 어서 빨리 도로 모셔 와야만 된다."
하는 게 그 대답이었습니다.

할 수 없이 신라에서는 일본으로 사람을 보내어, 연오 부부를 만나게 하고, 그들의 귀국을 간청하게 했습니다.

그랬으나 연오는

"일본에도 비단 만드는 건 가르쳐야 합니다. 그러니 우리가 돌아가는 대신 우리가 가장 정성 들여 짠 비단 한 필을 가지고 가서, 그걸 놓고 하늘에 제사를 드리고, 그걸 본떠 그보다 나은 것을 만들어 가노라면 햇빛도 우리가 있을 때보다 더 밝게 보이게 될 것입니다."
하고 대답할 뿐이었습니다.

그래 연오의 말대로 했더니 신라의 햇빛은 다시 밝아지게 되었다는 것입니다.

문화가 빛나야만 햇빛도 밝아 보인다는 이야기 아니겠습니까?

미당 서정주 전집 16

1판 1쇄 인쇄 2017년 7월 10일
1판 1쇄 발행 2017년 7월 17일

지은이 · 서정주
간행위원 · 이남호 이경철 윤재웅 전옥란 최현식
펴낸이 · 주연선

책임 편집 · 심하은
자료 조사 · 노홍주 김명미
표지 디자인 · 민진기   본문 디자인 · 권예진

(주)은행나무

04035 서울특별시 마포구 양화로11길 54
전화 · 02)3143-0651~3 | 팩스 · 02)3143-0654
신고번호 · 제 1997-000168호(1997. 12. 12)
www.ehbook.co.kr
ehbook@ehbook.co.kr

잘못된 책은 바꿔드립니다.

ISBN 978-89-5660-586-9 04810
      978-89-5660-885-3 (전집 세트)
      978-89-5660-530-2 (옛이야기 세트)